ROB LAMPE

UNSCHULDIG SCHULDIG

Kriminalroman

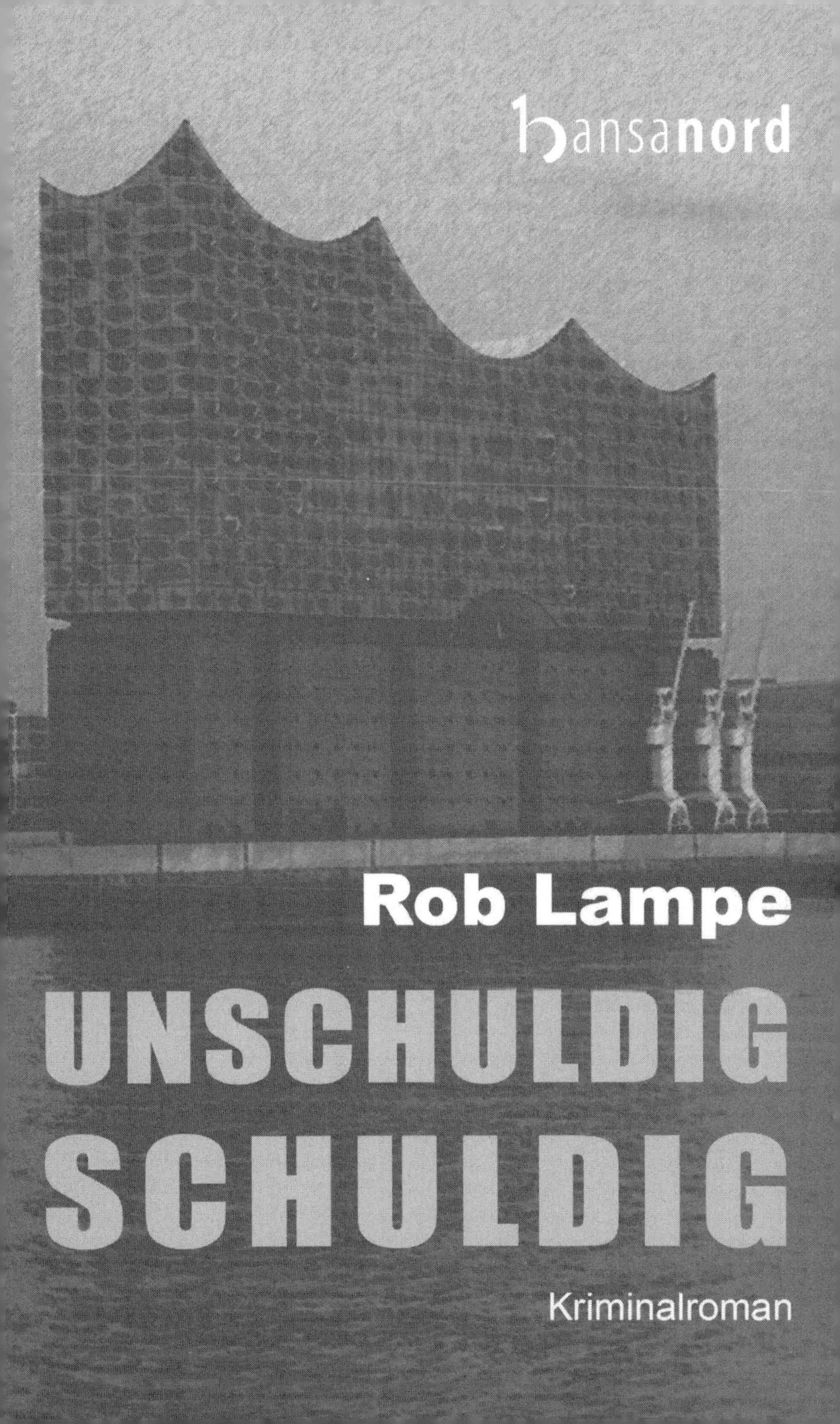
hansanord
Rob Lampe
UNSCHULDIG
SCHULDIG
Kriminalroman

IMPRESSUM

1. Auflage 2017

Der Roman spielt hauptsächlich in allseits bekannten Ecken in und um Hamburg, doch bleiben die Geschehnisse reine Fiktion. Sämtliche Handlungen und Charaktere sind frei erfunden.

ISBN: 978-3-947145-02-7

Foto Umschlag: Rob Lampe
Buchsatz: Anna Radlbeck

Für Fragen und Anregungen: info@hansanord-verlag.de
Fordern Sie unser Verlagsprogramm an: vp@hansanord-verlag.de

hansanord

hansanord Verlag
Johann-Biersack-Str. 9 | D 82340 Feldafing
Tel. +49 (0) 8157 9266 280 | FAX +49 (0) 8157 9266 282
info@hansanord-verlag.de | www.hansanord-verlag.de

Über den Autor:

Genau wie die Protagonisten im Roman wuchs Rob Lampe im schönen Hamburg an der Elbe auf.

Schon während der Schulzeit begann er eine Vielzahl an Kurzgeschichten durch alle Genres zu schreiben, die er allerdings nicht veröffentlichte. Während seines Studiums arbeitete er als Konzeptioner und Texter, nach seinem Studium folgten weitere aufregende Jahre in der Medien- und Werbewelt in Hamburg, Berlin und München u.a. als stv. Anzeigen-Leiter bei BILD im Axel Springer Verlag, als Marketing-Direktor im Hubert Burda Verlag und als Unit-Leiter für Content-Management und Redaktion im Bereich eCommerce. In seiner Freizeit betätigt sich Rob Lampe als Fotograf. Er liebt zeitgenössische Kunst sowie die mediterrane Küche.

Mit „unschuldig SCHULDIG" legt Rob Lampe seinen Debüt-Kriminalroman vor.

Für Felix, Helena, Tom & Zoé.

Erster Teil

Und die Schlange war listiger
als alle Tiere auf dem Felde.

1. Kapitel

Noch 7 Minuten.

„Was machen die Kinder?“, fragte Leon Artles.

Er dämpfte die Stimme. Nötig war das nicht. Aber er mochte es so.

Es versetzte ihn in eine heimelige Stimmung. Als säße er an den Betten seines Sohns Ben und seiner Tochter Anna und erzähle ihnen Gute-Nacht-Geschichten.

Die Vorstellung ließ Leon die Augen feucht werden. Vielleicht auch, weil er vor einigen Wochen von zu Hause ausgezogen war.

Mit dem lachsfarbenen Taschentuch tupfte Leon eine Träne ab.

Er genoss das Gefühl der verpassten Möglichkeiten und der kleinen Tragik. So wie er auch seine wiedergewonnene Freiheit genoss.

„Ben putzt gerade Zähne“, sagte Marie am anderen Ende der Leitung. Marie und Leon waren weiterhin verheiratet, Leon liebte seine Frau. Besonders wenn er nicht mit ihr unter einem Dach leben musste. Marie sagte: „Von Anna habe ich nichts gehört. Das werten wir als gutes Zeichen?“

„Denke schon. Sollten wir.“

Leons Blick löste sich von der Kladde mit seinen Aufzeichnungen, schweifte über den Hafen.

Anna würde er für zwei Wochen nicht sehen. Aber er freute sich auf Ben. Dem könnte er heute Abend aus *Harry Potter* vorlesen. Leon musste nur zusehen, rechtzeitig aus der Firma zu kommen. Es wäre schade, sich bis hinter Volksdorf aus der Stadt zu quälen, um dann nur noch einen schlafenden Ben in seinem Bettchen zu sehen.

Es musste heute klappen. Morgen käme er nicht dazu, Ben zu besuchen. Morgen stand der Termin in London auf dem Programm. Dafür würde er früh aufstehen, um vor dem Berufsverkehr durch das Nadelöhr an der Fuhlsbüttler zu flutschen. Dann erwischte er den Frühflieger, bräuchte nur einmal in London übernachten und wäre vorm Wochenende zurück.

Natürlich könnte er stattdessen den eifrigen Heilenegger nach London schicken. Heilenegger würde sich ein Bein ausreißen, um den Londoner Auftrag für die Firma an Land zu ziehen. Genau das aber war das Problem. Heilenegger wurde Leon zu eifrig. Er wollte ihn auf Abstand halten. Besser Leon machte den Londoner Deal selbst.

Noch 3 Minuten.

„Danke auch für die Rosen, Leon", sagte Marie. Sie holte seine Gedanken zurück.

„Gerne", erwiderte er.

Es war der Jahrestag ihrer Hochzeit. Die *iPhone*-Kalender-App hatte ihn erinnert, die Schmocke hatte das Nötige veranlasst.

„Leon, wir hatten eine schöne Zeit."

Wohl wahr, Marie. Aber es ist vorbei.

Noch 1 Minute.

Leon holte das *Hugo-Boss*-Jackett von der Lehne.

„Ich muss Schluss machen, Marie. Die Arbeit … du weißt."

Natürlich wusste sie, und er dachte, sie würde noch fragen, wie es mit seinem persönlichen Lieblingsprojekt stünde.

Aber sie fragte nicht.

Sonst erkundigte sie sich immer.

Nun gut. Er beendete das Gespräch, klappte die Kladde zu.

Sie war in weichem Kalbsleder gebunden, das glänzend geworden war, da er die Kladde oft zur Hand nahm. Er schrieb viel hinein. Nach Feierabend, wenn die Büros der Kollegen sich geleert hatten.

Sein persönliches Projekt. Keiner wusste davon. Nur er und Marie.

0 Minuten.

Das rote Lämpchen leuchtete auf. Er nahm ab.

„Herr Artles, die Konferenz. Ich sollte Sie erinnern."

„Vielen Dank, Schmocke. Bin auf dem Weg."

Alle in der Firma nannten sie Schmocke. Eigentlich hieß sie Gertrude Wentzien-Schmockenberg. Sie sah aber nicht so aus.

Schmocke war die Assistentin des großen Schach und die Seele der Firma. Schmocke mochte Leon. Hielt ihn für das größte Talent auf der Etage.

Leon Artles warf die Kladde in die Schreibtischschublade, schloss ab und erhob sich mit Schwung. Das Taschentuch drapierte er als Einstecktuch.

Showtime, Leon.

Fast hätte er sein iPad vergessen, fischte es noch vom Schreibtisch. Es sah besser aus, wenn er etwas in der Hand hatte.

Brauchen tat er das nicht. Alles war im Kopf. Keine Cloud-Lösung war nötig, kein PowerPoint, kein Flip-Chart. Präsenz war entscheidend. Daran glaubte Leon.

Mit Verve betrat er den Konferenzraum.

Es war, wie er es erhofft hatte. Alle waren da. Die Köpfe drehten sich ihm entgegen.

Der große Dr. Dr. h.c. Schach thronte an der Schmalseite des Mahagoni-Konferenztischs. Vor Schach stand nur ein Glas mit stillem Wasser.

An den Längsseiten saßen die Abteilungsleiter, der Direktor des Controllings und der eifrige Heilenegger.

Schach tippte auf seine *TAG-Heuer*-Armbanduhr.

„Pünktlich wie die Maurer, unser Leon Artles." Dröhnendes Lachen von Schach. Seine Knappen an den Längsseiten stimmten ein.

„Kommen Sie herein, Leon. Wir sind im Zeitplan. Es folgt Punkt 3. Ihr Vortrag, *New Century Marketing*."

Schach hatte bei seinem Amtsantritt die *Fliegende Konferenz* eingeführt. Die Anwesenheit der *Executives* war obligatorisch, aber Vortragende aus der zweiten Reihe erschienen *just in time*. So ging ihre Arbeitszeit nicht durch Konferenzhocken verloren.

Leon baute sich auf der gegenüberliegenden Schmalseite des Konferenztischs auf. Er schaute in die Runde, schob das Kinn vor, blickte durch die Panoramascheibe auf den Hafen.

Es sollte seinen visionären Blick darstellen.

Ruhig sprach er die ersten Sätze. Streute eine Anekdote ein, brachte Fakten und seine Schlussfolgerungen zum *New Century Marketing*.

Man hörte konzentriert zu.

Schließlich kam Leon zu den vier großen „R".

- Reach
- Responsibility
- Relevance
- Revenue

Die oberste Konzernebene liebte englische Fachausdrücke, und Leon Artles gab seiner Stimme amerikanischen Akzent. Vier Jahre war er Marketing Assistent in New York gewesen, bevor er nach Hamburg zurückgekehrt war.

Die vier großen „R" bildeten den Höhe- und Schlusspunkt seines Vortrags zum künftigen Marketing des Unternehmens, dem *New Century Marketing*.

Als Leon geendet hatte, entstand eine Pause.

Schach stützte den Kopf auf, rieb sich am Kinn.

Seine Knappen schwiegen. Sie konnten sich Maßanzüge leisten, aber keine eigene Meinung.

Gern hätte Leon das Taschentuch gezogen und die Stirn abgetupft. Er hoffte, sie glänzte nicht.

Schach griff zum Glas, nahm einen Schluck.

Er stand auf. Es war erstaunlich, wie klein er blieb. Schach war ein Sitzriese. Während er auf kurzen Beinen zu Leon watschelte, klatschte er dreimal in die Hände, mit gedehntem Abstand dazwischen.

„Famos! Sie sind ein Pfundskerl, Leon! Ich habe es immer gewusst. Sehr überzeugend. Wirklich sehr überzeugend. Genauso machen wir das."

Nun klatschten auch die Knappen Beifall, überschlugen sich in Superlativen zu Leons Ideen, erhoben sich und gingen zu ihm, um ihm auch persönlich - und vor den Augen Schachs - zu dem fantastischen Vortrag zu gratulieren.

Schach scheuchte sie bald zurück. Er mochte es nicht, von so vielen um Kopfeslänge überragt zu werden.

„Setzt euch, meine Freunde. Setzt euch. Ich glaube, jetzt ist der richtige Moment, um euch etwas mitzuteilen."

Er nahm die Schultern zurück und steckte die Daumen in die Armausschnitte seiner Weste.

„Ich habe entschieden. Natürlich in völliger Abstimmung mit unseren Anteilseignern. Dass unser guter Leon Artles. Aufgrund seiner hervorragenden, wirklich herausragenden Leistungen für die Firma. Und aufgrund seines Talents und seines unermüdlichen Einsatzes für die Firma. Mache ich ihn ab Monatsanfang zu meinem Stellvertreter."

Schach strahlte.

Von ihren Plätzen schauten seine Untergebenen zu ihm auf, als habe Gott gesprochen. Alle wussten, was die Entscheidung bedeutete. Leon Artles würde - wenn er nicht noch silberne Löffel stahl - Oberchef der Firma werden. Der neue CEO. Schach ginge in den Aufsichtsrat.

Vom Marketingfuzzi zum CEO innerhalb von nicht mal zwei Jahren. Was für eine Karriere.

Leon war zunächst sprachlos. Und er vergaß, das Kinn vorzuschieben. Er war am Ziel seiner Wünsche. Sogar mehr als das. Er machte richtig Karriere.

Dazu hatte er zwei wohlgeratene Kinder. Und eine verständnisvolle Frau, die ihn unterstützte.

Dazu war sein persönliches Traumprojekt „*15 minutes of fame*", sein großer Hamburger Tatsachenbericht über die Verführbarkeit jedes Einzelnen, was Leon aus dem Marketing kannte, fast abgeschlossen.

Kurzum: Er war der glücklichste Mann der Welt.

„Danke. Danke." Er sprach mit rauer Stimme. „Euch allen möchte ich danke sagen. Ohne euch, ohne die Unterstützung jedes Einzelnen von euch, wäre ich nicht da, wo ich jetzt stehe. Wäre die Firma nicht da, wo sie jetzt steht."

„Leon, wir vertrauen ihnen." Schachs Händedruck war fest und trocken. „Mit ihrer Kraft und ihren Marketingideen sieht das Unternehmen goldenen Zeiten entgegen."

Die Knappen erhoben sich, klatschten Beifall, brachten Hochrufe auf Leon aus. Am lautesten war Heilenegger.

Leon badete in dem Jubel.

Schmocke hatte Schwierigkeiten, sich Gehör zu verschaffen.

Sie hatte die mahagonigetäfelte Tür einen Spalt geöffnet und ihren Kopf hereingesteckt. Frische Dauerwelle, Gleitsichtbrille mit wechselbaren Bügeln: heute Leopardenmuster.

„Entschuldigen Sie, Herr Schach. Hier sind zwei Herren, eine Dame -"

Weiter kam Schmocke nicht.

Sie wurde beiseitegeschoben. Die Tür flog auf. Die Klinke krachte in die Wandtäfelung.

Zwei Männer in Freizeitkleidung vom Discounter stürmten herein, gefolgt von einer Frau mit Pferdeschwanz.

„Wer von Ihnen ist Leon Artles?", fragte der Erste und Größte von ihnen.

Schach stellte sich vor Leon.

„Haben Sie einen Termin, meine Herren?"

„Herr Artles hat einen Termin. Auf dem Polizeikommissariat", sagte der große Mann, zeigte einen Dienstausweis.

Schach nahm den Dienstausweis und studierte ihn, runzelte die Stirn, gab den Ausweis an Leon weiter.

Nachdem Leon gelesen hatte, sagte er: „Ich bin der, den Sie suchen, Oberkommissar Möller." Leon sprach ruhig. Dabei raste sein Blut. Warum hatte Möller sich nicht einfach einen Termin geben lassen? Warum kamen die zu dritt, als wäre er ein Schwerstverbrecher, was wollten sie von ihm? Er war der rechtschaffenste Bürger der Welt.

Leon fand eine Stuhllehne, an der er sich festhielt.

Vor Schachs Knappen wollte Leon unbedingt Haltung bewahren und sich nicht von Beamten in Freizeitklamotten in die Knie zwingen lassen.

Möller erklärte so laut, dass es auch jeder im Konferenzraum mitbekam: „Leon Artles, Sie sind vorläufig festgenommen."

Mein Gott, war das peinlich.

Möller sagte: „Wir haben zwei Möglichkeiten. Sie kommen gesittet und ohne Aufsehen mit uns. Wir verzichten auf Handschellen und nehmen den Hinterausgang. Oder Sie fangen an zu diskutieren. Kommissar Vered legt Ihnen Handschellen an, wir fahren die 23 Stockwerke hinab und nehmen den Vorderausgang. Dort warten schon Fernsehteams und Stadtblogger, um einige schöne Aufnahmen zu machen."

Schach und seine Knappen hielten die Luft an.

Der zweite Mann, Kommissar Vered, holte Handschellen heraus. Leon fiel die kreisrunde, kahle Stelle auf dem Hinterkopf des Kommissars auf. Die Kettenglieder der Handschellen klackerten in die Stille.

Möller fragte: „Wie hätten Sie es gern, Leon. Mit oder ohne Handschellen?"

Im Polizeikommissariat angekommen schaute sich Leon Artles um: vier freudlose Wände.

Keine Bilder waren aufgehängt und keine Uhr.

In der Mitte des Raums stand ein Tisch, dazu zwei Stühle; alle drei Möbel waren aus Holz. Die Jahrzehnte hatten die Möbelecken rundgescheuert und Speckglanz hinterlassen.

„Haben Sie hier keine Uhr?"

„Nö. Aber Kaffee", sagte Möller und hing sein Billigblouson über die Lehne, zupfte es an den Schultern, bis es gerade hing.

Dann ließ sich der Oberkommissar nieder. Zwischen ihm und Leon war der Tisch.

„Besser stecken lassen.", sagte Möller, „Das Handy. Steckenlassen."

„Ich wollte nur die Uhrzeit nachschauen."

Oberkommissar Möller ging darüber hinweg, fragte: „Kaffee? — Frau Nitsch, bringen Sie uns zwei Tassen?"

„Bestimmt nicht", sagte eine Frauenstimme von der Seite.

Leon drehte sich zu ihr. Frau Nitsch, jünger und entschieden besser gekleidet als Möller, hatte sich außerhalb des Lichtkegels gehalten, den der Lampenschirm zeichnete.

Möller erhob sich, warf der Nitsch einen Blick zu. „Dann mach ich es selbst. Wollen Sie auch einen, Leon?"

Duzte er Leon? Ne, er nannte ihn beim Vornamen, aber mit *Sie* dazu. War das kumpelig oder frech oder korrekt? Auf jeden Fall hamburgisch. Möller war bestimmt ein Hamburger Jung, hier geboren und aufgewachsen.

„Äh ja, ich nehm auch einen", entschied Leon.

„Passen Sie auf ihn auf", sagte Möller zur Nitsch und war raus, und die Nitsch trat in den Lichtkegel.

Leon glaubte, ihr erklären zu müssen: „Ich, ich wollte nur nach der Uhr gucken, als ich das Handy rausholen —"

„Zeit spielt keine Rolle", unterbrach sie ihn, legte ein kleines Aufnahmegerät auf den Tisch. Die Nitsch hatte grüne Augen und keinen Wimpernschlag. Ihr Blick forschte in seinem Gesicht. Unbehaglich rutschte Leon auf der blankgescheuerten Stuhlsitzfläche hin und her.

„Was erzählen Sie da, Nitsch", polterte Möller, der schon zurückkehrte und zwei dampfende Becher in den Händen hatte. Er schloss die Tür, setzte sich, schob Leon einen Becher zu.

„Trinken Sie auf den Schreck zum Feierabend. Ich denke, die Sache wird sich einrenken."

„Dazu will ich gern beitragen. Ich bin unschuldig."

„Dann sind Sie schnell wieder zu Hause, Leon."

Erleichtert atmete Leon aus; gefühlt das erste Mal seit seiner Festnahme vor … wie lang war das her? Er schaute aus dem schmalen Fenster. Es war dunkel geworden.

„Das wäre gut" meinte er, „wenn ich gleich nach Hause kann. Ich würde meinem Sohn gern noch *Gute Nacht* sagen."

„Ihrer Frau nicht?"

„Doch, doch, schon —"

„Aber Sie leben getrennt von ihr."

„Erst seit Kurzem."

„Wohnung in der Stadt."

Fragte Möller das, oder wusste er es?

„Ja, ja, ich habe mir ein Apartment in der ABC-Straße genommen."

„Boarding-House, Wäschedienst, Pförtner unten."

Möller wusste es. Leon war überrascht.

„Wir haben uns erkundigt.", sagte Möller, „Trinken Sie. Wird kalt."

Leon trank, und die heiße Automatenplörre tat ihm gut, und das wunderte ihn. Von dem *Ristretto*, den die Schmocke ihm aus dem *Bezzera*-Chrom-Ungetüm presste bekam er manchmal Magenschmerzen.

Er sollte die Schmocke bitten, ihm künftig *Nescafé-Pulver* in heißes Wasser zu rühren. Wenig Pulver, viel Wasser mit Milch und Zucker. Aber was würden die Kollegen denken. Artles ist auf *Nescafé* umgestiegen — das ginge auf der Etage rum:

„Wisst ihr schon, Leon Artles hat es am Magen. Der Stress nach der Beförderung. Macht es nicht mehr lang. Ist zu viel für ihn."

Sorgfältig stellte Leon den Plastikbecher ab. Er beobachtete sich selbst. Seine Hand zitterte nicht. Nach dem ersten Schock der Festnahme hatte er sich im Griff. Er war ein Profi, der sich nicht nur auf dem Geschäftsparkett zurechtfand, sondern auch in ungewöhnlichen Situationen klarkam.

„Darf ich jetzt einmal bei meiner Frau anrufen?"

„Das können wir gleich machen, Leon. Was ich aber gar nicht verstehe: Sie sagen Ihrem Sohn Ben *Gute Nacht*."

„Ja."

„Ben wohnt bei seiner Mutter."

„Ja."

„Draußen, hinter Volksdorf."

„Ja. Neben einer alten Ziegelei. Wunderschön dort."

„Dauert aber 70 Minuten da raus."

„Abends nicht, wenn ich Feierabend mache. Da ist der Berufsverkehr durch. Und zurück geht's noch schneller."

„Mmh, Sie fahren wieder zurück?"

„Ja, meistens."

„Weil Sie Ihre Frau nicht mögen."

„Nein. So ist es nicht."

„Sie fahren 50 Minuten raus … Wie lang genau? Sagen Sie es mir."

„35 Minuten."

„Weil der Berufsverkehr schon durch ist."

„Genau."

„Sie arbeiten lang und gern."

„Genau. Es ist eigentlich keine Arbeit, es macht mir Freude."

Möller nickte, schien ihn zu verstehen. „Macht Ihnen Freude. Da arbeitet man gern länger. Dann ist der Berufsverkehr durch und man huscht schnell durch die Stadt, um *Gute Nacht* zu sagen."

Möller schaute Leon in die Augen. Dann sagte der Oberkommissar:

„Aber der Junge liegt doch längst im Bett und schläft. Wenn Sie so lang arbeiten und 35 Minuten raus brauchen."

„Vielleicht sind es nur 25. Aber meine Güte. Es ist so, wie ich sage."

„Wie Sie sagen? 35 Minuten oder 25 Minuten? Was denn nun..?"

Möller hob beschwichtigend die Hände. „Da hängen wir uns nicht dran auf. Da gehen wir drüber weg. — Die zwei Radarfallen auf der Barmbeker ignorieren Sie? Wenn Sie durch die Stadt huschen zu Ihren Kindern."

„Ich kenne sie."

„Okay, 35 Minuten, um Ihrem Sohn Ben einen *Gute Nacht*-Kuss auf die Stirn zu drücken und dann 30 Minuten zurück."

Leon antwortete nichts darauf, sondern fragte sich, worauf Möller hinauswollte.

Möller sagte: „Das ist ziemlich viel Aufwand für ein bisschen Kinderliebe und ein bisschen Ehefrauenabneigung."

„Ich weiß nicht, worauf Sie hinauswollen."

„Ich will nirgendwo drauf hinaus. Ich versuche zu verstehen."

„Was werfen Sie mir vor, weswegen bin ich festgenommen?"

Nun mischte sich Jessica Nitsch ein:

„Wir werfen Ihnen nichts vor, Leon. Wir erkundigen uns."

„Ich möchte jetzt meine Frau anrufen und meinen Sohn."

„Und Ihre Tochter auch?" Möller schaute ihn von unten her an. „Haben Sie die vergessen?"

Natürlich hatte er Anna nicht vergessen.

„Erzählen Sie uns von Anna", forderte ihn die Nitsch auf. Er mochte die Nitsch und ihre grünen Augen. Sie hatten ihn getestet, und er war zumindest nicht durchgefallen. Jetzt blickten sie ihn mit Wärme an.

„Sie ist auf zweiwöchiger Klassenfahrt", sagte Leon.

Seine Frau Marie atmete auf deswegen — aber das verriet Leon nicht. Solche Privatsachen gingen die Polizisten nichts an, fand er. Immer wieder hatte Marie in den letzten Monaten geklagt, Anna sei nicht mehr beherrschbar. Ständig bringe Anna Jungen mit nach Hause, das Abitur sei gefährdet, da sie nicht lerne.

Zu rauchen hatte Anna auch angefangen.

Mehrmals hatte Leon mit Anna gesprochen. Er hatte einen guten Draht zu seiner Großen, und sie war auch verständig, wenn sie miteinander sprachen in ihrem geräumigen Zimmer, das neben Bens kleinem Zimmer im ersten Stock lag. Nur, da musste er Marie rechtgeben: Anna änderte ihr Verhalten nicht.

Ihre Schuhe wurden hochhackiger, ihre Noten in Englisch, in Mathe … eigentlich in allen Fächern wurden schlechter, und die Freunde wechselten schneller.

Leon, der an seiner Karriere feilte und spät nach Hause kam, machte seiner Frau Vorwürfe. Sie war den ganzen Tag zu Hause, hauptsächlich sie hatte für die Erziehung zu sorgen. Im Nachhinein gesehen, waren seine Vorwürfe ein Fehler gewesen.

Sowieso hatte Marie ein angespanntes Verhältnis zu Anna und Ben. Sie liebte ihre Kinder, mindestens so sehr wie Leon; aber sie hatte kein Händchen für sie. So empfand es Leon zumindest. Schnell fühlte Marie sich überfordert, wenn mit Anna etwas nicht lief wie abgesprochen, dann wurde es laut, und auch Ben litt darunter. Als Leon eines Abends eine solche Auseinandersetzung mitbekam und Marie Vorhaltungen machte, schlug Marie vor, die Kinder auf ein Internat zu geben.

Leon war dagegen gewesen. Es kam zu einem hässlichen Streit — und letztlich zum Auszug von Leon aus dem gemeinsamen Haus. Scheidung war kein Thema. Sie kannten sich seit der 10. Klasse und haben mit 19 in *Uppsala*, der Geburtsstadt seiner Frau, geheiratet. Nur 3 Monate nach dem Abi. Sie wollten auch weiterhin zusammen für die Kinder da sein, Marie mochte Leons Toleranz für ihre Projekte, und sie mochte sein Geld. Aber der Ehe hatte der Streit um Erziehung, Internat und der Auszug von Leon einen Knacks gegeben.

„Leon? … Leon, sind Sie noch da?"

Diese grünen Augen. Sie verstanden ihn.

„Wir wollen alle schnell nach Hause, Leon. Es ist Mitternacht. Wenn Sie kooperieren, dann ist die Sache geritzt."

„Natürlich kooperiere ich." Er griff zum Kaffeebecher. Nur noch eine Pfütze war darin.

Die Nitsch sagte: „Ich hole uns schnell einen Neuen."

Möller grinste, als die Nitsch draußen am Automaten war. „Sie hat es eilig. Sie will heim zu ihrem neuen Kerl." Er leerte seinen Becher. „Auf mich wartet nur das Bett. Hier ist es interessanter. Wir können ruhig noch ein bisschen machen."

„Ich will meine Frau anrufen und muss nach Hause", sagte Leon. „Ich bin gerade befördert worden. Es wartet jede Menge Arbeit auf mich und alle gucken auf mich, ob ich mich bewähre. Ich muss morgen ausgeschlafen sein."

Frau Nitsch kam mit zwei gefüllten Bechern zurück.

„Mir haben Sie keinen mitgebracht?", fragte Möller.

„Drei Hände sind mir noch nicht gewachsen."

Leon machte den Rücken gerade und fragte: „Was wirft man mir denn nun genau vor?"

„Die Regeln sind so, dass wir die Fragen stellen, und Sie antworten", sagte Möller. „Wollen wir uns daran halten?"

„Dann können Sie bald zu Hause sein", sagte die Nitsch und reichte ihm den Becher. Leon berührte ihre Finger, und sie zuckte nicht zurück.

„Okay", sagte Leon und nahm sich vor, die Fragen konzentriert zu beantworten, um die Sache zum Ende zu bringen. Morgen wartete ein herausfordernder Tag auf ihn, und er wollte Schach auf keinen Fall enttäuschen.

Vielleicht könnte er die Nitsch zu einem Mittagessen einladen. Später, wenn alles vorbei war.

„Wir haben gehört, dass Sie, nennen wir es *Nachforschungen*, dass Sie *Nachforschungen* anstellen", sagte Möller.

„Nachforschungen?" Worauf wollte Möller hinaus?

„Erkundigungen im Milieu."

„Ach so … ja, schon."

„Warum?"

„Ich sitze da so an einem … an einer großen Geschichte. Mehr ein Hobby von mir. Neben der Arbeit."

„Als Ausgleich."

„Genau."

Möller lehnte sich zurück, verschränkte die Arme hinter dem Kopf und sah Leon an, freundlicher nun, interessiert. Frau Nitsch hatte sich wieder aus dem Lichtkegel zurückgezogen.

Leon berichtete in Umrissen von seinen nächtlichen Ausflügen auf die Reeperbahn, an den Hafen. Ihn faszinierte das Nachtleben. Auf gerade mal einem Quadratkilometer konzentrierten sich auf St. Pauli die menschlichen Laster. Prostitution, Glückspiel, Drogen, Menschenhandel, Auftragsmord.

„Das schreibe ich auf", sagte Leon, „in eine Kladde."

„Erst erforschen Sie es, also schauen es sich an", rekapitulierte Möller, „dann schreiben Sie es auf."

„Genau. Ist mein Traum. Ein großer Tatsachenbericht über die menschliche Psyche. Wie leicht ist ein Mensch verführbar? Wie weit gehen Menschen für 15 Minuten Rampenlicht? Wie weit für einen kurzen Kick?"

„Neben Ihrer Arbeit als Marketingchef. Zum Ausgleich." Möller drehte den leeren Becher um. Auf dem Tisch bildete sich ein wässriger Kringel um den Becherrand.

Die Nitsch sagte: „Ich glaube, Chef, ich kann Feierabend machen. Das läuft hier ja."

Schade, dachte Leon. Er hätte gedacht, dass seine Geschichte über die Laster sie mehr interessieren würde.

„Ja, ja, machen Sie Schluss. Ich komm klar", meinte Möller, „erzählen Sie mir morgen, wie's gelaufen ist?"

„Wie's gelaufen ist?", fragte die Nitsch.

„Mit Ihrem neuen Lover."

„Träumst du von." Sie knallte die Tür.

Leon blieb mit Oberkommissar Möller allein zurück.

Möllers flache Hand drückte auf den umgedrehten Becher. Bis er auseinanderplatzte und Kaffeespritzer verteilte.

Erschrocken fuhr Leon zurück. Sein guter Anzug.

„Nun reden wir *Tacheles*", sagte Möller.

„Was meinen Sie?"

„Von Mann zu Mann."

Leon war unklar, was Möller erwartete.

Der sagte: „Sie wollten Ihre Frau umbringen."

„Was???!"

„Geben Sie nicht den Überraschten. Sie haben kein Schauspieltalent."

„Aber...nein. Das muss ein Missverständnis sein."

„So machen Sie es schlimmer, Leon. Wenn Sie jetzt kooperieren und ein Geständnis ablegen wird das wohlwollend berücksichtigt." Möller erhob sich. „Wir wissen sowieso alles."

Ben träumte von seinem Vater:

Leon plantschte mit Ben im Teich hinter dem Haus. Dabei entdeckte Ben Enten im Schilf.

„Schwimmen die nach Hamburg, wo du arbeitest?", fragte Ben und sein Papa lachte:

„Ja, die schwömmen nach Hamburg zu Papa."

Und während er noch lachte und Ben dabei mit seinen lieben Augen ansah, da zog etwas an Bens Füßen. Zog Ben in die kalte Tiefe.

Ben schrie. Das funktionierte gar nicht, denn er war schon unter Wasser und Schwärze war um ihn. Er schrie trotzdem, denn es war ein Traum, und im Traum ist alles möglich, das wusste Ben. Mit einer hohen, panischen Stimme schrie er und schreckte hoch und setzte sich auf.

Der Traum war aus. Aber der Schrei blieb. Ein hoher, panischer, leiser Schrei.

Ben sah sich um. Schwärze war um ihn.

Die Leuchtzeiger seines Weckers, der gegenüber auf dem Kinderschreibtisch neben dem Fernglas stand...Er hatte den Wecker von Hanna bekommen, nachdem er ihr seine besten *Force Attax*-Karten geschenkt hatte...die Zeiger des Weckers standen nahe dem Leuchtpunkt für die Elf.

Ben blinzelte. Also war es mitten in der Nacht. Mama würde nebenan schlafen. Oder Mama guckte unten Fernsehen, weil Papa noch bei der Arbeit war und Mama auf ihn wartete. Obwohl...Ben überlegte...es war so spät, Papa käme wohl nicht mehr.

Das Schellen der Klingel an der Haustür war so laut, dass Ben zusammenzuckte. Und danach war der Schrei verschwunden, den er gehört hatte.

Ben ließ sich aus dem Bett rutschen. Die Füße verhedderten sich in Ladekabel des ausrangierten Handys von Papa. Er befreite sich, schob das Handy unters Bett. Die Pantoffeln vergaß er.

Der Schrei war bestimmt Einbildung gewesen. Ben hatte Traum und Wirklichkeit nicht auseinander gehalten. Er war doch nicht dumm und ließe sich von seinem Traum reinlegen.

Aber das Schellen, das war Wirklichkeit. Da war Ben sicher und schlich hinaus auf den Flur, achtete auf die Bohle direkt an der Treppe, denn die knarrte und verriete ihn. Er stieg über sie hinweg und die Füße bekamen einen kalten Luftzug ab:

Mama würde die Haustür geöffnet haben. Der Fernseher lief mit leisem Ton und Mama würde auf der Couch gelegen und auf Papa gewartet haben.

Aber Papa hatte einen Schlüssel, Papa konnte es nicht sein?

Die Wohnzimmertür war angelehnt, warmes Licht drang durch den Spalt in den Flur im Erdgeschoss. Ben hörte nun Stimmen und setzte sich auf die zweitoberste Stufe. Die Füße waren ihm kalt, der Popo wurde es. Aber die Ohren, die fingen vom Lauschen an zu Glühen.

„Dann müssen Sie mir Ihre Ausweise zeigen." Das war Mama, die sprach.

Dann hörte man eigentlich nichts weiter. Aber gerade das war aufregend. Denn wenn man genau hörte, wie Ben es konnte: Dann war da ein Rascheln, wie es Outdoorjacken verursachen. Und da war schweres Atmen. Wie von sehr alten Männern, die bald tot sein würden, weil sie nicht auf ihre Gesundheit achteten. Sagte Mama jedenfalls immer. Obwohl...Ben war nicht sicher, ob das so ganz stimmte. Mama hatte einen Gesundheitsfimmel. Vielleicht wollte sie mit dem Krankheitsgerede auch ihre Kurse vollkriegen, von denen Papa immer sagte, sie brächten sowieso nichts und vor allem kein Geld und dann schrien sie sich an. Außerdem hörte Ben den Fernseher brabbeln: einen Moderator und eine Jury. Und er hörte den Wind, der draußen durch die kahlen Zweige eilte und sich am Schornstein der alten Ziegelei teilte. Der alte Mann und Mama und der Dritte unten im Flur wären besser zu hören, wenn Wind und Moderator ausnahmsweise Ruhe gäben. Aber in einer Novembernacht schwieg der Wind selten und ein Moderator niemals. Das hatte Ben schon herausgefunden.

„Kommen Sie hier durch, bitte", sagte Mama …

Blitzschnell erhob sich Ben, verschwand von der Treppe, zog sich in den Schatten des oberen Flurs zurück. Natürlich ohne die Bohle zum Knarren zu bringen.

Blöd nur, dass man von hier nicht sehen konnte, wer genau da unten vorbeiging.

Mamas Schritte waren zu hören, dann die schweren Schritte des halbtoten Mannes. Aber da waren auch leichte Schritte, die hinterher kamen. Die eigentlich viel schneller könnten, wenn sie dürften. Junge Schritte. — Ben riskierte einen Blick nach unten und sah im Flur eben noch den blonden, straff geflochtenen Pferdeschwanz einer Frau. Schon waren sie alle drei im Wohnzimmer verschwunden. Die Flurfliesen glänzten. Bestimmt hatten die Besucher Fußspuren hinterlassen, und Mama würde sie nachher wegwischen. Auch wenn keine Spuren da waren, würde sie wischen. Da hatte sie einen Tick.

Endlich passierte mal was hier draußen. Ansonsten waren die Tage nämlich so fade wie Mamas Veggieburger (ohne Knoblauch, Mama hasste Knoblauch). Ben mochte keine Veggieburger und dann gab es Streit, wenn er das sagte.

Gleich war Ben am Schlüsselloch. Die Fliesen unten waren noch kälter als die Bohlen oben. Echt schade, dass er die Pantoffeln vergessen hatte. Aber egal, hier gab es zu gucken und zu hören.

„Wir raten Ihnen davon ab, jetzt Ihren Mann anzurufen", schnaufte der alte Mann. Er saß auf der Couch, auf der Mama sonst lag, wenn sie Fernsehen guckte.

Mama hielt das Telefon in der Hand.

„Ich möchte es aber, Herr Kommissar ... Vered ist ihr Name? — Mein Mann ist im Gefängnis. Da rufe ich ihn an, das ist das Natürlichste von der Welt!"

„Aber —", schnaufte Kommissar Vered, wurde unterbrochen von der Pferdeschwanzfrau:

„Vielleicht sollte ich —"

„Sie sollen gar nichts, außer mich jetzt mit meinem Leon telefonieren lassen."

„Vielleicht —"

„Wie ist die Nummer, Frau Fitsch?"

„Nitsch. Frau Kommissarin Jessica Nitsch."

„Die Nummer. Bitte. Wo sitzt er eigentlich?"

„Im Dammtor."

„Dammtor?"

„Die Untersuchungshaftanstalt. Wird von allen Dammtor genannt."

Mama setzte sich. Ihre Haare waren wirr. Sie trug Papas Frotteebademantel. Den zog sie abends gern an, wenn sie auf Papa wartete.

„Wird von allen Dammtor genannt", wiederholte Mama die Worte, die Kommissarin Nitsch gesagt hatte. Mama klang gerade nicht besonders clever, fand Ben. Mama hielt die Hand vor den Mund. Genauso wie es Marktweiber machen, wenn sie sich gegenseitig eine schreckliche Geschichte erzählen. So stellte Ben es sich jedenfalls vor. Er hatte noch nie Marktweiber gesehen. Schon gar nicht welche, die sich schreckliche Geschichten erzählen.

Mama sagte immer, er solle nicht so viel Fantasie entwickeln, sondern sich an die Fakten halten. Also presste er das Auge dichter ans

Schlüsselloch. Da strömte warme Luft heraus, das war schön. Und wenn er die Füße dichter an die Ritze zwischen Türunterkante und Fliesen stellte, dann bekamen auch die Zehen etwas von dem warmen Luftzug ab.

Kommissarin Nitsch sagte: „Wir wissen nicht genau, was ihr Mann unternehmen wollte."

„Mich umbringen wollte er wohl kaum", meinte Mama, und die Kommissare sagten nichts, sondern guckten Mama nur an.

Mama guckte zurück und ließ das Telefon sinken.

„Mich umbringen ...", sagte sie und lachte kurz und hart.

„Sie könnten ihn entlasten", sagte die Nitsch.

Kommissar Vered, der alte Mann, mischte sich ein: „Zumindest dazu beitragen." Er hatte auf dem Hinterkopf eine große, kreisrunde Stelle ohne Haare. Das sah merkwürdig aus, fand Ben.

„Wo war Ihr Mann letzte Woche am Dienstagabend?", fragte die Nitsch.

„Dienstagabend letzter Woche?" Mama dachte nach, und Ben ebenso. Außerdem zwinkerte er mit dem Auge. Die warme Luft war doch nicht so gut. Aber er musste weiter gucken, es war zu interessant. Was war los mit Papa. Irgendwas musste mit Papa sein, das verstand Ben so langsam. Aber letzte Woche am Dienstagabend ... na ja, Ben hatte im Bett gelegen. Ob Papa unten gewesen war oder noch bei der Arbeit, das wusste Ben nicht recht.

Mama sagte: „Letzten Dienstag ... ich hatte meinen Kurs ... weiß nicht, müsste ich überlegen."

Wieder sahen sich die Kommissare an. Die Nitsch sagte: „Besser Sie sprechen mit Ihrem Anwalt und rufen Ihren Mann jetzt nicht an. Wenn er Sie wirklich umbringen wollte, wie Sie sich vorstellen können —" „Aber ich habe nicht —"

„Sie können nichts gewinnen, wenn Sie ihn jetzt anrufen. Und es könnte so aussehen, als wollten Sie Ihre Alibis abstimmen. Das schadet ihm. Er bleibt die Nacht so oder so im Dammtor und morgen ist er wieder bei Ihnen, wenn sich alles in Wohlgefallen aufgelöst hat."

„Sie meinen, ich helfe ihm sogar, wenn ich mich nicht melde?" Mama überlegte, guckte in Bens Richtung.

Ben reagierte, trat zur Seite und wusste im selben Moment, dass das ein Fehler gewesen war.

Mama konnte ihn nicht sehen. Sie saß im Wohnzimmer, Ben stand im Flur, der nur von Energiesparlampe im Sparmodus beleuchtet wurde. Zwischen Mama und Ben war die Wohnzimmertür. Aber Ben hatte sich bewegt: Vorher war das Schlüsselloch dunkel gewesen; jetzt war es hell. Und seine flüchtenden Füße hatten die Schatten unter der Türritze zum Tanzen gebracht.

Mist.

Der Fernsehsessel seufzte. Mama würde aufgestanden und auf dem Weg zur Wohnzimmertür sein.

Ben raste nach oben, beachtete die Bohle.

„Ben", rief Mama von unten. „Ich habe dich gesehen, Ben."

„Wieso, ich bin in meinem Zimmer!" — Noch ein Fehler. Das sagte man nicht, wenn man im Bett lag. Er musste noch viel lernen. Die Welt der Erwachsenen war kompliziert und dann gab es noch das Problem mit Hanna, das war noch komplizierter. So kompliziert, dass er nicht mal Papa davon erzählen konnte.

Papa.

Was war mit Papa?

2. Kapitel

Die Beamten hatten sich verabschiedet, Marie ging nach oben zu ihrem Sohn.

„Du kannst nicht lauschen, Ben. Das gehört sich nicht. Das macht man nicht. Hörst du, Ben?" Marie zog ihm die Bettdecke bis zum Hals, damit er nicht fror. Hatte die ganze Zeit im kalten Flur gestanden, der unvernünftige Junge.

„Mama, meine Füße."

Die guckten unten heraus. Marie schlug die verdrehte Decke auseinander, damit es Bens Füße bedeckte.

„Die sind ganz verfroren. Meine Güte, Ben! Wie lange hast du denn da gestanden." Marie knetete Bens Füße, war froh, einen Anlass gefunden zu haben, bei ihrem Sohn bleiben zu können und etwas zu tun. Abgesehen davon, dass Lauschen ungehörig war und einen schlechten Eindruck bei den Kommissaren hinterließ: Es hatte den Vorteil, dass sie Ben nicht erklären brauchte, was vorgefallen war.

Marie war sich nämlich unsicher, was der Junge verstand und was nicht. Was sie ihm zumuten konnte und was nicht. Er war in einem schwierigen Alter, und wenn die Pubertät einsetzte, würde es noch schwieriger werden. Sagten jedenfalls ihre Freundinnen. Marie legte Wert auf die Meinung ihrer Freundinnen und sie hatte einige davon. Obwohl sie nicht ganz sicher war, ob die Freundinnen wirklich kompetent in Kinderdingen waren. So viele Kinder hatten die Freundinnen nicht bekommen. Die meisten gar keine, wenn Marie es recht bedachte. Einige hatten ihre Kinder auf Internate geschickt.

„Mama, was ist mit Papa?"

Marie seufzte. „Wenn ich das wüsste."

„Ist er im Gefängnis?"

Marie nickte und knetete.

„Aber was hat er gemacht?"

„Gar nichts hat er gemacht."

„Mama, genug." Ben ließ die Füße unter der blauen Bettdecke verschwinden. Marie wusste nicht wohin mit den beschäftigungslos gewordenen Händen, aber etwas Merkwürdiges passierte:

Bens kleine Hände kamen unter der Decke hervor, wurden zu kleinen Fäusten, die sich in Maries Handflächen legten.

„Du musst mich festhalten, Mama."

Das machte sie. Sie würde diesen Jungen immer festhalten und beschützen. Vor dem Bösen und vor der Welt. Auch vor ihren Freundinnen, falls sie gehässig werden sollten. (Das konnten sie nämlich.) Marie fühlte, wie sie angefüllt war mit Liebe. Endlich konnte sie ihre Liebe ausgießen über Ben.

Denn Leon war nicht da.

Leon, den Anna und Ben anhimmelten.

Die drei hingen zusammen wie Pech und Schwefel. — Was waren eigentlich Pech und Schwefel?

Sie schüttelte den Kopf. Unwichtig. — Wie Pech und Schwefel hingen sie zusammen, wenn Leon von der Arbeit da war, was allerdings selten vorkam. Leon arbeitete viel und gern und verdiente gut. Aber jetzt war es, als wäre ein Bann gebrochen:

Ben war bei ihr und seine Hände waren in ihren.

„Du schüttelst den Kopf."

„Was?"

„Die ganze Zeit, Mama. Und eben hast du die Hand vor den Mund gehalten. Wie ein Waschweib." Er kicherte. — Ben kicherte, das hatte sie noch nie erlebt.

„Wie ein Waschweib?", erkundigte sie sich und lächelte Ben an. Das war vielleicht ein komischer Junge.

„Unten im Wohnzimmer."

„Aha", machte sie und fühlte sich warm und wohlig. Ben entzog ihr seine Fäustchen, und Marie zupfte ihm die Decke wieder bis an den Hals heran.

„Irgendetwas muss Papa gemacht haben."

Bens Satz hallte in ihr nach. Irgendetwas musste Leon gemacht haben.

Marie schaute zum schwarzen Vorhang, der den Blick auf die alte Ziegelei verdeckte.

Aber was hatte er gemacht? — Jetzt erst, da die Anspannung nachließ, ging sie der Frage nach.

Ben kuschelte sich auf die Seite, und sein kleiner Kopf verschwand fast unter der Decke. „Außerdem schreit da immer jemand."

Sie verstand ihren Jungen kaum, denn er nuschelte jetzt.

„Wer soll schreien?", fragte sie mit sanfter Stimme nach.

Aber Ben war bereits im Reich der Träume. Seine Augenlider waren geschlossen und doch in Bewegung.

„Lieber Junge", flüsterte Marie und strich Ben eine Strähne aus der Stirn.

Warum waren die hier gewesen? Kommissar Möller und Kommissarin Jessica Nitsch. — Marie blieb auf dem Bett sitzen und schaute zum Vorhang, als wäre dahinter die Lösung verborgen.

Beiseite ziehen und klar sehen.

Aber da draußen erwartete sie nur Schwärze. Vielleicht sah man die Umrisse der Ziegelei. Aber nur, wenn der Mond schien. Arbeiten tat dort seit 40 Jahren niemand mehr, und der Waldschrat, der dort noch gehaust hatte, war gestorben, kurz nachdem Leon und Marie hergezogen waren.

Bens Atemzüge waren ruhig und lang geworden. Der Junge schlief. Kein Wunder nach der Aufregung.

Konnte Leons Festnahme irgendwie mit der Firma zusammenhängen? Schach traute sie alles zu. Na ja, nicht alles. Aber vieles. Leon war ehrgeizig, Schach fühlte sich bedroht und *bumm* ...

Das brachte nichts. Sie spekulierte. Gleich würden die Gedankengänge beginnen, sich im Kreis zu drehen und das machte sie nur verrückt. Dabei galt es, einen klaren Kopf zu behalten. Das war sie Leon schuldig.

Möller und Nitsch hatten nichts rausgelassen. Sie hatten nicht gesagt, warum Leon festgehalten wurde. Und Marie hatte nicht gefragt. Wie unglücklich war das denn. Und es kam noch schlimmer.Stattdessen nämlich hatte sie Informationen gegeben. Ohne es recht zu merken. Die schlimmste Information, die man überhaupt geben konnte. — Dabei war *Information* sogar ein Begriff, der die Fakten beschönigte. Sie hatte einen

Vorwurf erhärtet. Im Scherz nur. Es sollte Empörung oder Unverständnis ausdrücken. Das Gegenteil meinen von dem, was sie sagte.Sie war in einer Extremsituation. Aber das waren Ausreden.Sie hatte den Vorwurf einfach so stehen lassen:

Er habe sie umbringen wollen.

So ein Schwachsinn.

Sie war ein Scheusal. Das musste sie richtigstellen. Sofort.

Marie schnappte sich das Telefon. Wo anrufen? Wo waren Möller und Nitsch zu erreichen? Sie hätten ihr wenigstens Visitenkarten dalassen können. Aber besaßen Kommissare Visitenkarten oder war das nur in der Marketing- und CEO-Welt von Leon üblich?

Und dann, wenn sie jemanden erreichte, dann würde sie wieder Infos rauslassen, die sie nicht erzählen wollte, sich in Widersprüche verwickeln und alles bloß, um zu sagen, „Es tut mir leid, ich habe Unsinn geredet in einem Moment der Überforderung. Wann kommt man schon mal in die Situation, dass einem gesagt wird, der Ehemann sei festgenommen, nicht wahr, Herr Kommissar?"

Marie sah auf die Digitalanzeige des Receivers unterm Fernseher. Bald drei Uhr. Auch morgen ginge die Sonne wieder auf.

Unsinn. Heute schon ginge sie wieder auf. Dunstig nur, den Nebel bekämpfend. Aber sie würde es schaffen. Und dann würde Leon an der Tür klingeln. Übernächtigt, die Krawatte ramponiert, Bartstoppeln. Und eine tolle Geschichte im Gepäck.

Ben würde an seinen Lippen hängen. Nachdem er an seinem Vater hochgesprungen war.

„Papa, Papa! Du bist wieder da!"

Sorgfältig stellte Marie das Telefon in die Ladeschale.

Die Vorstellung gefiel ihr nicht. Und dass ihr die Vorstellung nicht gefiel, gefiel ihr erst recht nicht. Nein, sie war gar nicht mit sich einverstanden.

Aber es stimmte, das Letzte, was sie gebrauchen konnte, war ein Leon, der ihr aufs Butterbrot schmierte, „Übrigens, dass du mir zutraust dich umbringen zu wollen, das finde ich echt blöd von dir." Die nächsten zehn Jahre würde er die Story immer wieder herauskramen. Immer dann, wenn er sie brauchte. Wenn er etwas durchsetzen wollte. Abends wieder nicht nach Hause kam wegen einer seiner nächtlichen Recherchen. So nannte er das. Sie nannte es *Sekretärinnen*.

Scheißkerl.

Ja. Jetzt fühlte sie sich besser.

Mamas sind nicht besonders clever. Wirklich nicht. Hanna sagte das, und Ben fand das nun auch.

Mama glaubte, er wäre eingeschlafen.

Er brauchte nur die Augen zumachen und ein bisschen lang atmen.

Ben drehte sich wieder auf den Rücken und schlug die Augen auf. Sie brannten etwas, aber als er blinzelte, wurde es besser.

Mamas mussten nicht schlau sein. Sie mussten lieb sein. Und eigentlich war Mama lieb. Manchmal verstand Ben seine Mutter nicht und sie war weit weg; nicht so wie Papa, der *wirklich* weit weg war, die meiste Zeit jedenfalls. Sondern irgendwie erwachsenenweitweg, mit den Gedanken oder so.

Er konnte das nicht erklären. Außerdem war jetzt alles gut. Na ja fast alles. Aber mit Mama war es gut. Sie hatte ihn lieb, das wusste er jetzt, und mit Papa, der ihn ja sowieso lieb hatte, das würde sich einrenken. Mama hatte es nicht gesagt, aber irgendwie glaubte Ben es. Diese Zuversicht hatte Mama ihm vermittelt und Papa schon immer. Und schreien tat auch keiner mehr.

Aber das war ja ein Traum gewesen.

Ben drückte den Kopf ins Kissen, sodass er zum Vorhang schauen konnte. Als wäre der Schrei von da gekommen, so war es gewesen.

Vorsichtig setzte er sich auf. Er wollte kein Geräusch machen. Sich nicht noch mal von Mama erwischen lassen. Mama durfte er nicht enttäuschen. Die Bettdecke legte Ben sich um die Schulter, und er schlüpfte in die Pantoffeln, obwohl er nur einen Weg von drei Schritten vor sich hatte.

Ben schlurfte zum Fenster, teilte den schwarzen Vorhang und schaute hinaus in die Schwärze, um den Schrei zu suchen. Er stützte die Ellbogen auf die Fensterbank, schob die verstaubte blaue Plastiktüte, den Rucksack und das Notizbüchlein beiseite. Papa hatte das Büchlein Anna vor Jahren geschenkt. Vorn war Annas Vor- und Nachname mit goldenen Lettern eingeprägt. Es sah vornehm aus, und Ben war neidisch gewesen. Zuerst hatte Ben gedacht, er bekäme irgendwann auch eines. Das war nicht passiert, und Anna hatte ihr Notizbüchlein nie benutzt oder auch nur beachtet. Als sie jetzt auf die Klassenreise fuhr, war Ben in ihr Zimmer geschlichen und hatte das Notizbüchlein gefunden. Ganz zufällig. Es lag verstaubt hinterm Schreibtisch. Er würde es benutzen. Hausaufgaben und Ideen hineinschreiben. Nur Annas Vorname in goldenen Lettern störte Ben mittlerweile. Vielleicht ließe sich der Name austauschen.

Die Augen gewöhnten sich an die Dunkelheit. Rundherum reckten sich schwarze, kahle Buchen, die Angst machen konnten, aber Ben keine Angst machten. Der dunstige Nachthimmel lastete auf der Ziegelei. Gedrückt lag sie da, flächig und einstöckig, überragt nur von einem knöchernen doppelgeschossigen Verwaltungsbau. Ben war mit seinem Freund Finn drin gewesen. Nicht mal seinem Papa hatte er das erzählt, da Papa und Mama es streng verboten hatten.

Dort roch es muffig und regnete herein. Niemand lebte da drüben, und die Fensterhöhlen der Ziegelei waren schwärzer als alles andere.

Im zweiten Stock, genau auf Bens Höhe, da bewegte sich was in der Fensterhöhle. Aber das war unmöglich. Eine Einbildung, ein Traum … aber er war ja wach?

Trotz der warmen Bettdecke auf den Schultern, lief Ben ein kalter Schauer über den Rücken. Ben hatte die Adleraugen der Jugend, und die Neugier eines Abenteurers.

Er hielt die Luft an und erstarrte. Um zu beobachten und dabei unentdeckt zu bleiben.

Doch sein Gegenüber in der Ziegelei schien ihn schon gesehen zu haben?

Jedenfalls winkte der Junge gegenüber. Oder wischte an der Scheibe.

An der Scheibe? — Die waren doch alle eingeworfen gewesen.

Auch Bens Adleraugen konnten um drei Uhr in der Nacht nicht entscheiden, ob drüben die Scheibe repariert war. Der Junge jedenfalls winkte oder wischte weiterhin.

Es konnte auch ein Mädchen sein. Verrückt.

In dieser Nacht wurden fünf verschiedene Leute, fünf verschiedene Charaktere, fünf verschiedene Schicksale eingesammelt. Wissen, ob der Bedrohung? Oder reine Willkür?

Jurij war der Erste auf dieser kostenlosen und exklusiven Sightseeing-Tour durch Hamburgs Nacht. 1,80m groß, glatzköpfig, roter Trainingsanzug mit dem Logo eines Baumarktes, leicht übergewichtig mit kurzen Armen und geschätzten 2,4 Promille im Blut. Das einzige deutsche Wort dass er zu artikulieren im Stande war, lautete „Scheiße." Dieses wiederholte Jurij im Stakkato-Takt.

Dann kamen Jayden mit einem offensichtlichen Drogenproblem gefolgt von Mojo, der dasselbe Problem zu haben schien. Während bei dem Jamaikaner seine sehr krumme Nase umgeben von langen Rasta-Zöpfen das alles entscheidende Überragende zu seien schien, fiel bei Mojo seine höfliche geradezu zurückhaltende Art auf. Mojo war die Situation mehr als unangenehm und er schämte sich. Und mit jedem neuen Insassen füllte sich der Innenraum mit einem weiteren individuellen Duft zu einer Mixtur aus Drogen-, Alkohol-, Nikotin-, Schweiß- und Urin-Cocktail. Jean-Baptiste Grenouille hätte seine Freude gehabt.

So fügte auch die grazile Aksana Ihren Duft der Sünden der Nacht hinzu. Sie thronte über den Anderen auf der Bank im hinteren Teil der Minna und schaute recht gelangweilt in die Runde. Man erkannte sofort, dass dieses Transportmittel ihr nicht unbekannt war. Aksana hatte einen gefestigten Blick, der sich allerdings, als sie Jayden erblickte, dem puren Hass wich.

„Was machst du hier?", fauchte sie ihn an. „Du solltest bei den Kindern sein." Es schien, als seien die Ausgestoßenen der Ausgestoßenen der Nacht zusammengekommen.

„Los, rein da!" Das Quintett wurde schließlich gegen 1.12h durch Leon komplettiert.

Leon hatte geredet wie ein Weltmeister. Alles erklärt. Aufgeklärt. Kooperiert. Gescherzt, geflucht, getrunken. Literweise Kaffee. Alles war doch ein großes Missverständnis.

Er dachte nur noch ans Schlafen. Gleichzeitig raste ihm das Blut durch die Adern. Er würde nicht schlafen können. Er würde seinen Fall durchdenken. Immer und immer wieder. Ob er wollte oder nicht. Er wollte nicht. Er wollte in ein schwarzes Loch fallen und Ruhe haben.

Die Welt sollte ihn vergessen. Zumindest für den Rest der Nacht.

„Weißt du, wohin wir fahren", fragte Mojo erneut, der neben Leon saß. Der Transporter ruckelte durch die Nacht. „Weißt du, wohin wir fahren? Hast du was zu rauchen?"

„Hier wird nicht geraucht", sagte Jurij, bedachte sie mit finsteren Blicken und fixierte schließlich Leons Brust, während ein dünnes Lächeln in den Mundwinkeln des unangenehmen Typen aufzuckte. Vielleicht liegt es an meinem Einstecktuch, überlegte Leon und stopfte das Tuch tiefer in die Brusttasche, so dass es nicht länger herausstand.

Die Hände des Schlägers waren mit Kabelbinder gebunden. Leon beruhigte das.

„Alter, wir wollen nicht ersticken in der Kiste", sagte Jurij, schaute den Jungen an. Leon bezweifelte, dass man auf dem kurzen Weg an Zigarettenrauch ersticken könnte. Aber er sagte nichts.

Die Fahrt dauerte länger, als Leon sich vorgestellt hatte.

Gut, dass Jurij ein Rauchverbot angeregt hatte. Wahrscheinlich kannte auch er die Tour.

Sie hatten auszusteigen, eine Schleuse zu passieren, die Personalien wurden festgestellt.

„Mund aufmachen."

Ein Arzt im Kittel, mit einem Gesichtsausdruck so kahl wie der Raum, fingerte an Leon.

„Nehmen Sie Drogen?"

Leon verneinte; der Arzt sah ihn gar nicht an, blätterte in Papieren: „Sie sind verheiratet."

„Ja."

„Getrennt lebend."

Leon bejahte erneut und fragte sich, ob der Arzt seine Antwort wahrnahm, denn er blätterte immer noch in den Unterlagen: „Hier", reichte Leon einen Zettel.

„Was ist das?"

„Steht drauf."

Leon durfte gehen. „Vergessen Sie Ihren Zettel nicht.", und wurde von einem Justizvollzugsbeamten durch Gänge geführt:

„Hier herein."

In einem hell erleuchteten Raum erhob sich ein junger Mann hinter einem Schreibtisch. „Guten Tag, Herr Artles", sprach er mit einer Begeisterung in der Stimme, als wolle er jeden Moment hinter dem Schreibtisch hervorstürmen, um Leon, den netten Bekannten, zu umarmen.

„Setzen Sie sich, Herr Artles. Den Zettel können Sie mir geben."

Leon schaute auf den gepolsterten Stuhl. An den Ecken war der Stoff zerschlissen, gelber Schaumstoff quoll heraus. Leon setzte sich.

„Ich bin Dr. Goesken."

Wie zuvor der Kittelarzt hatte auch Dr. Goesken viel Papier vor sich liegen. Aber er schaute nicht hinein, sondern Leon ins Gesicht.

„Erzählen Sie, Herr Artles."

Leon hatte keine Lust zu erzählen. Ihn beschlich das Gefühl, dass sowieso alles gegen ihn ausgelegt wurde. Er fragte kurz und missmutig:

„Was wollen Sie von mir?"

Goesken blickte ihn weiterhin freundlich und offen an. „Ich bin Psychologe", sagte er.

Und ich bin nicht verrückt, dachte Leon.

„Sie sind verheiratet. Ihnen wird eine Beziehungstat vorgeworfen."

„Eine Beziehungstat?"

Nun guckte Goesken doch in die Papiere.

„Ich verstehe mich gut mit meiner Frau."

„So", meinte Goesken und schaute auf.

„Wir leben zwar getrennt. Erst seit Kurzem. Die Kinder erziehen wir gemeinsam."

„So."

„Es gibt keine Probleme zwischen uns."

Der Psychologe guckte ihn weiter freundlich an. — Nahm der irgendwas, überlegte Leon.

„Wovon träumen Sie?"

„Ich träume wenig. Ich schlafe gut. Jetzt würde ich auch gern nach Hause und schlafen."

„Ich meine, wovon träumen Sie im Leben?"

Das war schwieriger zu beantworten. Er hatte alles erreicht. Zwei herrliche Kinder, Erfolg im Beruf. Er dachte an die Kalbslederkladde, in welcher er seine Recherchen von der Reeperbahn notierte: Er hatte eine Frau, die sogar Interesse an seinem Herzensprojekt zeigte, und ihn dabei unterstützte.

„Von einem großen Tatsachenbericht, aufgeteilt in eine Trilogie, über die menschlichen Laster und der Sucht nach Aufmerksamkeit", sagte er.

„So." Goeskens Freundlichkeit wirkte eingefroren. Vielleicht begriff er nicht ganz, was Leons augenblicklicher Lebenstraum war.

Leon schob nach: „Ich recherchiere dafür. Es interessiert mich. Es ist eine echte Aufgabe. Gerade wenn man hier wohnt. Hier in Hamburg."

„Und Ihre Frau? Träumen Sie auch von Ihrer Frau?"

Leon lag in der Zelle auf der Pritsche und fragte sich, an welcher Stelle im Gespräch er falsch abgebogen war. Leon tastete nach seinem Handy, er wollte Marie anrufen … ach ja, das Handy hatte er abgeben müssen.

Er fühlte sich wie zerschlagen, dachte wieder an das Gespräch mit dem Psychologen. Leon war müde und wollte schlafen. Doch die Gedanken ließen ihn nicht. Unablässig kreisten sie.

Und wenn sie jemals aufhören sollten zu kreisen, dann war da ja noch das Neonlicht an der Decke, welches er nicht ausschalten konnte. In der Zelle war kein Lichtschalter montiert.

Dafür besaß sie eine Tür, eine besondere Tür: Sie war nur von außen zu öffnen, und sie hatte ein großes Fenster aus Sicherheitsglas. Wenn Leon sich zur Wand drehte, dann spürte er Blicke in seinem Rücken. Alle paar Minuten schaute ein Justizvollzugsbeamter auf Leons Rücken.

Leon hatte es anders probiert: zurückgeschaut. Das war dann das Lebenszeichen, was der Beamte brauchte und verschwand. Aber nach Minuten kam er wieder. Oder ein anderer Beamter. Guckten durch die Scheibe auf Leon herab, wie er da lag und nicht schlafen konnte.

Leon setzte sich auf. Schaute zur Scheibe in der Tür. Gerade guckte niemand. Aber das jemand gucken könnte, gleich gucken könnte oder in einer Minute gucken könnte: Es machte ihn wahnsinnig.

Hundemüde war Leon. Er wollte schlafen, aber es funktionierte nicht. Leon schaute zum Fenster der Zelle. Eigentlich war das Fenster nur eine bessere Ritze, so schmal war es, ganz oben in der dicken, weiß gekalkten Wand eingelassen. Graues Licht kämpfte sich durch das Ritzenfenster und wurde vom Neonlicht erschlagen.

Die Sinne, die nicht zur Ruhe kamen, überanstrengt waren und dadurch schärfer und unzuverlässiger: Sie bemerkten ein Knattern. Zuerst hatte Leon es nicht wahrgenommen. Jetzt war er kurz davor zu schreien, so sehr störte das Knattern ihn. Er schaute zur Decke. Die Neonröhre verursachte das Knattern.

Leon wollte aufstehen und an die Tür schlagen: Macht das Licht aus. Macht es endlich aus.

Er knirschte mit den Zähnen. — Das wollten sie doch nur. Dass er durchdrehte.

Wollten sie das wirklich? Welches Interesse sollten sie daran haben.

SIE?

Leon legte sich wieder hin. Wer sollten *SIE* sein? Eine unbekannte Macht, Männer, die sich gegen ihn verschworen hatten? — Er musste ein bisschen aufpassen, dass er nicht durchdrehte. Er war Marketingchef einer großen Firma. Er hatte einen Karrieresprung gemacht. Fast bis an die Spitze war er gekommen. Schach vertraute ihm, setzte große Hoffnungen in ihn.

Gerade atmete Leon ruhiger, da ließ ein Scheppern ihn auf der Pritsche zusammenfahren.

„Suppe."

Er kam hoch. Hände in Uniformärmel reichten ihm einen gefüllten Plastikteller und Plastiklöffel. Den heißen Teller auf den Knie balancierend aß er Erbsensuppe. Er zwang sich zu essen, wirklich Hunger hatte er nicht, und er fragte sich, wie spät es war. Sollte die Suppe Abendessen oder Frühstück oder irgendwas dazwischen sein?

Leon setzte sich nach hinten, lehnte den Rücken an die kühle Kalkmauer. Jetzt hatte er etwas Warmes im Magen und das tat ihm gut. Er schaute zum Waschbecken. Frischmachen könnte er sich.

Das Waschbecken war am Fußende des Bettgestells. Dahinter die Toilette und Toilettenbürste, so alt wie das Gemäuer selbst. Sie gab der Zelle ihren charakteristischen Geruch. Der war Leon beim Eintreten aufgefallen, jetzt hatte er sich daran gewöhnt. Die Toilette hatte einen braunfarbenen Abfluss und keine Brille.

Am Kopfende des schmalen Betts hing ein altertümlicher Heizkörper. Das Ritzenfenster war von außen vergittert. Es hatte keinen Fenstergriff. Das eiserne Bettgestell war so flach konstruiert, dass man nirgendwo ein Strick oder gedrehtes Laken hätte befestigen können.

Als ob sie Angst hätten, er würde sich umbringen wollen.

Er dachte an Schach und seine Karriere. An das Missverständnis, das sich aufklären würde. Er dachte ans Rasieren und sein zerknitterten *Hugo-Boss*-Anzug. An Marie dachte er und dann - das waren seine liebsten Gedanken - an Anna und an Ben.

Jemand schüttelte an seiner Schulter.

„Bitte kommen Sie mit."

Leon schreckte auf. Wo war er?

Leon blinzelte, jemand zerrte ihn nach vorn.

„Kann ich gehen?", fragte Leon.

„Gehen? Davon weiß ich nichts."

Es war ein grauhaariger Justizvollzugsbeamter. Leon erinnerte sich, orientierte sich: die Neonröhre, das vergitterte Fenster, die brillenlose

Toilette. Leon rutschte nach vorn, erhob sich — da begann die Zelle, sich um ihn zu drehen, und auf dem Rücken hatte er einen Eispanzer, der war so schwer und hart, dass Leon den Rücken nicht gerade bekam.

Leon strauchelte.

3. Kapitel

„Ben! Du musst aufsteeheen!", rief Marie nach oben.

Es wurde höchste Zeit. Sie legte das Salatblatt auf das Vollkornbrot mit dem Hefeextraktaufstrich, rührte Kinderkaffeepulver in die heiße Milch.

„Been!"

Beides stellte sie an seinen Platz, und wenn er jetzt nicht endlich kam, verfrachtete sie ihn ohne Frühstück in die Schule. Die Nacht war zu aufregend für ihn gewesen. Aber das war keine Entschuldigung. Er hätte ja nicht herunterschleichen und lauschen müssen. Wer lange aufbleiben kann, muss die Konsequenzen am nächsten Morgen tragen. Zu schnell fahren würde sie jedenfalls wegen des Bengels nicht. Oder gar ins Rutschen kommen mit dem SUV. So zügig waren die hier draußen mit dem Streuen nicht. Und bei Glatteis half auch der Vierradantrieb des VW Touaregs wenig. Die Erfahrung hatte sie machen müssen. Die Reparaturkosten waren vierstellig gewesen, und sie waren in der Versicherung empfindlich hochgerutscht. Behauptete jedenfalls Leon, sie kümmerte sich um so etwas nicht.

„Mama." Endlich meldete Ben sich. Quäkte wie ein Schwein auf der Schlachtbank. Das hatte er raus. Nervte sie schon immer, während Leon eine Engelsgeduld auch in solchen Fällen bewies.

Aber Leon war ja erst mal aus dem Weg geräumt.

Oh … das war aber nicht nett gedacht gewesen. — Heute Morgen hatte sie eine gehässige Laune. Aber das musste auch mal erlaubt sein.

„Mama. Ich krieg die Augen nicht auf."

Was war das wieder für eine neue Masche. Marie schnaufte. Aber in der Küche, sodass der Junge ihre Laune nicht mitbekam.

„Was hast du denn, mein Engel." Sie stand an der Treppe und rief nach oben.

Bens Tür stand offen, also war er aufgestanden, nachdem sie vor einer halben Stunde bei ihm hereingeschaut hatte, ihm „Guten Morgen" gesagt und das Licht angeknipst hatte.

„Ich krieg die Augen nicht auf, guck mal."

Sie stieg die Treppe hinauf. Im zweiten Badezimmer oben war Licht. Ben stand vor dem *Alibert* und rieb sich die Augen.

„Nicht reiben."

Bens beide Augen waren gerötet. Das linke Auge war normal offen, aber das rechte Auge sah schlimm aus. Es war verklebt mit dunkelgelben Bröckchen von getrocknetem Eiter und ließ sich nicht öffnen.

„Warte, das haben wir gleich."

Marie drehte den Hahn auf, das Wasser lief kalt heraus. Das würde dauern …

„Nicht reiben, Ben!"

Langsam wurde das Wasser warm.

Sie griff zum Schwamm aus der Dusche, überlegte es sich anders und holte einen neuen Schwamm aus dem Unterschrank, den Schwamm benetzte sie mit dem endlich warm werdenden Wasser.

„Jetzt musst du stillhalten."

Sie löste die Bröckchen, und bald konnte Ben das rechte Auge öffnen. Ein milchiger Film schwamm auf der Hornhaut, Eiter sammelte sich an den Lidrändern.

„Das ist eine ausgewachsene Bindehautentzündung", sagte Marie und sah, dass der Junge wieder keine Pantoffel an den Füßen hatte. Ihre Mutter hätte ihr jetzt eine geklatscht. Aber Marie riss sich zusammen. So was machte sie nicht. Sie war Yogalehrerin. Bisher zumindest. Richtig gut lief das nicht. Sie fand Yoga toll, aber vielleicht war sie nicht der Typ, es zu lehren. Leon hatte das gleich vermutet. Aber sie traute sich nicht, ihm ihre neue Idee zu erzählen, nachdem das mit dem Tanzstudio schon nicht geklappt hatte. Deswegen waren sie damals hierher rausgezogen.

„Was ist eine Bindehautentzündung?"

Sie holte Ben seine Pantoffeln und erklärte es. Und während Ben seine Hefeextraktvollkornbrotscheibe mümmelte und es sowieso zu spät wurde, um den Jungen rechtzeitig zum Schulbeginn abzuliefern:

Da entschied sie, dass es besser war, mit Ben direkt zum Arzt zu fahren. Der sollte sich die Augen anschauen, ein Mittel verschreiben. Denn von allein ging eine Bindehautentzündung selten zurück, und mit dem Augenlicht war nie zu spaßen. Vielleicht war auch noch eine Erkältung im Anmarsch. Wenn sie das Rezept einlöste, würde sie sich gleich entsprechend von der Apothekerin ausstatten lassen.

Ben war mit allem einverstanden.

„Ich kann danach zur Schule gehen. Deutsch schaffe ich noch. Bestimmt." — Der Junge konnte verständig sein.

„Was ist mit Papa?", fragte Ben und Marie erschrak: Was war darauf zu sagen?

„Ist er im Knast?"

„Ähh..."

„Wie lang muss er in den Knast?"

„Ben! Papa ist nicht im Knast." Sie suchte nach einer Erklärung, schaute aus dem Fenster, als wäre sie dort zu finden. Alles war voller Reif. „Es ist ein Missverständnis. Papa unterhält sich mit der Polizei. Da ist was zu klären, das dauert einen Moment."

Sie eilte aus der Küche, hob ihre Jacke vom Garderobenhaken.

„Zieh dich schnell an. Ich hole den Wagen."

Leon bekam die Garage. Sie den Rest. Den rechten Streifen der Einfahrt und schön am Rand parken, damit Leon, der Marketingwunderboy, seinen Schlitten ohne Schrammen morgens rückwärts rauskriegte. Aus Gewohnheit parkte sie noch immer an der Seite, obwohl Leon seit Wochen ausgezogen war. Ab morgen würde sie die Garage benutzen. Wenn er abends kam, konnte er an der Seite parken. — Die nächsten Tage käme er abends bestimmt nicht. Der Gedanke ließ sie lächeln. Aber nur kurz, und dann hatte sie ein schlechtes Gewissen.

Sie hörte das Grummeln hinter sich. Dumpfdröhnend wie ein Leopard-Bergepanzer. Marie kannte das Geräusch — und es passte ihr gerade ganz schlecht. Schon bog Sophias Hummer mit Schwung in die Einfahrt und versperrte die volle Breite: der Über-SUV, der Star jedes Irakkriegs und jeder Elternvorfahrt an der Schule.

Sophia stieg aus. Glatteis oder nicht, Stilettos mussten sein. Dazu die Handtasche in der Größe einer Kreditkarte. Sophia liebte Kreditkarten.

„Hallo Marie!"

Marie grüßte zurück und kratzte weiter. Wenn so ein Touareg nicht so hoch und groß wäre, käme sie mit dem Schaber auch bis zur Mitte der Windschutzscheibe. Sie wechselte zur Beifahrerseite und kratzte und kratzte. Ein Hummer wäre gar nicht auszuhalten. Viel zu breit zum Freikratzen.

Sophia stöckelte heran. Die Haare hatte sie diesmal hochgetürmt, aber immer noch dummblondinenblond. Es war die perfekte Tarnfarbe für die Rechenmaschine darunter, die drei Ehemänner in Grund und Boden gerechnet hatte - in Zusammenarbeit mit Sophias Lieblingsscheidungsanwalt. Der vierte Ehemann, Halter des Hummers, war in Arbeit.

„Was höre ich." Aufgekratzt war Sophia. Sie musste ein Sensatiönchen gehört haben.

„Keine Ahnung, was du hörst."

„War *das Gespräch* überhaupt!"

Logo, immer war irgendwas *das Gespräch* überhaupt, wenn sie ihre Kinder ablieferten und noch schnell zum SUV davor oder dahinter liefen, um kurz, ganz kurz nur zu reden, was man auch über *WhatsApp* hätte bereden können. Und dabei ein Verkehrschaos verursachten. Jedes Mal zum Schuljahresbeginn schickte der Rektor einen Mahnbrief an die Eltern, doch bitte die Schüler mit dem Schulbus fahren zu lassen, um das Autochaos zu verhindern, in dem die Busse steckenblieben.

Aber deswegen brachten die Mütter ihre Kinder zur Schule. Damit sie pünktlich kamen. Denn die Busse kamen grundsätzlich zu spät, weil sie in diesem Chaos nicht vorankamen.

Ohne Umstände kletterte Sophia in Maries Touareg und ließ den Diesel anspringen, stellte das Gebläse auf die Scheiben. Patent war Sophia, das gab Marie zu, und sie mochte Sophia auch; weil Sophia es verstand, mit den Männern umzugehen. Besser jedenfalls als Marie.

„Dein Leon ist im Knast!", trompetete Sophia heraus, was sie gehört hatte.

„Woher weißt denn du das."

„Aber das wissen doch alle."

Also war es schon rum. Unglaublich. — Ben trödelte heraus. Den Rucksack hatte er dabei, immerhin.

„Hast du abgeschlossen? Setz dich auf den Rücksitz. Geht gleich los."

Sophia stieg heraus.

„Worum geht's eigentlich, Marie. Mir kannst du's sagen."

„Du erzählst es nicht weiter?"

„Um Gottes willen. Nein."

„Ich auch nicht."

Das gab einen bösen Blick von Sophia und natürlich ließ die Freundin nicht locker. Nicht bei so einer Sensation.

„Ich hab einen guten Anwalt", flüsterte Sophia, obwohl flüstern nicht nötig war, der Diesel vernagelte dem kleinen Lauscher auf dem Rücksitz das Lauschen, auch wenn er die Autotür nicht geschlossen hatte.

„Ich brauch keinen Anwalt. Ich hab mit Leon noch gar nicht gesprochen."

Mit großen Kulleraugen sah Sophia sie an.

„Du hast nicht mit ihm gesprochen?"

Das hätte sie Sophia vielleicht nicht sagen sollen. Offensichtlich kam das nicht gut. Marie verstaute den Kratzer im Seitenfach.

„Ich will jetzt wirklich los. Ben muss zum Arzt."

„Du solltest jetzt wirklich anrufen." Sophia hielt ihr strassbeklebtes *iPhone* hin. „Marie. Eine Familie hält zusammen."

Das musste Sophia gerade sagen. Aber Marie gab kein Widerwort. Freundinnen waren wertvoll, und vielleicht hatte Sophia recht. Also sagte Marie nur:

„Ich hab mein eigenes Telefon", und kramte ihr *iPhone* hervor. — Aber wo sollte sie anrufen?

„Dammtor sitzt er", sagte Sophia. Sie war bemerkenswert informiert. „Da sitzen sie alle. Am Anfang zumindest." Sie steckte ihr Strass-*iPhone* ins Täschchen.

„Ich weiß die Nummer nicht."

„Meine Güte." *iPhone* wieder raus aus dem Täschchen, Browser auf.

„Aber jetzt mach den Motor kurz aus. Bitte. Das stinkt." Sophia hielt ihr den Bildschirm mit der Nummer hin und sagte: „Was hat er denn, dein kleiner Ben?"

„Bindehautentzündung." Sie suchte nach einer Ausrede, um Sophia nicht dabei zu haben, wenn sie mit Leon telefonierte.

Aber ihr fiel nichts ein, und sie musste jetzt mit Leon telefonieren. Sonst wäre sie bei Sophia unten durch, und Sophia würde es weitererzählen. Das wäre noch die Sensation in der Sensation. Marie stände ihrem Mann nicht bei. Da konnte sie sich gleich die Kugel geben.

„Ich könnte ihn auch direkt anrufen." Ihr widerstrebte es, vor den Ohren Sophias mit irgendeiner Gefängnistussi zu feilschen, damit sie endlich zu Leon durchgestellt wurde.

„Dann mach das. Ruf ihn direkt an." Sophia rollte mit den Augen.

„Bin durch", schob Marie schnell nach. „Es klingelt."

Dabei blieb es. Es klingelte. Bis Leons Mailbox ansprang. Marie rief noch mal an und noch mal, und dann begann sie, sich Sorgen zu machen. Wirkliche Sorgen.

Ihr Leon. Was war los?

Sophia meinte: „Musst du doch Dammtor anrufen und dich durchstellen lassen."

Das rechnete Marie ihrer Freundin Sophia hoch an: Sophia brachte Ben in ihrem Hummer zum Arzt und würde ihn danach - wenn der Arzt nichts dagegen hatte - bei der Schule absetzen. Ben würde sich in dem Amigeländewagen wie ein König fühlen. Er mochte dicke Autos, *Gangsta* und *Force Attax*-Karten. Jungskram eben, und Marie grinste. Kerle waren doch ziemlich einfach strukturiert, oder? Schon deswegen musste man sie lieben.

Jedenfalls hatte Marie jetzt sturmfreie Bude und konnte ernsthaft telefonieren. Natürlich hatte Sophia gleich begriffen, dass Marie genau das erreichen wollte, als sie ihre Freundin bat, Ben kurz zum Arzt zu fahren. Aber die patente Sophia wusste, wann eine Freundin aufhören muss, neugierig zu sein und stattdessen zu helfen hat.

Marie legte sich einen Zettel zurecht, beschwerte den oberen Zettelrand mit der Vase, in welcher die roten Rosen standen, die Leo ihr zum Hochzeitstag geschickt hatte. So rutschte der Zettel nicht weg, wenn sie eilig Notizen machen musste. Sie schrieb die Nummer der Untersuchungshaftanstalt, die von allen Dammtor genannt wurde, vom Monitor ab.

Sie wählte die Nummer und in dem Moment schellte es an der Haustür. Marie unterbrach die Telefonverbindung.

„Hallo Marie! Was höre ich!" Mit diesen Worten stapfte Freundin Geraldine vorbei an Marie ins Haus, kaum dass Marie die Tür geöffnet hatte. Es hätten die Kommissare mit neuen Infos sein können.

Die kleingewachsene Geraldine hatte braune Stiefel ganz nach der neuen Herbstmode an den Füßen: mit hohen *und* breiten Absätzen. Die Schäfte reichten Geraldine bis zu den Knien, und das Braun des Stiefelleders war perfekt auf das volle Braun von Geraldines Haaren abgestimmt. Trüge Geraldine dazu eine Reitgerte, wäre ihre Freundin die perfekte Gattin eines pferdevernarrten Landedelmanns, der sich des Nachts gern auch mal weichklopfen ließ.

Aber das war äußerer Schein. Geraldine war eine ganz Liebe. Deswegen konnte Marie sie kaum rausschmeißen.

„Dein Mann ist im Gefängnis!" Geraldines Stimme wurde immer höher. Nicht dass Geraldine ihr hier auf dem Wohnzimmerteppich kollabierte. „Der liebe, gute Leon! Was soll er denn getan haben?"

Geraldine sah sich um. Sie kannte die Einrichtung, es gab nichts Neues zu sehen, sie wartete darauf, dass Marie sie bat, Platz zu nehmen.

„Willst du nicht Platz nehmen?"

Schicksalsergeben berichtete Marie. Freundinnen gegenüber konnte man sich nur ergeben. Dann kam Paula, Marie erzählte noch mal, es kam nicht mehr drauf an. Nur telefoniert hatte sie immer noch nicht.

„Du *musst* ihn anrufen!" Geraldines Stimme war schrill. „Ich hol mir ein Wasser, du erlaubst doch?"

„Oh, entschuldige, das habe ich ganz vergessen. Was bin ich für eine Gastgeberin. Paula, du auch?"

Paula wollte auch. „Aber Geraldine hat recht, du *musst* wirklich anrufen, Marie." Paula war eine stille Frau. Wenn sie etwas sagte, dann meinte sie es tatsächlich.

Geraldine und Paula tranken und ihre Wangen hätten heute Morgen kein Rouge gebraucht. Die Freundinnen lebten und bangten für ihre Freundin, die so aufregende Dinge erlebte.

„Ich habe mir die Nummer bereits rausgeschrieben." Marie tippte auf dem schnurlosen Haustelefon.

Justizvollzugsanstalt oder irgendwie so meldete sich eine sehr junge Frauenstimme am anderen Ende der Verbindung und das überraschte Marie, sie hatte sich vorgestellt, Gefängnisse würden von bärbeißigen *Loosern* in Uniform bewacht, die den Frust über ihr misslungenes Leben an den Gefangenen ausließen.

Geraldine und Paula saßen Marie gegenüber, nach vorn gebeugt, Kinn vorgereckt.

Aber die Lauthörentaste würde Marie ungedrückt lassen. Wenigstens einen Millimeter Privatsphäre wollte sie behalten. Sie presste den Hörer ans Ohr, damit wenig von der jungen Stimme ins Wohnzimmer entkam.

„Ich würde gern meinen Mann sprechen … ja … angestellt, bei Ihnen … nein, er … er ist … er ist eingeliefert … ja … gestern Nacht. Nein, nein, nur im Untersuchungsgefängnis."

Sie brauchte eine richterliche Anordnung oder so. Sagte die Frau und fragte nicht mal nach Leons Namen. *Eine richterliche Anordnung.* – Um mit ihrem Mann zu sprechen, benötigte Marie eine Anordnung von einem anderen Mann? Wie verrückt war das denn?

Das war eine andere Welt. Eine Welt, die Marie nicht kannte.

„Huch", machte Marie.

„Was ist los, Marie?" Geraldine konnte nicht mehr an sich halten. Fast kippte sie in den Glastisch, soweit hatte sie sich vorgebeugt.

„Aufgelegt", sagte Marie, hielt das Telefon, als sei es zu einem Igel mutiert. „Hat die einfach aufgelegt."

„Und?", fragte Geraldine. „Eine Frau?! Was sagt sie?"

Bei Paula knurrte es in der Kostümtasche. Paula brachte ein *Galaxy* von monströsen Ausmaßen zum Vorschein und wischte und tippte auf dem Glas im *fast-forward*-Modus. Damit wusste die nächste Hundertschaft Vorstadtfrauen Bescheid. Nicht nur, dass Leon in Untersuchungshaft saß, sondern dass Marie nicht mal mit ihm telefonieren durfte.

Damit war sie erledigt. Geächtet und ausgestoßen. Die Frau eines Verbrechers. Selbst wenn Leon in einigen Jahren rauskäme und alles sich im Nachhinein als Missverständnis herausstellte — etwas blieb hängen. So war das doch. Man kannte das.

Geraldine erhob sich und kam um den Glastisch herum, ließ sich neben Marie auf der Couch nieder.

Oha, dachte Marie, die den Hauch eines Herrenparfums in die Nase bekam. Geraldine tupft sich Rasierwasser hinter die Ohren, das ist raffiniert, deswegen dachte Marie an eine gestrenge Landedelfrau, wenn sie Geraldine begegnete.

Geraldine rückte Marie noch näher, bis ihr geschäfteter Unterschenkel den Schenkel von Marie berührte, und dann sagte Geraldine zu Paula, die gegenüber noch immer tippte und wischte: mit nach vorn gebeugten Schultern und einem Gesicht, dessen Aufmerksamkeit vom *Galaxy* absorbiert wurde: „Paula! Leg das Telefon weg. Komm rüber. Marie braucht uns."

Paula gehorchte der Zuchtmeisterin, setzte sich neben Marie auf die andere Seite.

Die zwei Couchbesucherinnen legten ihre Arme um Marie und sprachen ihr zu.

Das tat Marie gut.

„Du musst auch die Chancen sehen", erklärte die gesprächssparsame Paula. „Marie, hörst du. Ich meine, was ich sage. Die Chancen."

Leon setzte sich auf den zugewiesenen Holzstuhl wie ein alter Mann.

„Irgendwas ist mit meinem Rücken", sagte er.

Offensichtlich interessierte das die anderen nicht.

Vor ihm saßen zwei Männer und eine Frau. Der grauhaarige Vollzugsbeamte hielt sich im Hintergrund. Es war der Mann, der Leon aufgefangen hatte, als er in der Zelle ins Straucheln kam, da sein Kreislauf streikte.

„Ich bin Haftrichter Kleinschmidt, das ist Staatsanwalt Palmer. Das ist unsere Protokollantin Frau Niemann." Kleinschmidt hatte keine Haare auf dem Kopf, und er hatte auch keine Augenbrauen. Das gibt ihm das Aussehen einer Amöbe, fand Leon und bemühte sich, aufrecht zu sitzen. Es war nicht die Situation, um ein zweites Mal auf den schmerzenden Rücken hinzuweisen oder sich zu ärgern, unrasiert zu sein und krawattenlos und mit zerknittertem Jackett auftreten zu müssen. Leon befürchtete auch, unangenehm zu riechen. Das ließ sich im Moment alles nicht ändern.

Jetzt ging es um die Wurst. Leon hatte einen Instinkt dafür, wann die *Matchpoints* zu machen waren. Das zeichnet einen Marketing-Chef aus. Verbindlich sein, die Leute um den Finger wickeln, im entscheidenden Augenblick *taff* den Abschluss machen. Ein Closer!

Jetzt war so ein Augenblick. Leon mochte 36 Stunden nicht geschlafen haben, sie mochten ihn mit ihrer Beobachtungsnummer und dem knatternden Neonlicht gequält haben: Jetzt war er startklar. Trotz allem.

„Ich sehe, Sie sind allein. Ohne Begleitung eines Anwaltes?", stellte der Haftrichter kurz fest.

„Äh…ja."

„Nun gut. Dann können wir ja beginnen."

„Ich möchte endlich mit meiner Frau sprechen", sagte Leon. „Aber man hat mir das Handy abgenommen."

„Das geht nicht so ohne weiteres", erklärte Haftrichter Kleinschmidt. „Sie sind in Untersuchungshaft. Und wir entscheiden jetzt, ob es dabei bleibt."

„Dann sage ich gar nichts mehr. Dann bin ich jetzt erst einmal ruhig."

Kleinschmidt lehnte sich zurück, beide Handflächen blieben auf dem Tisch. Er war entspannt.

„Dann können wir beginnen. Es warten noch andere Kandidaten. Herr Staatsanwalt, wollen Sie kurz referieren."

Staatsanwalt Palmer blätterte in Akten. Wie vor einigen Stunden der Arzt und der Psychologe, erinnerte sich Leon. Keiner schien etwas im

Kopf zu haben, alles war auf Papier.

„Lassen Sie, Palmer. Ich mach es selbst", sagte Kleinschmidt und schaute die Protokollantin an. „Frau Niemann, können wir?" Sodann erklärte er, was Leon vorgeworfen wurde.

Er habe geplant, seine Frau umzubringen.

Leon schnappte nach Luft. So ungeheuerlich war der Vorwurf. Leon fiel es schwer zu schweigen; aber das hatte er gerade erst angekündigt: zu schweigen. Aber der Vorwurf war so offensichtlich aus der Luft gegriffen, dass Leon ihn gleich richtigstellen musste.

Seine Lippen wurden schmal, sein Rücken gerader, die Schultern nahm er zurück. Leon hielt durch. Er schwieg. Das Eis im Rücken spürte er immer noch, es hatte sich in die Nieren zurückgezogen, dort hielt es sich hartnäckig.

Nun fing Kleinschmidt ebenfalls an zu blättern wie vorhin Palmer. Staatsanwalt Palmer reichte Kleinschmidt aus den eigenen Unterlagen, was Kleinschmidt gesucht hatte. „Ah, danke", sagte Kleinschmidt, warf einen Blick auf das Blatt, welches in einer durchsichtigen Plastiktüte steckte, zeigte es Leon:

„Ist das von Ihnen?"

Leon konnte wenig erkennen, er saß zu weit weg.

„Kommen Sie näher." Kleinschmidt wedelte mit dem Blatt, das Plastik knisterte.

Leon wurde ein unbeschriebenes hälftig abgerissenes Blatt Papier vorgelegt.

„Äh…nein. Sollte ich?"

„Ja, das sollten Sie.", wurde der Ton schärfer. „Auf der anderen Hälfte dieses Blattes Papier haben Sie eine Zeichnung des Kellereingangs Ihres Hauses bei Volksdorf angefertigt. Stimmt das?

„Äh…nein. Und…übrigens…auch den von Ihnen vorgetragenen Vorwurf der versuchten Tötung weise ich auf das Entfernteste zurück. Das habe ich auch gestern Abend Ihren Kollegen mitgeteilt."

„Ja gut, dass wurde mir auch von der Ermittlungsbehörde so zusammenfassend mitgeteilt. Allerdings habe ich noch nicht das gesamte

Protokoll von gestern Abend lesen können. Zurück zum Papier. Sie erkennen das also nicht?"

„Das leere Papier? Nein."

„Haben Sie etwas dagegen, wenn wir dieses auf Fingerabdrücke untersuchen ließen?"

„Das leere Papier? Würde es etwas ändern?"

„Nein."

„Warum haben Sie in den letzten Wochen mit mehreren Leuten aus dem Milieu über Prostitution, Drogen, Glücksspiel, Auftragsmord und Mädchenhandel gesprochen? Oder geben Sie das auch nicht zu?"

Es brach aus Leon hervor. Er wollte es Kleinschmidt minutiös erklären, er redete wie ein Wasserfall. Er beschrieb die Situation in der verrauchten Schenke, erzählte von seinem Traumprojekt: Die Laster von Hamburg und die Sucht nach Aufmerksamkeit zu dokumentieren. Marie unterstütze ihn sogar dabei. Das Schreiben war sogar ihre Idee gewesen, sagte Leon. „Fragen Sie sie. Darf ich nun meine Frau anrufen?" Niemals käme er darauf, sie ermorden zu lassen.

Kleinschmidt und Palmer hörten zu. Frau Niemanns Finger flogen über die Tastatur.

Leon kam zum Ende. Er hatte alles erklärt.

Doch Kleinschmidt blieb unbeeindruckt und sagte: „Ich erlasse Haftbefehl."

„Aber —", Leon wollte protestieren, Kleinschmidt unterbrach ihn:

„Jetzt müssen Sie ruhig sein, Herr Artles. Ich habe Sie reden lassen, jetzt bin ich dran. Frau Niemann, habe Sie? Ich erlasse Haftbefehl. Wegen dringenden Tatverdachts. Wegen Wiederholungsgefahr. Und ja auch wegen Fluchtgefahr."

„Aber —"

Das heißt, Sie bleiben hier. Und überlegen Sie mal, ob Sie das nicht doch zugeben wollen. Wir könnten Ihnen dann im Strafmaß entgegen kommen. Noch haben Sie die Möglichkeit."

„Was meinen Sie mit „Strafmaß"?

„Naja, Sie sind ja nicht vorbestraft oder sonst irgendwie auffällig geworden. Wir reden hier somit über 10-12 Jahre. Da könnte ich Ihnen entgegenkommen. Sagen wir 6. Nach 2/3 der Zeit können Sie gehen.“

Leon brauchte Kleinschmidt und Palmer nur anzusehen, und Leon wusste, dass es besser war, nun den Mund zu halten. Aber es ging um Leons Freiheit. Die konnten ihn doch nicht hier drin lassen. Er war unschuldig. Der fehlende Anwalt war doch ein weiterer klarer Beleg dafür.

Staatsanwalt Palmer klappte die Akte bereits zu, die Sache schien ihn nicht weiter zu interessieren.

„Muss Herr Artles weiter in die Selbstmordzelle — ich meine Isolationszelle?", wandte sich Kleinschmidt an Palmer.

„Das soll der Psychologe entscheiden. Da häng‘ ich mich nicht rein", meinte Palmer. Frau Niemann zitterten die Mundwinkel; sie erkannte Palmers unfreiwilligen Witz und wollte nicht loslachen.

Leon begriff, warum seine Zellentür eine große Panzerglasscheibe hatte und das Licht immer eingeschaltet war. Sie befürchteten, er könne versuchen, sich umzubringen. Nichts lag ihm ferner.

„Ich will in eine normale Zelle." So weit war es schon, dass er darum bettelte, in eine Zelle zu kommen. „Und rufen Sie meine Frau an.“

Kleinschmidt runzelte die Stirn; was ohne Augenbrauen eigentümlich aussah. „Herr Palmer wird Ihre Frau informieren, und ihr eine Kopie dieses Protokolls schicken. Ist Ihnen das recht, Herr Artles?"

„Natürlich. Danke.“

„Ob Sie weiter in Isolationshaft bleiben, entscheidet der Psychologe nach einem erneuten Gespräch. Nicht dass Sie uns hinterher mit geritzten Armen verklagen, wir hätten uns zu wenig um Sie gekümmert."

Kleinschmidt sah Palmer und Niemann an, als erwarte er Beifall für seinen Humor. Die zwei verzogen aber keine Miene. Auch Kleinschmidt klappte Leons Akte zu, schob sie zur Seite, zog den nächsten Vorgang heran. Frau Niemann ließ den Laserdrucker anspringen, der mehrere Seiten auswarf. Leon sollte unterschreiben. Er bemühte sich, das Protokoll querzulesen.

„Wenn Sie sich beeilen würden", sagte Kleinschmidt, „wir haben noch weitere Kandidaten."

„Da fehlt aber was.", meinte Leon.

Ungehalten sah Kleinschmidt von der neuen Akte auf. „Wichtig oder unwichtig? Wollen Sie ernsthaft, dass Frau Niemann alles noch mal vorliest und wir in die Textinterpretation gehen?"

„Ich will einen Anwalt", sagte Leon.

Kleinschmidt nahm ein Din-A-4-Blatt aus Umweltschutzpapier von einem Stapel, reichte es Leon.

„Suchen Sie sich einen aus", sagte Kleinschmidt, „und jetzt unterschreiben Sie das Protokoll in Gottes Namen."

Leon tat wie ihm geheißen, während er mit einem Auge das von Kleinschmidt gereichte Papier überflog. Auf grauem Grund stand dort:

Anwaltlicher Notdienst

Über die Jahre war das Infoblatt so oft abkopiert worden, dass die Buchstaben schwer zu entziffern waren. Leon ging die Auflistung von Anwaltsnamen, Adressen und Telefonnummern durch.

Kleinschmidt sagte: „Das können Sie draußen machen. Abführen."

Draußen. Was für ein schlechter Scherz, dachte Leon.

Die leuchtenden Digitalziffern, rot auf schwarzem Grund, zeigten 47 Euro an.

„Macht 47. Wie wollen Sie zahlen?"

„Karte", sagte die platinblonde Sophia, fummelte an diesem gelackten, kleinen Täschchen, brachte das Portemonnaie zum Vorschein, aus dem sich ein Leporello bis zu den Bodenfliesen der Apotheke entfaltete: voller eingesteckter Plastikkarten.

Was es alles gibt, dachte Ben, der dabeistand und beobachtete.

„Nein, Quittung brauch ich nicht. Aber eine Tüte. Die können Sie mir geben. Danke."

Irgendwelche Augentropfen, Augensalbe, Lutschbonbons, Pastillen, Mentholsalbe und was auch immer, Ben hatte den Überblick verloren.

Die Plastiktüte, die er hinaustrug, war prall gefüllt. Sophia hatte sie ihm gegeben und stöckelte hinter ihm.

„Müsstest mir aber die Tür aufhalten, Ben."

„Hä?"

„Ein Kavalier macht das so. Aber das lernst du."

Mama hielt er nie die Tür auf. Mama wäre wahrscheinlich auch sauer, wenn Papa das täte. Als wäre sie zu blöd, selbst eine Tür zu öffnen.

Papa … Ben dachte an Kommissar Vered und an Kommissarin Nitsch, die er heute Nacht belauscht hatte, bis Mama ihn erwischte. Was war mit Papa? Heute Nacht war Ben sicher gewesen, dass Papas nichts Schlimmes passierte. Heute Morgen hatte Mama ihn beruhigt. Wenn es aber doch nicht so war, dass Papa bei der Polizei nur etwas klären musste. Wenn er doch im Knast saß? Ob er Sophia fragen konnte? Vielleicht wusste sie etwas? Aber wahrscheinlich wäre Mama das nicht recht. Mama mochte nicht, wenn andere sich in Familiensachen einmischten.

Sophia und Ben überquerten den Parkplatz vor der Apotheke. Die Tür des Hummers machte Sophia selbst auf, ohne auf Ben zu warten. Also eine Autotür machen Frauen selbst auf, versuchte Ben, Muster zu erkennen. Erwachsensein ist kompliziert.

„Schule lassen wir weg, was?" Sophia ließ sich von Ben die Tüte geben. „Beim Arzt war schon dröge genug."

Er war nicht blöd. Bot eine Erwachsene ihm an, die Schule ausfallen zu lassen, widersprach er nicht.

„Dann weiß ich schon, was wir machen. Aber vorher verarzten wir deine Augen. Wie der Doktor es gesagt hat."

Ben saß auf dem Beifahrersitz des Hummers, weil Sophia ihn schon auf der Hinfahrt nach vorn beordert hatte. Rücksitze wären nur was für Babys und Partys hatte sie gesagt, und Ben hatte das rätselhaft gefunden, aber nicht nachgefragt, sondern entschlossen genickt und war nach vorn geklettert. Man musste sich nicht immer als dummer Junge *outen*.

Sophia ließ den Fahrersitz des weiterhin parkenden Hummers nach hinten gleiten, um sich mit den Knien auf die Sitzfläche zu hocken und zu Ben hinüber zu beugen: mit den Augentropfen in den Händen und einem Ausschnitt, den Ben, aus dieser Perspektive jedenfalls, noch nie gesehen hatte. Milchweiß, mit einer Falte zwischen den Brüsten und einem Duft, der ihn umfing, da Sophia jetzt …

„Nach oben gucken, Ben."

Die Pipette mit der farblosen Flüssigkeit kreiste über ihm.

„Schön aufmachen!"

Vorne an der Pipette hing nun ein Tropfen, löste sich … Ben fühlte ihn kühl auf der Wange. Dann lief der Tropfen herab in den Mundwinkel und schmeckte salzig und nach Krankenhaus.

„Mmh, so geht es nicht", meinte Sophia, rutschte auf dem Sitz und die Brüste wackelten, und Ben wusste gar nicht, wohin er gucken sollte. Beziehungsweise, er wusste es schon, aber er wusste nicht, ob er es auch machen sollte.

„Ben, du solltest jetzt besser tapfer sein. Und vor allen Dingen ruhig halten. Ich werde dir jetzt das untere Lid herunterziehen."

„Was?!"

„Anders geht es nicht."

Mit diesen rotlackierten Riesenfingernägeln wollte sie ihm im Auge fuhrwerken? Meine Güte!

„Aber …", stammelte er, doch die Kralle berührte ihn schon. Kühl. Sanft. Duftend. — Wie machte sie das. Physikalisch war das unmöglich. Drei Zentimeter Fingernagel vorne dran und sie zauberte die einfach weg. Zupfte ihm am Lid. Tropf. Tropf!

Er drückte die Augen zu.

„Schon passiert! Wunderbar, toll gemacht, Ben. Jetzt noch das andere Auge. Versuch, es länger aufzuhalten. Verteilt sich der Tropfen besser."

Danach schraubte sie die Pipette auf das braune Glasfläschchen, ließ es im Karton verschwinden und reichte Ben den Karton zum wegpacken.

„Schon mal vernascht worden?" Sie schob den Rock zurecht und setzte sich wieder auf den Hintern.

„Hä?"

„War nur'n Scherz, Ben." Sophia drückte den Startknopf.

Ein Scherz? Er verstand den Scherz überhaupt nicht.

Ben wühlte sich durch die Plastiktüte. Die Augensalbensalbenpackung holte er aus der Tüte und stopfte sie zum Notizbüchlein in die Jackentasche. Auf der Packung waren Bilder, die den Zeichnungen auf den *Force Attax*-Karten ähnelten. Das könnte er Hanna morgen zeigen. Die Tüte mit den restlichen Arzneien drückte er in seinen Rucksack.

Sophia fädelte den Hummer in den Verkehr, schaute nach vorn, als bemerke sie nicht Bens forschenden Blick.

Schlau wurde Ben nicht aus Sophia. Aber was er wusste: Mama konnte er nicht fragen, was Sophia meinte. Er richtete das drehbare Gebläsegitter der Armatur auf seine Seitenscheibe, damit der gewärmte Luftzug die Scheibe freipustete. Sie hatte sich in den letzten Minuten beschlagen.

Der Hummer nahm eine vierspurige Straße stadteinwärts.

Sophia brauchte beide Spuren. „Los mach Platz, sonst mach ich dich alle."

Ben gefiel Sophias Fahrstil. Mama war nur am Schleichen. Bei der Militärversion des Hummers wäre in der Mitte, also zwischen Sophia und ihm, ein rundes Loch im Blechdach des Hummers und dort stände Ben mit einem auf Lafette montierten Maschinengewehr und würde Sophia den Weg freischießen. Sie wären bestimmt ein tolles Team.

„Wo fahren wir hin?", fragte Ben und spürte Unternehmungslust und Freiheit.

„In 'ne Einkaufsmeile."

Erst war sie kumpelig, gab ihm schulfrei, dann tatschte sie ihm Gesicht oder war es ein *Streicheln* gewesen? Jetzt war sie einsilbig. — Kompliziert, fand Ben.

Und es war eine komische Einkaufsmeile, die Sophia ansteuerte. Jedenfalls für Bens Geschmack.

Die Dönerbuden waren okay. *McDonalds* war da. Aber dazwischen waren Leuchtreklamen, auf denen *Hot Girls* stand oder *Nonstop Sexy*. Die Malereien darunter ließen keinen Zweifel, was einen erwartete, sollte man eintreten.

Sophia quetschte den Hummer zwischen einen Poller und einen überquellenden Glascontainer.

„Kommst du raus auf deiner Seite?"

„Geht schon." Ben schlängelte sich aus dem Wagen.

Auf den anderen Pollern saßen Männer, die älter aussahen, als sie waren. Oder als sie jemals werden würden. Ben hatte da keine Erfahrung. Jedenfalls hielt jeder von ihnen eine Bierflasche oder ein *Tetrapack* und rasiert hatte sich keiner von ihnen heute Morgen. Der Älteste der Gruppe, der nicht auf einem Poller gesessen, sondern am Containerschlitz gearbeitet hatte, näherte sich Sophia.

Sofort wusste Ben, dass Gefahr drohte. Die schöne Platinblonde und dieser alte Kerl mit dem Krückstock, der sich anbiederte.

Wenn Ben bloß das Maschinengewehr zur Hand hätte.

Ohne Arg, mit Kulleraugen und Stilettos, ging Sophia dem Kerl entgegen.

Ben knackten die Kieferknochen. Jetzt war der Moment, sich mit bloßen Fäusten dazwischen zu werfen, um Sophia zu retten. Helden machten das so. Aber war er ein Held, oder wäre er bloß dumm?

Sophia zupfte einen Euroschein aus dem Täschchen. Ihr Kulleraugenblick traf auf den Blick aus den alten Männeraugen. Die veränderten sich. Verjüngten sich und leuchteten und lachten Sophia an. Und sie lachte zurück.

Ihr Euroschein war verschwunden.

Bestimmt hatte der Alte ihn eingesteckt, aber so geschickt, dass Ben es nicht mitbekommen hatte.

„Wir gehen kurz da rein", sagte Sophia zu Ben.

„Warum hast du dem Knacker Geld gegeben?", erkundigte sich Ben und hatte Mühe, mit Sophia Schritt zu halten, die über leere Bierdosen und einen Kotzfleck auf dem Pflaster hinwegstieg und ein grell beleuchtetes Schaufenster ansteuerte.

„Er wird auf mein Auto aufpassen."

„Sonst hätte er es dir zerbeult, wenn du ihm kein Geld gegeben hättest?"

„Ist nicht mein Geld. Das Geld von meinem Mann. Ich gebe es einem anderen Mann, damit er auf das Auto von meinem Mann aufpasst."

„Aha", machte Ben und dachte: verrückt.

„Männer lieben es, Frauen Geld zu geben. Sie glauben dann, sie gehören ihnen. Und sie lieben es, auf Dinge, die ihnen gehören aufzupassen."

„Aha."

Sophia hielt ihm die Tür auf.

„Nächstes Mal machst du das für mich", sagte sie. „Und der da", sie zeigte zurück zu dem Bartstoppelknacker am Hummer, „der wird den Wagen mit seinem Leben verteidigen, da kannst du sicher sein. Männer sind so."

Sie warf dem Kerl einen Kussmund zu. Der alte Mann hopste auf wie ein Jungspund und winkte mit Stock und Armen zurück.

„Komm jetzt, Ben. Ich will einkaufen."

Es war ein merkwürdiger Laden. Grell erleuchtet und mit Gummifußboden. An den Decken hingen Videokameras. Hinter der Kasse stand eine mandeläugige Schönheit, die so makellos war, als wäre sie einem der Manga-Comics entstiegen, die Bens Freund Finn unter der Schulbank verschlang - besonders während Mathe und Religion. Die Frau hieß Mona, und Ben fand, dass der Name überhaupt nicht zu ihr passte.

Das Merkwürdigste aber war, was in den Regalen stand. Hautfarbene Stäbe im Sonderangebot. Weiter hinten im Regal entdeckte Ben ähnliche Stäbe in Neonfarben. Auch in glänzend, *wetlook* genannt. Die Glänzenden waren immer schwarz und größer als die anderen Stäbe und sie hatten angedeutete Adern.

Adern?

Man konnte sie glatt für Penisse halten, aber natürlich waren sie zu groß dafür.

Sophia beachtete die Stäbe nicht, war in den rückwärtigen Teil des Ladens gestöckelt, wo altmodische Sachen hingen. So mit wenig Stoff und kompliziert gestrickt oder gestickt oder wie das hieß. Letztlich war es Unterwäsche und ziemlich unpraktische dazu. Und nie hatte er jemanden mit solchen Sachen herumlaufen sehen, so dermaßen aus der Mode war das Zeug. Zwischen den Kleiderstangen mit der Unterwäsche standen Schaufensterpuppen mit Modelmaßen, denen verrückt lange Strümpfe angezogen waren, die reichten bis über die Knie, fast bis zum Popo. In Weiß, Hautfarben und Schwarz.

Sophia ließ sich von der mandeläugigen Manga-Schönheit beraten; die trug eine Art goldgeränderten Schlafrock, der bis zu den Fußfesseln herab reichte und den Blick nur freigab auf schwarzgelackte Plateausandalen, aus denen vorn schwarzlackierte Zehennägel herausschauten.

Das Fachgespräch zwischen Sophia und Mangafrau fand Ben uninteressant. Der Stapel von Oma-Unterwäsche, den die Mangafrau von Sophia aufgeladen bekam, wurde immer höher. Ben sah sich um.

Was Kondome waren, wusste er. Finn hatte es ihm erzählt, und Ben hatte es zuerst, vor über einem Jahr, heute natürlich nicht mehr, für Verarsche gehalten. Aber dass es sie mit Maracujageschmack gab … er mochte Maracujajoghurt. Aber man leckte doch nicht diese Gummiüberzieher ab.

„Na, Jüngelchen, schon auf den Geschmack gekommen?"

Ben war derart überrascht, dass er die Kondompackung fallen ließ.

Der Typ, der Ben ertappt hatte, hob die Packung auf. „Nimm ruhig mit, die Mädchen stehen drauf, echt." Drückte sie ihm in die Hand, hatte eine feuchte Aussprache, einen schmalen Mund und wache Augen.

Nur die Tränensäcke, fand Ben, die verunstalteten den Typen. Die waren 20 Jahre zu früh da.

Aus einer unauffälligen Tür neben der Schaufensterpuppe huschte noch ein zweiter Mann. Der war kleiner, stämmiger, arabischer, trug Vollbart und ausrasierten Nacken:

„Johnnie, du hast aber was vergessen, Alter." Dabei schwang ein stechender Knoblauchgeruch mit.

Johnnie wusste gleich, was gemeint war, zog einen Geldschein aus der vorderen Tasche seine Latexröhrenhose. Der Araber zupfte sich den Schein und war aus dem Laden hinaus. Im Nacken des Arabers hatte Ben ein Tattoo gesehen. Glaubte er zumindest. Eine Spinne vielleicht. Der dunkle Blick des Arabers hatte ihn nur für den Bruchteil einer Sekunde gestreift. Eine fremde Welt hatte in dem Blick gelegen, noch eine fremde Welt.

„Kommst du, Ben?"

Sophia stand an der Kasse und winkte mit der Kreditkarte. Die Mandelaugenfrau hielt ihnen die Tür auf und dienerte und lächelte mit blutrot angemalten Lippen in weißgepudertem Gesicht.

„Was hast du da?", fragte Sophia. Sie umrundeten den Kotzfleck. Ben hatte die Tüten zu tragen. Es waren einige Tüten mit Oma-Unterwäsche zusammengekommen.

„Ach, das hier ... der Mann, hat mir das gegeben."

Sie nahm Ben die Kondompackung ab.

„Maracuja? Ben, stehst du auf Maracuja?"

Das war ihm zu blöd. Sie wollte ihn verarschen, ihn als kleinen Jungen dastehen lassen, der keine Ahnung hatte. Darauf reagierte er doch gar nicht. Kaufte sich Omaunterwäsche, diese alte Schachtel, die zum Gestern gehörte, es nur noch nicht wusste.

Sie stiegen in den Hummer, Sophia nickte dem Alten zu, der das Blech beschützt hatte.

Der Wagen rollte in den anschwellenden Mittagsverkehr. An der Ampel mussten sie jetzt - anders als auf der Hinfahrt - warten, und in der Seitenstraße hatte sich auch etwas verändert: Ben sah an den Hauswänden Frauen stehen, die auf der Hinfahrt nicht dort gestanden hatten.

Sie hatten schwarze oder pinkfarbene Stretchhosen angezogen. Unter kurzen Pelzjäckchen lugte altmodische Unterwäsche hervor. Genau wie Sophia sie gekauft hatte. An den Frauen wirkte sie aber gar nicht mehr altmodisch, sondern ... Ben konnte es nicht ausdrücken, und er dachte an Hanna. Warum auch immer.

„Warum stehen die da?", fragte Ben.

Sophia bedachte Ben mit einem nachdenklichen Blick. Zunächst sagte sie gar nichts; das fand Ben ungewöhnlich. Bisher hatte Sophia zu allem etwas zu sagen gehabt.

„Soll deine Mama dir erzählen. Ich kann nicht sämtliche Kartoffeln für sie aus dem Feuer holen."

„Kartoffeln?" Er fand, er hatte eine Antwort verdient. Sophia schleppte ihn in diese Gegend der Stadt, wo er noch nie gewesen war. Er hatte ihre Tüten zu tragen, hatte sich Medizin von ihr ins Auge träufeln lassen."

„Manchmal ist deine Mutter ein bisschen trutschig, was. War sie noch nicht mit dir hier?" Sophia trat hart auf die Bremse. „Und dein Vater?" Sie standen wieder vor einer Ampel. Sophias *iPhone* machte *bing*.

Trutschig? Das Wort hatte Ben noch nie gehört.

Sophia sagte: „Ich meine so *etwas spießig*. Ach ist auch egal." Sie holte das *iPhone* hervor. „Du sagst ihr aber nichts, Ben. Oder?"

„Was soll ich sagen?"

Sophia rollte mit den Augen. Das beherrschte sie wie Hanna, wenn Hanna über Frau Wechthold sprach. Das war ihre Mathelehrerin.

„Vergiss es, Ben. Einfach vergessen."

Ben glotzte auf das *iPhone* von Sophia. Strasssteine waren da drauf geklebt. Verrückt.

Sophia las eine *WhatsApp*-Nachricht und ließ sich dabei von der Autoschlange hinter ihnen nicht irritieren. Die Ampel zeigte grün, und das Hupen wurde wütender.

„Paula schreibt, dass die im Gefängnis deine Mama nicht mit deinem Papa telefonieren lassen."

Ben erschrak. Also saß Papa doch im Knast. Mama hatte ihn … belogen hatte Mama ihn.

Sophia stieß das Gaspedal durch, der schwere Wagen bäumte sich auf, jagte vor.

„Amateure", sagte sie, „Das packt man anders an. Ganz anders."

Abrupt wechselte Sophia die Fahrspur und setzte den Blinker danach. Hinter ihr ertönte ein Hupkonzert.

„Schnauze."

Mit maximalem Lenkereinschlag zwang sie den Hummer zum Abbiegen, gleich hinter dem S-Bahnschild auf dem *Reeperbahn* stand.

4. Kapitel

Man war zum Roten übergegangen. Verdünnte ihn aber mit Wasser, es war schließlich Vormittag. Außerdem musste Paula noch ihren Bengel abholen.

Die kleingewachsene Geraldine war aufgestanden, rücksichts- und ruhelos stiefelte sie mit ihren hohen *und* breiten Absätzen über Maries Designer-Flokati. Keine zwei Monate alt. Marie hatte Mühe gehabt, Leon von dem Teppich bei *Kibek* zu überzeugen, nachdem er das Preisschild umgedreht hatte. Vierstellig.

„Aber die Lieferung ist kostenlos", hatte sie geflötet.

Und als er immer noch nicht parierte, fragte sie ihn, ob er die letzte Nacht wieder an einem wichtigen Auftrag habe arbeiten müssen und deswegen nicht nach Hause gekommen sei? Oder habe er über dem Schreiben seines Reports in seiner supergeheimen Kalbslederkladde die Zeit und Marie vergessen?

„Der Teppich ist wunderbar", hatte er geantwortet. „Wir nehmen ihn."

Und jetzt trat Geraldine das erkämpfte Stück mit Stiefeln.

„Bleib doch mal stehen", sagte Marie, „du machst mich nervös."

Geraldine stand und fing an, in den Kniekehlen zu federn. Die Stiefelschäfte knarrten dabei. Aber das hörte vielleicht nur Marie. Sie war aus dem Gleichgewicht. Die Gedanken waren unklar, verzettelten sich auf Nebenwegen wie Geräuschen oder Teppichkäufen.Geraldine fuhr derweilen fort: „Oder du machst ein Domina-Studio auf."

„Ein Domina-Studio?"

Marie sortierte sich. Domina-Studio ... was war das? Aber nach einer Sekunde hatte sie es. Klar, der Vorschlag kam von Geraldine. Herrenparfum, Stiefel, Gerte.

Marie hatte einige Studios hinter sich. Das Tanz-Studio, wegen dem die Familie hier rausgezogen war. Das Yoga-Studio, was auch nicht richtig lief. Und jetzt ein Domina-Studio — sie hatte genug von Studios.

Und keine Lust, Geraldines Fantasien zu verwirklichen. Sollte sie ihren Verehrer bluten lassen, sich einen zweiten in der Stadt dazunehmen oder die Sache professionalisieren: aber ohne Marie.

„Ich überleg's mir", sagte sie.

Paula schwieg und trank den gewässerten Roten – der entspannte. Ideen hatte sie bisher keine geäußert. Dabei war sie es gewesen, welche dem Gespräch die Richtung gegeben hatte, als sie meinte Leons Haft böte auch Chancen.

Marie stieß Paula an: „Was meinst du?"

„Den nächsten nehm' ich jetzt pur", erklärte Paula, „kommt sowieso nicht mehr drauf an."

„Ein Snack wäre nicht schlecht", sagte Geraldine, wiegte die Kniekehlen.

„Unnötig", meinte Paula. „So'n Glas voll hat so viel Kalorien wie ein Wiener Würstchen. Das is'n Snack."

Geraldine hörte auf zu knarren. „Echt jetzt?!"

Paula goss ein, verzichtete auf Wasserverdünnung.

„Is' ja irre." Geraldine war noch nicht fertig mit der Würstchenneuigkeit. „Das wirft meine Diät über den Haufen." Sie stellte das Glas ab. Aber vorher trank sie es noch leer.

„Fahren solltest du jetzt besser nicht mehr", meinte Marie zu Paula und dachte an Paulas Sohn. Wenn Paula den gleich von der Schule abholte und einen Unfall baute … Marie würde sich ewig Vorwürfe machen.

Paula wischte auf ihrem *Galaxy*.

„G'löst", sagte sie.

„Hä?"

„Katarzyna wird das erledigen." Katarzyna war ihre polnische Haushaltshilfe. Steueroptimiert von ihrem Mann. Sehr steueroptimiert.

Der pure Rotwein, ein süffiger *Haberschlachter Dachsberg*, löste endlich Paulas Zunge:

„Ich würde eine Galerie aufmachen."

Galerie? Da hatte Marie noch nie dran gedacht. Ihr Geheimwunsch war eine Boutique gewesen. Nachdem die Yogasache eher flau lief, hatte sie allerdings niemals davon gegenüber Leon gesprochen. Leon hätte natürlich gleich die Kosten gesehen, und er hatte wirklich viel rausgetan für Maries bisherige Versuche, sich zu beschäftigen. Die Erziehung von Anna und Ben jedenfalls füllte sie nicht aus. Bei Licht betrachtet waren das nur bessere Hol- und Bringdienste mit dem Mamataxi. Da musste noch mehr passieren im Ehefrauenleben.

Paula sagte: „Ich meine, du hast doch alle Möglichkeiten."

Stimmt. Alle Möglichkeiten: Platz war da. Zeit war da. Sie konnte sogar erweitern. Hans-Peter, der Besitzer der alten Ziegelei, würde mit Kusshand verpachten, das wäre eine tolle Location. Nur die Kunstwerke fehlten noch.

„Jetzt, wo Leon nicht da ist. Diese Möglichkeiten …" Paula süffelte *Dachsberg*. „Vollmacht übers Konto hast du doch?"

„Schon, ja."

„Depot auch?"

„Depot?"

„Musst du eruieren." Paula hatte studiert. Manchmal färbte das ab auf ihre Wortwahl. Besonders wenn sie trank; dann konnten ihre hochgestochenen Begriffe in die Vorstadtsprache rutschen.

Marie wog die Idee einer Galerie gegen die eigene Idee von einer Boutique ab. Gegen eine Galerie klang eine Boutique irgendwie nach 1970er-Jahre. Selbstverwirklichung von Ehefrauen mit breiten Gürteln und Schlaghosen. Gar nicht mehr cool. Außerdem ließen sich die jungen Frauen von *Amazon* und *Zalando* beschicken. Die Einzelhandelsgeschäfte machten reihenweise zu.

Eine Galerie dagegen...Vernissage mit *Kir Royal* und Staatsminister Vogg. Der trug knapp geschnittene Anzüge und Dreitagebart. Sexy. — Dann ab nach New York, Kunst begutachten, sich von dreißigjährigen Rollkragenpulloverträgern anhimmeln lassen, die sich in der Nacht zuvor schlaflos im Bett gewälzt hatten, ob sie, die große Galeristin, einen von ihren Schinken für *Good ol' Germany* in Kommission nehmen würde.

Die Hoodieträger in Greenwich Village ließe sie links liegen. Diese

Zuckerberg-Jünger, auf die stand sie nicht. Außerdem hatte Leon ihr erzählt, dass er einst mit Facebook-Aktien ziemlich reingefallen war.

Ah, das Depot. Musste sie sich drum kümmern.

Marie fand, dass Paula wirklich gute Ideen hatte. Paula sprach wenig, aber wenn, dann hatten ihre Äußerungen Hand und Fuß.

„Wein is' alle." Jetzt lallte Paula und ihr knallte die geleerte Flasche *Haberschlachter Dachsberg* so heftig auf den Wohnzimmerglastisch, dass Marie um ihn fürchtete.

„'tschuligung." Paula sabberte.

Marie war aufgesprungen und rettete Flasche und Tisch. — Oha, das Wohnzimmer drehte sich.

Und Leon kam in den Blick. Den hatte sie glatt vergessen.

Das war nicht nett von ihr.

„Ich hole eine neue Flasche", sagte sie auf dem Weg in die Küche und wusste sogleich, dass es falsch war.

Sie betranken sich hier und Leon schmorte.

Marie drehte um. „Ne, Schluss jetzt. Hier ist Feierabend."

Sie war beduselt, aber das machte ihre Gedanken klarer. So empfand sie es. Denn eine Frage, die vor allen anderen Fragen kam, die hatte sie sich noch nicht gestellt, aber jetzt fiel sie ihr ein:

Liebte sie Leon?

Die Antwort auf diese Frage kam vor allem anderen. Vor allem Pläneschmieden, Fantasieren, Telefonieren.

Oder war die Tatsache, dass ihr die Frage erst jetzt einfiel, sechsunddreißig Stunden und zwei Flaschen Rotwein, nachdem sie von Leons Festnahme erfahren hatte, war diese Feststellung schon die Antwort?

Liebte sie Leon noch?

Das amerikanische Konsulat strahlte in der ersten Reihe. Direkt an der Außenalster. Derart hyperweiß, dass es auch an einem extremstgrauen November-Mittag die Augen blendete.

„Das wird jeden Morgen übergestrichen", erklärte Sophia, aber Ben glaubte ihr natürlich nicht. Mittlerweile hatte er sich ein Bild von

Sophia gemacht, und seine Seitenscheibe war nicht mehr beschlagen.

Ihn beschäftigte Mama. Sie hatte ihn angelogen. Papa saß im Knast. Warum? Wann kam er frei? Ben wollte zu Papa.

„Sophia …?"

„Ja."

„… ach nichts." — Zuerst zu Mama. Er hatte so viele Fragen.

Sie bogen hinter der Botschaft ab, und es war ziemlich eng, denn an den Seiten des Sträßchens machten sich parkende Panamera, Cayenne, Aston Martin, Lotus breit.

„Wo fahren wir hin?" Das war nicht der kürzeste Weg zu Mama.

„Wir tun was für deinen Vater."

Sogar die forsche Sophia fuhr hier vorsichtig, um keine Außenspiegel zu beschädigen, die so viel kosteten wie in der Provinz eine Eigentumswohnung.

Hier waren alle Fassaden sehr weiß und die immergrünen Hecken mit dem Millimetermaß gestutzt.

Der Hummer schob sich eine gekieste Auffahrt hinauf.

Neben den hohen, mit filigranem 1950er-Jahre-Messing gerahmten Türen des Haupteingangs parkten wiederum Panamera, Cayenne und … Ben schaute nach dem Emblem auf der Motorhaube … Ferrari. Den genauen Typ kannte Ben nicht. Aber vier Auspuffrohre. Auf jeder Seite zwei. Wie es sich gehörte. Vielleicht ein Testarossa.

Das war schon was anderes als die *Force Attax*-Karten. Aber Hanna brauchte er damit nicht kommen, die interessierte das nicht.

Eine Lady trat aus der hohen Messingtür. Ein mittelalter Mann in Jogginganzug und mit einem Frotteetuch um den Hals hielt ihr die Tür auf.

Die Lady bewältigte die vier Stufen hinab in den Kies. Sie war schon etwas wacklig auf den Beinen, aber hoch gewachsen, und sie hielt sich sehr aufrecht. Dunkelgraue Haare hatte sie und jede Menge Klunker und Pelz. Der Jogger joggte ihr hinterher, aber so richtig jung und fit kam das auch nicht rüber. Aber er bemühte sich, hielt der Lady die Fahrertür des Cayennes auf, plauderte mit der Lady dabei.

Oh, Sophia war bereits ausgestiegen, hatte sich an der Treppe in Position gebracht. Wenn Ben hätte mitkommen sollen, hätte sie es gesagt, da sie ja alles sagte, was er tun sollte. So blieb er besser sitzen und drückte den Knopf, um die Seitenscheibe herunterzulassen.

Ging nicht.

So einfach ließe er sich nicht aussperren. Er öffnete die Hummer-Beifahrertür einen Spalt und dann noch ein Stück weiter, weil es bei dem kleinen Spalt so ruhig geblieben war. — Sie waren mitten in der Stadt, die Alster war um die Ecke. Aber hier hörte man keinerlei Autolärm. Menschen liefen hier auch keine rum, während 2000 Meter weiter ein Gerenne, Geshoppe und Gequassel in den Fußgängerzonen war.

Dafür roch es hier: nach altem Park, mörderisch viel Platz und nach Geld.

Die Lady am Cayenne sagte: „Ich komme Montag mit der Vormittagsmaschine aus London zurück. Wir treffen uns am Flughafen. Einverstanden? Ich unterzeichne dann gleich die Papiere. Bis dahin haben Sie alles fertig?"

„Selbstverständlich, meine liebe Countess." Der Jogger dienerte, die Lady startete den Motor und kreuzte mit dem 500 PS-Cayenne durch den Kies hinab dem Sträßchen entgegen. Eine Schildkröte im Rückwärtsgang hätte den ladygesteuerten Boliden überholt. Der Sportwagen trug ein ausländisches Nummernschild, das Ben nicht kannte. Daneben klebte ein Aufkleber mit den Großbuchstaben *GB*. Ben nahm sich vor, das im Internet nachzuschlagen.

Der Jogger winkte dem Cayenne noch kurz hinterher, dann joggte er zu Sophia.

„Meine Liebste, ich freue mich ja so …" Blablabla, dachte Ben. Dieser möchtegernjoggende Schwengel raspelte Süßholz.

Ben kannte den Begriff *Süßholz raspeln* von Papa. Marketing-Tanten, die Preisnachlässe herausschlagen wollten, machten das bei Papa ab und zu, und Papa erzählte es dann abends Mama. Auf ganz lustige Weise, denn die Tanten hatten bei Papa keine Chance, und Mama lachte dann, und Anna und Ben fanden das gut und waren glücklich, wenn Mama und Papa so zusammen waren und lachten.

Sophia schlenkerte mit dem Hummer-Schlüssel und ihrem Täschchen, machte Schmollmund und Armeskleinesmädchenkulleraugen.

„... das ist ja eine schlimme Sache", der Jogger fuhr sich durchs graumelierte Haar, er trug es etwas zu lang und das gab ihm etwas Künstlerhaftes, „aber wie könnte ich Ihrer Freundin da helfen ...?"

„Ich dachte, da Sie mich so schön bei der Sache mit meinem Ex —" Den Rest verstand Ben nicht, vielleicht hatte Sophia auch nicht weitergesprochen; jedenfalls hielt sie sich nun den rotlackierten Zeigefingernagel vor die Schmolllippen und schaute kleinmädchenhaft zu Boden.

„Das müsste ich überlegen, ob ich das dazwischen schieben kann. So viele Mandate, Sie glauben gar nicht —", er zog sich das Frotteetuch aus dem Nacken, „wollen Sie eben mit in die Sauna springen, da können wir alles Weitere besprechen."

„Oh, das geht nicht, mein Lieber. So gern ich würde. Aber ich kann meine Freundin jetzt nicht allein lassen, in dieser Situation, und ich muss ihr den Jungen wiederbringen."

Der Jogger warf Ben einen Blick zu.

Sophia wandte sich zum Gehen.

„Also morgen?", fragte der Jogger.

„Heute Nachmittag, bei meiner Freundin. Ihr Mann schmort im Dammtor. Sie will ihn da schnell raushaben, und Sie doch auch?"

Wie brachte sie es fertig, mit den Pfennigabsätzen nicht im Kies einzusinken? Ben staunte. Er fand Sophia toll. Sie unternahm etwas. Papa würde Hilfe erhalten von diesem Jogger. Ben war nicht klar, welche Funktion der Jogger hatte; aber Ben spürte, dass der Mann wichtig für Papa sein konnte. Sophia kam auf den Hummer zu, als laufe sie über einen *Catwalk*.

„Aber wie heißt ihre Freundin, und die Adresse?" Der Jogger rief Sophia hinterher.

„Schicke ich Ihnen, mein Lieber! *WhatsApp!*"

Der graumelierte Jogger stand vor seiner kilometerbreiten Eingangstreppe mit Sandsteinamphoren an beiden Treppenseiten und sah Sophia hinterher. Mit dem Frottee wischte er sich den Nacken.

Leon hatte ein weiteres Gespräch mit einem Psychologen, der ihn erneut fragte, wie es ihm nun gehen würde.

„Den Umständen entsprechend. Nach 40 Stunden auf den Beinen."

„Also nicht gut?"

„Nein, nicht gut."

„Ok. Dann sollten sie noch mindestens eine Nacht unter Beobachtung in dieser Zelle bleiben. Wir sehen uns dann morgen."

Rumms. Und raus war der Psychologe. Und drin blieb die Gewissheit weitere 24 Stunden unter Neonlicht-Festbeleuchtung zu verbleiben.

24 Stunden später – ohne eine volle davon schlafen zu können wurde er vom Psychologen erneut gefragt. „Wie geht es Ihnen heute?"

Leon schaute aus dem Fenster-Ritz und meinte Sonnenstrahlen erkennen zu können.

„Wie Sie sehen scheint die Sonne. Es ist ein wunderbarer Tag. Mir geht es gut."

„Fein. Sehr fein. Das klingt gut. Notiert und beschlossen. Dann kann ich Sie jetzt in Ihre neue Zelle geleiten."

Leon hoffte auf ein ordentliches Bett.

Er war nun knapp 70 Stunden auf den Beinen. Erst war er vom großen Schach befördert, dann von Oberkommissar Möller beschuldigt, festgenommen und von Haftrichter Kleinschmidt in U-Haft genommen worden. Leon hatte geredet wie ein Weltmeister und alles hatte nichts genutzt. Er war ausgelaugt.

Auf dem Hofgang am Abend lernte Leon Maxi kennen. Maxi sagte:

„Hey, vor 3 Tagen sind wir zusammen hier aufgeschlagen und dann warst du weg, Alter. Wo warst Du?"

„Ich war in einer anderen Zelle."

„Logo. Draußen werden sie dich nicht stehengelassen haben. Aber jetzt bist du hier und nicht mehr in einer anderen Zelle. Dafür gibt's eine Erklärung."

Worauf wollte er hinaus?

„Alter, die haben dich im Glaskasten untergebracht. Das ist Folter. Ätzend. Hast dich aber gut gehalten, siehst gut aus."

Offensichtlich hatte Maxi Erfahrung. Leon nickte unbestimmt.

„Frischlinge quartieren sie meist immer in den Glaskasten ein. Soll abschreckend wirken. Außerdem haben Angst, dass du kurzen Prozess machst." Er ging sich mit der Handkante an die Gurgel.

„Woher weißt du das?"

„Bin öfter hier. Und mein Vater war Staatsanwalt."

„Was?!"

„Ja, da hab ich was mitbekommen. Aber er is' tot." Maxi warf sich auf den Boden, und Leon bekam deswegen einen Schreck; dann erkannte er, das Maxi Liegestütze absolvierte. „Drinnen muss man sich fit halten. Manchmal ist zuschlagen nötig. Andere Argumente helfen nicht." Seine Muskeln arbeiteten, dennoch sprach Maxi entspannt. Leon fragte sich, was in Maxis Leben schiefgelaufen war. Vom Staatsanwaltssohn zum Knacki. Allerdings: Vom Marketingchef zum angeblichen Killer war kaum besser. Eher schlechter.

„Ich brauch einen Anwalt", sagte Leon.

„Besser isses", meinte Maxi, war aus der Puste, pumpte aber weiter. Leon schätzte, dass es bereits 60 Liegestütze waren. Er wollte besser nicht wissen, wie viele er selbst schaffen würde. 20 Jahre am Schreibtisch hatten ihren Tribut gefordert.

Leon sagte: „Ich habe ihnen alles erklärt."

Leon sah, dass Maxis Handgelenke aufgescheuert waren.

„Was hast du da?", fragte Leon.

Die Wunden liefen rund um die Handgelenke, als wären seine Hände angeschraubt wie bei einer Schaufensterpuppe.

„Ach nichts", sagte Maxi. „Sie lieben es, die Kabelbinder festzuzurren."

„Lass mal sehen. Kann sich entzünden."

„Dann komm ich auf die Krankenstation. Da gibt es die hübschesten Frauen." Er trocknete sich ab. „Du hast beim Haftrichter geredet. Bestimmt hast du. Typischer Anfängerfehler. Machen alle Frischlinge."

„Die werfen mir vor, ich hätte versucht, meine Frau umzubringen!"

„Regel Nummer eins. Rede nie mit einem anderen über deinen Fall, nur mit deinem Anwalt. Leon, kapiert? Regel Nummer zwei. Schon gar nicht mit einem Insassen in Untersuchungshaft redest du über deinen Fall. Und Regel drei. Mit dem Richter solltest du schon gar nicht reden. Hat er dir einen Deal angeboten?"

„Äh, ja. Hat er."

„Machen die meistens. Wollen die Fälle schnell abhaken. Haben alle zu viel auf dem Tisch. Schauen da auch nie wirklich rein. Also Leon. Nie mit dem Richter reden. Is'n Anfängerfehler." Weiter wollte Maxi sich nicht darüber auslassen. „Hast du Seife, Zahnbürste, Shampoo?"

Darüber hatte Leon bisher nicht nachgedacht.

„Kannst erstmal meins benutzen. Gebe ich dir nachher." Maxi besann sich. „Aber nicht meine Zahnbürste. Du nimmst die Finger."

„Wo kriege Zahnbürste und so her?"

„Lässt du dir von deiner Frau schicken. Ach, die wird's wohl nicht machen, wenn du sie abmurksen wolltest."

„Wollte ich gar nicht."

„Aber du wirst eine Freundin haben, die soll dir den Kram schicken."

„Meine Frau könnte mir das auch bringen. Das würde sie machen. Ich wollte sie nicht umbringen, das weiß sie. Ginge schneller, wenn sie es mir bringen würde."

„Vergiss es. Musst du beantragen."

Leon staunte. Vor Tagen verhandelte er über Millionen-Etats, war auf dem Sprung zu einem Flug nach London. Heute war es eine Herausforderung, sich eine Zahnbürste zu beschaffen.

„Könnte ich mir den Kram auch kaufen?", fragte er.

„Wenn du Geld hast."

Geld hatte er, mehr als genug.

„Ich meine, wenn du Geld *hier* hast", sagte Maxi. „Draußen nützt es dir nicht. Höchstens deiner Frau."

„Willst du damit sagen … dass sie …" Leon überlegte, wie der plötzliche Gedanke in Worte zu fassen war, „… dass meine Frau nicht zu mir stehen würde?"

„Du wolltest sie umbringen."

„Aber nein. So war es gar nicht."

„Die Frage ist, ob deine Frau es auch so sieht. Dass es nicht so war. Oder sie weiß es und sagt es keinem. Verstehst Du, Alter? Dann is' sie aus dem Schneider. Mit allem. Kein nerviger Typ mehr, und alle Nachbarn und Freunde bemitleiden sie."

„Sie weiß über alles Bescheid. Ich wollte ein Buch schreiben, und sie unterstützt mich dabei. Und jetzt rede ich mit dir nicht mehr darüber." Das tat Leon auch nicht, zumindest für eine Zeit, und in der Zeit überlegte er, was Marie jetzt wohl tun würde. Das war schon komisch. Er zog von zu Hause aus, da es mit Marie nicht mehr ging — und jetzt drehten sich alle Gedanken um Marie. Sie war sein Anker in dieser ganzen Geschichte. Wenn sich der Anker löste … Leon wollte nicht daran denken.

„So wie du jetzt dastehst, so steht ein Profi vor dem Haftrichter", sagte Maxi, „Augen auf und Mund zu."

Er hatte von seinem Staatsanwaltsvater doch eine Menge mitbekommen.

„Alter, verstehst du. Der Haftrichter entscheidet nicht, ob du schuldig oder unschuldig bist. Da kannst du reden wie ein Weltmeister. Der entscheidet nur, ob du in U-Haft kommst oder nicht. Die Infos, die du ihm lieferst, da du glaubst, ihm deine Unschuld beweisen zu müssen, die Infos sammelt er gern ein. Aber bringen tut dir das in der Situation gar nichts."

„Warum bist du kein Richter geworden? Oder Staatsanwalt."

„Weiß nicht. Hat sich nicht ergeben."

„Erzähl keinen Stuss."

Aber Maxi wollte auf das Thema nicht einsteigen. Er sagte: „Fluchtgefahr oder Verdunklungsgefahr sind typische Gründe für U-Haft."

Achso! Vielleicht lag es an dem Londonflug, den Schach ihm zugeschanzt hatte, dass er nun festsaß? — Die Kollegen jedenfalls würden sich das Maul zerreißen. Jetzt waren sie alle bei der Arbeit. Nur Leon fehlte. Der eifrige Heilenegger würde noch eifriger sein, er wollte Leon beerben. Schmocke riefe in der ABC-Straße an, dann zu Hause … Die Gerüchteküche würde brodeln. Die Frage war, wie lang Schach ihn halten würde.

Eben hatte Leon noch gedacht, Geld wäre kein Problem. Wenn aber Schach … nein, das täte er nicht … wenn aber doch, wenn Leon die Stelle verlieren würde. Die *Haspa* würde die irrwitzigen Raten dennoch pünktlich abbuchen. Das Konto rutschte ins Minus, Marie wäre überfordert, hatte sich mit den Finanzen nie beschäftigt …

„Hast du Jura studiert?", wollte Leon wissen. Maxi schüttelte den Kopf.

„Wär' nichts für mich, Alter. Hab' genug bei meinem Alten mitbekommen."

Maxi holte zwei zerlesene dicke Bücher aus den Hosentaschen. „Bücher lassen sie dir", sagte er, „Hanteln kassieren sie."

Maxi trainierte mit den Büchern in den Händen die Bizeps.

„Ich mag Sport. Ich kann nicht stundenlang hinter einem Schreibtisch sitzen. Früher hatte ich eine Muckibude. Das hat nicht geklappt."

„Weiß auch nicht, warum ich dir das erzähle, Alter."

„Ich find's interessant."

„Das Geld bekam ich von meinem Vater. Aber das Ding ging schnell in die Grütze. Ich wollte es nicht zugeben gegenüber dem Alten. Deswegen machte ich einige krumme Dinger, und sie haben mich erwischt."

„Vielleicht solltest du beides kombinieren", überlegte er.

Maxi legte die Bücher weg und begann erneut mit seinen Liegenstützen: „Was kombinieren?"

„Die Muckibude und dein Jurawissen."

„Was für Jurawissen?"

„Ich meine, du kennst dich in beiden Bereichen aus."

„Muckibude find ich toll. Aber wenn es keinen interessiert, hast du keine Kunden. Kommt auch auf den Standort an. Vielleicht hatte ich einen Scheißstandort."

„Ist eine Frage des Marketings. Du brauchst eine umrissene Zielgruppe. Wie wär's mit einer Muckibude für Anwälte und Staatsanwälte. Verstehst du, eine Kombi."

„Mensch Leon, verklickerst du mir gerade eine Idee?"

„Könnte klappen. Etwas Marktforschung vorher. Aber so ein abgeschlossenes Terrain, wo nach Feierabend die Staatsanwälte untereinander sind und schwitzen können. Von mir aus nimm noch Richter dazu. Das könnte ihnen gefallen."

„Du kennst dich aus mit Marketing?"

„Ein wenig, ja."

„Du würdest mir helfen?"

„Kein Ding."

Maxi spitzte den Mund, was seinen Seehundschnauzbart abstehen ließ. Er guckte in den Himmel und ließ seine Arme kreisen. *„Maxis Muskelbude"*, sagte er.

„An dem Namen würd' ich noch feilen. Jetzt brauche ich einen Anwalt." Leon entfaltete das graue Papier mit den Adressen vom *Anwaltlichen Notdienst.*

„Wenn du telefonieren willst, musst du das beantragen", sagte Maxi.

„Oh shit", fluchte Sophia. Die Einfahrt war blockiert. Wie immer parkte Maries Touareg an der Seite, das konnte sie sich nicht abgewöhnen. Daneben aber blockierten Geraldines jagdgrüner Suzuki-Geländewagen und Paulas Citroen die Zufahrt.

Sophia kurbelte ihr schweres Schiff kurzentschlossen von der Straße und zwischen zwei Büschen hindurch hinter das Haus.

„Pass auf, wenn du aussteigst. Dass du dir nicht die Schuhe schmutzig machst."

Wie bitte sollte er das vermeiden, wenn sie hier parkte? Zwischen Haus und Ziegelei existierte nur Wiesenmatsch. Mama sprach zwar davon, hier einen Garten mit Gemüse und Kräutern und Plattenweg anzulegen. Passiert war jedoch nichts.

Ben sprang aus dem Hummer und sackte prompt ein.

Slup machte es, noch mal *slup* mit dem anderen Fuß. Wenn man ihn zu schnell hochnahm, zog es einem den Schuh aus.

Wie Sophia das mit ihren Stilettos hinbekommen würde. Ben grinste. Gleich würde er es sehen, wenn sie um den Wagen herumkam.

Vorher aber entdeckte Ben etwas anderes, und die Entdeckung irritierte ihn.

Es ging um die Fensterscheibe im ersten Stock des Verwaltungsgebäudes der Ziegelei. Ben kniff die Augen zusammen:

Genau, dort war eine Fensterscheibe. Eine unzerstörte Fensterscheibe.

Die waren doch sämtlich eingeworfen gewesen.

An exakt diesem Fenster hatte er um Mitternacht den winkenden Jungen oder war es doch ein Mädchen gesehen. Oder es sich eingebildet?

Im ersten Stock waren sämtliche Scheiben repariert, zumindest auf der Vorderseite, die er von hier sehen konnte.

Oder bildete er sich ein, sie wären eingeworfen gewesen. Sie waren aber nie eingeworfen, sondern immer schon intakt gewesen.

Ben schüttelte sich. Verrückt. Ich bin doch nicht verrückt.

Und dann kam Sophia um den Hummer herum.

Sie hatte gelbe Gummistiefel angezogen.

„Kommst du, Ben? Oder steckst du fest, und ich muss dich retten?"

Gummistiefel! Sah das dämlich aus. — Aber irgendwie auch clever.

Von einer Frau ließe er sich doch nicht in die Tasche stecken. Ben stapfte los.

Slup.

Es zog ihm seine Boost-Sneakers aus.

Auf Socken weiter? Ben hielt inne.

Sophia lachte auf, hatte ein helles Mädchenlachen.

Ben stutzte — und lachte mit. Er konnte ihr nicht böse sein oder sich beleidigt fühlen. Er mochte Sophia. Auch wenn sie lachte. Weil sie lachte. Sie half, Papa aus dem Knast zu bekommen.

Schade, dass sie so alt war. Oder er so jung.

„Ben, ich geh vor. Marie macht sich bestimmt Sorgen, wo wir bleiben. Du kommst allein klar, bist ja groß." Sie steckte den Autoschlüssel ins Täschchen und stapfte zum Haus.

Ben kümmerte sich um seine *adidas-Treter.*

Die Gummistiefel hatte sie bestimmt hinterm Fahrersitz stehen gehabt. Echt schlau. Im Leben dächte er nicht daran, so peinliche Dinger anzuziehen. Das letzte Mal hatte Mama ihn mit 7 Jahren in solche Plastikschlappen gezwungen. Aber praktisch war es schon, wenn man sie bereitstehen hatte, das gab er zu.

Die Sneakers waren eklig nass von innen, und der linke Schuh war zusätzlich voller Matsch. Ben versuchte, ihn notdürftig zu säubern. Danach waren Schuh und Hände matschig.

Anna würde ihn auslachen.

Schnell wischte Ben sich die Hände an der Hose ab. Immer lachte sie ihn aus. So war das, wenn man der kleine Bruder war und eine große Schwester hatte.

Aber jetzt konnte Anna ihn ja nicht sehen. Ben hörte auf, sich die Hände zu säubern. Er richtete sich auf.

Anna war zur Klassenreise. So ganz hatte Ben sich nicht daran gewöhnt. Er vermisste Anna. Ein bisschen zumindest.

Von Papas Schicksal hatte sie bestimmt noch nichts erfahren.

Das sollte ihr jemand sagen, Mama hatte es bestimmt noch nicht getan. Er könnte sie anrufen. — Sein Handy, das Ausrangierte von Papa, das steckte im Rucksack, und der Rucksack stand im Fußraum.

Ben zog an am Beifahrertürgriff. Sophia hatte abgeschlossen.

Er wollte ihr hinterherrufen; Sophia war bereits verschwunden. Ben stand allein auf der Matschwiese und dachte an Anna und an Papa und fragte sich, wie es Papa wohl gerade erging.

Papa war vor einiger Zeit ausgezogen, und trotzdem für Ben irgendwie da. Papa besuchte sie an den meisten Abenden, und Mama schimpfte auch kaum mit ihm oder über ihn. Jedenfalls entschieden weniger, als sie es zuvor getan hatte, als Papa bei ihnen wohnte.

Vielleicht kamen sie wieder zusammen. Bestimmt sogar.

Aber zuerst musste Papa aus dem Knast freikommen. Er war bestimmt unschuldig.

Gern hätte Ben mit Anna darüber gesprochen. Ben sah durch die Scheibe zum Rucksack. Anna würde ähnlich denken wie er. Da war er sicher, und der Gedanke gab ihm Mut. Er schaute hinüber zu den Fenstern der Ziegelei.

Papa war jetzt auf unbekanntem Gebiet. Er war Marketingchef, so ein hohes Tier bei einem Konzern. Jeder Tag war eine Herausforderung, sagte Papa, und es würde Spaß machen zu kämpfen und zu gewinnen. Ben wusste, dass Papa sich seinen Weg auch durch unbekanntes Gelände bahnen würde.

Slup, Slup. Slup, Slup.

Langsam kämpfte Ben sich vor. In Richtung Ziegelei veränderte sich das Matschgeräusch. Ben fühlte sich unternehmungslustig wie Papa.

Über dem Eingang war ein verblichenes

Peters & Cie

in verschlungener Schrift gerade noch auszumachen.

Die rechte Hälfte der doppelflügeligen Eingangstür ließ sich lautlos öffnen. Das war Ben recht, aber merkwürdig. Als er vor einigen Wochen mit seinem besten Freund Finn im Gebäude herumgestreunert war, hatte die Tür geknarrt. Seine Erinnerung daran war völlig sicher.

Ben schlüpfte hinein. Drinnen war einigermaßen Licht, aber kalt blieb es, Ben spürte die Kälte sogar stärker als draußen, denn im Erdgeschoss waren die Scheiben herausgebrochen, und der Wind pfiff durch die Zimmer, die bestimmt früher sämtlich als Büros gedient hatten. Die Zimmertüren waren verschwunden.

Vielleicht hatte Hans-Peter, der Ziegeleibesitzer, sie verkauft. Hans-Peter machte alles zu Geld. Zurzeit waren Vorstadtladys verrückt nach alten Türen, die sie sich vor ihren Doppelhaushälften neben ihre neuen Haustüren an die Wand lehnen konnten. Der Sinn der Sache blieb Ben unerfindlich. Jedenfalls stellte man daneben noch ein nachlässig weißgestrichenes Brett, in welches das Wort *Willkommen* gesägt war. Die Bretter gab es im Baumarkt in der *Shabby*-Abteilung, und dann - mit Brett und Tür - war das *Ensemble* perfekt. Fanden die Frauen, und Ben fragte sich, ob Anna später auch so werden würde.

Auf den Dielen hatte sich Baustaub und Dreck gesammelt, in der Ecke lagerten leere Dosen wie beim letzten Streifzug. Nur die Spuren im Staub waren ausgeprägter geworden. Das waren nicht nur die Spuren, die Finn und er hinterlassen hatten. Da waren mehr Personen durchgelaufen. Die meisten Spuren führten zur Treppe, und Ben folgte ihnen.

Am Beginn des Treppenaufgangs zögerte er. Beim letzten Mal hatten sie sich nicht getraut, nach oben zu steigen.

Ben schaute hinauf. Er blieb unentschlossen.

Er nahm die erste Stufe. Zögerte erneut. Was würde Papa tun?

Ben ahnte, was Papa täte. Natürlich täte er das.

Aber Ben verließ der Mut. Nicht jeder konnte ein Löwe sein. Vielleicht würde er es noch, wenn er erwachsen war.

Leise zog Ben sich zurück. Heute Nacht stände er wieder am Fenster und würde zur Ziegelei gucken. Vielleicht würde jemand winken aus dem ersten Stock. Vielleicht träumte er es nur.

Ben hielt die Luft an. Er hörte etwas.

Ein Brummen.

Sehr leise nur; aber es war eindeutig ein Brummen.

Mit lautlosen Schritten versuchte Ben, sich dem Geräusch zu nähern. Da er den Atem anhielt und die Ohren spitzte, hörte er bald das Gurgeln des Matschwassers in den Einlegesohlen seiner Sneakers.

Ben blieb stehen. Ne, das Brummen kam von rechts.

Er schaute um die Ecke. Es war ein großer Raum, in dem er mit Finn noch nicht gewesen war. Hinten war sogar eine zweite Treppe. Unter der Treppe stand ein Kühlschrank. Der war bestimmt 50 Jahre alt, überlegte Ben und schlich näher. Der Kühlschrank hatte abgerundete Ecken.

Das Brummen wurde lauter.

Draußen kam die flache Halle der stillgelegten Ziegelei in den Blick. Windgeräusche übertönten das Brummen. Ben zwinkerte mit den Augen. Ihnen tat nicht gut, dass der Wind durch die leeren Fensterkreuze drückte. Ben kam der Gedanke, die Salbe aufzutragen, die er eingesteckt hatte. Aber gleich vergaß er es wieder: Einen halben Meter weiter war das Brummen erneut zu hören, deutlicher als zuvor.

Es kam vom Kühlschrank.

Ben trat an das Gerät. Hier hörte man den Wind kaum noch. Die Treppe in den ersten Stock hielt den Wind ab. Dafür roch es muffiger. Ben hielt das Ohr an die Tür des Kühlschranks und dachte an den Waldschrat, der in dem Gebäude gehaust hatte. Ben konnte sich kaum erinnern, wie der Mann ausgesehen hatte. Als Bild vom Waldschrat tauchte bei Ben nur der enorme weiße Bart auf, hinter dem sich das Gesicht des Mannes versteckte. Bestimmt hatte der Bart nicht so riesige Ausmaße gehabt, wie Ben es damals vorgekommen war. Ben war noch klein gewesen. Und jetzt, da er groß war — zumindest größer war: Da kam ihm in den Sinn, dass der Waldschrat nicht weggezogen wäre, wie Papa ihnen, also Anna und ihm, erzählt hatte, sondern dass der Waldschrat hinter der Kühlschranktür hocken könnte.

Wie in einem aufrecht gestellten Sitzgrab.

Ben schüttelte es.

War der Waldschrat skelettiert über all die Jahre. Oder, da die Kühlung funktionierte, saß er dort frisch und mit offenen Augen und würde ihn anstarren, wenn er die Tür öffnete.

Aber dafür kühlte der Kühlschrank wohl nicht stark genug. Der Waldschrat würde verfaulen. Deswegen roch es muffig.

Ben nahm das Ohr von der Kühlschranktür.

Kein Waldschratatmen hatte er gehört, kein verstärktes Brummen oder Zittern des Geräts. Ben war unschlüssig, ob er den Kühlschrank öffnen sollte, hatte er sich doch mit den Waldschratüberlegungen selbst Angst gemacht.

Bens Hand legte sich auf den verchromten Griff. Sein Blick schweifte durch den ausgeräumten, schmutzigen Saal; Ben schaute hoch, wo er die schwarzschimmelige Unterseite der Treppenstufen sehen konnte. Die Kühlschranktür öffnete Ben nicht.

Aber albern war das schon, urteilte er dann über sich. Was sollte sich großartig hinter der Tür verbergen. Man musste auch mal Löwe sein wie Papa.

Ben zog an dem Griff. Vergeblich. Er zog fester. Es klickte, entriegelte sich, funktionierte anders als bei modernen Kühlschränken. Boah, ging die Tür schwer auf, *richtig* schwer; Ben brauchte beide Arme, und das massige Gerät wackelte dabei, Ben spürte es bis zu *seinen* Fü*ßen*, denn die alten Holzbohlen übertrugen die Erschütterungen. Und dann, im Kühlschrank, da entdeckte Ben:

Nichts. Leer und schmierig war der Innenraum.

Auch die Innenbeleuchtung blieb aus. Kühlen tat er bestimmt auch nicht, obwohl das bei der Raumkälte schwer zu beurteilen war. Das massive Ding würde keinen Strom haben.

Aber woher kam das Brummen?

Ben trat in den Zwischenraum, der zwischen Kühlschrank und Treppe blieb: Es brummte lauter, und es roch noch muffiger.

Ein schwarzer Kasten hing dort und obwohl es in der Ecke dunkel war, sahen Bens junge Augen, wie sich in der Mitte des Kastens ein silbernes Band mit einem roten Strich als Markierung drehte. Darunter war eine Reihe mit weißen Ziffern auf schwarzem Grund.

Das war ein Drehstromzähler. Sie hatten selbst einen im Keller. Drehte sich das silberne Band, dann wurde Strom verbraucht. Sollte der Kühlschrank doch angeschlossen sein? Ben probierte, in dem dunklen Spalt zwischen Kühlschrankrückwand und Mauerwerk einen Steckeranschluss zu entdecken.

Wenn nämlich der Stecker des Kühlschranks nicht steckte, dann könnte da oben, über ihm …

Ben dachte nicht weiter. Eins nach dem andern machen. Er quetschte sich zwischen Kühlschrank und Mauer. Dort stieg ihm Gestank in die Nase, und es war glitschig.

Die Dielen waren weich, wie aus Pappe. Und sie gaben nach, als wäre der Boden tatsächlich aus Pappe. Erst unter Bens linkem Fuß, sofort danach unter dem rechten. Ben brach ein, fast lautlos. Kein Splittern, nur ein Ächzen war zu hören, und Ben war zu überrascht, um einen Schrei auszustoßen. Er rutschte in die Tiefe, Notizbüchlein und Augensalbenpackung sprangen aus der Jackentasche, Ben breitete die Arme aus wie ein Flieger: ein Reflex. Der ihn rettete. Bis zu den Achseln steckte er in dem Loch zwischen Kühlschrank und Wand. Langsam klappte die Tür des Kühlschranks zu, verursacht durch die Erschütterung von Bens Einbruch. Der Chromgriff rastete ein, das morsche Holz unter dem hinteren Kühlschrankfuß bröselte, der massige Kasten sackte in Zeitlupe ein.

Ben hielt die Luft an.

Kam das Monstrum ins Kippen, würde es ihn erschlagen.

„Da kommt er", sagte Sophia. Sie stand am Küchenfenster und sah den roten Ferrari des Anwalts.

Die anderen Frauen hörten ihn.

Nacheinander kamen sie in Maries Küche und guckten: die strenge Geraldine, die schlaue Paula und Marie. Sophia machte Platz am Küchenfenster; sie hatte ihren Anwalt oft genug gesehen in den letzten Jahren. Dennoch … während die anderen hinausschauten, zupfte sie an ihren Haaren, entschied sich, sie doch hochzustecken, kontrollierte den platinblonden Haarturm in der spiegelnden Front von Maries *Bulthaupt*-Küche.

„Mit dem würde ich gern einen Matratzentest machen", meinte Geraldine. Ihr Mann hatte während der Krise in der Frachtschifffahrt seine Reederei aufgegeben und sich an einer Matratzenfabrik beteiligt, die Kreuzfahrtschiffe ausstattete. Zusätzlich belieferte man Norddeutsche 5-Sterne-Hotels. Es war ein zähes Geschäft. Immerhin bekamen Geraldine, ihr Mann und Geschäftsfreunde seitdem extreme Übernachtungsrabatte in den Luxusherbergen. Und seit der Flüchtlingskrise brummte der Laden.

Marie hätte Geraldine gern ermahnt, sie solle ihre Nase bitte nicht an die Küchenscheibe drücken. Die Scheibe war frisch geputzt.

Wie sich der Anwalt aus dem Ferrari faltete, das war wirklich gekonnt. Immerhin endete das Dach des Ferraris auf der Höhe des Auspuffs vom Touareg.

Marie schaute nun auch zu, achtete aber darauf, die Küchenscheibe nicht zu berühren und zog sich bald auch zurück. Marie fand es nämlich peinlich, wenn ein Mann sah, welche Aufmerksamkeit man ihm schenkte. Davon wurden sie eingebildet.

Der Anwalt hatte sein Jogging-Outfit von heute Mittag gegen einen dunkelblauen Anzug getauscht. Seine graumelierte Künstlermähne stieß auf einen modischen Kent-Kragen.

Sophia machte sie miteinander bekannt. Marie fühlte sich überfahren. Was sollte sie mit dem Anwalt besprechen? Was sollte sie ihm sagen? Sie überlegte, was ihre Freundinnen erwarteten.

Dass Marie den Anwalt beauftragen würde, Leon aus dem Gefängnis zu holen.

Das wollte sie auch. Natürlich.

Aber vor allem wollte sie, dass ihre Freundinnen dachten, dass sie es wollte.

Das Leben wurde kompliziert, wenn sich Chancen eröffneten und man sich unsicher war, ob man sie ergreifen sollte. Vielleicht waren es keine Chancen, sondern Prüfungen, die einem auferlegt wurden. Oder — das wäre am schlimmsten - es waren Fallen, in die man tappen konnte.

Der Anwalt verteilte Visitenkarten an die drei Frauen. Sophia bekam keine.

„Scheidungsangelegenheiten sind meine Spezialität. Strafsachen natürlich auch."

Marie mochte die sonore Stimme des Anwalts. Sie flößte Vertrauen ein. Marie dachte an Leon. Seine Stimme hatte sie auch gemocht. Bis die Stimme begonnen hatte, Marie zurechtzuweisen. Das Cape sei zu teuer gewesen. Das *Hutschenreuther*-Service nicht nötig, die todschicke grüne Handtasche nuttig. Und immer wieder ging es um die Kinder, Marie schien alles falsch zu machen. Behauptete Leon. Der jetzt im Gefängnis saß.

Geraldine studierte noch immer die Visitenkarte. Der Anwalt wandte sich ihr zu. Er war zwei Köpfe größer als die kleine Geraldine.

„Falls Sie Ihrem Mann mal auf die Finger hauen wollen", sagte der Anwalt, „rufen Sie mich an."

„Auf die Finger hauen?" Geraldine fasste den großen Mann scharf ins Auge und federte in den Knien, die Stiefel knarrten. „Ist das eine Reitgerte?" Sie tippte mit dem lackierten Fingernagel auf die Visitenkarte. Oberhalb des Namens war eine kleine Zeichnung abgebildet, eine Mischung aus Logo und Wappen.

„Kleiner Scherz", erklärte der Anwalt. „Ich dachte, das passt zu meinem Namen Adalbert von Gerte. Die Zeichnung sieht nicht so hochgestochen aus wie unser altes Familienwappen. Oder meinen Sie, ich sollte es ändern, Geraldine?"

Sprach sie schon mit Vornamen an, bemerkte Marie. Der Mann war auf Draht.

Geraldine sagte: „Nein, nein, Herr von Gerte. Lassen Sie es so, ist wunderbar. Ich war nur neugierig. Es ist nett."

„Bitte nennen Sie mich Bertie. Das ist nicht so förmlich, Geraldine."

Sie schauten sich in die Augen.

„Bertie", sagte Geraldine.

„Adi wäre noch kürzer", ging Marie dazwischen.

„Bitte nicht Adi", sagte Bertie, „man denkt dann immer an den Einen."

„Den Einen?"

„Na, Sie wissen schon. Den Unaussprechlichen."

„Aha", machte Marie.

Paula mischte sich ein. „Bertie wurde der englische König genannt, der eigentlich Albert hieß." Paula hatte studiert und noch immer war viel Alkohol in ihrem Blut.

„Die Engländer haben doch 'ne Königin, keinen König?", meinte Sophia. „Margarete oder so."

„Elisabeth heißt sie", sagte Marie.

„Um 1900 hieß er Bertie, der König", erklärte Paula. Hat wohl Geschichte studiert, dachte Marie. Paula fuhr fort: „So wurde er von seinen Freunden genannt. Auch von Wilhelm II., die waren verwandt und dann haben sie sich den Krieg erklärt. Da war Schluss mit Bertie und Willy oder so."

„Willy?"

„So nannte Bertie seinen Neffen. Also Wilhelm II.", erklärte Paula.

Marie waren die Könige egal. Sie würde jetzt den Pflaumenkuchen aufbacken, den Geraldine und Paula über Mittag aus dem Supermarkt geholt hatten. Geraldine könnte die Sahne aufschlagen. Sie brauchten alle etwas in den Magen, und der schöne Bertie (so hatte Marie den Anwalt insgeheim getauft) würde sicher auch ein Kuchenstück mögen. Bertie schlug vor, dass Sophia, Geraldine und Paula sich um den Kuchen kümmerten. Er ginge mit Marie hinüber ins Wohnzimmer.

Als Marie und Bertie sich in der Garnitur gegenüber saßen, fragte Bertie im Flüsterton: „Können Sie die nicht loswerden, Marie?"

„Das sind meine Freundinnen." Daran gedacht hatte sie aber auch schon. Geraldine und Paula hafteten heute wie die Kletten an ihr, waren nur zur Mittagszeit auf einen Sprung in den Supermarkt. Marie hatte gehofft, dass zumindest Paula sich bald verabschieden würde, da sie ihren Sohn von der Schule abholen musste. Mittlerweile zweifelte Marie, ob es so kommen würde. Für Paula war die Sache mit Leon und Marie zu aufregend, um irgendein Detail zu verpassen. Paula könnte ihre polnische Haushaltshilfe Katarzyna beauftragen, den Jungen von der Schule nach Hause zu fahren. Selbst bliebe sie dann hier. Und Marie wollte keine ihrer Freundinnen vor den Kopf stoßen. Sie war froh, dass die Freundinnen zu ihr hielten. Noch zumindest taten sie es. Was sie allerdings von den Dingen, die sie hier erfuhren, wiederum ihren Freundinnen und Freunden weitererzählen würden, das wollte Marie lieber nicht wissen.

„Wo drückt der Schuh, Marie? Bisher weiß ich nur, was Sophia mir über *WhatsApp* geschrieben hat. Das sind drei Zeilen und ein *Smiley*."

Marie schluckte, schaute zur Küche. Die Küchentür stand offen, aber Paula, Sophia und Geraldine schienen beschäftigt. Der Mixer heulte auf.

„Mein Mann, also Leon, er ist heute Nacht nicht nach Hause gekommen."

„Ich dachte, er wohnt hier nicht mehr? Nur noch Sie und Ihre beiden Kinder."

Marie sah den schönen Bertie erstaunt an. Hatte das alles in der Dreizeilen-*WhatsApp* gestanden?

Bertie sagte: „Sophia hat es mir erzählt. Vor einigen Wochen. Als Ihr Mann auszog."

„Sie kennen sich gut? Sophia und Sie?"

„Wir sehen uns ab und zu. Ich habe Sie in zwei Angelegenheiten vertreten. In zwei sehr privaten Angelegenheiten. Zu Sophias vollster Zufriedenheit, denke ich."

Das glaubte Marie. Sophia hatte ihre Ex-Männer ausgepresst wie Zitronen. Bertie war die Presse gewesen. „Bertie ist teuer, aber jeden Cent wert", hatte Sophia gesagt.

Marie berichtete: „Leon kommt fast jeden Abend her, um den Kindern *Gute Nacht* zu sagen. Dann fährt er zurück in die Stadt, dort hat er sich ein Apartment genommen. Aber gestern Abend kam statt Leon die Polizei." Marie erzählte von Kommissar Vered und Kommissarin Jessica Nitsch, die sie zu Leon befragt hatten.

„Das muss ein Schock für Sie gewesen sein, Marie. Plötzlich steht die Polizei mitten in Ihrem Wohnzimmer." Berties Bariton und sein Verständnis für die Situation taten Marie gut. Er kam aus seinem Sessel und setzte sich neben sie. Der Mixer war verstummt, jetzt redeten sie leiser miteinander.

„Ich glaube, ich habe einen Fehler gemacht...Bertie."

„Erzählen Sie."

„Aber ich war so überrumpelt. Die Polizisten haben mich überrumpelt."

„Das ist ihr Job."

„Aber ich habe nichts unternommen den Vorwurf zu entkräften oder aufzuklären. Glaube ich. Gestern Abend, als die Polizei da war. So haben sie es jedenfalls aufgefasst." Marie spürte, dass ihr Tränen in die Augen stiegen; sie wollte nicht weinen. Sie schluckte. Als könne sie ihre Scham und ihr schlechtes Gewissen hinunterschlucken. Es funktionierte auch, ein wenig zumindest.„Was genau haben Sie gesagt, Marie. Versuchen Sie, sich zu erinnern."„‘Naja, umbringen wollte er mich ja wohl nicht?‘ Das habe ich gesagt. Aber mehr als Scherz-Frage...und dass ich das nicht glaube, dass Leon das wirklich tun wollte." „Es war ein Scherz, wollen Sie sagen. Sie haben einen Scherz gemacht. Zugegeben, einen schlechten Scherz." „Einen Scherz?" Sie dachte nach. „Auf jeden Fall. Es war ein Scherz. Aber dann haben sie gefragt, ob ich wüsste, wo Leon letzten Dienstagabend gewesen ist." „

Und?"

„Ich hatte keine Ahnung. Da war mein Yoga-Kurs." Sie nahm Berties Hand. „Das war bestimmt schlecht für Leon. Was meinen Sie?"

„Das muss nicht sein. Ich würde Akteneinsicht beantragen. Aber dafür brauche ich seine Einwilligung."

„Ich habe ihn so richtig reingeritten", murmelte Marie, „und jetzt weiß ich nicht, wo er ist."

„Das finden wir heraus. Ihr Mann wird aller Wahrscheinlichkeit nach im Dammtor sitzen. In einer Einzelzelle."

Marie schaute entsetzt. Entsetzter als sie war. Sie hatte sich schon damit auseinandergesetzt, dass Leon im Gefängnis sein würde.

„Machen Sie sich keine Sorgen, Marie. Wir bekommen Ihren Mann wieder frei."

Das glaubte sie Bertie. Aber würde sie das glücklicher machen?

Mit Kaffee, Kuchen und Sahne kamen Geraldine, Sophia und Paula aus der Küche.

„Seid ihr klar?", plapperte Sophia.

„Aber sicher sind wir das", dröhnte Berties Bariton.

Sophia: „Ihr unternehmt doch was? Ihr könnt doch was unternehmen?"

„Natürlich", sagte Bertie, „Leon ist so gut wie draußen."

Marie portionierte den Kuchen, reichte die Teller.

„Was würde mich das denn eigentlich kosten?", fragte sie. — Ups, war ihre Frage zu deutlich? Sie warf schnelle Blicke zu den Freundinnen. Die waren mit Tassen und Kaffee einschenken beschäftigt.

Bertie aber … Bertie erwiderte ihren schnellen Blick. Und er hob die Brauen, registrierte Maries Zögern. Marie schlug die Augen nieder, schaute durch den Glastisch auf den Teppich.

Bertie war gut, dachte sie. Er war *wirklich* gut. Er witterte etwas. Er wusste noch nicht, was es war. Aber er war ein Menschenwitterer. Das machte ihn vor Gericht erfolgreich, glaubte Marie. Er witterte, was die Richter dachten und was die Zeugen fürchteten. Dafür verlangte er seine astronomischen Stundensätze und bekam sie.

„Sie kostet es gar nichts, Marie", sagte Bertie, „Ihr Mann bezahlt. Aus seiner Portokasse, glauben Sie mir. Sie, liebe Marie, haben nichts weiter mit dem Finanzkram zu tun. Ihr Mann wäre mein Mandant."

„Aha." Sie erkundigte sich, ob Bertie Pflaumenkuchen wollte. Den guten, von *Coppenrath & Wiese*. Bertie wollte.

„Wenn er unterschreibt und mir das Mandat gibt", sagte Bertie zu Marie, und sie wusste sofort, dass sein Satz anschloss an das, was er gesagt hatte, bevor er dem Pflaumenkuchen zugestimmt hatte. Noch etwas wusste sie:

Bertie hatte begriffen, dass es ein Problem gab zwischen ihr und Leon. Wie tief das Problem war, das ahnte Bertie noch nicht. Konnte er auch nicht, da es Marie selbst nicht klar war.

Liebte sie Leon?

Wieder lief es auf die Frage zu. Die Frage hatte sich sogar weiterentwickelt. Marie hatte sich weiterentwickelt in den vergangenen Stunden.

Liebte sie Leon genug, um zu helfen, ihn aus dem Gefängnis zu holen?

Den Mann ihrer wunderbaren zwei Kinder. Den Mann, der ihr Tanz-Studio und Yoga-Studio finanzierte. Dem sie ihre Unterstützung zugesagt hatte zu seinem Buchprojekt eines dreiteiligen Tatsachenberichts über die Hamburger Laster *'15 minutes of fame'*.

Aber er war auch der Mann, der wohl nachts bei Sekretärinnen *recherchierte*. Der an ihren Erziehungsmethoden mäkelte. Ihr das Depot verheimlichte. Der gerade in verdammten Schwierigkeiten steckte.

Aber sie brauchte jetzt keine Entscheidung fällen. Sie brauchte nur vor den Freundinnen die Pflichten einer guten Ehefrau erfüllen. Darin hatte sie Übung, und bisher hatte sie es nie hinterfragt.

Marie erinnerte sich an Paulas Idee mit der Galerie. „Marie, denk an die Chancen, die sich bieten." So ähnlich hatte Paula es formuliert. Leon wäre niemals einverstanden mit einer Galerie.

Bertie aß mit Appetit. Die Freundinnen versuchten herauszubekommen, was Marie mit Bertie besprochen hatte. Aber Bertie steuerte das Gespräch geschickt. Es plauderte amüsant über Gott und die Welt und wenig über Leon. Die Schmocke hatte heute Morgen bei Marie auf den Anrufbeantworter gesprochen, sich nach Leon erkundigt. Marie hatte es nicht über sich gebracht zurückzurufen. Bertie versprach, sich darum zu kümmern.

„Sie sollten auch Ihre Kinder informieren, Marie", sagte er. „Damit die Bescheid wissen. Natürlich altersgerecht. Das bekommen Sie hin. Das ist immer besser, wenn sie es von den Eltern erfahren. Ich meine von der Mutter. Besser als von den Mitschülern. Wie heißen Ihre Kinder?"

„Anna und Ben."

- Ben! Den hatte sie vergessen. Der spielte immer noch draußen. Sophia hatte den gleichen Gedanken. Sie erhob sich von der Kaffeetafel und sagte:

„Ich schau nach Ben. Der wollte längst hier sein."

Marie sah ihr an, dass sie ein schlechtes Gewissen hatte.

5. Kapitel

Das Monstrum von Kühlschrank hing schräg über Ben. Jeden Moment konnten die Kühlschrankfüße endgültig durch die morschen Dielen sacken, dann würde das Monstrum Ben unter sich begraben.

Trotzdem: Länger konnte Ben nicht unbeweglich bleiben und den Atem anhalten.

Behutsam atmete er aus, beobachtete den Kühlschrank. Der Brustkorb entspannte sich, und Ben könnte, wenn er die ausgebreiteten Arme heben würde, durch das Loch hinunterrutschen, in welches er eingebrochen war.

Die Frage war, wie tief würde er fallen? Die Füße hingen. Nein, das riskierte er nicht, entschied Ben. Selbst wenn er nur einen Meter fiele, könnte er sich den Knöchel umknicken oder das Bein brechen, und von da unten käme er womöglich nie mehr raus und niemand würde ihn dort suchen, geschweige denn finden.

Der Kühlschrank sackte nicht weiter ein oder kippte, obwohl Ben nun atmete. Ben orientierte sich. Er war bis zu den Achseln in dem großen Raum der Ziegelei eingebrochen, unterhalb einer zweiten Treppe, die ihm zuvor unbekannt gewesen war. Vor ihm war die feuchte Wand, neben und über ihm der gekippte Kühlschrank, um ihn herum feuchte, morsche Dielen.

Nasse Kälte kroch durch die Hosenbeine nach oben. Hoffentlich waren da unten keine Ratten.

Ben versuchte, sich nach oben zu schieben. Das gelang nicht, er steckte fest in dem Loch. Er atmete aus, das machte ihn dünner, und er stemmte sich behutsam einige Zentimeter höher. Der Boden bog sich millimeterweise. Würde Ben es riskieren, noch höher zu kommen, könnte er sich auf den Bauch legen und dann vielleicht endgültig befreien. Vorher aber würde ihn der umkippende Kühlschrank erschlagen. Oder sein Gewicht würde das Loch vergrößern, und er verschwände in der Tiefe.

Das probierte er lieber nicht aus.

Ben schaute nach oben. An dem dunklen Kühlschrankklotz vorbei konnte er die schwarzschimmelige Unterseite der Treppe sehen. Irgendwo dort im Dunkeln würde auch der Stromzähler sein. Wäre Ben nicht so neugierig gewesen, wäre er nicht in diese blöde Lage geraten.

Er dachte an Mama. Die würde schimpfen, wenn sie wüsste, dass er in die Ziegelei gegangen war. Durchdrehen würde sie, ihn anschreien.

Trotzdem würde er um Hilfe rufen. Denn das war ihm klar, ohne Hilfe gab es keine Befreiung aus dem Loch. Dann musste er eben das Donnerwetter über sich ergehen lassen. Nur: Hilferufe brächten nichts. Denn wer sollte ihn hören? Hier war niemand.

Oder?

Neben ihm war die Steckdose. Der Stecker des Kühlschranks steckte nicht darin. Aber der Zähler drehte sich, das hatte Ben gesehen.

Oben, im ersten Stock des angeblich unbewohnten Ziegeleigebäudes, konnte jemand leben. Jemand, der Strom brauchte. Jemand, der nachts schrie.

Ben lief ein Schauer über den Rücken.

Er würde nicht um Hilfe rufen. Seine Fantasie malte ihm aus, wie ein Unhold, von den Hilferufen gelockt, die Treppe herunterwankte, um ihn einen Kopf kürzer zu machen.

Ben guckte auf die Wand und dachte: Echt blöd ist das.

Die Wand war 20 Zentimeter entfernt. Den Saal konnte er nicht überblicken, der lag hinter seinem Rücken, genauer: hinter seinem Nacken. Echt blöd. Mit Zeigefinger und Daumen testete Ben, wie tragfähig die Dielen am nächstgelegenen Kühlschrankfuß waren.

Nasse Holzfasern ließen sich aus der Diele herausknibbeln. Prompt sackte der Kühlschrankfuß ein, das vermoderte Holz schmierte weg.

„Iih!" Ben stieß einen Schreckenslaut aus.

Das Kühlschrankmonstrum seufzte und wackelte. Ben zog den Kopf ein — aber nichts passierte; die Diele hielt, das Monstrum stand stärker gekippt und drohender als zuvor über Ben, aber es fiel nicht um.

Besser war, das Pulen und Kratzen zu lassen, entschied Ben.

Und doch lag im Kratzen und Pulen die Lösung. Ben schob Notizbuch und Salbenpackung beiseite und fing an, mit den Fingern das morsche Holz vor seiner Brust wegzubröseln. Mit dem ausgebreiteten zweiten Arm achtete er darauf, nicht plötzlich in die Tiefe zu rutschen.

Ben brauchte das Loch nur einen Zentimeter vergrößern, dann könnte er hinausschlüpfen. Ein Zentimeter morsches Holz sollte kein unlösbares Problem sein.

War es dann aber doch. Die Dielen waren mit Nut und Feder ineinander gesteckt und die fingerbreiten Holzfugen waren weniger vermodert als der Rest. Als wären sie das Skelett, welches den Fußboden zusammenhielt. Ben gab nicht auf, bohrte mit dem Zeigefinger tiefer in die Naht.

Der Fingernagel riss auf. Wahrscheinlich blutete es auch, Ben konnte das nicht sehen. Einen Zentimeter nur. Das musste zu schaffen sein.

Ein Seufzen ... oder nicht?

Ben hielt inne.

Vorsichtig schaute er zum Kühlschrank. Der blieb unbewegt.

Da war es wieder. Ein Seufzen.

Ben lief es kalt den Rücken herunter. Er war nicht allein. Er traute sich kaum, sich umzusehen. Das Geräusch änderte sich. Es war nun ein Schleifen, ganz leise nur. Zögernd sah Ben zur Seite, blinzelte mit den brennenden Augen — zu sehen war nichts. Aber da war etwas Lebendiges, Ben war sicher — und er steckte fest. Er musste leise sein, um nicht entdeckt zu werden. Und sich klein machen, aber nicht zu klein, um nicht in die Tiefe zu rutschen.

Ben wollte den Finger aus der Holzfuge ziehen. Aber der Zeigefinger steckte fest. Zwischen Nut und Feder klemmte das erste Fingerglied. Ben zog. Das tat weh, die Fingerkuppe war kalt. Er stieß tiefer, das ging nicht. Er wollte den Finger drehen, aber der Finger bewegte sich keinen Millimeter. Das Schleifen hinter ihm verstummte.

Wahrscheinlich war Ben entdeckt worden, wurde nun beobachtet.

Ben riss geradezu an seinem Zeigefinger, aber abreißen wollte er ihn nicht. Der Finger steckte fester als noch vor einer Minute in der Fuge. Er war durch das Ziehen und Reißen angeschwollen, nicht mehr kalt, sondern gefühllos.

Ben zwang sich, nicht in Panik zu geraten. In die Ziegelei ginge er nie mehr. Ab sofort würde er Mama und Papa gehorchen. Wenn nur der Finger freikäme. Tränen stiegen Ben in die Augen. Das kam aber nur durch die Entzündung an den Augen — wie hieß die nochmal? Ben überlegte und schaute nach der Augensalbenpackung.

Ihm kam eine Idee.

Er brachte den freien Arm auf die andere Seite — das kostete ihn einige Zentimeter, die er tiefer ins Loch rutschte und ein Geräusch machte das auch … Ben lauschte. Kein Schleifen, kein Seufzen: nichts. Er befürchtete, weiter beobachtet zu werden. Die freie Hand öffnete die Pappschachtel mit den aufgedruckten *Force Attax*-Figuren, holte die Salbentube heraus. Die Zähne hielten den Tubendeckel, Ben drehte die Tube auf und drückte den Inhalt in die Fuge rund um den eingeklemmten, gefühllosen Finger.

Hörte er da Rufe …?

„Ben … Ben!"

Leise waren sie, Sophias Stimme, glaubte Ben.

In dem Moment seufzte es neben Bens Ohr. Lauter als zuvor.

„Eyh", entfuhr es Ben, unterdrückt nur, aber der Schrecken presste den Laut heraus — und das Seufzen neben Ben wurde zum Fauchen. „Ah!", machte Ben, der Schreck fuhr ihm in die Glieder, und eine schwarze Katze huschte an seinen Augen vorbei.

„Chrrr!", fauchte sie und war hinter dem Kühlschrank verschwunden.

Jetzt erst merkte Ben, dass er den eingecremten Zeigefinger aus der Dielenfuge gezogen hatte. Der fettige Finger schmerzte wie Teufel, Ben steckte ihn in den Mund und schmeckte Blut.

„Ben … Ben!" Sophia klang näher.

Wenn sie ihn in der Ziegelei entdeckte, erzählte sie es Mama. Unbedingt musste er das vermeiden. Ben robbte aus dem Loch, in das er eingebrochen war. Als er den Finger vor Schreck herausgezogen hatte, war der letzte, störende Zentimeter Holz zerbröselt.

Einen seiner *Sneakers* hatte er verloren, das kümmerte ihn nicht. Ben rollte sich zur Wand; dort dürfte der Boden am stabilsten sein. Außerdem konnte Sophia, falls sie durch die Fenster hereinschaute, ihn da nicht entdecken.

Sophia blieb unsichtbar. Ben hörte ihre Rufe, die sich aber wieder entfernten.

Die blöde Katze, die sich mindestens so erschrocken hatte wie Ben, huschte quer durch den Raum und verschwand durch eine Katzenklappe ins Freie. Die Klappe war in eine schmale Tür montiert, welche einen kurzen Weg vom doppelstöckigen Verwaltungsgebäude zur flachen Produktionshalle der Ziegelei ermöglichte. Ben hatte sie bisher nicht wahrgenommen.

Die Tür war die Chance, hinten heraus zu verschwinden, während Sophia vorn suchte. In einem Bogen käme Ben zum Elternhaus zurück und würde sich nach oben in sein Zimmer verkrümeln, als wäre er nie weg gewesen.

Die Idee gefiel Ben. Sie war clever.

Fast geräuschlos humpelte Ben durch den Raum. *Slup* machte die feuchte Einlegesohle des Schuhs auf dem dreckigen Boden, und der Strumpf am schuhlosen Fuß machte keinen Ton. Ben lutschte am Finger, um den Schmerz zu betäuben. Blut schmeckte er nicht mehr, dafür die bittere Augensalbe.

Ben kreuzte eine Fußspur, die zur zweiten Treppe führte. Ob das seine eigene war von vorhin, oder war sie von jemandem, der nach oben gestiegen war? Ben hatte keine Zeit, das zu verfolgen. Durch eines der Vorderfenster sah er Sophia, die ihn suchte.

Unentdeckt verschwand Ben durch die Hintertür.

In der Küche machten Paula und Geraldine den Abwasch. Sie achteten darauf, wenig Geräusche zu machen und tuschelten nur. Marie sollte nicht gestört werden. Anwalt Adalbert von Gerte, genannt Bertie, hatte sich verabschiedet und war im Ferrari zurück nach Harvestehude gefahren. Marie döste im Wohnzimmer auf der Couch. Alkohol und Aufregung zeigten Wirkung.

Behutsam schloss Sophia die Haustür hinter sich und steckte den Kopf durch die Küchentür:

„Ich kann Ben nicht finden."

Es war Mutterinstinkt, der Marie erwachen ließ.

„Ben", murmelte Marie. Irgendwas hatte Marie gehört. Wo waren die anderen? Sie hatte doch ihre Freundinnen gehört. Etwas war mit Ben. Wo war Ben?

Schwer kam Marie auf die Beine, stützte sich am Glastisch. Geschirr und Gläser waren abgeräumt. Es sah aus, als hätte kein Kaffeetrinken stattgefunden. Als wäre Bertie nicht dagewesen, als wäre Leon nicht im Gefängnis ... — Marie fand zurück zur Wirklichkeit. In der Küche flüsterten Paula, Geraldine und Sophia.

„Was ist mit Ben?" Marie stand im Türrahmen, die Freundinnen sahen sie betroffen an. Sie musste fürchterlich aussehen. Marie ordnete ihre Haare. „Wo ist Ben?"

Paula und Geraldine hielten sich an der Spüle fest und guckten, als ständen sie vor einem Erschießungskommando. Sophia sagte:

„Er ist noch draußen."

„Hast du ihn gesehen?"

„Irgendwo draußen. Spielt. Bestimmt." Sophia machte eine fahrige Geste. Marie war schon im Flur, die Jacke ließ sie hängen, stürmte hinaus, schlängelte sich zwischen den Autos hindurch.

„Ben ... Ben! Wo bist du?"

Die drei Freundinnen folgten ihr. Ohne Jacken und mit Sorgen.

Marie umrundete das Haus, sah den Hummer.

„Hier hast du geparkt?" Sie sackte in einer Pfütze ein, achtete nicht darauf.

„Vorn war kein Platz", rief Sophia. Marie war schon weiter. — Die Ziegelei. Sie hatte es so verboten. Leon ebenso. Darin waren sie sich einig. Aber der Junge hörte nicht. Marie stapfte durchs nasse Gras. Ihr Ärger auf Ben, ihre Sorge um ihn, ihre Hoffnung, ihn in der Ziegelei zu finden, vermengten sich; der Alkohol würzte die Mischung.

„Mama! Ich bin hier!"

Marie fuhr herum. Die Freundinnen fuhren herum.

Ben guckte oben aus seinem Kinderzimmerfenster und winkte.

„Mama! Hier!"

„Wo warst du?!", rief Marie, stand am Ende des immer noch nicht eingerichteten Gartens und schaute hoch zu Ben.

„Wieso? Hier war ich. Die ganze Zeit!"

„Aber ..." Marie schaute hinüber zur Ziegelei, dann wieder hoch zu Ben. Der rief:

„Ich sitze am Computer, bei *Instagram* ..."

Die ganze Wahrheit konnte das kaum sein. Schließlich war er draußen gewesen, Sophia sagte das auch. Aber Marie wollte mit Ben nicht im Freien und vor den Freundinnen diskutieren. Sie sah an sich herab. Die Hosenbeine waren mit Erde bespritzt, die Schuhe eingesaut.

Verärgert stapfte Marie zurück, die Freundinnen kamen hinterher. Der Junge war wieder da, sagte sich Marie. Das war das Wichtigste. – Was Marie aber dann entdeckte, das war ein starkes Stück:

Die Haustür stand offen. Über die Flurfliesen zog sich eine Dreckspur. Marie erkannte die erdigen Sohlenumrisse von Bens Schuh. Oder war er barfuß gelaufen ... braune Fußabdrücke waren ebenso zu sehen. Was für eine Schweinerei. Jetzt hatte Ben den Bogen überspannt.

Marie schleuderte ihr Schuhe von den Füßen und raste auf Socken nach oben.

„Was fällt dir ein?!", schimpfte sie.

Ben machte sich klein hinter seinem Laptop, den er zu Weihnachten bekommen hatte:

„Wieso?"

Sie stürmte ins Zimmer. Der Laptop war gar nicht eingeschaltet, nix *Instagram*!

„Du lügst mich an. Dreist lügst du mir ins Gesicht", schrie sie.

„Aber ... das ist die Wahrheit, ich war hier, Mama. Fast die ganze Zeit."

Unterm Bett lugte ein Stück blaue Plastiktüte hervor. Genau die Tüte, die Marie seit Wochen auf der Fensterbank genervt hatte. Mehrmals hatte sie Ben aufgefordert, sie wegzuräumen, sie würde ihm nicht hinterher räumen. Marie zog die Tüte unterm Bett hervor.

Ein verdreckter Turnschuh und nasse, schmutzige Socken waren darin versteckt.

Nun passierte, was Ben gegenüber seiner kleinen Freundin Hanna als *Ausrasten* bezeichnen würde. Marie konnte aber nicht anders, und die Vorstellung, dass Ben sagen würde, sie *rastete aus*, befeuerte noch ihre Wut.

„Was fällt dir ein?!" Ihre Stimme überschlug sich.

Ben zog den Kopf ein. Nein, sie schlüge ihn nicht. Soweit behielte sie sich im Griff. Aber ihr Ärger, ihre Wut, ihre Verzweiflung brachen aus ihr heraus.

Nach Strich und Faden schrie sie den Jungen zusammen. Warf ihm vor, sie zu belügen, sich nicht an Regeln zu halten, natürlich wieder in der Ziegelei gewesen zu sein — dazu donnerte sie ihm den Schuh und die Socken auf die Tastatur und Erdspritzer klatschten an den mattierten Monitor.

Recht so.

Ben sollte leiden, er sollte kapieren. Endlich kapieren. Dass er so mit seiner Mutter nicht umgehen konnte.

Sie müsse wieder alles wischen. Er habe keine Socken an den Füßen und werde sich erkälten. Er gehorche nicht. Nie gehorche er.

Immer neue Vorwürfe sprudelten aus ihr heraus, wurden schwächer, belangloser, ihre Stimme leiser.

Ben weinte nicht einmal. Er rieb die Spritzer vom Monitor. Die Socken und den Schuh ließ er auf der Tastatur liegen.

Wenn er schluchzen würde. Oder weinen. — Vielleicht hätte das ihren Groll besänftigt. Sie war die Mutter, sie liebte ihren Sohn.

Aber der starrte nur auf den Bildschirm. *Ausrasten* würde er es nennen. Bei Hanna und bei seinem besten Freund Finn. Morgen in der Schule. Mama ist *ausgerastet*.

Deswegen beugte Marie sich dicht an Bens Ohr und zischte: „Du blöder Arsch."

Oh, Sophia, Paula und Geraldine drängten sich an der Kinderzimmertür. Den *Arsch* würden sie hoffentlich nicht gehört haben? Und wenn doch — auch egal.

„Bei deinem Papa hättest du dir so was nicht rausgenommen", legte sie nach und marschierte aus dem Kinderzimmer. Die Freundinnen machten ihr Platz, sonst hätte Marie sie beiseitegeschoben. Marie wollte auf ihre Couch. Ben würde sie den Dreck im Flur wischen lassen. Marie jedenfalls würde nicht aufwischen. Sie war es leid, Hausfrau zu spielen, den Dreck der Männer wegzumachen. Ganz gleich, ob groß oder klein.

Als Marie dann auf dem Sofa lag, bekam sie ein schlechtes Gewissen. Sie hatte Ben tatsächlich *Arsch* genannt. Ein Glück, dass Leon das nicht mitbekommen konnte. Aber Ben würde es petzen …

Sophia, Paula und Geraldine kamen herunter. Zögernd nur wagten sie sich vor ins Wohnzimmer. — Die könnten sich zum Teufel scheren. Marie wollte endlich allein in ihrem Haus sein. Alle sollten verschwinden, Ben auch. Sie hatte die Nase voll.

Die strenge Geraldine setzte sich zu Marie auf die Couch. Marie wusste nicht, ob sie das gut fand. Marie nahm ihre Beine zur Seite.

Geraldine würde ihr keinen Vortrag halten, wie richtige Kindererziehung funktionierte? Dann würde sie Geraldine eine reinhauen.

Geraldine sagte: „Du bist so stark, Marie." Sie streichelte Marie über die Stirn. Die strenge Geraldine konnte streicheln, und erstaunlich weiche Hände hatte sie, die gar nicht zu Maries Vorstellung von Geraldine passten. „Ich bewundere dich, Marie."

„Ich wollte Ben nicht —"

„Ich kann das verstehen", unterbrach Geraldine, „ich hätte genauso reagiert." Ein Hauch von Geraldines Rasierwasserduft kam Marie in die Nase. Geraldine seufzte: „Der liebe, gute Leon … im Gefängnis. Dann tanzt dir Ben auf der Nase rum …"

Sophia pflichtete bei: „Du machst was durch, Marie. Aber du schaffst es. Wenn eine es schafft, dann du. Wir helfen dir. Auf uns kannst du dich verlassen."

Paula schwieg und bedachte Marie mit einem bedauernden Blick: Du armes Mädchen, was du durchmachen musst. Paula holte die Wolldecke unterm Fernseher hervor und deckte Maries Beine zu, damit ihr nicht kalt wurde. „Du ruhst dich jetzt aus", sagte sie.

Marie tat das Mitgefühl der Frauen gut.

„Danke, ihr seid lieb."

„Jetzt gehen wir besser", meinte Sophia, „du brauchst Ruhe. Wenn was ist, rufst du an oder *WhatsApp*."

Als die Freundinnen fort waren, lag Marie weiter auf der Couch und schaute auf den ausgeschalteten Fernseher. Der Film spielte in ihrem Kopf, und sie war die Hauptperson. Nicht Leon, der Marketingstar, sondern Marie, die Frau eines Mannes, der in U-Haft war. Eine Frau, die ihren Mann stand. Bedauert und bewundert von den Freundinnen.

Ben schlich die Treppe herunter. Vorsichtig schaute er ins Wohnzimmer. Dort lag Mama nicht mehr. Das Licht war ausgeschaltet. Sie würde ins Bett gegangen sein. Umso besser. Vor einigen Stunden hatte sie zum Abendbrot gerufen. Ben hatte gar nicht erst geantwortet. Mit Mama war er durch. Nach ihrer Pfeife tanzte er nicht länger. Wie sie ihn angeschrien hatte.

Arsch hatte sie ihn genannt.

Noch jetzt, da er daran dachte, stiegen ihm Tränen in die Augen. Zum Glück hatte er sich vorm Laptop zusammengerissen. Das Letzte, was er Mama gönnte, war ein Triumph: Dass sie sah, wie sie ihn zum Weinen gebracht hatte.

Aber Hunger hatte er jetzt, und da Mama im Bett liegen würde, war der Weg zum Kühlschrank frei. Ben deckte sich mit *Fruchtzwergen* und Cola ein. Er war schon wieder auf dem Weg nach oben, da fiel ihm die Süßigkeitenschublade im Wohnzimmer ein. Die einzige abschließbare Schublade im ganzen Haus, und Mama glaubte, er wüsste nicht, wo der Schlüssel ist. Lachhaft. Der Schlüssel lag unterm Receiver. Dort holte er ihn hervor und nahm sich eine Chipstüte aus der Schublade. Der Schlüssel kam wieder zurück an seinen Platz. Mama erinnerte sich sowieso nicht, ob die Chipstüte dagewesen war oder nicht. Wenn sie nachfragte - er stritte alles ab.

Derart ausgestattet verzog er sich nach oben an den Laptop. Er musste endlich Anna von den Ereignissen der letzten Tage berichten.

Mama hatte es bestimmt nicht getan, die war doch froh, dass Anna für eine Woche weg war.

Anna hatte neue Fotos bei *Facebook* und *Instagram* reingestellt. Jede Menge Pferdefotos. Anna vor dem Pferd, neben dem Pferd, auf dem Pferd. Mit zwei Pferden und bester Freundin Loreen. Die Mädchen lachten und striegelten die Pferde. Sie waren bester Laune; man konnte denken, sie absolvierten Ferien auf einem Reiterhof. Dabei waren sie auf einer Klassenfahrt zum *Naturpark Wattenmeer*. Die Klasse sollte das ökologische Schutzgebiet erkunden. Eine Seehundrettungsstation stand auf dem Plan, eine Schiffstour zu einem Windpark, der Besuch eines biodynamisch wirtschaftenden Bauernhofs. Die Klassenlehrerin hatte für den Schulausflug eine öffentliche Gruppe bei *Facebook* aufgemacht. Dort posteten die Schüler Fotos von Seehunden, Windrädern, Schweinen. Dazu freche Sprüche, die wiederum von anderen, daheimgebliebenen Schülern der Jahrgangsstufe kommentiert wurden. Selfies oder Gruppenaufnahmen waren in der öffentlichen Gruppe verpönt. Die Schüler waren aufgeklärt genug, um zu wissen, dass öffentliche Gruppen auch von fremden Facebookmitgliedern angeschaut werden konnten.

Ben öffnete den Chat auf der Facebookseite und schrieb Anna an:

„Hast du das mit Papa gehört?"

Facebook zeigte Anna als *online* an, aber Anna reagierte nicht. Vielleicht hatte sie ihr Handy auf dem Zimmer gelassen und war beim Essen oder Feiern. Oder es stand sonst was auf dem Programm und ihr Handy blieb in der Tasche.

Ben riss die Tüte auf, knabberte Chips, trank Cola, lutschte am geschundenen Zeigefinger und schaute sich auf einer Streamingseite nach aktuellen Serien um.

Zwei Stunden später - die Chips waren aufgegessen, drei Serienfolgen geguckt - tönte aus den *Bluetooth*-Boxen der Gong vom *Facebook*-Chat, Anna hatte geantwortet:

„Was ist mit Papa?"

In schnellem Wechselspiel entspann sich ein Dialog zwischen den Geschwistern, in dem Ben seiner Schwester berichtete, was mit Papa vorgefallen war und Anna kurz davor war, Hals über Kopf abzureisen, um Papa beizustehen. Erst recht, als sie erfuhr, dass Ben mit Papa noch nicht gesprochen hatte, seitdem Papa im Knast war.

„Du warst noch nicht bei ihm???"

„Wie sollte ich???" — Aber die Wahrheit war, die Frage hatte er sich noch gar nicht gestellt. Wie konnte das passiert sein, überlegte er. Papa saß im Knast, und seine erste Idee war nicht, zu ihm zu kommen, sondern … ja, was eigentlich, was hatte er sich gedacht?

„Du musst zu ihm!", schrieb Anna.

Am liebsten hätte er zurückgeschrieben: „Dann mach du das doch, wenn dir das so wichtig ist." Aber das wäre blöd; er wollte vermeiden, dass sie die Klassenfahrt abbrach. Außerdem wüsste dann gleich die gesamte Klasse Bescheid. Und eine halbe Stunde später die gesamte Schule. Das wäre blöd.

Warum war er noch nicht bei Papa gewesen?

Ben sah zum Fenster, blinzelte mit den Augen. Er hatte echt zu viel auf den Monitor geguckt. Die Augen brannten, aber das kam auch von der Entzündung, wie hieß die noch … Ach ist ja auch egal. Draußen war es dunkel geworden, der Mond stand am Himmel. Deswegen war er nicht bei Papa gewesen: Die alte Ziegelei beschäftigte ihn. Das schwarze Verwaltungsgebäude. Er bekam eine Gänsehaut, da er an den Kühlschrank dachte, der ihn fast erschlagen hätte. An das Loch im Fußboden. Fast wäre er hindurch in die Tiefe verschwunden. Und an die Person erinnerte er sich, welches am Fenster gestanden hatte. Ben erhob sich, griff zum kleinen Fernglas, das neben dem Wecker stand. Er trat zum Fenster und spähte hinüber zur Ziegelei, zuerst ohne, dann mit Fernglas. Dann kippte er das Fenster, sodass ein Spalt entstand … nichts war zu sehen, nichts zu hören. Gestern hatte dort jemand geschrien. Oder war es ein Tier aus dem Wald gewesen. Konnten Katzen schreien?

Da hatte er keine Ahnung, müsste er in Bio fragen.

„Bist du noch da?"

„Ja", tippte er und setzte sich wieder.

„Papa braucht einen Anwalt", schrieb Anna.

„Glaube, Mamas Freundin besorgt einen."

„Gut"

Sie unterhielten sich, warum Papa im Knast war, dass er nichts Böses gemacht haben konnte, und Ben würde ihn morgen besuchen. Nein, beide glaubten nicht, dass Papa übers Handy erreichbar wäre. Mama habe es jedenfalls heute Morgen nicht geschafft, ihn am Telefon zu erreichen. Das berichtete Ben. Aber die Geschwister wollten es noch mal ausprobieren. — Sie unterbrachen den Chat. Anna würde Papa gleich anrufen und eine *WhatsApp* mit vielen Emojis zum Aufheitern schicken. Damals, als Anna noch nicht schreiben konnte, liebte sie es mit Papas iPhone sämtlichen Leuten immer die neuesten Emojis zu versenden.

Sollte Papa nun doch erreichbar sein, würde Anna zuerst mit ihm sprechen. Warum hatte Ben nicht daran gedacht, ihn heute Nachmittag anzurufen oder eine *WhatsApp* zu schicken? Das war echt blöd von ihm. Auf die Idee war er nicht gekommen. Er dachte an alles Mögliche, an Hanna, *Force Attax*-Karten, die unheimliche Ziegelei, an Sophia — aber daran, Papa anzurufen dachte er nicht.

Eilig lief Ben die Treppe hinunter. Sollte Mama ihn doch hören. Er wollte jetzt Papa anrufen. Sofort.

Den Rucksack hatte er an der Garderobe gesehen. Sophia würde ihn aus ihrem Wagen geholt und dort abgelegt haben. Ben schnappte ihn sich. Oben vorm Laptop zog er die Tüte mit den Arzneien aus dem Rucksack und auch das alte Handy, das er von Papa bekommen hatte.

Zuerst rief er Papa an, aber Papa nahm das Gespräch nicht entgegen. Also tippte Ben eine *WhatsApp*.

„Papa, tut mir leid. Wie geht es dir?"

Dann eine zweite *WhatsApp*:

„Schreib mal"

Ben kontrollierte *WhatsApp*. Papa war nicht *online*.

Anna kam auf *Facebook* nicht mehr zurück. Das nervte Ben. Sie konnte doch schreiben, ob sie Papa erreicht hatte.

„Meld dich", tippte er und starrte aufs Chatfenster. Er packte die Augentropfen aus und versuchte, die Flüssigkeit mit der Pipette ins

Auge zu tropfen, wie Sophia es gemacht hatte. Das misslang. Seine Hand zitterte nämlich, und das fiel ihm jetzt erst auf. Ihm war so kalt, dass er zitterte.

Das Fenster war noch gekippt, Nachtluft strömte herein. Ben legte sich die Bettdecke um die Schulter, stellte sich ans Fenster und lauschte hinaus. Kein Schrei war zu hören. Natürlich nicht. Er hatte sich das bestimmt eingebildet. Aber drüben am Fenster im ersten Stock der Ziegelei …

Das konnte auch Einbildung sein, sagte er sich. Er *wollte* etwas sehen und bildete es sich deswegen ein.

Ben klappte den Laptop zu, damit es im Zimmer dunkel wurde. Dann nahm er das Fernglas vor die Augen und schaute hinüber.

Er sah etwas.

Ein Mädchen stand an der Scheibe und guckte hinaus. Wieder winkte sie. Wie gestern Nacht. Nein, das musste kein Winken sein. Vielleicht betete sie. Ben war unsicher.

Auf jeden Fall sah sie ihn nicht. Denn sie guckte vorbei an dem sehr provisorischen Garten und dem Haus. Sie guckte zum Wald und ihr Gesicht war traurig. Jedenfalls glaubte Ben das. Es war fast gar kein Licht da. Sie war älter als Hanna. Ben schätzte, dass sie ungefähr Annas Alter hatte. Schön war sie, dunkle Augen und dunkle Haare glaubte Ben zu sehen.

Ihre Arme hielt sie ausgebreitet über ihrem Kopf; die Handflächen an die Scheibe gedrückt, alle zehn Finger gespreizt.

Wie Jesus am Kreuz sah sie aus, dachte Ben. Oder wie eine aus diesen Gebetszenen in den amerikanischen Serien, die er nachts guckte, die Boxen leise gestellt, und Mama bekam es nicht mit.

Als Marie am Morgen aufwachte, fühlte sie sich frisch wie lange nicht mehr. Sie machte sich fertig, weckte Ben, sah zu, wie er seinen Kinderkaffee trank und das Vollkornbrot mit Hefeextraktaufstrich mümmelte.

Wohl merkte sie, wie er sie beobachtete. Aber sie tat, als bemerke sie es nicht und schmierte auf der Anrichte ihr eigenes Brot. Sie ließe ihn kommen. Spürte sie doch, dass ihr Sohn etwas loswerden wollte, dass Fragen in seinem Kopf kreisten.

Sie würde seine Fragen beantworten. Aber sie würde nicht um Entschuldigung bitten für ihre Schimpfkanonade von gestern. Die hatte Ben verdient.

Seit dem Aufstehen sprach sie zu ihm mit betont liebevollen Wendungen; aber die Unterhaltung blieb doch in den notwendigsten morgendlichen Floskeln stecken. Ben antwortete konsequent einsilbig. Nun gut, auch damit kam sie klar.

Sie setzte Ben 500 Meter vor der Schule ab. So vermied sie, anderen Müttern zu begegnen, die sie in ein Gespräch über Leon verwickeln könnten. Denn natürlich wüssten schon alle Bescheid. Gegenüber Ben gab sie vor, eilig in die Stadt zu müssen und deswegen nicht weiter vorzufahren, um nicht zwischen den Schulbussen steckenzubleiben.

Ben bedachte sie mit dem flüchtigsten Abschiedskuss, der ihm zur Verfügung stand. Sie ging darüber hinweg, sagte nichts, sah dem Jungen hinterher, wie er mit gesenktem Kopf, den Rucksack lustlos an einem Riemen tragend, dem Schulgebäude entgegenschlurfte. Den Jungen beschäftige etwas, das sah Marie. Aber alles wird sich einrenken, heute Nachmittag würde Ben geschafft vom Unterricht sein, und der Groll auf Mama wäre vergessen.

Sie nahm sich vor, im Alstertal-Einkaufszentrum eine DVD für Ben zu besorgen. Eine US-Serie würde es sein, die liebte Ben. Sozusagen ein verdecktes Versöhnungsgeschenk. Sie würde es ihm auf den Laptop legen.

Zehn Minuten später stellte Marie ihren Touareg auf dem frisch gepflasterten Parkplatz der Haspa-Filiale ab und traf auf Hans-Peter, der in seinen Siebener-BMW steigen wollte. Hans-Peter gehörte die Ziegelei und wer-weiß-was-noch für Gebäude in Hamburger Randlagen. Er war einer von den Männern, die glaubten, ewig schlank zu bleiben. Seit Kinderzeiten konnten diese Männer so viele Kuchenstücke essen, wie sie wollten: Sie behielten drahtige Beine und eine schlanke Taille und wurden von allen deswegen beneidet. Doch ab dem vierzigsten

Lebensjahr nahmen sie zu. Sie saßen jetzt die meiste Zeit am Schreibtisch, kontrollierten Mieteinnahmen, Konto- und Aktienstände und alles wuchs — auch die Bäuche. Denn noch immer aßen sie viel Kuchen und 40 Jahre lang hatten sie gelernt, dass es keine Auswirkungen auf ihr Gewicht hätte. Nun aber hatte es das, da sie eine sitzende Existenz führten und der Stoffwechsel langsamer wurde:

Hans-Peter trug einen Wohlstandsbauch, betonte ihn mit einem zu knappen Sportblazer. Seine drahtig gebliebenen Beine ließen den Immobilienkaufmann endgültig wie eine Witzfigur aussehen. Das hinderte Hans-Peter allerdings nicht daran, bester Laune zu sein. Er winkte Marie mit seinen Kontoauszügen zu:

„Wie lange haben wir uns nicht gesehen, Marie. Viel zu lang haben wir uns nicht gesehen."

Es musste Monate her sein. Sie begrüßten sich mit Hamburger Bussis — über den Wangen des Gegenübers schwebendend gehaltenen Küsschen.

„Lass dich ansehen, Marie." Er musterte sie. „Fantastisch", rief er parfümiert — schwul war Hans-Peter nicht, obwohl man den Verdacht haben konnte. Geheiratet hatte er allerdings auch nicht. „Fantastisch siehst du aus, Marie. Wie machst du das?"

Sie bedankte sich fürs Kompliment, blieb vorsichtig. Wusste er von Leon oder wusste er nicht?

„Was ist mit Leon? Was macht er für Sachen?" Hans-Peter faltete die Kontoauszüge fünffach und länglich und stieß sie in die Hosentasche und fummelte weiter in der engen Tasche herum. Meine Güte, was machte er da unten. Er zog den Funkschlüssel seines Sportwagens heraus. „Du guckst wie Auto, Marie. Da muss man sich nicht schämen. Ich war auch schon mal drin, haha."

„Es ist alles ein Missverständnis", sagte sie. „Ein Anwalt ist schon dran, holt Leon raus."

Unglaublich, jetzt spielte Hans-Peters andere Hand mit dem Hosenstallreißverschluss. Zog ihn immer wieder hoch und hoch, dabei war er nie offen gewesen, zumindest nicht auf dem Parkplatz. War das was Tiefenpsychologisches, überlegte Marie. Endlich befreite sich seine

Hand. Er legte sie auf Maries Schulter. Seine grauen Augen bekamen einen Pastorenblick:

„Ich bewundere deine Haltung. Als wenn nichts geschehen wäre. Du bist jetzt allein in dem großen Haus und mit deinen beiden Kindern, Ben und …"

„… Anna meinst du."

„Genau. Anna."

„Sie ist auf einer Klassenfahrt."

„Nur du und der Kleine? In dem großen Haus! Wenn ich dir irgendwie helfen kann, du brauchst nur einen Ton zu sagen."

Nach diesen Äußerungen des Wohlwollens, ja der Bewunderung, schwebte Marie in die Sparkasse, während Hans-Peter vom Hof ritt. Seine Worte taten so gut. Als Hans-Peter die Familie Leon Artles das letzte Mal auf ein Glas Wein besucht hatte, sprach er vor allem mit Leon, und Marie durfte die Cracker reichen. Jetzt war es anders, sie spielte die Hauptrolle, und Leon war Statist.

Wie zufällig stand der Haspa-Filialleiter in der Nähe der Gardine des aufgelockerten Großraumbüros, welches nach den letzten innovativen Filial-Konzept-Ideen eingerichtet war: helles Nussbaumfurnier, wohnliche Ecken, kleine Counter, keine Barrieren, kein schusssicheres Glas. Ein Ficus in Blähtonkügelchen grüßte kläglich am Eingang gleich hinter der Automatiktür.

Der Filialleiter machte einen schnellen Schritt von der Parkplatzgardine weg und kam erfolgsdynamisch zwischen zwei Countern auf Marie zu. Sein Gesicht war laienhaft kaschierte Neugier.

„Ich freue mich, Sie zu sehen, Marie Artles! Ich darf Sie doch Marie nennen?"

Natürlich durfte er das. Wobei Marie sich wunderte, dass er sie kannte. Bisher hatten sie nie miteinander zu tun gehabt. Allenfalls bei der Kontoeröffnung, aber Marie erinnerte sich nicht mehr; damals hatte Leon alles gemacht. Sie war nur wegen der Unterschrift mitgekommen. Ansonsten war der Filialleiter selten zu sehen im Großraumbüro. Als einziger der Belegschaft hatte er ein eigenes Zimmer, und das nützte er ausgiebig. Die Nussbaumfurniertür war fast immer geschlossen und verkündete: Kreditgespräche zwischen dem Filialleiter und Unternehmern der ersten Kategorie aus dem Alstertal.

„Ich wollte mir nur schnell Kontoauszüge drucken."

„Marie, die lasse ich Ihnen bringen." Der Filialleiter machte eine einladende Geste in Richtung seiner Nussbaumtür.

Ob er sie ermahnen wollte, da sie das private Familienkonto für die paar Yoga-Kurse nutzte, die sie anbot? Marie fragte:

„Liegt irgendwas vor?"

„In keinster Weise." Der Filialleiter senkte die Stimme. „Ich stehe zu Ihrer vollsten Verfügung. Ich darf doch vorangehen?"

Sie folgte ihm, geräuschlos schloss er die Tür hinter ihnen — und war schon in seinem schwarzledernden Chefsessel, die Hände faltete er auf dem Tisch und war Marie ganz zugewandt.

„Es ist ja eine besondere … Situation eingetreten", begann er.

„Eine Situation? Wie soll ich das verstehen, Herr … Herr —"

„Oh, verzeihen Sie", er federte aus dem Sessel, „habe ich unterlassen, mich vorzustellen, Rösch, Diplom-Betriebswirt und Leiter der Filiale seit vier Jahren." Er dienerte kurzhaarig. — Marie blieb sitzen und senkte nur knapp und huldvoll den Kopf.

„Herr Rösch …", sagte sie, machte eine Kunstpause und staunte darüber, dass sie die Situation mochte. Sie war im Mittelpunkt. Sie saß im Chefbüro, und der Chef dienerte. Natürlich wusste er über Leon Bescheid. Aus jeder Pore von Rösch sickerte das Bescheidwissen über Leons Verhaftung. Aber er wollte mehr wissen, Gründe, Aussichten. „… Herr Rösch, Sie sprechen von meinem Mann, nehme ich an."

„Selbstverständlich …"

„Woher wissen Sie?"

Er nahm die gefalteten Hände auseinander, um sie zu reiben. „Ein Filialleiter … Es gehört zu den Aufgaben eines Filialleiters, Verbindungen zu haben. Informiert zu sein. Um die Zukunft abschätzen zu können. Für unsere Kunden —" Er verstummte, da es klopfte.

Eine junge Dame steckte den Kopf herein.

„Bitte, bitte", sagte Rösch. Die Dame reichte Marie die Auszüge und verschwand.

„Möchten Sie Geld abheben?" Rösch tippte, guckte in den Monitor. „Ich lasse es Ihnen bringen."

„Nein, danke. Nicht nötig."

„500 sind drauf, Dispo 10.000, nächstes Gehalt Ihres Gatten dürfte morgen eintreffen." Er sah sie an. „Ich sehe keinerlei Probleme. Selbstverständlich werde ich Sie in jeder Weise unterstützen."

Dann hätte sie ihn gern gefragt, wie es um das Depot stände. Wahrscheinlich wurde das hier geführt. Aber es würde komisch wirken, danach zu fragen.

„Sie haben von Gerte zu Ihrem Mann geschickt", fuhr Rösch fort, und das erstaunte Marie nun doch:

Woher wusste er das?

„Ein guter Mann", meinte Rösch. „Verstehen Sie mich nicht falsch. Aber Sie wollen sich nicht rein zufällig trennen von Ihrem Mann?"

„Wie kommen Sie darauf? Und wie käme ich dazu, es Ihnen zu sagen?"

„Oh, entschuldigen Sie, Marie. Es war falsch, völlig falsch von mir, davon anzufangen. Es ist nur die Sorge um meine Kunden, die mich umtreibt. Gerte ist ein hervorragender Scheidungsanwalt …"

Sie ahnte, woher er die Infos hatte. Sophia würde mit ihrem Mann geplaudert haben und der mit Rösch. Sophias Mann war Alstertaler Unternehmer und steinreich und würde schon vor der Heirat über Sophias bevorzugten Scheidungsanwalt Erkundigungen eingezogen haben. Er wäre nicht so steinreich geworden, wenn er weniger vorausschauend wäre.

„… aber das er sich mit Strafsachen auskennt, war mir nicht bekannt", sagte Rösch.

„Strafsachen? Wie meinen Sie das?"

„Ich bin überzeugt davon, dass Herr von Gerte die Interessen Ihres Mannes zu seiner vollsten Zufriedenheit vertreten wird."

Sie erhob sich, „Davon bin ich auch überzeugt", und rauschte hinaus. Kopf hoch und Schultern zurück.

Sie liebte effektvolle Abgänge, bisher hatte sie diese nur bei Leon erproben können, und nach dem Depot konnte sie beim nächsten Mal fragen.

Rösch überholte sie, und wenn die Tür nicht automatisch zu beiden Seiten aufgefahren wäre, hätte Rösch sie ihr aufgerissen.

„Ich habe Sie doch nicht verärgert, Marie?"

„Aber in keinster Weise, Verehrter." Sie ließ Rösch neben dem Ficus stehen und fühlte sich fantastisch, fächelte mit den Kontoauszügen wie vorhin Hans-Peter, würde in den Touareg steigen und dann …

… ein Käffchen im Einkaufszentrum, bevor sie die DVD für Ben kaufte. Sie säße allein am runden Kaffeetisch, ließe die Männer vorbeiflanieren und war frei.

Das *iPhone* vibrierte.

Auf dem Display zeigte sich eine Marie unbekannte Festnetznummer aus Hamburg.

„Hallo?"

„Spreche ich mit Marie Artles?"

Sie kannte die Stimme, konnte sie aber nicht gleich einordnen.

„Und mit wem spreche ich?"

„Oberkommissar Möller. Frau Artles …"

„Ja?"

„Wir müssen uns treffen."

„Mmh."

„Sofort. Wegen Ihres Mannes. Es ist wirklich dringend."

6. Kapitel

Der Wärter schloss auf und bat Leon in einen kahlen Raum.

Leon hatte in den letzten Stunden ein Abo auf triste Räumlichkeiten: Verhörraum mit Oberkommissar Möller und Kommissarin Jessica Nitsch, Arztzimmer Doktor Goesken, Raum mit Haftrichter Kleinschmidt, dann die Zellen 1 und 2 und jetzt das hier, ein neuer Tiefpunkt:

Grauer Putz rundherum, Tisch in der Mitte, zwei klapprige Stühle und auf einem saß ein Mann wie eine Farbexplosion. So kam es Leon vor. Der Mann trug eine gelbe Krawatte und einen dunkelblauen Anzug, den das Neonlicht von der Decke zum Schillern brachte.

„Doktor Adalbert von Gerte. Leon, nennen Sie mich Bertie."

Der Mann stand auf und streckte Leon die Hand entgegen. Der Anzugärmel rutschte zurück und entblößte eine himmelblaue Manschette und einen goldenen Manschettenknopf. Vielleicht war der auch nur aus Messing. Gekreuzte Reitgerten waren eingraviert. Aber das wusste nur Bertie.

„Ich darf Sie Leon nennen?"

Leon hatte nichts dagegen.

„Setzen wir uns doch", sagte Bertie, legte einen schmalen Kalbslederkoffer auf den Tisch und klappte ihn auf. Der Koffer duftete nach Lederfett. Bertie pflegte ihn. Alles an Bertie war gepflegt: Leon sah manikürte Fingernägel, ein frisch rasiertes, markantes Kinn. Berties Haare waren vielleicht eine Spur zu lang, aber es stand Bertie, gab den nötigen Gegensatz zur ansonsten korrekten Erscheinung. Nur die Plastiktüte mit dem *Aldi*-Schriftzug, die Bertie neben sich abgestellt hatte, die passte nicht, und Leon fragte sich, was in der Tüte war.

„Hier müssten Sie unterschreiben, Leon. Damit ich für Sie tätig werden darf."

Leon wunderte sich. Er hatte noch mit keinem Anwalt von der Liste des Notdienstes telefonieren können.

„Sie sind Anwalt?"

„Oh, entschuldigen Sie, Leon. Das hatte ich nicht gesagt?" Er zupfte eine Visitenkarte aus dem Kofferdeckel und gab sie Leon. Leon überflog die Karte und ließ sie in die rechte Jackentasche gleiten.

„Aber ich habe Sie nicht beauftragt, Herr von Gerte."

„Nennen Sie mich Bertie. Bitte. Wir sind ganz unter uns. Ihre Frau hat sich erlaubt, mich zu Ihnen zu schicken, um Sie in der...nun ja Situation, in der Sie sich befinden, zu unterstützen. Ihre Frau dachte, das wäre in Ihrem Sinne." Er hob die Brauen.

„Oh, selbstverständlich."

„Die Zeit drängt. Leon, wir wollen Sie hier schnell rausholen. Zuerst müssen wir uns einen Überblick verschaffen. Was man Ihnen vorwirft."

Unauffällig streichelte Leon mit der Fingerkuppe über das Leder des aufgeklappten Kofferdeckels. Es erinnerte ihn. Aber woran?

„Sie haben doch noch mit niemanden gesprochen, Leon? Richtig?", wollte Bertie wissen.

„Doch, natürlich. Gleich im Anschluss an die Festnahme wurde ich verhört. Mehrere Stunden. Wollte ja schließlich noch nachhause fahren."

„Mmmmh,...nicht gut..., aber warum denn? Warum haben Sie mich nicht gerufen?"

„Warum sollte ich Sie gerufen haben? Ich kannte Sie doch gar nicht. Und überhaupt, ich kenne überhaupt keinen Anwalt. Brauchte ich ja auch noch nie. Habe weder einen Punkt in Flensburg, noch bin ich jemals schwarzgefahren."

„Ich muss wissen, was Sie alles gesagt haben, was man Ihnen zur Last legt. Wurde Ihnen auch ein Deal angeboten? Haben Sie irgendetwas unterschrieben?"

„Ja. Nein."

„Leon, ich brauche dringend Akteneinsicht. Das geht nur, wenn Sie mich legitimieren." Er hielt Leon einen *Montblanc* hin, wie ihn auch der große Dr. Dr. h.c. Schach benutzte.

Leon entschloss sich, nahm den Füllhalter. Satt floss das Königsblau aus der Goldfeder.

„Hier auch noch." Bertie reichte ein zweites Blatt. *Vollmacht* stand darüber. „Wegen des Honorars. Muss alles seine Richtigkeit haben in Deutschland." Bertie lachte ein Baritonlachen, das Leon theaterhaft vorkam. Er unterschrieb.

„Das Leder Ihres Koffers, Herr von Gerte —"

„Bertie, bitte."

„Bertie...das ist Kalbsleder."

„Leon, Sie kennen sich aus."

„Nein, nein. Es ist nur so. Ich selbst habe so eine Kladde. Wissen Sie, in die schreibe ich alles rein. Ideen und so. Die ist in Kalbsleder gebunden. Deswegen erkenne ich es."

Bertie nahm den Koffer vom Tisch und stellte ihn feinsäuberlich neben die *Aldi*-Tüte.

„Mit der Kladde fangen meine Probleme an. Wenn ich es richtig bedenke", sagte Leon.

„Aber nicht etwa wegen des Kalbsleders?" Baritonlachen, aber nur kurz.

Leon berichtete von seinen Nachforschungen im Spielcasino, am Hafen, in der Großen Freiheit und auf der Reeperbahn, von Oberkommissar Möllers merkwürdigen Verdächtigungen.

„Warum machen Sie so etwas, Leon? Diese Nachforschungen, die Sie anstellen ..."

„Es ist Ausgleich zum Beruf. Sie können es mein Traum-Forschungsprojekt nennen. Die Laster der Menschen faszinieren mich und die Fragestellung: wie weit gehen Menschen für den besonderen Kick. Der Hafen, die Reeperbahn ist keinen Kilometer von hier entfernt."

„Ein seltsamer Traum. Andere Träumen von Geld und schöne Frauen."

„Habe ich alles. Schnelles Auto, zwei tolle Kinder, ein Haus, Geld, eine tolle Frau."

„Die Sie umbringen wollten."

„Nein."

„Die Polizei glaubt es. Wenn ich das richtig verstehe. Ich muss mich einarbeiten." Bertie erhob sich zügig, die Stuhlbeine ratschten über den Estrich. Die kahlen Wände vervielfachten das Geräusch. „Ich melde mich bei Ihnen, Leon."

„Oh...wann?"

Das ging schnell. Leon hatte gehofft, noch reden zu können. Es tat gut, mit einer Person zu sprechen, die gleich in die Welt draußen zurückkehren würde. Innerhalb von Minuten war Bertie zu Leons Verbindung zur Freiheit geworden. Über diese Brücke, die Bertie ihm bauen wollte, würde Leon zurückkehren können in seine Welt.

„Ich denke morgen, Leon. Morgen bin ich wieder bei Ihnen. Dann sieht die Welt anders aus, Leon. Glauben Sie mir."

Er war die Hoffnung. Die Hoffnung und das Leben. Draußen, in Freiheit.

Bertie zupfte die Manschetten zurecht, griff den Koffer, stutzte und erinnerte sich, nahm die *Aldi*-Plastiktüte.

„Für Sie, Leon."

Leon schaute in die Tüte. Shampoo, Rasierzeug, Zahnbürste.

„Von meiner Frau?"

„Von *Aldi*", sagte Bertie. „Hab ich eingekauft für Sie. Auf Wiedersehen."

Von dem Treffen mit Bertie wurde Leon durch einen Wärter in den Zellentrakt zurückgebracht. Auf dem Gang, am Eingang zu den Gemeinschaftsduschen, trafen sie auf Maxi, der am Wischen war. Neben Maxi standen Wischeimer und ein Putzwagen mit Reinigern und Lappen.

„Moment mal, Leon", bat Maxi und wrang seinen Wischlappen über dem Eimer aus, „Wie war's?"

„Weiß nich'", brummte Leon und hatte keine Lust, sich über sein Gespräch mit Bertie auszulassen.

„Was'n in der Tüte?", fragte Maxi und wischte um die Ecke.

Leon warf dem Wärter einen fragenden Blick zu. Der Wärter nickte, er hatte nichts gegen einen kurzen Plausch zwischen den zwei Häftlingen.

Leon folgte Maxi in den Gemeinschaftsduschraum. Bei den Duschen wischte ein zweiter, hagerer Häftling. Leon legte die *Aldi*-Tüte ins Waschbecken, warf einen Blick in den Spiegel. Maxi sah ihm zu.

„Wir werden nicht jünger", sagte er.

Leon dachte: Ich sehe beschissen aus. Wie ein Penner.

Es half nicht, dass er sein schickes Bürojackett immer noch anhatte. Er wirkte schuldig. Alle Häftlinge hier sahen schuldig aus. Sie bewegten sich schuldig. Als wären die Anstaltsklamotten mit einem Mittel eingesprüht, das Aussehen und Gang veränderte.

Leon probierte Grimassen vor dem Spiegel.

Lustige Grimassen, Geschäftsgesichter, unschuldige Mienen. Die waren am wichtigsten, die unschuldigen Mienen, und sie gelangen am schlechtesten.

Aber der Gesichtsausdruck war das Entscheidende, das stellte Leon fest. Man musste unschuldig schauen, so schwer es fiel. Leon zog das Einstecktuch ein Stück heraus, so wirkte es besser, fast schon seriös.

Maxi wollte an die Tüte im Waschbecken, aber Leon schob ihn weg, Leon wollte selbst nachgucken, was genau Bertie ihm besorgt hatte.

„Hat sie gegrüßt?", fragte Maxi, „Deine Frau, hat sie dir Grüße ausrichten, lassen?"

„Weiß nich‘."

Die Frage hatte Leon sich auch schon gestellt. Bertie hatte nichts davon gesagt. Aber Bertie könnte vergessen haben, Grüße von Marie auszurichten. Bertie war so sehr damit beschäftigt, ihn freizubekommen, dass er die Grüße vergessen hatte. Marie und Bertie arbeiteten intensiv daran, ihn aus der Untersuchungshaft zu holen.

Leon packte Shampoo und Zahnbürste aus. Sogar an Einmalrasier und Rasierschaum hatte Bertie gedacht.

Der Wärter sagte: „Pack den Kram wieder ein, weiter geht‘s."

„Da hat sie doch an dich gedacht", sagte Maxi.

Leon überlegte, Maxi in dem Glauben zu lassen, sagte dann aber: „‘ne, hat Bertie gekauft."

„Bertie?"

„Ist mein Anwalt."

„Ihr seid schon beim Spitznamen, Alter? Und er kauft dir Rasierzeug? Das ist gut." Maxi lehnte den Schrubber in die Ecke neben Waschbecken und Plastikmülleimer. „Er kennt sich aus, wenn er dir den Krempel einkauft. Wird ein Guter sein."

„Ja, Marie ist nicht so praktisch veranlagt."

„Das scheint mir auch. Leon, lass den Kopf nicht hängen." Er klapste Leon auf die Schulter. „Bei Frauen kommt‘s auf was anderes an." — Da waren sie wieder: die zuckenden Mundwinkel bei Maxi, die ein dünnes Lächeln andeuteten, und die Leon schon bei ihrer ersten Begegnung aufgefallen waren. Maxi bewegte die Hüften vor und zurück, und sein Lächeln wurde breiter. „Da is‘ sie doch gut drin, oder?", fragte er.

Leon stieg nicht darauf ein. Er packte die Sachen zurück in die Tüte. Mit Schwung entleerte Maxi das Schmutzwasser aus dem Wischeimer in das Waschbecken, gerade noch konnte Leon sein Shampoo retten.

„Die Keramik muss gemacht werden, Raphael", meinte Maxi, „die sieht am Ausguss spuckegelb aus."

Raphael hörte auf, die Duschen zu wischen und kam heran.

„Tach, bin Raphael", sagte er. Leon nannte seinen Namen.

Raphael fuhr mit dem Finger über den Ausguss.

Maxi sagte: „Musst du Reiniger bei tun."

„Is‘ alle."

„Alter, dann holst du welchen vom Gang."

Raphael nahm Leon das Shampoo aus der Hand.

Leon protestierte: „Is‘ mein Shampoo." Er hielt die Hand hin, wollte sein Shampoo haben.

Raphael, einen Kopf kleiner, schaute nicht hoch zu Leon, gab ihm auch nicht die Shampooflasche. Stattdessen verharrte Raphael, blickte geradeaus auf die Brust von Leon. Das verunsicherte Leon.

Raphael begann, ein girrendes Geräusch zu machen. Wie eine Taube. Das war Raphaels Lachen, begriff Leon.

„Bist du schwul?", meinte Raphael, guckte weiterhin Leons Brust an.

Leon nahm Raphael das Shampoo ab und stopfte es in die Tüte, wollte gehen. Raphael hielt ihn am Revers fest.

„Das ist rosa", sagte Raphael, „Maxi, siehst du das. Rosa!"

Raphael meinte das Einstecktuch. Deswegen guckte er die ganze Zeit. Leon zog es heraus.

„Das nennt sich lachsfarben", sagte Leon.

„Lachsfarben!", kreischte Raphael, „er ist schwul! Lachsfarben!"

Leon ließ das Tuch in der Tasche seiner Hose verschwinden.

„Lasst mich raus!" Raphael wollte aus dem Gemeinschaftsduschraum, aber der Wärter versperrte ihm den Weg:

„Ruhig bleiben, Kleiner. Du bist Wischbeauftragter. Also wischst du."

„Ich will nicht mit einem Schwulen in den Duschen sein! Ihr seid pervers, mich hier einzusperren mit dem da!"

Als Marie am frühen Nachmittag mit Ben, DVD und Kaffeebauch in die Einfahrt bog, wartete Oberkommissar Möller bereits vor der Haustür.

Marie parkte ihren Touareg an die Seite der Einfahrt, besann sich aber. Leon würde nicht kommen, also stellte sie ihren Wagen auf den Garagenplatz. So täte sie es ab jetzt immer.

„Ist das der Kommissar?", fragte Ben von hinten. Er hatte sich ohne zu protestieren auf die Rückbank gesetzt. Das bedeutete: Ihm ging es wirklich schlecht.

„Woher kennst du ihn?" Marie schaute nach hinten zu Ben. Der Junge sah krank aus.

„Von gestern Nacht", antwortete Ben.

„Du meinst, wo du uns belauscht hast."

„Ich habe euch nicht belauscht."

„Es war nicht gestern, sondern vorgestern."

„Nein, gestern. Es war nach Mitternacht."

Stimmte zwar nicht, aber Marie wollte keine weitere Diskussion und sagte: „Du gehst bitte nach oben und legst dich ins Bett. Ich komme gleich nach. Wir müssen Fieber messen." Augentropfen würde sie ihm auch geben.

Marie begrüßte den Kommissar. Auch Ben hatte artig die Hand zu geben.

„Worum geht es also?", fragte sie im Wohnzimmer. „Ben, du solltest nach oben gehen."

Immer verzog er sich nach der Schule gleich nach oben, nur heute Nachmittag nicht. Obwohl er sich schlecht fühlte, auf der Rückbank fast eingeschlafen wäre. Jetzt schenkte er sich Milch ein, räuberte im Kühlschrank, spülte sogar seine Tasse ab und ordnete Schuhe neben der Garderobe.

„Lassen Sie ihn", meinte Möller.

„Sie haben Kinder?"

„Leider nicht. Es hat sich nicht ergeben."

„Manchmal möchte man sie zum Mond schießen, glauben Sie mir."

Möller zeigte einen melancholischen Blick. „Ich glaube es Ihnen. Aber sie schenken auch. Das vermute ich jedenfalls … weiß es. Sehe es bei meinem Bruder."

„Wickeln Sie mich gerade ein?"

„Einwickeln?"

„Gut Wetter machen, Spannungen lösen. Um dann zuzuschlagen wie gestern Nacht." Vorgestern Nacht, korrigierte sie sich still.

„Ich bin gerade Mensch, mehr nicht. Es ist kein Verhör, was wir hier machen, und Sie sind keine Zeugin."

„Aber es geht um meinen Mann?"

Er stimmte zu. „Ok Frau Artles, Sie zwingen mich in meine Rolle als Polizist zurück."

„Mögen Sie Ihren Beruf nicht?"

„Sehr sogar, und ich habe nichts anderes."

„Ein Bett und einen Beruf, mehr haben Sie nicht?"

Möller überlegte. „Wenn man es aufs Äußerste reduziert … ich weiß nicht."

„Ein Kaffee hilft immer. Oder lieber ein Bier?"

„Lieber ein Bier, aber ich darf nicht."

„Sie gehören zu den Korrekten."

„Das sowieso. Außerdem machte ich mich erpressbar."

„Wie denn das?"

Immer noch rumorte Ben im Flur. Marie hatte Lust, den Jungen nach oben zu schreien. Aber das verkniff sie sich. Kein Streit vor Gästen, schon gar kein Streit mit dem eigenen Sohn.

Möller sagte: „Sie könnten gegenüber meiner Kollegin beim nächsten Mal eine Bemerkung fallen lassen. ‚Bier wie beim letzten Mal oder doch einen Kaffee wie Frau Nitsch?'"

„Das heißt, Sie glauben, wir werden uns noch mal sehen?"

„Auszuschließen ist es nicht. Aber wir könnten es abkürzen, also beschleunigen."

„Gern. Also Kaffee."

„Bitte, ja."

„Damit ich Sie nicht erpresse." Sie lächelte, Möller folgte ihr in die Küche. Dort saß Ben am Tisch und daddelte auf seinem Handy.

Möller sagte: „In eine Erpressung kann man schnell geraten. Wenn ich jetzt ein Bier trinke, könnten Sie zum Beispiel morgen sagen, Sie würden das mit dem Bier für sich behalten, wenn ich dafür Ihren Mann aus der U-Haft entließe."

„Das könnten Sie? Meinen Mann entlassen?"

Möller schüttelte den Kopf. „Nein, die Erpressung wäre nutzlos. Der Haftrichter entscheidet. Und später nach der Anklage beim Prozess dann die Richter."

„Später?" Prozess?"

Möller beugte sich zu Marie und senkte die Stimme: „Ja, wenn sich die Verdachtsmomente erhärten wird es in spätestens sechs Monaten zu einem Prozess kommen. Und bei dieser Ausgangslage schätze ich mal so – naja – könnten daraus schnell 10-15 Prozesstage werden. Mit allem drum herum."

„Mit allem drum herum?"

„Nun ja. Fernsehteams und so…"

„Mmmmh. Aber Sie könnten dem Richter, also dem jetzigen Haftrichter Informationen geben, um die Entscheidung herbeizuführen."

„Wollen Sie das?"

Wieso fragte er, überlegte Marie und sagte: „Natürlich."

„Aber ich kann es nicht."

„Weil Sie es nicht wollen."

„Ich bin neutral. Mit dem Haftrichter habe ich eigentlich keinen Kontakt."

Das war Neuland für Marie, mit der Justiz war sie bisher nie in Berührung gekommen.

„Meine Berichte gehen an den Staatsanwalt", erklärte Möller, „manchmal bekomme ich auch Aufträge vom Staatsanwalt."

Sie servierte den Kaffee. „Ben, würdest du nun bitte nach oben gehen." Ganz wie die liebe Mutter sprach sie. Ihre Augen funkelten Ben an, aber so, dass es für Möller unsichtbar blieb.

„Och, Mama."

„Geh jetzt."

Aber der Junge blieb sitzen. Und daddelte. Sollte sie ihn an den Haaren vom Küchenhocker ziehen?

Müller saß daneben und nippte am Kaffee. Er beobachtete. So schätzte Marie es ein. Warum auch immer, was auch immer Müllers Beobachterei mit Leon und den Ermittlungen gegen Leon zu tun hatte: Sie hatte jetzt diesen Oberkommissar bei sich in der Küche sitzen; und dieser große, schlecht angezogene Mann beobachtete, wie sie mit dem Jungen umging.

Am liebsten hätte sie geschrien. Zuerst hätte sie Ben angeschrien. Er sollte endlich gehorchen und so etwas Einfaches auf die Reihe bekommen, wie sich ins Bett zu legen, wenn er krank war. Danach hätte sie Möller angeschrien, was ihm einfiele, sie zu Hause zu belästigen.

Stattdessen zeigte sie ein nachsichtiges Lächeln. So hoffte sie zumindest, dass es aussehen würde.

„Jetzt denken Sie, er wäre schlecht erzogen", sagte sie. „Ich muss mich für meinen Sohn entschuldigen."

„Aber —", setzte Möller an, wollte bestimmt etwas sagen wie: „Aber das macht doch nichts." Dazu kam er nicht:

Neben ihm schnauzte Ben los. Laut. So laut, dass Möller zusammenzuckte und Kaffee verschüttete.

Ben schnauzte: „Mir reicht es. Jetzt entschuldigst du dich schon für mich. Entschuldigung, dass ich auf der Welt bin. Ständig kommandierst du mich herum. Ich will nicht nach oben, und ich gehe nicht nach oben. Und ich will zu Papa, und Papa hätte mich nie rausgeschickt."

Natürlich wollte er zu Papa. Das hatte er ihr heute Morgen gesagt und als sie ihn von der Schule abholte, hatte er es auch gesagt. Aber sie war die Mama, und sie bestimmte hier, und Papa war nicht da, nie war er da, wenn man ihn brauchte. Und sie war es leid, sich immer mit ihm vergleichen zu lassen.

Marie biss sich auf die Unterlippe. Kein unbedachtes Wort würde sie vor Möller von sich geben, den Streit nicht befeuern.

Möller sagte: „Das lässt sich bestimmt einrichten. Dass du deinen Papa besuchst. Ich werde mit dem Direktor telefonieren."

„Dem Direktor?", fragte Ben.

„Vom Untersuchungsgefängnis. Er entscheidet über die Besuche."

„Aber U-Häftlinge dürfen keinen Besuch bekommen", sagte Ben.

„Woher weißt du das?"

„Von *Google*."

Behutsam schüttete Möller Kaffee aus der Untertasse zurück in die Tasse.

„Ein schlauer Junge bist du", sagte er.

Stolz keimte bei Marie. „Ja, das ist er. Ein schlauer Junge."

„Ach, jetzt auf einmal?", schnappte Ben sie an, „jetzt auf einmal bin ich der schlaue Junge. Eben hast du dich noch für meine Existenz entschuldigt. Du weißt doch gar nicht, ob ich schlau bin. Du interessierst dich gar nicht für mich." Er rutschte vom Hocker und um sich nicht hinter dem Oberkommissar her quetschen zu müssen, tauchte er unterm Tisch hindurch. „Papa, der interessiert sich für mich. Du machst nur Taxi in die Schule und zurück und ansonsten Yoga." Dann war er raus und weg nach oben.

Marie schluckte. Drehte sich um, drückte am Kaffeeautomaten. Jetzt nicht Möller ansehen müssen.

„Er spielt sie gegeneinander aus", stellte Möller fest.

„Mmh. Wollen Sie noch einen, noch einen Kaffee?"

„Ich würde gern eine Information haben."

„Mmh." Die Maschine brummte, drückte heißes Wasser durch den Pad in Maries Tasse. Das Ding war ein Geschenk von Leon. Sie könnte es aus dem Küchenfenster werfen, so richtig weit bis hinter die Einfahrt. Und dann auf Beuteltee umsteigen. Das wär kein Problem für sie.

„Ihr Mann sprach von einer Kladde."

„Mmh." Milch und Zucker. Sie nahm alles und war so gesammelt, dass sie Möller wieder anschauen konnte. Er hatte den Kommissarblick, war nicht mehr Mensch, sondern Beamter — schloss das eine das andere aus?

„Wissen Sie von der Kladde?"

Sie zögerte.

„Sie zögern."

Wie ein Schachspieler arbeitete sie Züge ab. Was schadete Leon, was nützte ihm, was nützte ihr?

Was war das Ziel des Spiels?

War es ein Spiel?

Es war kein Spiel. Es war ernst. Eine Chance. Paulas Formulierung: eine Chance.

„Also wissen Sie davon", sagte Möller, „sonst würden Sie nicht zögern."

„Er hat so eine Kladde, ja."

„In die er reinschreibt, was er bei seinen Recherchen erlebt."

„Aber Sie wissen es ja bereits. Warum fragen Sie dann?"

„Ich frage gar nicht. Wir plaudern nur." Er trank den Rest und stand auf. „Entschuldigen Sie, dass ich mit dem Kaffee gekleckst habe. Mit Kindern und ihrem Temperament, das ist …", er lächelte, „… das ist ungewohnt für mich. Müsste ich mich drauf einstellen. Wo hat er die Kladde aufbewahrt, dass wissen Sie doch."

„Bei sich im Büro. Das ist kein Geheimnis. Wir haben uns häufiger über seine Erlebnisse unterhalten."

„Davon hat er erzählt?"

„Natürlich. Wir haben keine Geheimnisse voreinander."

„Außer, dass er Sie umbringen wollte. Das hat er Ihnen nicht erzählt."

„Das haben Sie mir in den Mund gelegt. So war es doch gar nicht. Ich habe etwas ganz anderes gemeint, und das wissen Sie."

Beschwichtigend hob Möller beide Hände. „Natürlich, Frau Artles. Natürlich. Ihr Mann hat nichts Illegales gemacht. Sie haben nichts Illegales gemacht. In der ganzen Familie ist nichts Illegales passiert. Noch nie."

Jetzt war er sarkastisch, ärgerte Marie sich und wollte ihn endlich raus haben. Vielleicht wurde man so sarkastisch, wenn man nur mit seinem Beruf und keinen Kindern zu tun hatte.

„Außer vor einem Jahr, da ist wohl was Illegales passiert", patzte sie. „Da gab es Unstimmigkeiten mit dem Finanzamt. Das könnte doch was Illegales sein, oder? Reicht Ihnen das jetzt?"

„Die Steuern ihres Mannes?"

Im 23. Stockwerk stiegen Oberkommissar Möller und Kommissarin Nitsch aus dem Fahrstuhl.

Gertrude Wentzien-Schmockenberg, auf der Teppichetage allgemein Schmocke genannt, kannte das Geräusch der Fahrstuhltür. Sie schraubte den Nagellackflakon zu und ließ ihn in der Schreibtischschublade verschwinden und setzte das Vorstandsassistentinnengesicht auf. Möller und Nitsch marschierten ein.

„Wir kennen uns bereits", sagte Möller zur Schmocke und garnierte seinen Kommissarblick mit einem Haifischgrinsen.

„Ja.", sagte die Schmocke. Sie blieb kühl.

Auch als Möller ihr ein Papier vor die Nase hielt. Als Vorstandsassistentin hatte sie Routine mit Männern auf erhöhtem Testosteronlevel.

Sie setzte die Brille auf. Wie vorgestern hatten die Auswechselbügel ein Leopardenmuster. Es war zurzeit ihr Lieblingsmuster.

„Ist ein Durchsuchungsbeschluss", erläuterte Möller, dem Schmockes Getue zu lange dauerte. Die Nitsch assistierte:

„Da wollen wir rein."

Sie zeigte auf das Büro von Leon Artles.

Die Schmocke sagte: „Vielleicht schaffen Sie es, die Tür diesmal so zu öffnen, dass sie nicht in die Wandvertäfelung brettert."

„Sie mögen die Polizei nicht", sagte Möller.

„Im Gegenteil, ich liebe sie."

„Das ist nicht gut. Man sollte sie fürchten. Sonst haben wir was falsch gemacht."

Schach kam aus seinem Büro, angelockt vom Wortwechsel im normalerweise kuschelleisen Vorstandsbüro. Dr. Dr. h.c. Schach richtete sich zu seiner vollen Größe auf, was seinen Scheitel auf Brustwarzenhöhe von Möller brachte.

„Sie haben etwas falsch gemacht, höre ich?", schnarrte Schach.

Jessica Nitsch erwiderte: „Wir wollen in das Büro von Leon Artles. Dafür haben wir eine richterliche Genehmigung. Alles läuft korrekt, und es gibt keine Fehler."

„Die Presse haben Sie schon informiert?"

„Wie kommen Sie darauf?"

„Sie lieben es doch, in die Nachrichten zu kommen. Vorgestern hatten wir unten Journalisten und Kameraleute stehen, die filmen wollten, wie Herr Artles von Ihnen abgeführt wird."

„Sie meinen, wir hätten die Medien informiert?"

„Ich meine gar nichts", sagte Schach und verschwand, wobei er sich so kerzengerade hielt, als habe er einen Stock verschluckt. Die schwere Vorstandsbürotür schloss lautlos.

Möller sagte, und sprach weder die Nitsch, noch die Schmocke direkt an: „Der ist nicht gut auf uns zu sprechen."

„Wahrscheinlich haben sie einiges zu verbergen hier", sagte Jessica Nitsch. Sie sah dabei die Schmocke an und beugte sich ihr über den Monitor entgegen und schnupperte, da sie Aceton-Geruch in die Nase bekam. „Und wir stören, wenn wir uns hier ein bisschen umsehen." Jessica Nitsch schob Schmockes Tastatur beiseite, eine Nagelfeile wurde sichtbar.

Die Schmocke meinte: „Dr. Schach stellt sich vor seine Mitarbeiter."

„Leih ich mir kurz aus", sagte Jessica Nitsch und nahm die Feile. „Ihr neuer Nagellack passt übrigens nicht zur Brille. Ist mein Tipp, so von Frau zu Frau."

Möller und Nitsch gingen hinüber zu Leons Büro.

„Nicht lange", sagte Möller zur Nitsch. „Nicht lange stellt Schach sich vor seine Mitarbeiter. Du wirst sehen, wenn Artles nicht bald zurück ist, lässt der kleine Mann ihn fallen wie eine heiße Kartoffel."

„Aber wir haben nichts gegen Artles in der Hand. Nichts wirklich Belastbares."

„Gerade arbeiten wir daran, das zu ändern." Möller rüttelte an Leons Schreibtischschublade. Die war abgeschlossen.

„Hat sie das unbedacht rausgehauen", überlegte die Nitsch, „oder will sie ihrem Mann schaden?"

„Die Artles?"

Jessica Nitsch stieß Schmockes Feile in den Spalt zwischen Schreibtischplatte und Schublade.

Möller sagte: „Schwer zu sagen. Manchmal denke ich, sie ist froh, ihn mal für eine Weile los zu sein. Immerhin kennen die sich seit der 10. Klasse. Dann denke ich, das ist Quatsch. Er ist sowieso ausgezogen. Vielleicht weiß sie selbst nicht, was sie will. Kann uns auch egal sein. Wir haben genug damit zu tun, den eigenen Arsch nicht anbrennen zu lassen."

„Zieh, mein Gott, zieh", sagte Jessica Nitsch, die mit der sich biegenden Feile die Platte fünf Millimeter hochkantete.

Möller zog die Schublade auf.

„Da ist ja unser Schmuckstück", sagte er und nahm Leons Kalbslederkladde heraus. So zärtlich waren die großen Hände dabei, als höben sie ein Frühgeborenes aus dem Brutkasten. Möller sagte:

„Das wird ihm das Genick brechen."

„Hoffst du."

„Du solltest es auch hoffen. Sonst bricht es uns das Genick. Latex-Johnnie hat uns richtig verarscht."

„Weil du ihn zu sehr unter Druck gesetzt hast. Statt ihn weiter in Ruhe an der Mädchenhändlerbande arbeiten zu lassen."

„Willst du dich absetzen, Jessica? Jetzt? Dafür ist es reichlich spät, Schätzchen. Wir hängen alle mit drin. Du auch. Du besonders."

„Grüße von meiner Frau?", fragte Leon seinen Anwalt. „Nein."

„Oh. Von meinem Sohn, von Ben?" Und von Anna, aber das fragte er gar nicht erst.

„Nein."

„Aber werden sie mich besuchen, Herr von Gerte?"

„Bertie. Bitte."

Sie saßen sich in demselben kahlen Raum gegenüber wie gestern. Leon war bleich im Gesicht und trug dieselbe Sachen wie gestern, Bertie dagegen einen dunkeldotterfarbenen Anzug zu blauem Hemd und einer knitterarmen *Crepe de Chine*-Krawatte. Für Leon sah Bertie aus wie ein Papagei. Nur dass dieser Papagei aus seinem grauen Käfig wieder herausflattern würde, während Leon drin blieb. Verkehrte Welt.

„Woran denken Sie, Leon?"

„Warum?"

„Sie sehen schlecht aus."

„Danke." Natürlich sah er schlecht aus — nach der Nacht. Der kleine Raphael machte ihm das Leben zur Hölle. Das war Leon nicht gewohnt.

Bertie sagte: „Sie sollten den Kopf nicht hängen lassen. Sie sind einen Tag hier —"

„Vier."

„Das ist gar nichts. Andere —"

„Andere interessieren mich nicht. Ich bin stellvertretender CEO einer großen Firma."

„Hier sind Sie nur ein Insasse. Je früher Sie das akzeptieren, umso besser für Ihre Gesundheit und unsere Arbeit."

„Während wir hier arbeiten, wie Sie es nennen, sägen andere in der Firma garantiert an meinem Stuhl. Heilenegger —"

„Denken Sie nicht an Andere. Sie sind jetzt wichtig. Sie stehen im Vordergrund."

„Meine Frau scheint das nicht so zu sehen. Kommt Sie mich besuchen, hat Sie was gesagt?"

Bertie sah ihn scharf an: „Ich habe mit Ihrer Frau, seitdem ich das Mandat übernommen habe, noch gar nicht wieder gesprochen. Ich arbeite an Ihrer Verteidigung. Darauf verwende ich meine Zeit. Darauf konzentriere ich mich. Oder wollen Sie lieber, dass ich als

Familientherapeut für Sie tätig werde und organisiere, wann wer wo jemanden grüßt oder zu Besuch kommt?"

„Nein, nein."

„Dann lassen Sie uns jetzt daran arbeiten, Sie hier rauszukriegen."

„Dürfte nicht schwierig sein. Es gibt nichts, was gegen mich vorliegt."

Bertie holte den Kalbslederkoffer auf den Tisch.

„Irrtum, Leon", sagt er. „Es ist immer ein hartes Stück Arbeit, jemanden aus der U-Haft zu bekommen. Wenn der Staatsanwalt Sie einmal am Haken hat, dann wirft er Sie ungern wieder hinaus ins Meer. Nicht gut für die Karriere."

„Und für meine Karriere ist es nicht gut, noch eine weitere Nacht hier zu verbringen."

„Sie werden noch einige Nächte mehr hier verbringen, Leon. Das weiß ich schon jetzt. Dafür wurden Ihnen zu viele Fallen gestellt, in die sie dann auch reintapsten." Bertie entnahm dem Koffer eine hauchdünne Aktenmappe.

„Mein Fall", sagte Leon, er las seinen Namen auf dem Pappdeckel über Kopf. „Viel liegt nicht gegen mich vor. Das sind höchstens zwei Blätter, einseitig beschrieben."

„Genau das ist Ihr Problem. Sie haben zu viel geredet.

Das Protokoll ist noch gar nicht fertig."

Leon sah Bertie verständnislos an.

„Sie müssen mit der Polizei stundenlang gequatscht haben", meinte Bertie.

„Ja natürlich. Ich habe alle Fragen so gut ich eben konnte beantwortet."

„Das hätten sie auch über mich machen lassen können.“, sagte Bertie.

In der Vorstandsetage war Leon solche Widerworte nicht gewohnt. Sie passten auch kaum zu Bertie und seinem herausgeputzten Papageienaufzug. Aber scheinbar täuschten hier Äußerlichkeiten. — Leon lehnte sich zurück. Man musste es positiv sehen. Knallte ihm Bertie Ungezogenheiten vor den Latz, täte er das auch gegenüber Staatsanwalt und Richter. Der Mann war der Richtige, Papagei hin oder her. Marie hatte ihm einen guten Anwalt verschafft. Das versöhnte Leon mit seiner Frau. Für den Moment.

Bertie erklärte: „Ihre Plauderei ist mitgeschnitten worden."
„Weiß ich."
„Und muss jetzt verschriftlicht werden."
Davon hatte Leon nicht gehört.
„Was Sie gesagt haben, wird aufgeschrieben", erklärte Bertie. „Vorher gibt es keine finale Entscheidungsgrundlage. Als wären Sie noch gar nicht vernommen worden, Leon. Dort befinden wir uns jetzt in dem Verfahren. Nur dass Sie festsitzen, statt draußen rumzulaufen."
„Wie lang dauert das? Das Aufschreiben?"
„Das kann paar Tage dauern. Ist gerade viel los."
„Was?!" Leon kam nach vorn. „Solange bleibe ich hier drin? Unmöglich."
„So wird es passieren. Wegen Ihrer Plauderei mit dem Oberkommissar."
„Aber ich wollte doch zur Aufklärung beitragen. Das ist doch Schikane."
„Das ist Recht."
„Eine Falle."
„In die Sie getappt sind, Leon. Außerdem wollen sie dadurch Zeit gewinnen, weiter gegen Sie zu ermitteln. Und das zeigt ja auch, dass die Ermittlungsbehörden zum jetzigen Zeitpunkt nichts gegen Sie in der Hand haben. Die Polizei benötigt Zeit, um deren haltlose Vorwürfe zu erhärten. Und wir werden alles dafür tun, um diese Zeit zu verknappen." Bertie warf die Mappe in den Koffer und klappte den Koffer zu. „Hätten Sie gleich einen Anwalt gerufen, statt zu plaudern, säßen Sie jetzt wahrscheinlich in Ihrem Büro und könnten arbeiten."
„Ich könnte jetzt in London sein und würde einen fetten Deal machen. Den jetzt wahrscheinlich Heilenegger abschließt."
„Ich schätze auch, dass Sie der Haftrichter vor allem wegen London festgesetzt hat. London bedeutet Fluchtgefahr."
„Aber davon habe ich nichts erzählt", verteidigte sich Leon, „von London gar nichts."
Bertie bewegte die Mundwinkel zu einem mühsamen Lächeln: „Die Polizei arbeitet auch. Die Info werden sie aus der Firma bekommen haben."

„Kann man denn gar nichts machen? Irgendwas? Alles ist besser als Däumchendrehen."

„Oh man kann eine Menge tun."

Leon lebte auf.

Bertie sagte: „Wir könnten Ihre Frau bitten, eine schriftliche Stellungnahme abzugeben, dass alles ein großer Irrtum ist."

„Tolle Idee. Das wird sie tun. Ganz sicher. Marie ist eine tolle Frau."

„Ich werde das veranlassen", sagte Bertie und wirkte auf Leon dabei eine Spur zu emotionslos. Vielleicht hatte er schon zu viele solche Fälle bearbeitet und alles war Routine für ihn. Für Leon aber war nichts Routine, sondern alles neu und er wollte so schnell wie möglich aus der Zelle heraus.

„Gleich machen Sie das, heute noch", forderte Leon, schob ein „bitte" nach.

„Selbstverständlich, Leon."

„Was können Sie noch unternehmen? Ich muss hier raus."

„Wir können Haft-Beschwerde einlegen."

„Was ist das?"

„Das ist eine schriftliche Beschwerde, warum sie hier immer noch festgehalten werden."

„Gut. Machen Sie das bitte, Bertie." Farbe kam in Leons Wangen. Es tat ihm gut, etwas zu unternehmen. Wenn schon nicht in London, dann wenigstens im Dammtor.

„Leon...", Bertie ließ die Messingverschlüsse des Koffers, oder war es tatsächlich Gold, zuschnappen, „...gibt es noch etwas, was eine Überraschung bringen könnte?"

„Nichts."

„Beim letzten Mal sprachen Sie von Ihrer Kladde, in der Aufzeichnungen —"

„Davon wissen die Beamten nichts." Leon sah sich um und senkte die Stimme. „Hört hier wer mit?"

„Das wäre illegal, Leon."

„Tut es wer oder nicht?"

„Nein, Leon. Wir leben in einem Rechtsstaat."

„Alles was in der Kladde steht, bringt mich nicht in Konflikt mit dem Gesetz. Es würde nur unschön wirken, okay. Aber nichts davon ist illegal. In der Kladde sind vor allem Aufzeichnungen zu einem Mädchenhändlerring. Eine echt interessante Story, auf die ich eher per Zufall gestoßen bin."

Wie Apfelbäckchen glühten Leons Wangen, so zufrieden war er mit sich selbst. Nun flüsterte er. „Sie liegt eingeschlossen in meinem Schreibtisch oben im 23. Stock. Niemand weiß davon, und die Schmocke ließe auch keinen in mein Büro."

„Nun gut", sagte Bertie und hielt Leon die Hand hin. Berties Manschettenknöpfe waren auf jeden Fall aus Gold, legte sich Leon fest und nahm sich vor, auch welche anzuschaffen, sobald er hier raus war. Die würden ihn kleiden bei Schach und bei Schachs maßgeschneiderten Knappen.

„Würden Sie meiner Frau liebe Grüße ausrichten", bat Leon, „und meiner Tochter und meinem Sohn."

„Wie heißen die?"

„Anna und Ben. Anna ist gerade auf Klassenfahrt."

„Das ist gut, Leon."

Sie standen auf und schüttelten Hände. Leon fragte: „Werden Sie es tun?"

„Natürlich. Ich werde die Grüße ausrichten. Schlafen Sie heute Nacht durch. Sie sehen echt beschissen aus."

7. Kapitel

Eben hatte Ben noch geschlafen. Jetzt wurde er wach und schlug die Augen auf. Schwärze war um ihn herum. Gerade hatte er einen Schrei gehört. Es war kein Traum gewesen.

Ben drehte den Kopf zur Seite. Die Leuchtziffern des Weckers standen auf 1.28 Uhr in der Nacht. Da...wieder!

Ein klagender Schrei. Lang und nicht laut. Gar nicht laut.

Ben schlüpfte in die Pantoffeln und wickelte sich die Bettdecke um. Er schob sich zwischen den zwei Gardinenhälften hindurch und spähte hinüber, nahm auch das Fernglas zur Hilfe, das noch auf der Fensterbank stand.

Der Mond stand hoch. Die Scheibe drüben im ersten Stock der Ziegelei blieb dunkel und leer.

Gerade wollte Ben sich wieder ins Bett legen, da sah er sie.

Das Mädchen von vorgestern Nacht. Breitete die Arme aus und drückte die Handflächen mit gespreizten Fingern gegen die Glasscheibe drüben. Ihr Mund war geöffnet zu einem stummen Schrei, denn hören tat Ben keinen Ton.

Ben stockte der Atem, so konzentriert starrte er hinüber, um jedes Detail der Erscheinung zu erfassen.

Es war die exakte Wiederholung des Bildes von vorgestern. Nein... etwas war anders.

Zehn Finger hatte das Mädchen gehabt. Jetzt waren es neun. Ben sah es deutlich, kein Irrtum war möglich. Dem Mädchen fehlte der Mittelfinger der linken Hand.

Und dann war sie weg. Als wäre das Mädchen weggerissen worden, und die Scheibe war wieder dunkel.

Ben stand an seinem Fenster, schaute hinaus und zitterte. Den Mond nahm er nicht wahr, nicht die Ziegelei und die Wipfel der Kiefern des nahen Waldes, die sich schwarz gegen den Nachthimmel abzeichneten. Er schaute hinaus, in das Dunkel des Fensters gegenüber und dabei schaute er hinein: in sich. Was er sah war Ratlosigkeit und Verstörung.

Aber diese Worte sind lang und schwer verständlich für einen Jungen in der Nacht, da ihn die Dunkelheit umgibt. Sie laufen auf ein Gefühl zu, welches überwältigend ist in der Plötzlichkeit, da es den Jungen überfällt, nachdem es tage-, wochen-, jahrelang lauerte. Das Gefühl:

Einsamkeit.

Sie erdrückt dich nicht. Sie explodiert. Auf besondere Weise: Du stehst im Zentrum der Explosion. Unversehrt, staunend, verzweifelnd. Um dich herum wird alles weggedrückt, zerfetzt oder es verschwindet einfach. Leere ist um dich herum und Schwärze und in der Ferne siehst du die Planeten, die du so gern erreichen würdest, die du - so glaubst du als Junge - jedoch nie erreichen wirst, da sie doch ewig um dich kreisen. Nur ein Planet bleibt dir, den du vielleicht erreichen kannst. Den du erreichen musst. Es ist der nächste für dich, er hat dich geboren.

„Mama!"

Ben raste an Annas Zimmer vorbei zum elterlichen Schlafzimmer.

„Mama!"

Seit dem Streit in der Küche in Anwesenheit des Oberkommissars hatte Ben kein Wort mehr mit Mama gesprochen und sich geschworen, es auch nie wieder zu tun.

Aber das hier war ein Sonderfall. Er brauchte seine Mama, er wollte sich an sie kuscheln wie früher, als noch alles in Ordnung war: Mamas Wärme spüren, ihre liebe Stimme hören, die alle Einsamkeiten der Welt wegwischen konnte. Alle Unerklärlichkeiten und Entsetzlichkeiten dazu.

„Mama?"

Das Ehebett war leer. — Dann war Mama unten auf der Couch.

Ban raste die Treppe hinunter. Das Wohnzimmer war unbeleuchtet, Mama lag nicht auf der Couch, aber Ben hörte leises Lachen von vorn. Er drehte um. Auf der Einfahrt stand ein Kleinbus. Die hinteren Kotflügel rosteten. Der Bus war rosa lackiert und mit goldfarbenen Sternen verziert. Das Lenkrad hatte einen weißen Plüschbezug. Die Heckklappe war hochgeklappt und auf der Ladeflächenkante saßen Mama und Mamas schlaue Freundin Paula. Beide kicherten und schwenkten halbvolle Sektgläser. Vor ihnen hüpfte ein Mann in hüftenger Hose und mit breitem Hemdkragen. Die Haare standen ihm nach allen Seiten ab, als hätte er sich mit einem Stromschlag in Form gebracht. Der Mann brachte Mama und Paula mit Faxen zum Lachen, zwischendurch nippte er Sekt.

Unentschlossen drückte sich Ben an den Haustürrahmen. Er wollte zu Mama und ihr von dem Mädchen mit den neun Fingern erzählen. Und eigentlich wollte er, dass Mama machte, dass er sich nicht länger allein fühlte.

Aber das war nicht seine Mama. Zumindest war sie nicht so, wie er sie kannte. Sie machte ihm Angst.

„Ben!", entdeckte sie ihn, „Was machst du denn da?" Er hörte, dass sie betrunken war.

Ben zog sich zurück. Mama löste sich aus der Dreiergruppe, „Ben!", sie kam ihm nach in den Flur.

„Er soll rauskommen", rief Paula, „er kann sagen, wie er sie findet." Dann kicherte Paula.

Mama nahm Ben an die Hand und zog ihn ins Freie. Ben roch den Alkohol bei ihr.

„Das ist mein Sohn Ben", stellte Mama ihn dem Mann vor, und der verbeugte sich übertrieben, hopste ohne Sekt zu verschütten:

„Bin der Kuno." Dabei überkreuzte er die Beine. Ben fand ihn affig.

„Mama, ich will wieder rein. Ich hab nur einen Schlafanzug an."

„Oh, dem Jungen wird kalt", sorgte sich Paula und natürlich war ihm saukalt und die Stirn heiß. Aber das Problem war ein anderes: Er genierte sich in seinem Jungsschlafanzug vor den Erwachsenen.

Kuno legte ihm eine Decke aus dem Bus über die Schulter und sagte:

„Kuno fragt dich, wie findest du die Bilder?"

Jetzt sah Ben die bemalten Leinwände, die auf Keilrahmen gespannt im Laderaum des Busses standen.

„Guck sie dir an. Steig hinein", forderte Kuno ihn auf. Paula machte Platz und half ihm auf die Stoßstange.

Ben blätterte durch die Keilrahmen, überflog die Werke. Kuno kreuzte draußen die Beine, entkorkte mit großem *Plopp* eine neue Flasche: „Kuno fragt euch, wollt ihr noch ein Sektchen?"

Mama und Paula kicherten zustimmend, und Kuno machte einen Hopser, um dann einzuschenken.

„Auf unsere großartige Marie", Kuno hielt seinen Kelch in die Höhe, „wir haben Mitleid mit ihr ..." Kuno hatte ein Gummigesicht. Jetzt war es pure Trauer; die Trauer war keineswegs aufgesetzt, sondern von Herzen empfunden, „... da ihr Mann von Staatsschergen eingelocht wurde, und sie sich allein mit zwei Kindern durchs Leben schlagen muss."

Andächtig schlürften die drei Erwachsenen den Sekt.

Mama sah seelig aus. Ben dachte: Sie mag, wie Kuno von ihr spricht.

„Und diesmal auf unsere tolle Marie!", ließ Kuno sie ein zweites Mal hochleben, schwang den Kelch nach oben und sein Gummigesicht grinste kreisrund, und die Augäpfel traten ihm in clownesker Begeisterung aus den Höhlen hervor: „Ich bewundere sie! Denn sie macht das Beste draus. Lässt sich nicht unterkriegen, unsere Marie. Sie wird eine Große."

Die Köpfe der Erwachsenen gingen in den Nacken, und die Kelche wurden geleert. Ben dachte an das Mädchen mit den neun Fingern. Das war auf der anderen Seite des Hauses. Hier stieg die Party, dort waren die Dunkelheit und das Leiden. Der schwarze Wald und die Einsamkeit.

„Ben, wie findest du meine Bilder? Das fragt dich Kuno." Er kämpfte sich über die Ladekante herein, legte Ben den Arm auf die Schulter.

Hier vorn war nicht die Mama, die er brauchte. Aber hier war auch keine Einsamkeit. Dankbar sagte Ben und fühlte sich erschöpft: „Ja, das ist schön."

„Du bibberst ja, mein Junge", erschrak Kuno, „und was ist mit deinen Augen. Hast du geweint?" Er führte Ben an die Ladekante.

„Der Junge gehört ins Bett", sagte Mama, „aber auf mich hört er nicht. Hast du deine Augentropfen genommen, Ben?"

„Ja, Mama." Hatte er nicht. — Er wankte von der Ladefläche, Paula und Mama stützten ihn. Schwach fühlte er sich. Er wollte nur noch ins Bett und schlafen. Morgen ... morgen war der Tag, da er Papa besuchen könnte. Oberkommissar Möller hatte es auf den Anrufbeantworter gesprochen, und Mama hatte es ihm gesagt. Papa könnte er alles erzählen, was er heute gesehen hatte.

„Ben...hallo Ben."

Leon sah den Jungen. Seinen Jungen. Das Herz quoll Leon über vor Liebe.

„Papa, Papa!"

Sein Junge lief auf ihn zu, warf sich ihm in die Arme.

Für Sekunden verwandelte sich der kahle Raum in ein Paradies. Das Paradies hatte Blumen an den Wänden, und das Glück war überall.

„Nicht berühren. Kein Körperkontakt, bitte." Die Stimme des Wärters vertrieb Vater und Sohn aus dem Paradies.

Aber der Junge wollte nicht loslassen.

„Ben, du musst … bitte, lass mich los. Setz dich dahin." Auf den abgestoßenen Holzstuhl, auf dem Leon gestern seinem Anwalt gegenüber gesessen hatte.

Leon nahm auf dem anderen Stuhl Platz, und der Tisch trennte sie. Aber sie waren in einem Raum; Leon war dankbar. Der Beamte, der schon näher getreten war, um die beiden mit Handgriffen zu trennen, zog sich zur Wand zurück.

Jetzt erst war Zeit, sich gegenseitig ins Auge zu fassen. Der Junge sah schlecht aus.

„Bist du krank?", fragte Leon.

„Nein, Papa."

Aber seine Stirn glühte doch? Leon hätte gern die Hand auf Bens Stirn gelegt, um die Temperatur zu fühlen. Aber er traute sich nicht. Nach der Ermahnung von gerade konnte das den Abbruch des Besuchs durch den Wärter bedeuten. Das wollte Leon nicht riskieren. Bestimmt sah er selbst kaum gesünder aus als sein Sohn. Leon hatte die letzte Nacht kaum ein Auge zugetan. Die Einzelzelle war zwar besser als die Psychozelle mit dem großen Beobachtungsfenster in der Tür. Aber er konnte nicht schlafen, was kein Wunder war: Wenn man nur eine

Stunde Hofgang hatte. Wenn man keine Arbeit, keine Verantwortung, keine Herausforderung mit Schach und Heilenegger hatte. Sondern 23 Stunden Zeit, um zu grübeln.

„Papa …?"

„Ja, mein Junge, was ist?"

„Papa, wann kommst du wieder zu uns?"

„Bald. Ganz bestimmt."

„Versprichst du es, Papa."

„Ich verspreche es." Er nahm die Hand von Ben, die auf dem Tisch lag. Sehr warm war die Hand und weich. Der Wärter sagte nichts.

„Ich verspreche es wirklich, Ben. Ich bin bald raus. Das ist alles ein verrückter Irrtum. Weißt du etwas von Anna? Wie geht es ihr?"

„Wir haben heute Morgen gechattet —"

„Heute Morgen? Warst du nicht in der Schule?"

„Ich...ich brauchte nicht, weil ich krank bin."

„Also doch. Hat Mama dich zum Arzt gebracht?"

„Sie hat mir Augentropfen gegeben und *Paracetamol*."

Au man, das ersetzte doch keinen Arztbesuch. Leon ärgerte sich. Die Tablette senkte Fieber, aber der Junge gehörte ins Bett. Ein Arzt sollte ihn sich anschauen.

„Wo ist deine Mama jetzt?" Er musste sie sprechen, ihr sagen, was sie tun sollte.

„Sie hat mich abgesetzt, wollte Besorgungen machen und holt mich dann wieder ab."

„Sag' ihr, sie soll mit dir zu Dr. Mendelssohn fahren. Gar nicht erst nach Hause, gleich zu Mendelssohn. Sagst du ihr das?"

„Ja, Papa."

Dass er hier nicht raus konnte, das war so furchtbar.

„War der Anwalt bei euch? Weißt du das?"

„Vor drei Tagen war er da, nachmittags."

Vor drei Tagen? — Das bedeutete, Bertie war Leons Bitte noch nicht nachgekommen, von Marie eine Stellungnahme zu beschaffen, die ihn hier rausholte.

Leon sagte: „Vielleicht trifft sie sich gerade mit ihm. Sehr wahrscheinlich sogar."

„Papa, gegenüber bei der Ziegelei, da habe ich ein Mädchen —"

„Hat sie was gesagt, dass sie mit Bertie etwas besprechen wollte? Dass sie mit meinem Anwalt sprechen wollte?"

Der Junge hatte gerade etwas erzählen wollen, Leon hatte ihn unterbrochen, jetzt schüttelte Ben den Kopf: Nein, er wisse nichts von einem Gespräch zwischen Mama und dem Anwalt.

Wie sollte er auch, Ben lebte das Leben eines Kindes. — Eines Jugendlichen, korrigierte Leon sich und ihn wunderte, wie schwierig es ihm fiel, sich zu erinnern. Wie es war. Damals. Als die Zukunft vor ihm lag und tausenderlei Möglichkeiten in der aufgehenden Sonne glitzern ließ.

„Es ist gut, Ben. Alles wird gut." Wieder nahm er die Hand seines Sohns, fester diesmal, als wolle er sie kaum je loslassen.

Er würde Ben nicht hineinziehen. Bertie bekäme einen Einlauf, wenn er beim nächsten Treffen ohne Unschuldserklärung von Marie aufliefe.

„Was war denn drüben in der Ziegelei, Schatz?"

Ben sagte: „… ein Mädchen war da, das hatte nur neun Finger."

„Nur neun Finger? Wie meinst Du das? Nur neun Finger, Ben? Und sage mal, was macht deine kleine Hanna? Magst du sie noch?"

Oh, das hätte er nicht sagen sollen. Das Gesicht seines Jungen verschloss sich. Leon erinnerte sich. Vor 30 Jahren hasste er es auch, mit seinen Eltern über Mädchen zu reden. Er würde es immer noch hassen.

Wann endlich käme Bertie? Heute hoffentlich noch. Dabei haben würde Bertie in seinem Kalbslederkoffer mit den Goldverschluss: eine Unschuldserklärung von solchem Kaliber, dass Leon unmittelbar aus der U-Haft hinausmarschieren täte.

Leon und Ben sprachen über Oberkommissar Möller. Ben fand ihn nett, da er Ben den Besuch beim Papa ermöglichte. Leon schwieg dazu; auf Möller war er nicht gut zu sprechen. Der Wärter trat vor und meinte, die Besuchszeit neige sich dem Ende zu.

„Danke für deinen Besuch Ben. Grüße Mama von mir. Sage ihr, ich liebe sie." Als Ben nahezu aus dem Raum war, rief Leon ihm nach:

„Mendelssohn, denk dran. Ihr fahrt gleich hin."

Auf dem Weg zurück zu seiner Zelle lächelte Leon. Neun Finger. Ein Mädchen mit neun Fingern. Was hatte ihm Ben da erzählen wollen.

Auf jeden Fall war sein Junge mit reichlich Fantasie gesegnet. Ein toller Junge.

Marie war zu spät. Sie ärgerte sich über sich selbst. Zu häufig kam sie zu spät.

Da war der Junge! — Sie sah ihn vor der hohen roten Backsteinmauer des Gefängnisses stehen. Die Hände in den Hosentaschen vergraben, die Schultern hochgezogen. Warum hatte er keine Mütze auf? — Weil sie heute Morgen vergessen hatte, ihm eine aus der Garderobenschublade zu geben.

Hätte das bei dem Friseur nicht so lang gedauert und dann noch in der Boutique...sie hatte dort eine Bekannte, fast schon Freundin, getroffen und sich festgequatscht, auch über den neuen Ayurveda-Kurs, den Marie anbieten wollte. Es war sozusagen dienstlich gewesen.

Aber jetzt war sie zu spät, und der Junge fror jämmerlich. Dabei war er schon angeschlagen. Verdammt, kein Parkplatz...

Sie machte mit dem Touareg eine Kehre über die vier Spuren hinweg und setzte den Wagen längs zwischen zwei geparkten Fahrzeugen auf den Bürgersteig.

„Mama, *cool*", stieg der Junge vorn ein. Er selbst sah gar nicht cool aus, sondern richtig krank. Marie machte sich Vorwürfe. Deswegen sagte sie auch nicht, dass Ben sich nach hinten setzen sollte, wie es eigentlich die Vereinbarung war.

„Ist dir kalt, Ben?"

„Ein bisschen. Wo warst du?"

„Wie war es bei Papa? Was sagt er?"

Ben berichtete. Marie hörte kaum zu. Ihr *iPhone* blinkte, sie wischte, es war ein verpasster Anruf von Bertie, sie möge bitte zurückrufen. Dann war da hinten eine uniformtragende Geldschefflerin in städtischen Diensten mit *Tablet*, auf dem sie Autokennzeichen eintippte. Marie musste sehen, dass sie wegkam: Rückwärts stieß sie auf die Straße, legte den Vorwärtsgang ein.

„Ben...erzähl noch mal." Sie bremste, die Ampel war rot. Im Rückspiegel sah Marie die Uniformierte: Weit genug entfernt, dass sie Maries Touareg-Nummernschild nicht mehr entziffern konnte. „Ben..?"

Der Junge war eingeschlafen.

Er gehörte ins Bett, musste sich auskurieren. Seit vier Tagen laborierte Ben an der Erkältung, Fieber war dazugekommen. Marie würde ihn auch für morgen aus der Schule nehmen.

Der Wagen hinter ihr hupte.

„Ja...ja! Ich fahr schon." Die Ampel war bereits auf Grün gesprungen, der Touareg sprintete los.

Auf der Brücke vor der Binnenalster kam der nächste Ampelstopp. Es herrschte irrer Verkehr. Marie hielt dem schlafenden Jungen ihre Hand auf die Stirn. Heiß war die Stirn.

„Ben..?"

Ihr kam es vor, als atmete er nicht. Bens Kopf war gegen die Seitenscheibe gesackt. Marie überkam Angst.

Es war die instinktive Angst einer Mutter. Atmete das Kind in der Wiege noch...beinahe jede Nacht war sie aufgestanden und hinübergeschlichen und hatte Ben geholt; hatte erst wieder beruhigt geschlafen, wenn das kleine Bündel auf ihrer Brust lag, und sie in inniger Zweisamkeit den Rest der Nacht verbrachten. Während Leon neben ihr von nichts etwas mitbekam - ihre Sorgen und ihre mütterliche Vertrautheit mit dem Sohn nicht ahnend und auch niemals erfahrend.

Sie hupten hinter ihr. So was von egal. Warnblinker an. Sicherheitsgurt ab. Sie presst das Ohr an Bens Brust...

Da. Herzschlag. — Aber die Stirn glüht. Mit dem Zeigefinger hebt sie Bens Augenlid. Verdreht ist die Pupille.

Marie gibt Gas. Der Sicherheitsgurt ist vergessen. Sie drückt die Rückruftaste.

„Gerte, guten Tag."

„Wo muss ich hin? Wissen Sie das, Bertie..."

„Marie?!"

„Ben sitzt neben mir. Ohnmächtig. Wir müssen ins Krankenhaus, sofort."

„Ben...?"

„Mein Sohn!"

„Wo sind Sie, Marie?"

„Dammtor, wo muss ich hin..."

„UKE. Fahren Sie ins UKE. Da fahren alle hin. Die Notaufnahme ist am schnellsten." — Was Bertie noch sagte, bekam Marie nicht mit. Sie tippte UKE ins Touareg-Navi und preschte durch die Stadt. „Ben, mein Junge, wir sind gleich da..."

Alles hatte sie falsch gemacht. An ihre Haare gedacht, statt an den Jungen. Mit einer Yogafreundin gequatscht, übers Depot spekuliert, sich Vernissagen ausgedacht, Hirngespinsten nachgehangen. Sogar an Leon und ihre Beziehung hatte sie Gedanken verschwendet. Ben dabei vergessen. Ihren kleinen Jungen. Zu Mendelssohn hätte sie mit ihm gehen sollen. Natürlich. Jetzt, da es zu spät war, fiel es ihr ein.

Sie bremste hart vor der Notaufnahme, nahm den Jungen auf den Arm — versuchte es, Ben war zu schwer... Ein Pfleger kam.

„Er ist ohnmächtig, Fieber", stieß Marie hervor.

Der Pfleger trug den Jungen, eilte mit ihm durch die automatische Tür. „Den Wagen müssen sie wegbringen, die Vorfahrt freimachen", rief er, und Marie lief dem Pfleger hinterher, der Touareg blieb, wo er war, mit geöffneten Türen.

In einer stickigen Wartezone hatte Marie auf einem Hartschalensitz Platz zu nehmen. Weißbekittelte Männer waren mit Ben auf einer fahrbaren Liege hinter Flügeltüren verschwunden. Ein Arzt versprach, Marie Nachricht zu geben. Die Luft war stickig, alle sonstigen Hartschalen der Zone waren besetzt mit Notfallpatienten, die auf eine Erstbehandlung warteten, sowie mit besorgten Angehörigen. Neben Marie saß ein Araber mit Vollbart, der seinen Arm auf ein junges Mädchen mit dunklen, langen Haaren und grünen Augen gelegt hatte. Das Mädchen hatte eine verbundene Hand, und der Verband war blutig.

Am Eingang der Wartezone hockte eine Krankenschwester eingezwängt hinter einem knappen Counter. Marie sah, wie sich Neuankömmlinge bei ihr meldeten. Sie wurden auf einer Liste eingetragen. Marie vermutete, dass die Krankenschwester eine erste Einschätzung vornahm, wie dringend die Fälle waren und entschied, in welcher Reihenfolge die Patienten behandelt wurden. Offensichtliche Notfälle wurden durchgewunken. Jetzt könnte Marie den Touareg aus der Einfahrt fahren. Sie entschied sich dagegen, jeden Moment konnte ein Arzt kommen, um ihr zu sagen, was mit Ben war. Bertie mit schmalem Kalbslederkoffer tauchte auf, eilte an der Krankenschwester vorbei.

Seine Erscheinung strahlte eine Selbstsicherheit aus, die jahrelanger Erfolg verlieh. Zwischen all den Niedergedrückten und Besorgten in der Notaufnahme war der Anwalt so auffällig wie eine frische Erdbeere auf einem Haufen Trockenpflaumen. Der Araber neben Marie schaute auf und musterte Bertie kurz.

Marie machte Bertie auf sich aufmerksam.

„Was tun Sie hier, Bertie?!"

„Ich wollte gucken, ob alles klar geht mit Ihrem Jungen."

„Das ist nett. Ben ist drin", sie nickte zu den Flügeltüren, hinter welchen die Ärzte mit Ben verschwunden waren, „Ich bekomme gleich Bescheid." — Bertie zog Marie vom Platz:

„Kommen Sie kurz mit?" Sie gingen um die Ecke. „Hier ist es besser."

Man übersah die Wartezone, konnte aber nicht gehört werden.

Marie sagte: „Ich mache mir solche Vorwürfe."

„Das müssen Sie nicht."

„Ich bin eine schlechte Mutter. Ben hätte längst zu einem Arzt gehört. Seine Augen waren entzündet. Weiß Gott warum, und seit Tagen hat er Fieber. Ich habe es nicht ernst genommen."

„Sie hatten andere Sorgen. Das ist völlig verständlich."

„Danke", sagte sie. „Danke, dass Sie gekommen sind."

„Das ist selbstverständlich, Marie."

Sie dachte: der schöne Bertie. Geld hatte er, Manieren ebenso. Er konnte sich einfühlen, er war ein Prachtexemplar seiner Gattung. In ihn verlieben würde sie sich nicht, dafür war er zu...herausgeputzt.

Aber... einige Eigenschaften, die er besaß...wenn Leon die hätte, vielleicht wäre alles anders gekommen. Jetzt war es eine verzwickte Kiste geworden mit Leon.

„Ich habe ein Anliegen, Marie. Ich weiß nicht, ob jetzt der richtige Moment —"

„Bestimmt ist er das. Für was auch immer", sagte sie. „Lenken Sie mich ab. Oh, was wohl mit Ben ist. Warum dauert das so lang?"

„Es wird alles gut sein, Marie." Bertie reckte sich, schaute zu den Türen, durch welche Notfallpatienten von Ärzten geleitet wurden oder Patienten mit Ärzten herauskamen. „Ben wird gleich wieder auftauchen."

Ob er glaubte, was er sagte? — Sie jedenfalls glaubte seinen Worten nur zu gern und fand es zugleich merkwürdig; aber sie vertraute Bertie. Er strahlte Sicherheit und...Weisheit aus. Als wenn er mehr wüsste von der Welt als sie.

„Marie, wir wollen doch Leon helfen."

Natürlich wollte sie das. Natürlich in einem gewissen Rahmen. Leon war gut zu ihr gewesen. Leon war schlecht zu ihr gewesen. Er brachte das Geld, und jetzt war sie dran mit dem Leben, und sie würde sich besser um Ben und Anna kümmern als je zuvor. Da Leon ein Totalausfall war, seit er einsaß.

„Könnte ich ihn besuchen?", fragte sie und staunte über sich selbst, da ihr die Frage in den Sinn kam, und ihr gefiel die Frage sofort: So sehr, dass sie dazu auf eine Art besorgt schaute (so von unten herauf), wie Männer es mochten.

Der schöne Bertie, der Menschenwitterer, witterte nichts. Zu erfolgsverwöhnt war er, und sein Männer-Ego trübte den Instinkt. Er nahm ihr die Rolle der besorgten Ehefrau ab.

„Das könnte schwierig werden", sagte Bertie und bedachte Marie mit einem väterlichen Blick. „Kontakte zwischen Eheleuten werden während der U-Haft selten genehmigt, wenn es Täter-Opfer-Beziehungen sind."

„Ich bin doch kein Opfer."

„Genau. Ihr Mann ist das Opfer. Sie können ihm helfen. Er bittet Sie darum."

„Was kann ich für ihn tun?" Sie schaute zur Tür, hoffte auf den Arzt, wollte endlich wissen, wie es um Ben stand. Ben würde mit dem Arzt zusammen herauskommen und sie anlächeln: „Mama, es ist alles gar nicht schlimm."

Bertie holte ein Papier aus seinem schmalen Koffer, er habe alles aufgeschrieben, meinte er.

„Ich lese jetzt doch nicht", erwiderte Marie und schaute weiter zur Tür, „worum geht‘s?"

„Sie müssen nur unterschreiben, Marie. Hier..."

„Wollen Sie mir ein Zeitschriftenabo verkaufen oder ‘ne Waschmaschine?"

Bertie grinste und sagte, die Erklärung bestätige lediglich, was Marie gegenüber der Polizei beanstandet habe:

„Der Mordvorwurf, den sie angeblich gegenüber Kommissarin Jescia Nitsch bei ihrem ersten Treffen vor vier Tagen geäußert haben, dieser Mordvorwurf ist Ihnen von der Polizei in den Mund gelegt worden. Und die Kladde mit Leons Aufzeichnungen war Ihnen vollinhaltlich bekannt."

„Vollinhaltlich?" Das Wort kannte sie nicht.

„Alles was drin stand, kannten Sie."

„Mmh."

„Sie wussten sogar, wo die Kladde war und haben es Oberkommissar Möller gesagt. Was übrigens nicht ganz geschickt war."

„Wollen Sie mich kritisieren, Bertie?"

„Aber nein."

„Ich konnte gar nicht wissen, was drin stand, Bertie."

Er hob die Brauen.

Marie sagte: „Die Kladde liegt in Leons Büro. Da komme ich nicht dran. Wie sollte ich wissen, was Leon dort aufschreibt?" Marie gefiel die Argumentation. Sie war unmittelbar einsichtig.

„Dann muss ich das noch mal neu schreiben." Bertie machte schmale Lippen. „Aber dass die Polizei Sie bewusst missverstanden hat, das können Sie bestätigen."

Wieder kam ein Patient aus der Tür. Für den Moment, da die rechte Flügeltür offen war, glaubte Marie, sie könne Ben sehen, wie er dort im Gang stand.

„Ich weiß nicht", meinte sie und nahm sich vor, ihre Beziehung zu Ben völlig neu aufzubauen.

„Marie...Sie wissen nicht?!"

Sie würde eine bessere Mutter sein als zuvor. Auch bei Anna, wenn sie von der Klassenfahrt zurückkam. Sie würde ihre beiden Kinder bemuttern und ihnen eine Zeitlang zusätzlich den Vater ersetzen müssen. Das war tragisch, ihre Freundinnen würden sie bedauern und bewundern.

Sie sagte: „Ich kann mich *nicht* mehr erinnern. Leider. Es ist zwar erst ein paar Tage her, so viel ist passiert seitdem."

Nun verstand Bertie.

Sie hatte ihm einen Tiefschlag verpasst. Natürlich nur im übertragenen Sinn. Bertie rief ein eingeübtes Anwaltslächeln ab, welches einen kurzen Blick auf seine sündhaft teuren *Keramik-Verblendungen* gewährte. Ab sofort würde Bertie sie zur Gegenseite rechnen: Auf Maries Hilfe konnte Leon nicht bauen.

„Da kommt ihr Junge", sagte Bertie. Nichts in seiner Stimme verriet die Neueinschätzung. Er war verbindlich wie zuvor. Marie eilte.

Ihrem Jungen entgegen, der in einem riesigen rollbaren Krankenhausbett lag, das von einem Pfleger durch die Flügeltüren geschoben wurde — und dann stoppte, da der Araber den Gang versperrte, indem er ausladend mit einer Ärztin diskutierte. „Ben!", schon war Marie bei ihrem Jungen, der auf dem linken Auge eine Mullkompresse hatte; über Ben hing ein Tropf.

„Hallo, Mama."

„Es sieht schlimmer aus, als es ist", erklärte der Pfleger, „Ben wird ein paar Tage bei uns bleiben müssen. Nur zur Sicherheit." Ben habe eine Lungenentzündung, die mit Antibiotika bekämpft werde. Auch das Auge werde mit einer Tinktur behandelt.

Während der Pfleger redete, war der Araber neben der Ärztin verstummt; jetzt fasste der Araber den Pfleger am Oberarm: „Guckst du meine Tochter? Sie sehr krank."

„Sie haben Ihre Ärztin", sagte der Pfleger.

„Sie ist Frau. Ich will Arzt. Lange gewartet."

„Aber sie ist die Ärztin."

Die Ärztin mischte sich ein: „Vielleicht ist es wirklich besser, wir holen Dr. Lehmann."

Ben wendete den Kopf und sah nach dem dunkelhaarigen Mädchen mit den grünen Augen. Er sah die verbundene Hand. „Mama", sprach Ben mit matter Stimme. Marie beugte sich herab zu ihrem Sohn. „Mama, es ist das Mädchen mit den neun Fingern."

„Ja, mein Junge." Sie strich Ben das nasse Haar aus der Stirn. Der Junge glühte, fantasierte. Aber das Fieber musste doch fallen, er war am Tropf.

Der Pfleger sah Maries Sorge. „Sie sind die Mutter?" Sie bejahte. Er versicherte: „Es geht ihm gut. Sie können auf Station mitkommen." — Da stieß ihn der Araber gegen die Schulter:

„Jetzt gucken meine Tochter. Sie schlimm Hand."

Marie sah, dass der Araber eine Tätowierung im Nacken hatte. Es sah aus wie eine Spinne. Der Araber wiederholte: „Meine Tochter schlimm Hand."

Bisher hatte Bertie unbeteiligt dabeigestanden. Nun mischte er sich mit der Souveränität ein, über die ein Mann mit 30jähriger Erfahrung vor Richtern und Staatsanwälten verfügte:

„Sie hören, dass die Frau Doktor nach Ihrer Tochter schauen will. Behindern Sie doch den Gang der Dinge nicht."

Ein ansatzloser Jab des Arabers traf Bertie auf den Solarplexus.

Der Araber führte den Schlag schnell und reuelos und war in der Ausgangsstellung, bevor Pfleger, Ärztin oder Marie überhaupt begriffen, was vorgefallen war.

„Ich will Arzt. Sofort", sagte der Araber.

Bertie japste am Boden. Arme und Beine ruderten, als wäre Bertie ein Käfer, der auf dem Rücken lag. Berties Aktenkoffer war vor die Füße von erschrockenen Patienten gerutscht.

Die fünfte Nacht in Untersuchungshaft war die schlimmste gewesen. Leon graute vor der Sechsten.

Dabei war nichts Schlimmes passiert in der Nacht. Aber gerade das war das Raffinierte. Es passierte nichts. Es zermürbte Leon. Leons Glaube wurde wahrhaftig auf die Probe gestellt – aber er hatte keine Angst. So war Leon froh, nach dem Frühstück, das ihm durch die Klappe in der Zellentür gereicht wurde, zum Duschen gehen zu dürfen. Duschen bedeutete Abwechslung. Leon suchte Handtuch, Zahnbürste, Waschzeug zusammen.

Die Gemeinschaftsduschen des Trakts durften von mehreren Häftlingen zugleich benutzt werden. Leon hatte noch nicht herausgefunden, ob es eine Regel gab, welche Einzelzellen dazu aufgeschlossen wurden.

Zwei Wärter bewachten, wie die Untersuchungshäftlinge einzeln und leicht bekleidet zu den Duschen schlurften; dort waren sie unter sich.

Ein älterer Herr mit ergrauter Halbglatze schlappte Leon am Ausgang der Gemeinschaftsdusche entgegen. Sein Haarkranz war nass, der Körper nachlässig abgetrocknet, die Wampe hing über dem um die Hüfte geklemmten Badetuch. Der Herr grüßte brummig. Leon gab ein aufgeräumtes Lächeln zurück, dann suchte er sich den Brausekopf in der hintersten Ecke aus.

Gegenüber seiften sich Maxi und der schmale Raphael ein. Ausführlich widmete Maxi sich dem Einschäumen seines Seehundschnauzbarts. — Ob Maxi Essensreste im Bart hängen blieben, überlegte Leon, sagte aber kein Wort, denn Maxi war einen Kopf größer und durchtrainiert. Leon nickte Maxi lediglich zu.

„Moin, Leon", übertönte Maxi das Wasserrauschen, während Raphael nur einen abschätzenden Blick zu Leon herübersandte.

Leon hob die Hand zum Gruß und wusch sich.

Maxi rief: „Wie steht dein Fall?" Aber Leon gab nur nichtssagende Auskunft: Sich erinnernd, dass Maxi selbst es gewesen war, der geraten hatte, über den eigenen Fall gegenüber Mithäftlingen wenig verlauten zu lassen. So sehr es Leon auch drängte, mit Maxi darüber zu sprechen — überhaupt über irgendetwas zu sprechen. Die Tage und Nächte in der Einzelzelle zerrten an den Nerven. Sprechen war Ausgleich.

Maxi redete wie ein Wasserfall. „Hoffentlich hast du mit deinem Anwalt telefonieren können. Du hast doch einen Antrag gestellt aufs Telefonieren? Das müssen sie dir genehmigen. Kein Wort mehr ohne Anwalt, Leon." Er duschte den Schaum ab.

Leon nickte mehrmals zustimmend.

„Wenn sie dich rausrufen und sagen, es wäre Besuch, also Verwandtenbesuch oder vom Anwalt, und du kommst in den Besuchsraum..." Vorsichtig tupfte Maxi mit dem Handtuch die wunden Stellen an den Handgelenken trocken. Sie waren eitrig entzündet: Folge noch von den zu hart angezogenen Kabelbindern bei der Festnahme. „... und im Besuchsraum ist aber nicht deine liebe Frau, sondern der Kommissar..." Maxi sah auf, Leon ins Gesicht:

„Dann Leon, dann kehrst du schnurstracks um. Sagst einfach ‚Keine Lust' oder so. Hauptsache kein Wort zur Polizei. Die verwenden alles gegen dich. Glaub mir, Alter."

Maxi warf seine leere Shampooflasche in den Plastikmülleimer, der zwischen Waschbecken und dem Schrubber in der Ecke bereitstand. Im Spiegel über dem Becken musterte er Bizeps und Oberkörper. Maxi sah Leon durch den Spiegel an und redete:

„Du hast noch gar keine neue Nachricht von deinem Anwalt, was? Sonst würd's du was sagen. Bertie oder so heißt er. Hast du erzählt. Mensch, bestimmt 'ne Lusche. Du brauchst einen fitten Anwalt, Leon. Einen Kämpfer, der sich für dich einsetzt. Hier interessiert sich kein Schwein für dich. Die lassen dich versauern. Glaub mir. Ich weiß es von meinem Vater. Keiner von denen ist dir böse oder so. Die machen nur ihren Job und abends gehen sie nach Hause. Nur du nicht, du gehst in deine Zelle."

„Du meinst, die vergessen mich?"

„Du bist nur eine Akte. Die haben verdammt viele Akten. Verstehst du. Zeit ist denen egal. Geld auch. Die lassen sich nicht bestechen, die bekommen gutes Gehalt. Aber es interessiert sie nicht, dass du unschuldig bist."

„Schwule Sau!", meldete sich Raphael. „Der und unschuldig!"

Maxi fuhr fort: „Stellt sich hinterher deine Unschuld raus, bekommst du eine kleine Entschädigung. Müssen sie nicht aus eigener Tasche zahlen, macht der Staat."

„Aber das ist doch krank", meinte Leon.

„Nein, gesund ist das. Geradezu perfekt. Ein leidenschaftsloses System." Maxi suchte seine Sachen zusammen. „Die Unschuldigen, die in den Gefängnissen sitzen, sind der Preis, den wir fürs System zahlen. Und davon gibt es mehr als man denkt." Er latschte hinaus.

Leon hörte noch etwas wie „Wir sehen uns" von Maxi. Leon drehte sich zur Wand, stellte seine Dusche ab und nahm das Waschzeug aus der Kachelmulde. Hinter sich hörte er weiter die Dusche von Raphael rauschen.

Doch Raphaels Stimme war mit einem Mal dicht an Leons Ohr.

„Leooon...laachsfaarbehn.", flüsterte Raphael.

Vor Schreck flutschte Leon die Seife aus der Hand und schlitterte über die Fliesen.

„Leooon! Warum machst du mir so viel Arbeit?" Raphael schaute der Seife hinterher, die unter einen dickrippigen Heizkörper gerutscht war.

In der Faust hielt Raphael den Schrubberstock, der eben noch in der Ecke gestanden hatte. Raphael sagte: „Ich bin hier Sauberkeitsbeauftragter. Und du Schmutzfink machst mir das Leben schwer." Mit betrübtem Gesicht schaute er Leon an.

„Ich heb die Seife auf", sagte Leon.

„Das ist nett, Leooon. Pass bei der Heizung auf. Die ist heiß. Nicht dass du dich verbrennst. Und sie hat Kanten. Da kann man sich den Kopf dran aufschlagen."

Leon bückte sich nach der Seife und versuchte dabei, Raphael im Auge zu behalten, da er den Verdacht hatte, Raphael könnte ihn gegen die Heizung stoßen.

Nichts dergleichen geschah. Raphael beobachtete ihn und lächelte sparsam.

„Glaubst du, in der Dusche würde dir etwas geschehen?", erkundigte

Raphael sich. „Hoffst du darauf?" Raphael kicherte. „Leooon, hier passiert gar nichts. Ich passe darauf auf, dass hier alles sauber bleibt. Nicht vergessen, ich bin der Sauberkeitsbeauftragte."

Leon nahm seine restlichen Sachen und wollte den Raum verlassen. Raphael hielt ihm den Schrubberstock in den Weg:

„Nicht so eilig, Leooon. Wir sind noch nicht fertig."

Leon griff nach dem Stock, verfehlte ihn aber.

Raphael sagte: „Wirf deine Seife in den Eimer." Er meinte den Mülleimer, in welchen Maxi vorhin die Shampooflasche versenkt hatte.

Leon sagte: „Die Seife ist neu. Habe ich gerade erst bekommen."

„Wirf sie weg." Raphael nahm den Schrubber in beide Hände und ließ ihn kreisen wie ein Samurai. Wahrscheinlich hatte er das im Kino gesehen und fand es *cool.* Auf Leon wirkte es lächerlich: Ein kleiner, nackter Mann, der ungelenke Bewegungen mit einem Stock vorführte.

Leon überlegte, Raphael stehen zu lassen und einfach zu gehen. Andererseits könnte ihm Raphael dann den Stock auf den Rücken prügeln. Oder zwischen die Beine stoßen. Vielleicht hatte Raphael das auf der Kinoleinwand bewundert und wollte es ausprobieren. — Leon sah keine Notwendigkeit, irgendein Risiko einzugehen.

Also warf er die Seife in den Eimer.

Im selben Moment, da die Seife mit einem *Klonk* auf dem Eimerboden aufschlug, wusste Leon, dass er einen Fehler machte.

Hinter ihm sagte Raphael: „Jetzt nimm den Eimer."

„Wieso soll ich den Eimer nehmen?"

Da Leon der ersten Anweisung Raphaels gefolgt war, hatte dieser nun Oberwasser. „Leooon, erst willst du eine Seife weiterverwenden, die du durch die Fußpilze vom Duschraum gesemmelt hast. Da muss ich dir sagen, dass man so was wegschmeißt. Jetzt willst du den schmutzigen Eimer stehen lassen und einfach gehen. Macht man das..?"

„Okay." Leon griff sich den Eimer und wollte weg. Raphael hatte er über.

„Stopp", rief Raphael, bevor Leon aus dem Raum war, „bist du völlig verrückt?!"

„Was denn nun?" Leon drehte sich zu Raphael um.

„Du weißt doch gar nicht wohin der Eimer zu bringen ist?"

Raphael ging als erster aus der Dusche, Leon folgte ihm. Raphael grüßte die zwei Wärter.

„Ich zeige ihm, wohin der Müll gehört", erklärte Raphael und tippte sich an eine imaginäre Schirmmütze.

„Alles klar." Die Wärter schlenderten weiter.

„Dort hinein, Leooon." Raphael öffnete eine Brandschutztür. Dahinter war ein zugiges Treppenhaus. Kühler Abfallgeruch stieg aus dem Kellergeschoss herauf.

„Los, mach schon", herrschte ihn Raphael an, „rein da."

Leon trat ein. Hinter ihm ließ Raphael die Brandschutztür ins Schloss fallen. Der Türknall dröhnte im Treppenhaus.

„Pass auf die Treppenkanten auf", sagte Raphael, „die haben Metallbeschläge. Wenn man da mit dem Schädel draufschlägt, knackt der Schädel auf wie eine Walnuss an der Naht. Muss man sich echt vorsehen."

Jetzt erst bemerkte Leon, dass Raphael den Schrubberstock noch immer in der Hand hielt. Raphael zeigte damit keine Samuraiübungen, sondern verkantete den Stock hinter der Türklinke.

„Was hast du vor?", fragte Leon. Er witterte Gefahr.

„Du glaubst doch, du bist was Besseres", meinte Raphael. „Dabei bist du nur der Neue. Und arrogant. Ich halte den Laden sauber. Das ist meine Aufgabe."

„Spinnst du?! Was für einen Laden?" Leon richtete sich auf. „Das Gefängnis, das glaubst du, das wäre dein Laden?" Leon war mehr als einen Kopf größer als Raphael, und er wusste, dass er nicht länger vor diesem Schmalbrustgauner zurückweichen durfte. Den Eimer musste er loswerden, um die Hände frei zu haben.

„Stell ihn da hin, Leooon", las Raphael Leons Gedanken, „aber vorsichtig, damit er nicht umkippt und alles schmutzig macht. Hier habe ich gewischt. Heute Morgen um fünf, als du im Bett gelegen und wie ein Baby geschlafen hast."

Leon stellte den Eimer an die Wand, verlagerte dabei sein Gewicht auf das linke Bein. Genau in dem Augenblick traf ihn ein harter Tritt von Raphael gegen den rechten Oberschenkel.

Leon verlor das Gleichgewicht. Der Treppenabgang torkelte auf ihn zu, dunkel und groß und kühl. Ein zweiter Tritt fuhr Leon ins Rückgrat, und er hörte Raphael über sich:

„Schmutzfinken wie du machen hier einen Abflug."

Leon stürzte hinab in das Dunkel des Kellerabgangs.

8. Kapitel

Mit forschen Schritten, eine modische Umhängetasche untergeklemmt, startete Marie aus dem Fahrstuhl. Die Seitenwände des Linoleumgangs warfen das unternehmungslustige Klackern von Maries mittelhohen Stiefelettenabsätze zurück.

Marie war in Eile, aber für ihren Jungen würde sie sich auf jeden Fall Zeit nehmen. Im Vorbeigehen grüßte Marie die Stationsschwester in ihrem Glaskasten.

Marie klopfte an der überbreiten Zimmertür, hinter welcher Ben liegen würde. Das Klopfen blieb unhörbar. Marie war solche dicken Türen nicht gewohnt und wiederholte ihr Klopfen. Fester diesmal. Und sie glaubte, Bens Stimmchen zu hören, also trat sie ein.

„Mein lieber Ben. Wie geht es dir."

Er sah besser aus, die Nacht im UKE hatte ihm gut getan. Immer noch hing Ben am Tropf.

„Gut, Mama. Gut geht es mir."

Vergessen war scheinbar ihr Streit, der schon in Richtung Zerwürfnis gegangen war. Der seinen Anfang genommen hatte, als Marie ihren Sohn in der Ziegelei gesucht hatte, er aber von oben aus seinem Kinderzimmer nach ihr rief und so tat, als wäre er nicht in der Ziegelei gewesen, obwohl Mama und Papa es strikt verboten hatten. — Einen Tag später hatte Ben Marie in Gegenwart von Oberkommissar Möller angeblafft.

Das hatte Marie verletzt. Aber sie hatte sich auch nicht genug um ihren Jungen gekümmert, sagte sie sich selbstkritisch. Auch nicht um Anna hatte sie sich genug gekümmert. Das würde sie korrigieren — bevor Anna endgültig flügge wurde. Das konnte schnell gehen, die Jahre würden jetzt im Flug vergehen, Anna nahm Kurs auf das Abitur.

„Und deinem Auge? Wie ist es mit deinem Auge?" Darauf war Mull gelegt, mit einem Gaze-Verband fixiert.

„Gucken funktioniert. Heute Morgen war der Doktor da. Er hat es getestet." Ben erklärte, wie der Doktor mit Lesekarten getestet hatte.

Eine Krankenschwester kam herein, um bei Ben unter der Zunge die Temperatur zu messen. Die Dosierung des Tropfs wurde heruntergeregelt. Wenn Ben weiter so gut Fortschritte mache, dann werde der Doktor morgen vielleicht schon einen Entlassungstermin nennen.

„Hast du mein Laptop mit, Mama?", fragte Ben, kaum war die Krankenschwester auf dem Weg aus dem Zimmer.

Marie sagte: „Wie du es mir per WhatsApp mitgeteilt hast. Natürlich." Sie holte den Laptop aus der Umhängetasche — und eigentlich war sie ab dem Moment abgemeldet, da Ben den Einschalter des Laptops drückte. Marie war deswegen nicht böse.

Sie lächelte sogar, hatte sie doch schon vorher gewusst, dass es so kommen würde. Marie ließ Ben Zeit, die Nachrichten der Klassenkameraden zu checken. Nur verstohlen schaute sie auf die Armbanduhr. Sie war über der Zeit — mussten die unten eben warten. Ben und Anna gingen nun vor.

„Hast du was von Anna gehört?", fragte sie.

„Nö, wieso?"

„Guck doch mal bei *Facebook*."

Ben tippte auf der Tastatur.

„Pferdefotos...vorgestern", sagte er, „von der Klassenfahrt." Er drehte den Laptop, sodass Marie gucken konnte.

„Mach mal Chat", bat sie. Ben öffnete das kleine blaue Fenster und schrieb Anna an.

Er fragte seine Mutter: „Wann hast du letzte Mal mit ihr gesprochen?"

„Vorm Bus, als sie abfuhren." Danach hatte sie Anna nicht mehr versucht zu kontaktieren, hatte Anna fast vergessen. Das gestand sie Ben nicht. Gestern Abend hatte sie eine Mail an Anna geschrieben, und da heute Morgen noch keine Antwort gekommen war, hatte sie Anna angerufen; aber Anna nahm nicht ab. Sie konnten unterwegs sein, der Akku konnte leer sein. Oder Anna hatte keine Lust zu antworten, Mädchen in dem Alter waren schwierig.

„Nö, meldet sich nicht", erklärte Ben. „Machen bestimmt einen

Ausflug. Sobald sie zurück ist, sieht sie meinen Chat, dann meldet sie sich."

„Ruh dich aus", sagte Marie und strich Ben über die Wange. „Ich komme heute Abend wieder vorbei." Sie gab Ben einen Kuss: „Ich habe dich lieb."

Seine Arme umschlangen Maries Hals. Ben sagte: „Ich dich auch."

Marie war ergriffen und fühlte sich Ben so nah wie lange nicht mehr.

Da sie ging, hatte sie kein schlechtes Gewissen gegenüber ihrem Sohn. Er wusste, dass sie ihn heute Abend wieder besuchen würde: Und sie wusste, dass sie es tatsächlich tun würde. Beschwingt klackerte sie zum Aufzug. — Unten wartete im absoluten Halteverbot die polierte Mercedes S-Klasse des Staatsministers. Dessen Chauffeur hielt Marie die Tür auf, und Marie rutschte auf die Rückbank. Dort saß bereits Maries schlaue Freundin Paula. Getrennt waren sie durch eine Minibar, die in die belederte Mittelkonsole eingelassen war. Auf dem Beifahrersitz vorn saß Kuno der Künstler: Wieder trug er hüftenge Hose und breiten Hemdkragen; die Frisur war wie mit einem Stromschlag in Form gebracht.

Die Drei begrüßten sich überschwänglich.

„Reiten Sie los", sagte Kuno zum Chauffeur, und mit einem forschen Bogen wich die startende Limousine einer Ambulanz aus, die gerade vorfuhr.

„Alles ist arrangiert", wandte sich Kuno über die Rückenlehne den beiden Frauen zu, „Der Staatsminister erwartet uns. Sektchen...?" Er langte zu einem der *Piccolos* in der Minibar, aber Marie und Paula lehnten ab. Marie dachte, es wäre ein schlechter Beginn ihrer Karriere als Galeristin, wenn sie Staatsminister Vogg mit einer Alkoholfahne gegenüberträte.

Der schwere Mercedes pflügte durch den morgendlichen Stadtverkehr.

„Ich nehm' aber einen." Kuno schraubte den Aludeckel ab, ließ sich von Paula einen von den geschliffenen Kristallglaskelchen geben. „Prösterchen, meine Mädchen. Und auch Ihnen, Kapitän, wünsche ich allzeit gute Fahrt."

Der Chauffeur nickte Kuno zu.

„Danke, Kuno", Marie legte Kuno die Hand auf die Schulter, was wenig elegant gelang, da die wuchtige Beifahrerkopfstütze störte. Aber die Geste war Marie wichtiger als Eleganz. „Dank dir legen wir einen Schnellstart hin."

Kuno, eben noch im *Overdrive*-Modus, wurde ernst und leiser:

„Ich danke euch." Er nahm einen ordentlichen Schluck, behielt ihn in der Mundhöhle, um das leise Prickeln zu spüren, das Aroma sich am Gaumen entfalten zu lassen. Dann schluckte er den Sekt hinunter, „Ich male seit einem Vierteljahrhundert. Keinen interessiert meine Kunst."

Paula wollte protestieren.

„Nein, Paula. Es ist so. Keinen interessiert es. Sie laden mich ein, weil ich ihr Farbtupfer bin. Für ihre Ausstellung. Für die Vernissage. Sie buchen den schwulen Clown, der diese furchtbar engen Hosen anzieht."

„Das stimmt doch nicht, Kuno", meinte Paula.

Sie passierten das Ortsausgangsschild, der Mercedes beschleunigte.

Kuno sagte: „Durch mich kommen sie in die Presse. Wegen mir kommen die Journalisten. Ich spreize den kleinen Finger ab, tusche mir die Wimpern. Schon schreiben sie über mich. Und die Frauen in den Abendkleidern beobachten mich aus den Augenwinkeln und tuscheln. Fühlen sich, als gehörten sie zur Künstlerszene. Die Bilder an den Wänden interessieren sie nicht die Bohne."

Marie dachte: Vielleicht hat er recht. Sie konnte sich an Ausstellungseröffnungen erinnern, die sie mit Leon besucht hatte. Vor drei Jahren in der Haspa-Filiale...Sie gehörte damals in die Kategorie der Frauen mit den Abendkleidern, die dringend etwas zum Tuscheln suchten. Denn die Bilder an den Stellwänden waren so was von langweilig.

Das *Navi* piepste, der Chauffeur trat die Bremse.

„Uih", machte Kuno und balancierte sein Sektchen.

„Sorry, 'ne Radarfalle. Wird zwar übernommen, aber die Punkte kassier' ich trotzdem", sagte der Chauffeur. „Da brems' ich lieber."

Kuno machte den *Piccolo* leer. „Mit euch wird für mich alles anders. Dafür sage ich danke. Marie wird es schaffen, dass es um meine Bilder geht und nicht um meine Person."

Tapfer lächelte Marie ihn an.

Paula hatte sie mit Kuno bekannt gemacht. Paula und Kuno hatten zusammen studiert. Nach dem Abschluss hatte Kuno auf die Kunst der Malerei gesetzt und Paula auf die Kunst der reichen Heirat. All die Jahre hatten sie sich nicht aus den Augen verloren; jeder sah im Leben des anderen etwas verwirklicht, was ihm fehlte.

Was Marie bisher nicht begriffen hatte: Wie die Verbindung von Kuno zum Staatsminister verlief, den Kuno offensichtlich kannte und für den Marie schwärmte. Gerade diese *Connection* machte Kuno interessant für Maries Pläne.

Außerdem waren da Kunos Bilder auf den Keilrahmen. Paula meinte, es wäre große Kunst, die nur noch nicht entdeckt wäre. Vielleicht war es so, und sicher war, dass Marie, wenn sie Galeristin sein wollte, frische Bilder brauchte.

Ob Kunos die Richtigen waren?

Marie erschienen sie dekorativ, aber belanglos. Solange nichts Besseres da war...Ihr tapferes Lächeln begann weh zu tun.

„Wir werden sehen", sagte sie lahm und schaute aus dem Seitenfenster, um Kunos Blick auszuweichen.

In der Ferne war ein enormes Herrenhaus in friesischer Bauart auszumachen. Es stand als Solitär in der weiten Ebene aus grünsaftigem Weideland. Da sie näher kamen, sah Marie, dass das Reetdach frisch gedeckt war. Der Giebel ragte hoch und stolz empor, das Dach mit dem Reet war tief heruntergezogen, sodass die Sprossenfenster gerade darunter hervorschauen konnten. Der Bauherr hatte gewusst, wie ein Herrenhaus konstruiert sein musste, welches zwei Jahrhunderte lang den Stürmen trotzte, die über die Nordsee heranfegten und tief nach Holstein vordrangen.

„Sind gleich da", meldete der Chauffeur seinem Knopf im Ohr.

Der Mercedes steuerte von der Straße auf einen Feldweg, der ungewöhnlich gut geteert war. Knapp fünf Minuten lang näherten sie sich über dem Feldweg den Herrenhaus, das immer wieder ein Stück weiter nach hinten zu rutschen schien. Ein breites Metalltor glitt automatisch zur Seite, die Limousine kam endlich vor dem Haupteingang zum Stehen.

Schwungvoll kam Staatsminister Vogg ins Freie. Die Hausdame im knielangen Businessrock hatte Mühe, ihm zu folgen.

„Meine liebe Marie Artles", begrüßte der Minister zuerst Marie, herzte sie, zeigte breites Lächeln, geweißte Zähne und einen Dreitagebart.

In natura sah der Mann noch jünger und attraktiver aus als im Fernsehen. Wie Leon früher, dachte Marie. Damals, als sie mit ihren Eltern aus *Uppsala* nach *Hamburg* gezogen waren und sie in die 10. Klasse kam und dort zum ersten Mal Leon sah... Sie war hin und weg gewesen.

Minister Vogg setzte die Begrüßungsrunde fort. Marie machte eine Beobachtung:

Paula wurde genauso herzlich begrüßt wie sie selbst. Der Chauffeur bekam ein kurzes Nicken; man ahnte, dass es eine funktionierende Angestelltenbeziehung war. Aber Kuno: Er wurde von Vogg kühl begrüßt, die Handflächen der beiden Männer berührten sich kaum. Dabei kannten sie sich doch, durch Kuno war das Treffen zustande gekommen. Kuno schaute dem Minister im taillierten Anzug einen Wimpernschlag zu lang hinterher — dadurch kam Marie die Idee, dass Vogg, als Staatsminister auch zuständig für die Förderung der Künste, womöglich nicht so sehr das künstlerische Werk Kunos schätzte, sondern mehr die Person selbst, sich aber hütete, es in der Öffentlichkeit zu zeigen.

„Wollen wir reingehen", lenkte Minister Vogg seine Gäste. Die Hausdame und der Chauffeur holten aus dem Kofferraum einige kleinformatige *Gouachen* Kunos, die er dem großen *Matisse* nachempfunden hatte.

„Ich bewundere Sie", wandte sich Minister Vogg an Marie: Er hatte sie im großen Empfangssaal beiseite genommen. Die anderen stellten die *Gouachen* auf *Chaiselongue* und *Chippendale*-Stühle. Der hohe Raum war in englischem Stil gehalten. Alles war aufs Feinste mit Steuergeldern restauriert worden, das Haus war in Landesbesitz übergegangen und diente als repräsentative Außenstelle der Staatskanzlei.

„Ihr Mann ist in Haft, höre ich. Aber Sie haben die Energie...", Minister Vogg machte eine ausladende Geste, „... und die großartige Idee, eine solche Ausstellung zu organisieren."

Es war Paulas Idee gewesen: *Norddeutsche Maler der Postmoderne.* Paula wollte die Ausstellung kuratieren, sich ansonsten im Hintergrund halten, nicht auf Plakaten oder im Katalog erwähnt werden, da sie fürchtete, ihr Mann könne davon wenig begeistert sein.

„Sie strahlen eine solche Kraft aus, Marie. Eine solche Begeisterung für die Kultur, und Sie haben offensichtlich das Vermögen, Ihre Ideen auch umzusetzen."

Hoffentlich meinte er das mit dem Vermögen nicht konkret finanziell, sondern eher ideell. „Danke für die Blumen", sagte Marie. Der Minister war ein großer Schmeichler. Vielleicht stieg er deswegen so schnell in der Kieler Hierarchie auf.

„Nur, Marie...", Minister Vogg suchte die richtige Formulierung, „... nicht dass Sie denken, ich könnte Ihren Mann herausholen."

Auf welchem Dampfer war er denn nun? Marie sah Vogg mit großen Augen an: „Was meinen Sie?" Ihr war schon klar, dass er über Leons Verhaftung Bescheid wusste, der Buschfunk reichte auch bis nach Kiel. Aber er glaubte, sie würde den Kontakt zu ihm suchen, um für ihren Mann etwas zu tun?

„Ich bin für Kultur zuständig und nach Hamburg habe ich schon gar keine Beziehungen", sagte Minister Vogg.

„Aber...", sie war zunächst sprachlos, an Hilfe für Leon durch die Politik hatte sie nicht im Entferntesten gedacht. — Genau das sagte sie dann auch.

Marie konnte geradezu sehen, wie Minister Vogg ein Stein, achwas ein Dutzend Steine vom Herzen fielen. „Dann können wir uns auf die Bilder konzentrieren", sagte er, und sie gesellten sich zu den anderen. „Sie brauchen aber noch mehr Bilder", meinte Vogg, während er mit Hand am Kinn und Kennerblick Kunos kleine Werke musterte.

Paula versicherte eifrig, sie sichte bereits mögliche Exponate regionaler Malergrößen aus Husum und Rendsburg.

„Worpswede!", blitzte dem Staatsminister Vogg ein Gedanke, „Da wohnen gute Künstler."

„Wäre aber Niedersachsen, nicht Schleswig-Holstein", gab die schlaue Paula zu Bedenken.

Marie interessierte das nur am Rande; sie hatte sich abgewandt und wischte auf ihrem *iPhone*. — Keine Nachricht von Anna. Marie tippte Anna auf *WhatsApp* eine knappe Botschaft. Seit 24 Stunden war Anna nicht mehr bei *WhatsApp* online gewesen.

„Klappt etwas nicht?", erkundigte sich Minister Vogg bei ihr.

„Nein, nein, alles in Ordnung. Wirklich." — Da Vogg ihre geöffnete App sah, schob Marie nach, „Die große Tochter, sie wissen, wie das bei großen Töchtern ist. Ein schwieriges Alter."

„Leider weiß ich das nicht", sagte Vogg und schaute Marie an. Sie glaubte, eine leise Melancholie in seinen Augen und in seiner Stimme zu erkennen. Er sagte: „Es hat sich nicht ergeben." — Sofort erinnerte Marie sich an Oberkommissar Möller. Vor drei Tagen saß Möller nachmittags in ihrer Küche und benutzte fast die gleiche Formulierung. *Es hat sich nicht ergeben.* - Was war mit diesen Männern los. Waren sie mit ihrer Karriere verheiratet, hatten Sie Angst vor dem Leben? Oder liebten sie es im Gegenteil so sehr, dass sie zu egoistisch waren, es mit jemandem zu teilen.

„Aber es ist noch Zeit", sagte Minister Vogg, „Zeit um die Prioritäten neu zu justieren." Dabei sah er Marie weiter an: mit geweißten Zähnen, sanftem Blick und Dreitagebart.

Vielleicht war er bi, überlegte sie. Sie staunte, war über den Gedanken nicht schockiert.

„Weniger Karriere, mehr Zeit für...Bedürfnisse", meinte er.

Vogg war jünger als sie. Und er war interessant. Ginge das?

Plötzlich fand sie sich gemein und dreckig. Allein so etwas zu denken.

Während Leon schmorte.

Andererseits war Leon weit weg. Im fernen Hamburg. Eingesperrt. Seit mittlerweile fünf oder sechs Tagen. Vorher ausgezogen. Nachts unterwegs am Hafen. *Sekretärinnen*. Wirklich: Leon war weit weg. Ihre Gedanken entfernten sich von ihm. Sie bauten ein neues Leben.

Leon schlug die Augen auf. Er lag auf dem Bauch. Seine Handrücken fühlten kühles Leinen.

Ich liege in einem Bett, dachte Leon. Und alles wäre gut, dachte er. Wenn nicht dieses Gefühl wäre, dass sich eine Kreissäge in den Hinterkopf fräste.

Die Säge ist natürlich Einbildung, sagte sich Leon. Kreissägen machen Krach.

Leons Kreissäge aber arbeitete lautlos. Das Problem war: Die Schmerzen, welche die Säge verursachte, die waren real. Sie verstärkten sich, je wacher Leon wurde.

„Bleiben Sie so liegen, Herr Artles", hörte Leon eine Stimme.

Leon bewegte den Kopf - Millimeter nur - in die Richtung, aus welcher die Stimme gekommen war. Prompt erhöhte die Kreissäge die Drehzahl. Leon stöhnte.

„Einfach liegenbleiben. Ich habe Ihnen eine halbe Kapsel Morphium gespritzt", sagte die Stimme. Sie gehörte einem älteren Herrn mit gütigem Blick. „Aber noch eine Spritze, Herr Artles, das geht nicht, wenn Sie noch einige Jahre unter uns weilen wollen."

„Will ich schon. Wenn die Kopfschmerzen aufhören täten." Leon sprach verwaschen. Und schon die wenigen Worte erschöpften ihn. Er dämmerte hinüber in einen Halbschlaf, in welchem er glücklicherweise die Säge vergaß und sich an seine Arbeit erinnerte. Es waren schöne Erinnerungen, Leon wollte nicht wieder aufwachen. Er kam um 8 Uhr ins Büro, ließ sich von der Schmocke den ersten *Ristretto* bringen. Er arbeitete Kommunikationskonzepte aus, positionierte Marken, definierte Zielgruppen. Er liebte seine Arbeit als Marketingvorstand. Es war kein bloßer Job, es war seine Berufung.

„Herr Artles. Herr Artles, Sie müssen aufwachen."

Leon wuchtete die Augenlider in die Höhe, sah den gütigen älteren Herrn, der ihn ansprach.

„Noch ein bisschen schlafen", nuschelte Leon.

„Gleich kommt der Direktor", sagte der gütige Herr.

„Und wer sind Sie?"

„Ich bin Ihr Arzt. Sie sind auf der Krankenstation. Sie haben einen mächtigen Schnitt im Hinterkopf. Dazu eine schwere Gehirnerschütterung erlitten."

Leon befühlte dicken Mull auf dem Hinterkopf.

Der Arzt sagte: „Sie müssen gestürzt sein."

„Raphael hat mich die Treppe heruntergetreten!" — Die Kreissäge sprang an, Leon stöhnte erneut.

„Darüber wollte ich mit Ihnen sprechen, Leon. Ich darf Sie doch Leon nennen?"

Leon war einverstanden. Wenn nur die Kopfschmerzen nachlassen würden. Er wollte sich auf den Rücken drehen; aber sofort pochte es stärker im Schädel.

„Bleiben Sie so liegen wie jetzt, Leon. Der Hinterkopf darf keinen Druck bekommen, sonst platzt die Naht. Außerdem wird Ihnen speiübel werden. Wenn Sie sich zu viel bewegen oder aufregen. Haben Sie gehört. Nicht aufregen. Sonst übergeben Sie sich. Sie haben nämlich ganz schön was abbekommen."

„Raphael war das."

„Raphael? Mag sein. Aber Sie sollten sich überlegen, was Sie dem Direktor sagen wollen."

„Bitte?"

Der Gefängnisarzt erklärte es Leon. Der hörte zu, schaute dabei auf die Fußbodenfliesen aus standardgrauem PVC. In dieser Schonhaltung waren die Kopfschmerzen am erträglichsten.

Kurze Zeit später erschien der Direktor in der Krankenstation. Er ging in die Hocke und schaute Leon bekümmert an, bekundete sein Mitgefühl und wollte wissen, wie es beim Abfallwegbringen zu einer derartigen Verletzung hatte kommen können. Leon verzichtete darauf, sich darüber auszulassen, unter welchen genauen Umständen es zu dem *Unfall* im Treppenhaus gekommen war. Er könne sich nicht erinnern. Damit hielt Leon sich ganz an den Rat des Arztes: Nicht über Details sprechen, denn der Übeltäter erhalte nach einer Strafanzeige durch die Gefängnisdirektion keineswegs auch sicher eine Strafe. Es gebe keine

Zeugen, es stände Aussage gegen Aussage. Was aber sicher sei: Leon sähe Raphael wieder, den er beschuldigte. Beim Umschluss, beim Hofgang, in der Dusche, spätestens draußen. Und Raphael würde sich gegenüber Leon für die Strafanzeige erkenntlich zeigen. Meinte der Gefängnisarzt, der schon viele Untersuchungshäftlinge zusammengenäht hatte.

Nachdem der Direktor gegangen war, kam das Mittagessen samt Schnabeltasse, danach die Müdigkeit. Leon versuchte, sich ein Stück zu drehen, um die verspannten Schultern zu entlasten. Aber er rutschte zurück in die Bauchlage.

„Hallo..?" Er wollte die Krankenschwester rufen, die ihn vorhin mit der Erbsensuppe gefüttert hatte: Ob sie helfen könne. Leons Bett war durch Sichtschutzwände separiert von den anderen Betten der gefängniseigenen Krankenstation. „Hallo..?" — Ob die anderen Betten nicht belegt waren? Jedenfalls reagierte keiner und niemand kam.

Als hätten sie mich vergessen, dachte Leon.

Erst wenige Tage war er hier und fühlte sich, als hätten die Menschen draußen ihn vergessen. Schach, Schmocke, Heilenegger meldeten sich nicht. Niemanden schien sein Schicksal zu kümmern. Fast niemanden. Seinen Sohn Ben kümmerte es. Ein warmes Gefühl bescherte Leon der Gedanke an den Sohn, der sich so sehr wünschte, sein Papa käme wieder nach Hause. Anna, da war sich Leon sicher, würde genauso empfinden. Doch sie war auf Klassenfahrt und konnte ihn nicht besuchen. Leon war es seinen beiden Lieblingen schuldig, alles zu unternehmen, hier herauszukommen.

Auch Bertie kümmerte es, seinen Anwalt.

Bertie kümmerte es, weil Marie ihn auf Leons Schicksal aufmerksam gemacht hatte.

Marie.

Da er an sie dachte, überwältigte ihn ein starkes Gefühl. Der Begriff *Liebe* fasste es nicht. Es war ein Gefühl der Zuneigung und Sicherheit, des tiefen Vertrauens in die Frau, die sich ihm zugewandt hatte, ihm zwei Kinder geschenkt hatte. Die an seinem Leben teilnahm, seine Karriere unterstützt hatte. Sogar hatte sie ihm seinen Freiraum wegen der

Recherche für sein Projekt gegeben. Sie hatte nicht an ihm gezweifelt, da er nächtelang zwischen Silbersack und Hein-Hoyer-Straße recherchierte. Sie unterstützte ihn sogar jetzt, da er sie zuerst verstoßen hatte, nichts anderes war es doch, da er ausgezogen war, und dann auch noch ins Gefängnis gewandert war. — Ja, es war ein Gefühl der Zuneigung zu Marie und der Sicherheit, und es war mehr. Die Jahre, die sie zusammen zuerst in Liebe, immer aber in gegenseitigem Vertrauen durchschritten hatten... die Jahre hatten sie miteinander verwoben. Leon fühlte sich - bäuchlings auf grauen PVC schauend - seiner Frau mit einem Mal wieder zugetan und tiefer verbunden als je zuvor.

Leon hörte Schritte; sie holten ihn aus den Gedanken; er drehte sich um, so gut es ging, soweit es die Braunüle zuließ, aber er sah nur auf die Stellwand mit der Leinenstruktur.

Er dachte an Raphael - waren das seine Schritte? — Leon versuchte sich aufzurichten.

„Leon, hallo." Es war Bertie, und Leon erkannte ihn erst nach einem Augenblick:

Bertie trug Schlauchmütze, müden Blick und Jogginghose. Da passte nichts zusammen, die Klamotte stand einem testosterondampfenden Jungspund, aber keinem Anwalt. Sie machte ihn zehn Jahre älter. Mindestens.

„Wo ist Ihr Anzug?", brach es aus Leon heraus. Seine Kopfschmerzen flammten auf. Er musste leiser sprechen, damit sie nachließen.

Bertie antwortete: „Hatte einen Unfall...", er lüpfte die Mütze, und ein Kopfverband wurde sichtbar, „will gleich zum Arzt. Und was machen Sie für Sachen?"

„Liegt wer nebenan?", flüsterte Leon.

„Sie sind der Einzige auf der Station." — Daraufhin berichtete Leon von Raphaels Anschlag und schloss:

„Sie müssen mich hier rausholen, Bertie. Wenn Sie können, ich meine, wegen Ihres Kopfes. Sieht übel aus."

„Machen Sie sich deswegen keine Sorgen."

„Wie ist das passiert?"

„Später. Jetzt kümmern wir uns um Ihren Fall. Der Gefängnisarzt hat mir erzählt, was mit Ihnen passiert ist. Wir sollten unbedingt etwas unternehmen. Sonst macht man Sie hier fertig. Sie passen hier einfach nicht hin. Das sieht ja auch jeder sofort."

Wohl wahr, dachte Leon. Mit Ehrgeizlingen wie Heilenegger konnte er umgehen, aber bei Typen wie Raphael fühlte er sich überfordert.

Bertie sagte: „Das verschriftlichte Protokoll ist da."

„Sehr gut. Länger hatten sie es wohl nicht mehr hinauszögern können."

„Die Polizei wird die Zeit genutzt haben, um weitere Indizien zu finden, die Sie belasten, Leon."

„Aber es gibt nichts! Ich habe nichts gemacht —"

Bertie unterbrach: „So weit waren wir schon." Aus seinem Kalbslederkoffer holte er die Blätter des Protokolls, welche Leons Vernehmung durch Oberkommissar Möller und Kommissarin Nitsch vor fünf Tagen dokumentierten. „Das Protokoll bestätigt das im Wesentlichen —"

„Sehen Sie, Bertie!" — Die Kopfschmerzen flammten auf, Leon durfte sich nicht so aufregen. Er legte den Kopf aufs Bett, guckte auf die Fliesen. „Vielleicht mögen Sie einen Stuhl nehmen, Bertie."

Bertie holte einen Stuhl, setzte sich heran, und der bäuchlings liegende Leon blickte statt auf PVC-Fliesen nun auf die Knie von Bertie. Sie waren in die Fallschirmspringerseide der Jogginghose gehüllt. Seitlich hatten die Hosenbeine Druckknopfleisten. Bertie trug dazu teure dreistreifige Sneakers.

„Leon, trotzdem haben wir ein Problem —"

„Es gibt keine Beweise. Das Protokoll ist belanglos. Also gibt es keine Probleme."

„Ihre Frau —"

„Marie? Was sagt sie? Haben Sie meine Grüße ausgerichtet, grüßt sie zurück, was sagt sie?"

„Sie ist das Problem."

Leon hob den Kopf, überstreckte den Nacken, die Kopfschmerzen waren ihm egal. — Bertie sah wirklich beschissen aus, dachte Leon. Diese müden Augen und die verfilzte Mütze. Wie kam Bertie dazu, Marie als Problem zu bezeichnen. Leon wollte nichts auf seine Frau kommen lassen. Marie dachte ähnlich, schließlich hatte sie ihm Bertie als Anwalt besorgt: Sie wollte Leon möglichst schnell in ihre Arme schließen.

Bertie sagte: „Sie gibt keine Unschuldserklärung für Sie ab, Leon."

Unmittelbar grummelte Leon der Magen. Dem Verstand blieb es noch unbegreiflich, er musste nachfassen:

„Was...was meinen Sie, Bertie, was bedeutet das..?"

„Marie bleibt bei ihrer Version."

„Aber das ist unmöglich, das ist..." Er vergaß seine Stimme, der Magen beschäftigte ihn. Der Magen rebellierte, als bekäme er Schläge, und der überstreckte Nacken verkrampfte.

Leon entspannte ihn, legte das Kinn zurück auf die Randpolsterung der Matratze.

Marie liebte ihn nicht mehr? Alles war ein Irrtum? Aber das war unbegreiflich. Der Magen krampfte, unter der Schädeldecke pochte der Schmerz, es gab kein Halten mehr:

Der Mageninhalt schoss Leon aus dem Mund, traf Berties Edelturnschuhe, spritzte von dort in alle Richtungen, hinterließ Streifen und Bröckchen auf den PVC-Fliesen.

„So eine Scheiße", sagte Bertie.

Leon wollte nicht widersprechen, obwohl die Aussage des Juristen nicht mit den Fakten übereinstimmte. Auf den Fliesen verteilt war Leons Erbsensuppe. Halbverdaut.

„Ich kaufe Ihnen neue Treter." Leon krächzte und hüstelte beim Sprechen. Der Magensaft in der Speiseröhre ätzte. „Könnten Sie mir ein Wasser bringen, Bertie."

Der Anwalt machte einen weiten Schritt über die Bescherung, schüttelte seine Hosenbeine, was wenig Erfolg brachte, die Suppenspritzer blieben haften.

„Hier sind keine Becher", meinte Bertie und ging hinaus. Leon hörte, wie Bertie darum bat, jemand möge kommen, um aufzuwischen. Mit einer Plastikflasche Sprudel und einem Plastikbecher kehrte Bertie zurück.

Leon trank, was in Bauchlage und mit Braunülenverkabelung ein kleines Kunststück war.

Bertie sagte: „Jetzt, wo das Protokoll endlich verschriftlicht wurde werde ich jetzt Haftbeschwerde beantragen. Noch heute. Bevor ich zum Arzt gehe." Bertie setzte sich wieder. Er hatte sich Einmalwaschlappen aus Papier vom Stapel am Stationswaschbecken genommen und wischte seine Turnschuhe ab.

„Wie lang dauert das?", fragte Leon.

„Die Beschwerde? Ein paar Tage. Kein großes Ding, keine Verhandlung. Geht alles schriftlich."

„Wie sind meine Chancen?"

Die müssen sich nun viel detaillierter mit dem Vorwurf auseinandersetzen und bei der Faktenlage...kommen Sie umgehend frei."

„Versprochen?"

„„99 zu 1", schätzte Bertie. Versprochen!"

„Mehr nicht?", scherzte Leon.

„Ihre Chancen können auch höher liegen", meinte Bertie, „wenn wirklich nichts Weiteres gegen Sie vorliegt, Leon, wenn Möller und Nitsch nichts mehr gefunden oder anders interpretiert haben."

„Sie können nichts gefunden haben", beharrte Leon.

„Die Kladde..."

„Haben sie nicht! Ist eingeschlossen in der Schreibtischschublade."

„Mmmh. Wir haben von Marie keine Rücknahme der Behauptung, die sie gegenüber Kommissarin Nitsch geäußert hat. Marie hielt es für möglich, dass Sie, Leon, sie umbringen wollten."

„Schwachsinn."

„Glaube ich auch. Aber ich bin optimistisch, den Richter von meiner Ansicht überzeugen zu können. Die Fakten sprechen einfach für Sie, Leon."

„Dann wäre ich frei?"

„Sie würden unmittelbar als freier Mann aus dem Gefängnis marschieren.", sagte Bertie und wollte sich auf den Weg zu seinem Auto machen.

Doch Leon wollte seinen Anwalt nicht so schnell gehen lassen. Dann würde er über Marie nachdenken müssen. Warum sie auf einmal gegen ihn war, seine liebe Frau. Oder war sie schon immer gegen ihn gewesen? Irgendwie? — Wie falsch er Marie eingeschätzt hatte. Er fühlte, dass böse Gedanken dabei waren, seinen leeren Magen zu füllen. Sie drückten und schmerzten und verdauten seine Liebe.

„Bertie...warten Sie, Bertie."

Der Anwalt nahm die Mütze ab und tupfte sich mit einem sauberen Papiertuch Stirn und Haare, wobei er darauf achtete, den Verband unverschoben zu lassen.

„Warm hier", sagte er.

„Bertie, was wäre, wenn der Richter gegen mich entschiede?"

„Sie blieben drin. Aber das ist unwahrscheinlich." Bertie wollte gehen.

„Warten Sie, Bertie. Wenn er gegen mich entschiede, gegen alle Wahrscheinlichkeiten..."

„Sie könnten in die nächste Instanz gehen."

„Es gibt also noch Möglichkeiten."

„Diese Möglichkeit gibt es, ja."

„Ich will hier raus. Unbedingt."

„Das wollen alle, Leon. Keiner ist freiwillig drin. Deswegen sind Mauern drum."

Aber er *musste* raus. Dringender als je zuvor. Wegen Marie. Er hatte mit ihr zu sprechen. Sehr dringend zu sprechen.

„Ich geh' nun aber wirklich. Es gibt Einiges zu tun.", erklärte Bertie.

„Okay. Danke."

Er hörte Bertie hinausgehen. Raphael hereinkommen hörte er nicht: Leon grübelte über Marie, darüber musste er eingedöst sein; leise sprach ihm Raphael ins Ohr: „Ich bin der Wischbeauftragte. Ich soll hier bei 'nem Dreckspatz aufwischen."

Ein neues Leben? — Marie lachte in sich hinein. Stimmlos und bitter.

Der Ausflug ins Holsteinische war vorbei, die Sonne war untergegangen. Es kam das Ende eines langen Tages.

Marie schloss die Haustür auf und hängte ihre Jacke an die Garderobe. Das Haus kam Marie kalt und dunkel vor. Marie fröstelte. Sie knipste das Licht an. Wie fremd ihr die Einrichtung war. Ein halbes Leben hatte sie zwischen diesen Möbeln verbracht. Die Garderobe und der Wohnzimmerschrank stammten sogar noch aus *Uppsala* und hatten mehrere Umzüge mitgemacht. Schrammen und Lackabsplitterungen zeugten davon, sie gehörten dazu. Dennoch...oder gerade deswegen: Kalt war die Einrichtung und feindselig. Als ob sie Marie abweisen würde.

Aber das war dummes Zeug.

Marie sah zu ihrer Couch. Gegenüber wartete der Fernseher. Das Wohnzimmer war Maries Schneckenhaus. War es immer gewesen.

Behutsam setzte Marie sich. So ähnlich hatte sie es befürchtet. Das Polster war hart; die Lehne kalt, so dass Marie eine Gänsehaut über den Rücken lief. — Marie schaute auf das schwarze Loch des Fernsehers.

Als wäre dort alles hineingefallen. Und der Rest, der noch hier war, den würde sie hinterher schmeißen.

Sie war allein. Allein auf zwei Etagen.

Kuno und ihre schlaue Freundin Paula, der smarte Vogg...sie hatten ihr eigenes Leben.

Und was hatte sie? Leon! Der im Gefängnis saß.

Marie biss sich auf die Unterlippe. Man musste sich durchbeissen. Stimmungsschwankungen aushalten und weiterbauen am eigenen Leben. Leon war ausgezogen, nicht sie. Leon war es gewesen. Er hatte es verdient, was sie getan hatte. — Und was hatte sie überhaupt getan..? Kleinigkeiten nur waren es gewesen. Leon dagegen, Leon und seine *Sekretärinnen...*

Ben. Der Junge konnte nicht hier sein. Er war krank. Vielleicht hatte sie ihn ein wenig vernachlässigt in der letzten Zeit. Das gab sie zu. Aber das würde anders werden. — Da fiel ihr ein...und ihr Herzschlag stolperte vor Schreck: Heute Morgen hatte sie Ben versprochen, ihn noch am Abend ein zweites Mal am Krankenbett zu besuchen.

Glatt vergessen hatte sie das.

Sie biss fester auf die Unterlippe. Den Schmerz spürte sie nicht. Er wurde zugedeckt von dem Ärger, den sie auf sich selbst hatte, da sie ihren Sohn vergessen hatte. Ihn wieder hintenangestellt hatte: wegen eigener Bedürfnisse, die vermeintlich wichtiger waren.

Marie stieß einen Wutschrei aus. Er hallte von der Decke zurück.

Nichts sollte wichtiger sein als Ben und Anna.

Anna. — Marie wischte durch die Mails auf dem *iPhone*. Keine Nachricht von Anna. Marie tippte den *WhatsApp*-Button. Zuletzt war Anna vor 36 Stunden online gewesen. So zeigte es *WhatsApp* an.

Was war mit Anna? Marie bekam es mit der Angst zu tun. Sie sprang auf und eilte in die Küche, um den Stapel mit den Anzeigenblättern zu durchwühlen. Dort musste der Bogen liegen, welchen die Eltern zum Unterschreiben bekommen hatten. Es war zwar nach zehn Uhr am Abend, aber Marie wollte dort anrufen. — Wo war der Infobogen?

Das dauerte ihr zu lang, sie hatte den Stapel fast durch, noch weiter unten konnte sich der Bogen nicht verbergen. Sie würde Ben anrufen, sich sein vorwurfsvolles Schweigen anhören, Entschuldigungen stammeln, dann fragen:

Ob er seit heute Morgen etwas von Anna gehört habe?

Das Schellen an der Haustür übertönte das Zeitungsrascheln. Vor Schreck ließ Marie den Stapel Anzeigenblätter auf den Tisch plumpsen. Überfordert schaute sie zur Kaffeepadmaschine, huschte ins Wohnzimmer, wollte aufs Sofa, drehte um in den Flur, dann erst kam ein klarer Gedanke.

Wer klingelte um halb elf am Abend? — Paula, Geraldine, Sophia..? Marie schob den Vorhang neben der Haustür einen Zentimeter beiseite und lugte hinaus — prallte zurück.

Dort stand Oberkommissar Möller, und er blickte ihr direkt in die Augen, als habe er gewusst, von wo aus sie gucken würde.

Marie öffnete sofort. „Was gibt es, Herr Kommissar..?", stammelte Marie.

„Darf ich hereinkommen?"

Sie ließ ihn ins Haus. Er gab sich leutselig, bat zweimal um Nachsicht für die späte Störung. Nein, den Mantel wolle er anbehalten, wirklich nur kurz stören, sie habe einen langen Tag hinter sich und Erholung verdient.

Woher wusste er von ihrem langen Tag? Oder war es nur ein Spruch von ihm gewesen, überlegte Marie.

Möller sagte: „Vorgestern erzählten Sie von irgendwelchen Steuern

Ihres Mannes."

„Bitte..?" Sie kramte in ihren Erinnerungen. Leons Steuer..? Wie unwichtig war das denn.

Möller sagte: „Sie sprachen von Unstimmigkeiten mit dem Finanzamt wegen der Steuererklärungen ihres Mannes."

„Ach ja", erinnerte sich Marie und dachte stattdessen an Anna. Das *iPhone* lag auf dem Sofa, sie würde Ben anrufen und nach Anna fragen.

Möller sagte: „Was genau wissen Sie diesbezüglich?"

„Was?"

„Von den Steuer-Unstimmigkeiten?"

„Ich...ich weiß nichts davon", sagte sie.

„Sie überraschen mich", meinte Möller und schaute, als habe er sich entschieden, nicht länger zu versuchen, einen Gebrauchtwagen an die Frau zu bringen. „Sie überraschen uns immer wieder, Frau Artles. Uns alle: Frau Nitsch, Herrn Vered und mich. Erst scheinen Sie wenig überrascht vom Mordvorwurf bezüglich Ihres Mannes zu sein beziehungsweise tun nichts diesen Vorwurf aus der Welt zu schaffen —"

„Aber —"

„Lassen Sie mich bitte ausreden. Dann wissen Sie von der Kladde, in der tatsächlich von Ihrem Mann Wichtiges aufgeschrieben wurde —"

„Aber —", doch Möller ließ sie nicht zu Wort kommen.

„Sie wissen, wo die Kladde liegt und sagen es uns. Sie wissen von der Steuerhinterziehung, geben mir den Hinweis und jetzt, auf einmal... können Sie sich an nichts mehr erinnern?"

Möller schaute die dunkle Flurtreppe hinauf, warf einen Blick ins Wohnzimmer, auch zum ausgeschalteten Fernseher.

„Gerade erst nach Hause gekommen", sagte er. „Die Tage sind voll, wenn man sich ein neues Leben aufbaut."

Ein neues Leben — er benutzte die ähnliche Formulierung wie sie. Hatte er ihr nachspioniert oder war so offensichtlich, was sie sich erträumte?

Er sagte: „Ich erläutere Ihnen, wie ich es sehe. Wir sind ja unter uns, und es ist spät, wir wollen zum Punkt kommen, damit Sie sich ausruhen können." Er kehrte zurück in den Flur, und sie machte Platz. Er durfte gern bis zur Haustür gehen oder gleich bis nach draußen. Sie wollte Ruhe. Keine Gedanken, keine Polizei, sondern Schlaf und Leere. Möller sagte: „Sie haben ein großes Problem mit ihrem Mann. Irgendetwas ist passiert. Ob aus Absicht oder aus Unachtsamkeit oder was auch immer. Völlig egal, das Ergebnis zählt."

„Aber —"

„Sprechen Sie mit uns."

„Nein, so ist es nicht."

„Leugnen Sie ruhig, liebe Frau Artles. Ich glaube Ihnen oder ich glaube Ihnen nicht. Es ist unwichtig. Wichtig ist nur, was Leon glaubt. Oder was er glaubt zu wissen."

„Wie meinen Sie das?" Im Magen kribbelte es Marie. Ihr Unterbewusstsein ahnte Gefahr, bevor der Verstand die Perspektive realisierte, die Möller ihr entwickelte, welche die ganze Zeit über existiert hatte, die sie aber nie wahrgenommen hatte; Möller sagte:

„Ihr Leon sitzt in Untersuchungshaft. Und Sie haben nichts unternommen, an diesem Zustand etwas zu ändern."

„Aber —"

„Ruhe. Bitte lassen Sie mich ausreden. So jedenfalls wird er es sehen. Mit der Kladde haben Sie ihn weiter reingerissen. Er könnte es als Ihren Rachefeldzug ansehen. Sie wollen ihm eins auswischen, da er ausgezogen ist. Und Sie können gar nicht mehr zurück. Was meinen Sie, wie Leon Ihnen aufs Dach steigt, wenn er wieder rauskommt. Wenn er sieht, wie sie es sich eingerichtet haben. Mit ihren Galerieplänen und ihrem feschen Staatssekretär. Eine Woche sitzt der Gatte in U-Haft und schon klettern Sie in der vornehmen Gesellschaft nach oben." Er lächelte dünn. „Respekt, Frau Artles."

Sie öffnete die Haustür. „Ich glaube, Sie gehen jetzt."

Aber Möller blieb im Flur: „Für Sie gibt es eine Rettung, Frau Artles. Ich verrate sie Ihnen." Er kam dichter. „Sie kooperieren."

Die Nachtkühle strömte in den Flur. Vorhin hatte Marie eine Gänsehaut vom Sofapolster bekommen. Jetzt schwitzte ihr Rücken, obwohl die Temperatur im Flur fiel. Ihr kam der Gedanke, dass sie schwitzte, *weil* die Temperatur herunterging.

„Es ist in Ihrem Interesse, dass Ihr Mann so lange wie möglich in Haft bleibt. Umso größer ist die Wahrscheinlichkeit, dass er verurteilt wird. Alles andere wird unangenehm für Sie."

„Nein."

Sie schauten sich in die Augen, maßen sich gegenseitig.

„Es könnte sein...", begann sie, „es könnte...könnte möglich sein, im Bereich des Möglichen liegen. Dass er...in der Tat hier und da bei der Steuer nicht immer alles angegeben hat."

„Danke. So schwer war es gar nicht. Ich notiere das. Sie unterschreiben morgen."

Die Nacht verschluckte Möller. Marie wollte, dass sie ihn verschluckte, und sie half nach, indem sie die Tür zuschlug. Und augenblicklich war sie da: die ersehnte Leere. Das Sofa...es würde warm und weich sein und der Schlaf käme über sie... Sie schlurfte über die Flurfliesen, an der Treppe... —

Da sah sie Anna.

Das war Anna gewesen?

Marie guckte hinauf in die Schwärze des Treppenaufgangs.

Wirklich, da stand Anna. Wie ein Geist stand sie auf der dritten Stufe. Schaute aus bleichem Gesicht. Es war ein erschüttertes Gesicht. Ein Gesicht, das Mädchen bekamen, die Schlimmes erlebt hatten. Denen niemand beigestanden hatte.

„Anna. Was ist mit dir? Anna..?"

9. Kapitel

Beim Arzt war es heute am frühen Morgen für Bertie schneller gegangen als gedacht. Die Arzthelferin hatte Bertie den Verband abgenommen, ein Pflaster geklebt, alles war in Ordnung.

Nun hallten Berties rahmengenähte Budapester auf dem Granit der Empfangshalle des Hamburger Flughafens. Vor der Tafel mit dem Flugplan blieb Bertie stehen, studierte die ankommenden Flüge.

Es war noch Zeit.

Bertie ging hinüber zum Kiosk, zog aus dem Ständer mit der internationalen Presse die *Times*.

Hinter der Kasse stand eine Brünette mit zu schmal gezupften Wimpern. Sie tippte auf der Registrierkasse. „Einmal die Times", sagte sie dazu.

„Steht so drauf", sagte Bertie.

Die Brünette schaute auf. Ihre Berufsfreundlichkeit war verrutscht, und einen Moment überlegte Bertie, der jungen Frau zu sagen, dass die schmalen Augenbrauen ihr Gesicht streng wirken ließen und die *Times* „Teihms" gesprochen wurde und nicht „Timmes". Aber er sagte nur: „Geben Sie mir noch einen von den kleinen Ansteckern, bitte", und er schmückte seinen Wunsch mit einem professionellen Anwaltslächeln.

Die junge Frau drehte sich um, spitzelte nach dem Samttablett mit den Ansteckern, das über den Reihen mit den Zigarettenpackungen lehnte. Bertie betrachtete die Rückenansicht der Brünetten.

„Ich nehme die englische Flagge", sagte er, da die Verkäuferin ihm das Tablett mit den Ansteckern auf den Tresen legte.

Ihre Finger schwebten über den knapp 30 Ansteckern. Ahnungslos.

Bertie zog die kleine Flagge mit dem *Union Jack* aus dem Samt: „Diese hier hätte ich gern."

Nun schenkte sie ihm ein Lächeln. Und kassierte.

„Wollen Sie mir das Fähnchen gleich anstecken?", fragte Bertie, „Sie können das besser als ich." Er ließ sie fummeln. Betrachtete ihre Brauen dabei aus der Nähe. Auch Anderes betrachtete er.

Auf der Rolltreppe ins Untergeschoss kontrollierte Bertie noch mal den richtigen Sitz des Ansteckers am Umschlag seines Jacketts. Er faltete die Zeitung derart, dass der Titel *Times* unmittelbar sichtbar war und stellte sich an den Ausgang für ankommende Passagiere.

Die Tafel zeigte an, dass der Flug aus London nun gelandet war. Die Ausgangstüren öffneten sich, hinter denen sich die Kofferausgabe verbarg, und Ankömmlinge aus London strömten heraus, an Bertie vorbei. Fünf Minuten später war der Ankunftsbereich wieder nahezu menschenleer. Nur Bertie stand noch da. Und zwischen den Plakatwänden drückten sich auffällig unauffällige Männer und eine Frau herum. Sie trugen Zivil und hatten geübte Augen. Wahrscheinlich Beamte vom Staatsschutz, die nach Terroristen und illegalen Einwanderern suchen, dachte Bertie.

Er fuhr wieder hinauf in die Halle. Vergeblich versuchte er, die Countess am Handy zu erreichen. Er sprach auf ihren Anrufbeantworter. In der großzügigen Empfangshalle trat er an ein gelandetes UFO, über dem ein Schild hing: *Infopoint*.

Bertie legte seine Visitenkarte auf den Tresen. „Könnten Sie mir einen Gefallen tun und die Countess Dahlboeven ausrufen? Sie wollte aus London kommen. Wir haben uns verpasst."

„Das mache ich gern." Die hübsche Hostess hatte viel Lippenstift und viel Verständnis. Bertie wies über allerlei modernarchitektonisches Metallgestänge hinweg in die obere Hallenetage:

„Ich würde auf Countess Dahlboeven in der Lounge warten."

Die Hostess notierte den Namen der Countess, heftete Berties Karte dazu.

Auf der Rolltreppe hinauf hörte Bertie den ersten Lautsprecherausruf nach der Countess. Er setzte sich direkt an der Brüstung auf ein Designergestühl, das noch unbequemer war, als es aussah, platzierte die *Times*, bestellte *Latte macchiato* und hatte die Empfangshalle in ihrer kompletten Ausdehnung im Blick.

Er tippte gerade eine Mail an die Countess ins Handy, als ihn eine

Stimme schüchtern ansprach:

„Doktor Adalbert von Gerte?"

Bertie schaute auf. „Ja?"

Ein Jüngling mit Backpfeifengesicht stand vor ihm.

„Ich...ich hörte Ihren Namen, Herr von Gerte. Als Sie und die Dame ausgerufen wurden."

„Mit wem habe ich die Ehre?"

Der junge Mann dienerte tief. So tief, dass Bertie befürchtete, der Mann wolle seinen Schopf in Berties *Latte* tunken.

„Manuel Heilenegger ist mein Name."

Bertie erwiderte nichts, und Heilenegger redete weiter, um eine Pause zu vermeiden: „Die Schmocke sagte mir...also ich meine Frau Wentzien-Schmockenberg...sie sagte mir, sie wären der Anwalt von Leon Artles."

„Aha."

Bertie schlürfte *Latte*.

„Wenn es so wäre?" Er beobachtete Heilenegger über den Tassenrand.

„Ich komme gerade aus London zurück."

„Interessant."

„Und ich frage mich..."

Bertie rührte. „Okay, fragen Sie sich", sagte er.

„Ich frage mich, ob Leon...also Herr Artles. Wir arbeiten sehr eng zusammen. Das möchte ich betonen. Ausgesprochen gut. So gut, dass Herr Schach, also unser CEO, mich beauftragt hat, Leon in London zu vertreten." Heileneggers Backen dünsteten Selbstzufriedenheit. „Darf ich mich kurz setzen?"

Bertie war einverstanden.

Heilenegger fand keine richtige Sitzposition, rutschte auf die Vorderkante und sagte: „Ich wollte wissen, ...ob Leon Artles noch länger...also noch länger im Gefängnis sitzen wird?"

„Sitzt er da?"

Das irritierte Heilenegger. — „Ach Sie machen einen Scherz mit mir." Er markierte Heiterkeit. „Leon ist doch abgeholt worden. Ich weiß es.

Und die Schmocke..., also Frau Wentzien-Schmockenberg hat gesehen, wie zwei Kommissare, eine davon Kommissarin, in Leons Büro waren."

„Sie waren in seinem Büro?"

Heilenegger lebte gleich auf. „Ja. Sie haben sogar etwas mitgenommen. Vorgestern erst oder so."

„Was haben sie mitgenommen?"

„Oh, tut mir leid. Das weiß ich nicht."

Bertie leerte seine Tasse. „Nun ja", sagte er, „die Polizei macht ihre Arbeit. Sie wird sie gut machen. Es ist wichtig, gute Arbeit zu tun."

„Wem sagen sie das, Herr von Gerte." Heilenegger schaute beflissen. „Ich gebe auch mein Bestes. In jeder Situation."

„Davon bin ich überzeugt. Sie machen ganz den Eindruck."

Heileneggers Körper straffte sich. „In London bereite ich für die Firma gerade einen großen Abschluss vor, der in den nächsten Tagen über die Bühne gehen wird. Ein wirklich großes Ding."

„Ich werden Herrn Schach von ihrem immerwährenden Einsatz erzählen. Wenn ich ihn sehen sollte."

„Sie kennen ihn?"

„Wir sehen uns ab und zu in der Oper."

„Und das würden Sie tun? Ihm von meinen Leistungen erzählen?"

„Unbedingt."

„Danke, das ist so freundlich von Ihnen, Herr von Gerte."

„Nennen sie mich Bertie. Alle meine Freunde nennen mich Bertie." Er reichte seine Karte. Die mit den gekreuzten Reitgerten, die zu seinen Manschettenknöpfen passte. „Wenn sie Hilfe brauchen. In privaten Sachen. Oder wenn Sie mal entlassen werden. Arbeitsrechtliche Dinge oder so."

„Danke, danke."

Bertie erhob sich. Die Countess würde er hier nicht mehr treffen, und der nächste Termin im Präsidium drängte. „Ich muss dann jetzt gehen", sagte er.

„Darf ich Sie mitnehmen? Wir könnten unseren Gedankenaustausch vertiefen. Der mir wirklich sehr viel gibt. Während eines Gesprächs auf dem Weg in die Stadt."

Bertie lehnte ab. Er wollte unauffällig zum Polizeipräsidium, um Akten *auf dem kurzen Dienstweg* einzusehen, und er würde es vermeiden, einen fremden Menschen überhaupt auf die Idee zu bringen, dass eine außerschriftliche Verbindung zwischen Anwalt und ermittelnder Behörde bestehen könnte.

Jedoch folgte Heilenegger ihm auf dem Weg nach draußen: „Sie haben mir gar nicht gesagt, wie lang Leon noch sitzen muss."

„Warum wollen Sie das wissen?" Bertie winkte nach einem Taxi.

„Ich...äh...muss doch disponieren. Wie lange ich ihn vertreten muss."

„Oh, da haben Sie Recht." Ein Taxi preschte aus der Warteschlange vor. „Disponieren müssen wir alle", sagte Bertie. „Das ist schwer. Besonders wenn man mit so vielen Unbekannten kalkulieren muss. Sie machen das hervorragend, Herr Heilenegger. Dabei macht man es Ihnen sicher nicht leicht."

„Sie sagen es. Fantastisch, wie Sie mich verstehen."

Bertie fuhr sich durchs Künstlerhaar, lächelte gewinnend und verschwand auf dem Rücksitz und gab als Ziel das Polizeipräsidium an, nachdem er die Taxitür geschlossen hatte.

Minuten später hielt das Taxi vor dem Polizeipräsidium.

„Brauchen Sie eine Quittung?", fragte der Fahrer.

„Unbedingt."

Bertie reichte die Euros, der Fahrer die Quittung.

„Sie haben Blut an den Händen", sagte der Fahrer.

„Oh." Bertie fasste sich an den Kopf. Das Pflaster war feucht. „Hätten Sie ein Tuch für mich?"

„Nur eine Küchenrolle." Der Fahrer holte sie aus dem Beifahrerfußraum, riss einige Blätter für Bertie ab. „Sie sollten das von einem Doktor untersuchen lassen."

„Danke."

Auf der Besuchertoilette des Polizeipräsidiums, gleich rechts hinter der Pförtnerloge und dem Getränkeautomaten, spielte Bertie selbst den Doktor. Mit einem Schlag der flachen Hand öffnete er den

Erste-Hilfe-Schrank, versorgte seine Kopfwunde mit einem frischen Pflaster, wusch sich die Hände und dachte: Hätte ich umgekehrt machen sollen, wäre besser gewesen.

Er kam aus dem Toilettenraum und sah Oberkommissar Möller und Kommissarin Nitsch vorm Getränkeautomaten verhandeln, Kaffee in Plastikbechern in der Hand.

Unmittelbar verharrte Bertie, zog sich dann geräuschlos zurück, verbarg sich hinter dem Türrahmen und verhinderte, dass die Toilettenraumtür ins Schloss polterte. Kommissarin Nitsch hörte er sagen:

„Kapier es. Du hast nichts."

„Beruhig dich, Jessica", meint Möller, „das geht glatt durch." — Offensichtlich hatten sie Bertie nicht bemerkt.

„In den 30 Seiten Verhörprotokoll steht nichts drin", meinte die Nitsch.

„Völlig egal. Es hat uns schon eine Woche gebracht, die der eingebildete Marketingfuzzi in der Einzelzelle vor sich hin gammelt. Und ich komme gerade erst auf Betriebstemperatur. Der wird mich kennenlernen."

„Möller, das sind Mackersprüche von gestern. So läuft das heute nicht mehr."

„Ach, du weißt, wie es heute läuft, Mädel?"

„Lass das Mädel stecken, Boss."

„Boss gefällt mir. Von mir aus auch *Mein Gott*. Mein Gott, Möller oder so."

„Ich lach nicht drüber. Merkst du? Ist unwitzig."

„Auch ein Mackerspruch von gestern, meinst du."

Sie nickt.

„Du meinst, ich bin komplett von gestern?"

„Na ja, vielleicht nicht komplett, aber unser eigentliches Ding ist der Mädchenhändlerring." Die Nitsch hält ihm ihr Aktenpaket unter die Nase, das von einem Ledergürtel zusammengehalten wurde. „Deswegen sind wir herzitiert. Wegen diesem Gürteltier. Statt dich mit mir darum zu kümmern, verrennst du dich in die Leon Artles-Geschichte. Muss irgend so ein Männerding sein."

Möller stellte seine Aktentasche ab und rührte mit einem Plastikstick im Automatenkaffee. Er gab sich unbeeindruckt von der Tirade seiner Kollegin. Doch Jessica Nitsch war noch nicht fertig:

„Wenn es zu einem Prozess kommt, wird der Staatsanwalt nichts von uns in die Hand bekommen haben. Wir haben nichts gefunden, Boss! Sein Anwalt braucht nur eine Haftbeschwerde einlegen und zack! Ist Leon Artles draußen. Der Richter wird sagen: keine Fluchtgefahr, der Londonflug war bereits, keinerlei Beweise —"

Möller unterbrach: „Moment Mädel, Mooooment —"

„Und in meiner Personalakte wird stehen: Hat's nicht gepackt", ereiferte sich die Nitsch. „Hat sich in einen Typen verbissen und ihn nicht zur Strecke gebracht. Statt sich um den Mädchenhändler zu kümmern, was ihre Aufgabe war."

„Jetzt mach aber'n Punkt. Bei dir in der Akte wird gar nichts stehen. Weil ich deine Personalakte führe. In meiner stünde was drin. Und das werde ich garantiert vermeiden. Garantiert."

„Weil du Palmer die Mordbeschuldigung von Leon Artles' Frau Marie gesteckt hast? Die ich so hervorragend herauspräpariert habe aus der blonden Schwedin? Die so heftig ist, ihren Mann in der Pfanne bruzeln zu lassen?"

„Vielleicht ist Marie Artles gar nicht so blöd."

„Hä?"

„Vielleicht mag sie es, wenn ihr Mann sitzt. Ich meine, wir mögen es doch auch."

„Kapier ich nicht, ist aber auch egal. Fakt ist, dass wir gleich einen Einlauf vom Direktor bekommen. Weil wir uns nicht um das kümmern, was unsere Aufgabe wäre. Fakt ist auch, dass eine Haftbeschwerde von Leon für uns in die Grütze gehen wird. Das ist eine Steilvorlage für seinen Anwalt, und der Richter wird unseren Mordvorwurf in der Luft zerreißen. Die Anschuldigung ist so was von unglaubwürdig. Es war ein Scherz. Ein dummer Spruch von Marie Artles. Den ich in dröges Behördendeutsch gebracht habe in meinem Bericht. Mehr war es nicht."

„Aber sie hat ihren spontan ausgesprochenen Scherz nicht zurückgenommen."

„Trotzdem bleibt es ein Scherz. Zumal ein schlechter. Das ist nicht der Hauch eines Beweises. Egal wie Palmer es vorm Richter darstellen wird."

Möller holte etwas aus seiner Aktentasche: „Den eingebildeten Marketingfuzzi bring ich zur Strecke. So oder so. Und den schlauen Bertie auch, den hab ich sowieso gefressen, den Lackaffen in seinen Papageienanzügen und Manschettenknöpfen. Ich hab' was in der Hinterhand."

„Ach, einer von deinen Tricks. Vered hat mich schon davor gewarnt."

„Der Prälat?"

„Prälat?"

Möller lässt seinen Zeigefinger überm Kopf kreisen. „Wegen seiner Platte. Gibt ihm so'n heiligen Anstrich. Wir nennen ihn so."

„Wir?"

„Meine Freunde und ich."

„Du hast doch gar keine Freunde, sonst wärst du doch längst Polizeipräsident. Vered sagt, ich soll mich in Acht nehmen. Da haben sich bei dir in 30 Jahren zu viele Tricks angesammelt. Alles notiert in deiner Personalakte und bei deinen angeblichen Freunden und Vorgesetzten in ihren Dossiers über dich."

Möller hielt ein Notizbuch in der Hand. Er hatte es aus seiner Aktentasche gezogen. Es war in Leder gebunden. Das Leder sah abgegriffen aus. Bertie überlegte, ob es die Kladde sein konnte, von der Leon gesprochen hatte. Möglich war es:

Heilenegger hatte vorhin berichtet, Möller und Nitsch wären bei Leon im Büro gewesen. Sie hatten etwas mitgenommen.

Wenn Möller die Kladde von Leon in der Hand hielt, in welcher Leon Verhängnisvolles über Auftragskiller und Schleuserbanden notiert hatte, dann wäre das der Worst Case, dachte Bertie und hoffte, dass niemand im Erdgeschoss des Präsidiums gerade Harndrang verspürte. Bertie wollte weiter zuhören.

Mit der Kladde als Beweismittel würde jeder Richter Leon verurteilen. Da konnte er vergessen, jemals aus der Untersuchungshaft zu kommen. — Aber woher wussten Möller und Nitsch überhaupt, wo sie suchen mussten? Der einzige außer Leon, der wusste, wo die Kladde verstaut war: Das war Leons Ehefrau Marie.

Sie hatte es Möller gesagt?

Die Ehefrau verriet ihren Mann an seinen größten Feind?

Es würde in die bisherige Linie von Marie Artles passen. Bertie analysierte: Erst nahm sie den Mordvorwurf nicht zurück, dann lieferte sie den nächsten Sargnadel für Leon per Kladde. Das bedeutete: Sie wollte ihren Mann aus dem Weg haben. Was war ihr Motiv, überlegte Bertie, kam aber nicht dazu, den Gedanken weiter zu verfolgen, da die Nitsch nun sagte:

„Die Kladde kannst du nicht bringen. Das habe ich dir schon gesagt. Damit würdest du Latex-Johnnie ans Messer liefern."

Den Namen Latex-Johnnie hatte Bertie noch nie gehört. Wer mochte das sein, war der wichtig für den Fall Leon Artles?

Möller sagte: „Wir reißen die Seiten mit Latex-Johnnie einfach raus – „

„Was? Nein! Da mache ich nicht mit, Boss.", sagte die Nitsch.

Möller sah sie mit seinen Schweinsäuglein an.

„War'n Scherz, Mädel. Hast ja Recht. Wir lassen es.", Möller warf seinen geleerten Becher in den Mülleimer neben dem Automaten, „Und Latex-Johnnie lassen wir auch nicht auffliegen."

„Das wären drei Jahre Arbeit, die du damit vernichten würdest", meinte die Nitsch. „Deine letzte Chance auf den Posten des Polizeipräsidenten. Wenn wir die Aktion gegen die Mädchenhändler dagegen erfolgreich zum Abschluss bringen, und du Latex-Johnnie nicht weiter so unter Druck setzt, dass er falsche Infos liefert, Boss...dann kann das noch was werden mit dem Polizeipräsidenten."

„Polizeipräsident? Pah. Der Zug ist abgefahren."

„Davon träumst du immer noch, gib es zu."

„Das sollen Jüngere machen. Aber die Schleuserbanden. Eine davon will ich erwischen. Wenigstens eine vor meiner Rente. Das werde ich nicht gefährden. Also brauchst du keine Angst haben um deinen Latex-Johnnie, Mädel."

„Mein Gott, lass das mit dem Mädel."

„Mädel, ich hab was Besseres als Latex-Johnnie."

„Was Besseres?"

Bertie hielt den Atem an. Was konnte besser sein als die Kladde?

Möller ließ die Nitsch zappeln — und Bertie ebenso; Möller sagte: „Sollen sie doch die Haftbeschwerde versuchen. Das wird Leon Artles nichts nützen." — Bertie hätte jetzt gern Möllers Gesicht gesehen. Aber Bertie traute sich nicht, um die Ecke zu schauen.

„Wir werden Beides kriegen", behauptete Möller.

„Du meinst...", Jessica Nitsch nahm das Aktenpaket unter den Arm, „...Leon Artles und die Mädchenhändler, beide Fälle?"

„So ähnlich, und genau das erzählen wir jetzt unserem Direktor. Du wirst sehen, er wird begeistert sein. Er mag so etwas, ich kenne ihn. Wir sind zusammen auf die Akademie in Hiltrup gegangen, haben ordentlich einen drauf gemacht. Damals."

Doktor Adalbert von Gerte, genannt Bertie, legte in den nächsten Tagen Haftbeschwerde beim Landgericht ein, und wie Oberkommissar Möller bereits vermutet hatte, gab das Gericht der Haftbeschwerde statt: Gegen Leon Artles werde keine Anklage erhoben. Vielmehr sei Leon Artles unverzüglich aus der Untersuchungshaftanstalt zu entlassen, da Staatsanwaltschaft und Polizei die Verdachtsmomente, die sie gegen Leon vorgebracht hatten, nicht hatten erhärten können.

Bertie überbrachte Leon die frohe Botschaft im Besucherraum des Gefängnisses und sah seinen Mandanten beifallheischend an.

Leon schluckte. „Das heißt...ich bin frei?", fragte Leon. „Ich kann gehen?" Vorhin kreisten seine Gedanken noch um Raphael. Raphael war auf einmal so was von unwichtig.

„Wohin Sie wollen", sagte Bertie.

„Wirklich gehen? Einfach so?"

„Paar Formalitäten noch, und dann gehen sie dort raus."

Vorsichtig erhob Leon sich von der glänzend gesessenen Holzfläche. Leons Kniekehlen schoben den Stuhl zurück. Die kahlen Wände des Besuchsraums warfen das Kratzgeräusch der Stuhlbeine zurück. Gegen seinen Willen bewegte sich Leon wacklig. Vom Treppensturz blieben

Kopfschmerzen, und wenn er sich erhob, hatte er Schwierigkeiten mit dem Gleichgewicht.

Leon kam um den Tisch herum und umarmte seinen Anwalt. Es sah unbeholfen aus, da Bertie sitzengeblieben war und von Leons Geste überrascht wurde.

„Danke", sagte Leon. „Sie sind mein Anwalt. Ein Held." Leon stiegen Tränen in die Augen, und er schämte sich nicht. Er war überwältigt.

Bertie sagte: „Rechnung kommt."

„Ich zahle gern. Verdoppeln sie einfach."

„Es gibt eine Gebührenordnung."

Leon hörte kaum zu. Er wackelte zum vergitterten Fenster. Der Beamte, der an der Tür des Besuchsraums stand und aufpasste, ließ Leon gewähren, obwohl es gegen die Vorschrift verstieß — oder auch nicht: Da Richter Kleinschmidt die Untersuchungshaft für Leon aufgehoben hatte.

Bertie sagte: „Deine Frau war nicht gerade hilfreich bei der Sache."

„Mmmh." Leon wollte nicht mit Bertie über seine Frau reden. Marie war seine Sache. Leon schaute hinaus.

Kein Grün, stattdessen rote Backsteinmauern. Darüber spannte sich der Himmel. Zu ihm blickte Leon auf. Er bedeutete Freiheit, und den Rest konnte Leon sich dazu denken. Schließlich vergaß man nach einigen Tagen U-Haft nicht, wie die Welt draußen aussah und wie sie funktionierte. Man ging zurück in eine Welt, die sich nicht verändert hatte, die man kannte. Nur: Man selbst hatte sich verändert.

Leon überlegte, worin exakt die Veränderung bestand.

Das war schwer zu sagen. Zu schwer für den Moment. Er drehte sich zu Bertie um, der sich erhoben hatte und zu seinem Aktenkoffer mit dem goldenen Verschluss griff.

„Bertie, noch mal danke."

„Wer ist Latex-Johnnie?", fragte Bertie.

„Latex-Johnnie..?" Leon stutzte. Erst sprach Bertie Marie an, jetzt fragte er nach einem Johnnie. Bertie zwang Leon zum Nachdenken. „Der Name ist lächerlich. Klingt wie aus einem Kiezfilm, aber einem von der schlechten Sorte."

„Möller erwähnte ihn gegenüber der Nitsch."

„Könnte Jonas Krawczyk sein."

„Der Auftragskiller - der Informant?"

„Der mir das alles eingebrockt hat."

„Mmmh. Möglich." Bertie stellte seinen Aktenkoffer auf den Tisch. „Ich werde das recherchieren. Das würde bedeuten, dass der Auftragskiller —"

„— in Wirklichkeit ein Polizeispitzel ist."

„Das würde Sinn machen. Möller hat darauf verzichtet, sie, Leon, mit dem Belastungsmaterial aus der Kladde weiter in U-Haft zu halten. Weil sie Angst haben, dass damit ihr Spitzel auffliegen würde."

„Jonas Krawczyk ist auch kein Killer. Er hat das sie vielleicht glauben lassen. Aber tatsächlich ist er ein Polizeispitzel. Ob er sogar Polizeibeamter ist oder was sein Brotberuf ist und was seine eigentliche Aufgabe, das werde ich feststellen." Bertie streckte Leon die Hand entgegen. Bertie trug wieder die Manschetten mit den eingravierten Gerten. So gefiel Leon sein Anwalt besser: in Anzug und mit Krawatte statt Jogging-Outfit und verfilzter Mütze.

„Wir drehen den Spieß um", sagte Bertie, „Wir werden Möller grillen."

Leon und Bertie schüttelten sich die Hand.

„Die Vollzugsbeamten werden sie durch die Auscheckprozedur leiten." Leon solle ihnen vertrauen, die Beamten machten das zuverlässig und in rund zwei Stunden wäre er draußen. — Dann nickte Bertie knapp dem Beamten zu und war aus dem Besuchszimmer verschwunden.

Leon fand, dass das ein bisschen schnell gegangen war. Andererseits musste er zugeben, das Bertie sich Zeit für ihn genommen hatte und das Wichtigste: Bertie hatte ihn freibekommen.

Leon sah zum Himmel und rieb sich die Hände.

Er fühlte Vorfreude. Leon war klar geworden, was sich durch die Haft für ihn geändert hatte.

Er würde in die Welt zurückkehren. Zu Anna, zu Ben, zu seiner Arbeit. Und eine würde er aus seiner Welt verabschieden. Seine Frau.

Marie. Die gegen ihn gearbeitet hat.

Aus seiner Liebe zu ihr war etwas anderes geworden. Er wollte es sich nicht näher erklären oder jetzt darüber nachdenken, es analysieren oder kommunizieren.

Er würde es einfach tun. Sich verabschieden.

Der Moment war gekommen. Der Beamte schloss die Tür auf, warf einen kontrollierenden Blick in die Zelle. Leon hatte aufgeräumt und zusammengepackt.

„Bitte begleiten Sie mich, *Herr Artles*."

Er war wieder *Herr*. Nicht dass sie ihn vorher anders angesprochen hätten, weniger höflich oder gar verächtlich. Und doch...irgendwie anders hatten sie mit ihm gesprochen.

Er schaute ihnen in die Augen. Sie schauten ihm in die Augen. Ohne Feindseligkeit oder Wut. Von Gleich zu Gleich.

Leon trug wieder *Hugo Boss* statt T-Shirt, und da er Raphael erblickte, der vor den Gemeinschaftsduschen wischte, da bedauerte er fast, dass lachsfarbene Einstecktuch nicht zur Hand zu haben. Er hätte es sich gern vor Raphael in die Brusttasche des Jacketts gesteckt.

Aber man sollte es nicht übertreiben, fand Leon und gönnte sich nur eine kleine Geste, mutig geworden, da der Wärter neben ihm war:

Als sie auf Raphael zukamen, da entbot Leon seinem Peiniger als Abschiedsgruß den gestreckten Mittelfinger.

Raphael sah es wohl, verkniff sich jede Bemerkung und wischte geduckt und kochend. Wie schon im Krankenzimmer, da Leon ihm ausgeliefert war, aber Raphael außer Sprüchen nichts unternommen hatte, so wusste Raphael auch hier: Jedes Wort, jede Geste konnte zu viel sein. Erst recht, da Leon nun in Freiheit kam, und Raphael weiterhin drin blieb.

Da Leon an Raphael vorbei war, umspielte ein kleines Lächeln Leons Lippen. Den primitiven Kerl würde er nie mehr wiedersehen. Sie lebten in unterschiedlichen Welten, und dabei würde es bleiben.

Irgendwelche Zettel wurden ausgefüllt, Unterschriften geleistet, Gitter beiseitegeschoben. Alles interessierte Leon wenig. Das Gefängnis war wie eine Zwiebel mit vielen Schalen, durch die man sich hervorarbeiten musste. Endlich war die äußerste Schale erreicht, das letzte Gittertor geöffnet. Leon machte einen Schritt.

Ein einfacher Schritt. Nur auf die Platten des Bürgersteigs. Leon schaute nach oben. In den Himmel. Grau war er, mit tiefhängenden Wolken. Für Leon leuchtete er blau. Leon atmete Freiheit. Er konnte machen, was er wollte. Nach links gehen oder nach rechts. Oder geradeaus auf die vielbefahrene Straße. Gefährlich natürlich — aber seine Entscheidung. Er war frei. Und er entschied sich...als erstes zu lachen.

Es war gut ausgegangen. Er konnte seinen Traum weiterleben. Arbeiten. Und was mit seinem Tatsachenbericht passieren würde, wollte er später entscheiden.

Er lachte mit aller Luft, welche die Lungen hergaben, und als er sich wieder aufrichtete, und dachte, nun sollte er einen weiteren Schritt vom Eingang der Untersuchungshaftanstalt Dammtor weg machen, in welche Richtung auch immer, da legte sich eine Hand auf seine Schulter.

„Hallo Leon", sagte Oberkommissar Möller und hielt ihm einen Schrieb hin.

„Was...was ist das?"

„Ein Haftbefehl."

„Für mich?!"

„Wenn Sie Leon Artles sind. So steht es hier oben."

„Oh. Aber..." Leon verstummte und schaute Oberkommissar Möller an. Möller trug seinen beigen Billigblouson. Es war dieselbe Grabbeltisch-Textilie, die Möller gekleidet hatte, als er in Schachs Konferenzsaal erschien, um Leon vor versammelter Mannschaft festzunehmen. — Leon schaute höher: Möller in die Augen. Es kam Leon vor, als sähe er dem Oberkommissar zum ersten Mal wirklich in die Augen.

Es waren Schweinsäuglein. Klein und kalt.

Sie beobachteten ihn. Zeigten sie Triumph? Leon suchte in ihnen. Nach einem Gefühl. Danach, was Möller antrieb. „...Aber...warum..?", brachte er hervor und sah weiter zu Möller.

Sein Gehirn stellte den Betrieb auf Sparflamme. Als sacke das Blut in die Füße.

Leon wankte.

Es ist schon merkwürdig zu sterben ohne tot zu sein, dachte Leon. Es fühlte sich so an als würde er just in diesem Moment seinen eigenen Körper verlassen...

Leon wankte zusehends mehr, und die Zeit dehnte sich.

In Zeitlupe kam Möllers Arm hervor, dieser beige Blousonsarm. Und hielt Leon am Ellbogen.

Kalt blitzten Möllers Augen. Aber Möller hielt ihn. Sonst sackte Leon auf die Platten des Bürgersteigs, denn die Oberschenkel waren nun ohne Kraft, so sehr Leons Willen auch darauf bestand, stehen zu bleiben und Möller anzuschauen.

„Warum..?", nuschelte Leon.

„Kommen Sie." Möller sprach sanft, als rede er mit einem erkrankten Kind.

„Warum verhaften Sie mich..?"

Weitere Worte brachte Leon nicht hervor. Mit dem Blut waren auch die Gedanken versackt.

Einem Kleinkind ähnlich ließ Leon sich von dem Oberkommissar führen. Das Tor öffnete sich und verschluckte Leon. Er war wieder drin. Auf unabsehbare Zeit. Was hatte Bertie gesagt? Maximal ein halbes Jahr durften sie Leon hier behalten. Aber das war doch Unsinn, das konnte nicht sein.

Immer noch war Leere in Leons Kopf. Sein Schmerz war unaufhörlich. Er war nicht mehr schwarz oder weiß – er war flüssig geworden und schlich in jede einzelne Zelle seines Körpers. — Während der Aufnahmeformalitäten wollte Leon es sarkastisch nehmen. Das gelang nicht. Leon spürte nämlich Angst. Mehr als das: Sein Körper zitterte vor Angst. Denn diesmal wusste Leon, was ihn erwartete. Mit Willenskraft war gegen das Zittern nichts auszurichten. Gleich würde er Raphael begegnen...

Auch an Maxi erinnerte Leon sich. Erstaunlich, wie schnell man Knastbekanntschaften im Kopf beiseiteschob, sobald man draußen war. Dabei war der massige Maxi mit seinem Seehundschnauzbart ihm sympathisch gewesen. Sie hatten sich über Muckibuden unterhalten. Leon wollte ihm beim Marketing unter die Arme greifen.

„Was steht in dem Haftbefehl?", besann Leon sich endlich zu fragen, „Was wird mir vorgeworfen?"

Die Gedanken kehrten zurück in den Kopf, das Blut zirkulierte wieder; aber Oberkommissar Möller war verschwunden.

„Ich will mit Möller sprechen. Dem Oberkommissar."

„Noch ein paar laute Sätze, Bursche. Dann marschierst du gleich in die Psychozelle und den Rest erledigen wir später." Der Uniformierte sah aus, als ließe er seinen Worten gern Taten folgen.

Leon hielt den Mund.

„Schön, dann greif dir deinen Zettel."

Die Prozedur nahm ihren Lauf. Ein Justizvollzugsbeamter begleitete Leon. Zuerst ging es zur ärztlichen Untersuchung.

Kahler Raum, kahles Gesicht. Es war wohl dasselbe wie vor einigen Tagen. Leon wurde abgeklopft von dem Arzt, Gewicht und Größe wurden bestimmt, und Leon überlegte, warum das gemacht wurde, die Daten müssten doch vorhanden sein.

„Nehmen Sie Drogen?"

Auch die Frage kannte er. Vielleicht war der Typ ein Roboter. Oder zum Roboter geworden, da er die gleiche Aufgabenstellung seit 20 Jahren jeweils 8 Stunden am Tag abarbeitete.

Leon verneinte wie beim letzten Mal und sah zu, wie der Arzt weiter durch die Unterlagen ging.

Die nächste Station war die psychologische Untersuchung. Das war letztes Mal glimpflich abgelaufen, ja es hatte sich geradezu eine Plauderei mit dem Psychodoktor Goesken entwickelt und noch mal würde Leon von Goesken sicher nicht in die nervenzerrende Selbstmörderzelle eingewiesen. Das Letzte, was Leon schließlich wollte: sich aufhängen. Er hatte draußen viel vor.

Von Möllers Niederschlag hatte Leon sich erholt. Was stand bloß in dem Haftbefehl? Ob Marie da auch die Finger im Spiel hatte? Mittlerweile traute Leon es ihr zu — rief sich aber zur Ordnung. Sie war nicht an allem schuld.

In der Hosentasche forschte er nach der Visitenkarte, die Bertie ihm bei ihrem ersten Treffen im Besucherraum aus dem Deckel des Koffers mit dem glänzenden Verschluss gezupft und übergeben hatte. Da war die Karte.

„Ich möchte mit meinem Anwalt telefonieren."

„Gleich, Bursche", sagte der Vollzugsbeamte, der Gittertüren aufschloss und abschloss und Leon durch die Gänge zum Psychoklempner begleitete.

Leon war doch kein *Herr* mehr. Zum Burschen herabgesunken. Aber jeder Beamte mochte das anders handhaben. Leon war in nachsichtiger Stimmung.

Bis er am Ende des Ganges Raphael erblickte. Der hatte ihn längst gesehen.

Wieder da, sagten Raphaels Augen, da Leon mit dem Beamten an der Seite näher kam.

Da sie auf gleicher Höhe waren, hauchte Raphael: „Leooon." Mehr sagte er nicht, und es reichte.

Leon zitterte wieder. Er wollte nicht zittern, aber für das Wollen war keine Zeit mehr, kein Raum. Leon ging weiter, als wäre nichts. Aber sein Leib zitterte. Der Wärter neben ihm bemerkte keine Veränderung an dem frischen Häftling. Doch für Leon war alles anders.

Erneut war er auf einer Stufe mit Raphael. Der musste nicht mehr damit rechnen, von draußen von einem freien Leon mit einer Anzeige bedacht zu werden. Leon war wieder drinnen, und Raphael würde einen Weg finden, mit ihm unter vier Augen zusammenzutreffen.

Leon musste so schnell wie möglich hier heraus. Heute war Donnerstag. Wenn er heute Bertie irgendwie erreichte, konnte Bertie morgen Akteneinsicht nehmen und Montag Haftprüfung einlegen oder Haftbeschwerde oder wie immer das hieß. Ja, so musste es laufen. Unbedingt brauchte Leon die Freiheit. Bertie musste sie erreichen, was auch immer Leon vorgeworfen wurde.

Im besten Fall hieße das, Leon würde fünf Tage im Gefängnis durchzuhalten haben. Dienstag wäre der früheste Tag, an dem er mit Entlassung rechnen konnte. Wenn Bertie es hinbekam. Fünf weitere Tage. Es kam Leon vor, als lege sich ein Gewicht auf seine Lungen. Es fiel schwer zu atmen. Leon sah sich um — Raphael schaute ihn an. Schnell guckte Leon nach vorn.

„Bursche, nicht stolpern." Der Wärter nahm ihn am Ellbogen und führte ihn.

Goesken konnte einen Ausweg bieten, überlegte Leon. Die Selbstmörderzelle mit dem ewig brennenden Neonlicht an der Decke und dem großen Beobachtungsfenster in der Tür... Leon würde die Nächte schlaflos zubringen und die Tage ohne Hofgang — aber er würde Raphael nicht begegnen. Psychofolter für Tage oder Wochen war besser als Raphaels aufdringliche Art.

Er musste nur aufpassen, keinen Knacks im Kopf zu bekommen, wenn er tagein, tagaus Stunden in der Zelle blieb. Zunächst musste Goesken ihn überhaupt in die Zelle einweisen.

Zur Not würde Leon Selbstmordgedanken äußern. Letztlich war das auch nur eine Form des Marketings. *Negatives Selbstmarketing.*

Leon lächelte grimmig und dachte an den karrieregeilen Heilenegger. Der würde sich den Begriff gleich aufschreiben und sagen: „Starkes *Branding*, Herr Artles. Wie Sie das aus dem Ärmel schütteln."

Zweiter Teil

Bleibt niemanden etwas schuldig,
abgesehen von der Liebe, die ihr einander
schuldig seid.

10. Kapitel

Drei Personen wollte er sehen. Anna und Ben. Und seine Marie.

Sie auch. Sie erst recht.

„Bitte fahren Sie da vorn rechts.", sagte er und überlegte, nach oben zu eilen, um seine Klamotten loszuwerden. Es war zerknittert und müffelte. Aber das würde Zeit kosten, und er wollte keine Zeit verlieren.

Bertie hatte ihn herausgeholt. Ein zweites Mal. Der Verdacht der Steuerhinterziehung war so abwegig — dennoch hatte es zwei Tage gedauert. In der Haft sitzend sind das eine Ewigkeit. Doch was war nur mit Marie los? Seiner Frau und besten Freundin?

Sein letztes Bargeld zählte Leon dem Taxifahrer in die Hand und stieg aus.

Er überquerte die ABC-Straße und betrat das Boardinghouse, begrüßte den Portier mit zurechtgelegten Worten und der Geste, die er auch benutzte, um Souveränität zu demonstrieren, wenn er in den vollbesetzten Konferenzraum in der 23. Etage federte. Leon war im Aufzug verschwunden, bevor der Portier in seiner Fantasieuniform, einem Crossover aus Hausmeisterkittel und bayerischem Jankerl, überrascht ausrufen konnte: „Herr Artles, ich habe sie ja seit Tagen nicht mehr zu Gesicht bekommen."

Leon drückte Tiefparterre statt achter Etage.

Als Leon sich in das Leder seines privaten Coupés sinken ließ, fühlte er, wie die Spannung im Nacken nachließ. Seit seiner ersten Verhaftung durch Möller war die Spannung im Nacken gewesen. So kam es Leon jedenfalls vor.

Er schaltete das Radio ein, stellte gleich auf CD um, da im Tiefparterre kein Empfang war und schob eine Scheibe von Nat King Cole ein. Sämig floss die Stimme des Jazzpianisten in die Gehörgänge. Leon lehnte den Kopf zurück. Der Geruch des Anilinleders gab ihm ein Gefühl der Sicherheit: Er war in seine Welt zurückgekehrt.

Leon drückte den Schalter auf der Mittelkonsole und die Zentralverriegelung schnappte zu, die Türen waren gesichert. Nun konnte er an

Raphael zurückdenken, ohne dass sich der Nacken verkrampfte. Nur kurz würde er an Raphael denken. Er war nicht mehr in Raphaels Welt, hierher kämen keine Raphaels.

Er ließ den Atem aus den Lungenflügeln strömen. Das war Freiheit. Die Türen geschlossen halten und Sicherheit vor den Raphaels genießen, wenn er es wollte, und Aussteigen, wenn er unternehmungslustig wurde. Leon spielte mit dem Türschloss. Ließ die Türschlösser aufschnappen, dann wieder zuschnappen, dann wieder auf…und zu…, auf…zu, auf…zu…

Sollte er Ben und Anna anrufen? Und wenn Marie dranginge..?

Er legte das Handy auf den Beifahrersitz. Telefonieren wäre blöd.

Leon betätigte den Startknopf; gefühlvoll ließ er das 300 PS starke Coupé die Rampe hinaufgleiten, während sich das Automatikrolltor nach oben schob und die Ausfahrt zur ABC-Straße freigab. Leon war bereit. Marie sollte eine neue Seite von ihm kennenlernen.

Bis Volksdorf konnte es jetzt mit diesem Verkehr eine gute Stunde dauern. Leon drehte am Lautstärkeregler und verstärkte die Höhen. Etwas weniger Schmelz und mehr Schärfe in der Stimme von *Nat* wäre ihm nun recht.

Leon brauchte 50 Minuten. Keine Minute war verloren. Leon dachte über seinen dreiteiligen Reportageroman nach. Teil eins handelte von der Jagd der Menschen nach vergänglichem Ruhm. Teil zwei war das Einmaleins des Glückspiels. Im dritten Teil sollte sich alles um Menschenhandel und Auftragsmord drehen. Jonas Krawczyk wollte ihn dafür mit Informationen versorgen. In den Tagen vor Leons Verhaftung hatten sie sich einige Male spätabends im *Silbersack* getroffen, einer Kiezkneipe auf der Rückseite der Reeperbahn, in der sie trotz Menschenmassen unter sich waren.

Bertie meinte, Leons Informant Jonas Krawczyk sei in Polizeikreisen als Latex-Johnnie bekannt. Wenn Jonas Krawczyk ihn, Leon, bei Oberkommissar Möller angeschwärzt hatte, was Leons erste Verhaftung zur Folge hatte, dann stellte sich die Frage: Wieso hatte Jonas Krawczyk das getan? Was nützte Jonas Krawczyk es, wenn Leon ins eingesperrt wurde?

Leon schlich an der zweiten Radarfalle auf der Barmbeker vorbei, danach beschleunigte er sanft.

Noch interessanter war die Frage, wieso Staatsanwalt Palmer darauf verzichtet hatte, Leons Kladde ins Verfahren einzubringen. Marie hatte dafür gesorgt, dass Oberkommissar Möller die Kladde in die Finger bekommen hatte. In der Kladde hatte Leon vieles notiert, Recherchematerial für den dritten Teil – hauptsächlich Notizen zu einem Mädchen-Schleuserbande. Aber vor Gericht hätten die Aufzeichnungen in der Kladde eventuell nachteilig für Leon ausgelegt werden können. Bertie hätte eine Menge erklären müssen, um die Aufzeichnungen zu entkräften. Stattdessen stützten Polizei und Staatsanwaltschaft sich in ihrem zweiten Anlauf, Leon aus dem Verkehr zu ziehen, auf den an den Haaren herbeigezogenen Vorwurf, Leon habe seine Mutter überfallen. Das Vorgehen von Polizei und Staatsanwaltschaft blieb Leon unerklärlich.

Er ließ Volksdorf hinter sich, das Haus und der Ziegeleischornstein kamen in Sicht. Das Haus, in dem er mit Marie und den Kindern gelebt hatte. Das Haus, aus dem er ausgezogen war. Im Nachhinein kamen ihm die Gründe für den Auszug unwichtig vor; so unwichtig, dass er sich kaum erinnern konnte, welche Gründe es genau gewesen waren. Was Leon aber heute exakter wusste als damals - es war nur Wochen her, aber es kam ihm vor, als wäre es in einem anderen Leben gewesen: Der Auszug war richtig gewesen, und was er noch an Liebe zu Marie empfunden hatte danach, was er an Vertrauen in seine Frau gehabt hatte — es war verschwunden.

Leon stieg aus und schlug die Autotür zu.

Er würde sich scheiden lassen.

Wie unwichtig erschien ihm dagegen die Weiterverfolgung seines Buchprojekts. Es waren Gedankenübungen gewesen, Beschäftigungen für einen Mann, der sich von seinen Erfolgen im Beruf zunehmend gelangweilt gefühlt hatte, der sie zwar weiterhin anstrebte, sie aber nicht mehr als zu erkämpfende Herausforderungen begriff, sondern als Selbstverständlichkeiten, auf die er ein Abonnement hatte. Erst jetzt wurde ihm das klar. Denn sein erster Weg nach der Haft führte ihn hinaus zu den Kindern und Marie.

An den großen Schach, den ehrgeizigen Heilenegger und die Schmocke hatte er dagegen seit seiner Haftentlassung kaum gedacht. Darum kümmerte er sich später.

Er ließ Volksdorf hinter sich, das Haus und der Ziegeleischornstein kamen in Sicht. Das Haus, in dem er mit Marie und den Kindern gelebt hatte. Das Haus, aus dem er ausgezogen war. Im Nachhinein kamen ihm die Gründe für den Auszug unwichtig vor; so unwichtig, dass er sich kaum erinnern konnte, welche Gründe es genau gewesen waren. Was Leon aber heute exakter wusste als damals - es war nur Wochen her, aber es kam ihm vor, als wäre es in einem anderen Leben gewesen: Der Auszug war richtig gewesen, und was er noch an Liebe zu Marie empfunden hatte danach, was er an Vertrauen in seine Frau gehabt hatte — es war verschwunden.

Leon stieg aus und schlug die Autotür zu. Er würde sich scheiden lassen.

Leon schaute hinüber zum Haus. Er war gar nicht erst auf die Auffahrt gefahren, geschweige denn in seine Garage. — Marie hatte zweimal versucht, ihn ins Gefängnis zu bringen. Warum bloß, was hatte er ihr getan? — Da war etwas fürchterlich in Unordnung geraten zwischen ihnen beiden, und er hatte das zu bereinigen. Für sich und vor allem für Anna und Ben. Er hatte seine Kinder nicht mehr gesehen seit... Leon überlegte. Ben hatte ihn einmal in der Haft besucht. Anna hatte er nicht mehr gesehen, seit sie auf Kassenfahrt gefahren ist. Meine Güte, das war Ewigkeiten her. Das würde von nun an anders werden.

Im ersten Stock bewegte sich ein Vorhang.

Sie sind zu Hause, dachte Leon und sein Herz machte einen Hüpfer. Es verspürte Unsicherheit. Und Vorfreude. Beides zugleich.

Leon steckte den Haustürschlüssel ins Schloss. Dann zögerte er.

So war es nicht richtig. Nach knapp 3 Wochen einfach hineinzumarschieren.

Er zog den Schlüssel wieder heraus und lauschte, ohne jedoch das

Ohr ans Türblatt zu legen. Zu hören war niemand. Aber oben hatte sich vorhin der Vorhang bewegt. Leon drückte den Klingelkopf unter dem getöpferten Namensschild *Artles*. Marie hatte vor Jahren einen Töpferkurs der Volkshochschule besucht und einige selbstgemachte Stücke aus dem Kurs mitgebracht.

Leon hörte die Klingel drinnen schellen und wartete.

Sein Garagenplatz war leer. Auf der Auffahrt parkte kein Touareg.

Leon schaute wieder auf die verschlossen bleibende Haustür und wartete. Er klingelte erneut, hörte drinnen kein Fußtrippeln von der Treppe. Der Vorhang neben der Haustür bewegte sich nicht. Leon trat ins Beet, um durchs Küchenfenster zu schauen — niemand war zu sehen.

Also schloss Leon selbst auf und trat ein.

„Hallo?"

Er ging durch den Flur, schaute ins Wohnzimmer.

„Niemand da? Hallo?"

Alles war wie immer. Wohnzimmer und Küche waren aufgeräumt, wie Marie es liebte. Leon stieg nach oben, wo Schlaf- und Badezimmer waren und die zwei Kinderzimmer: das kleine von Ben und das große Zimmer von Anna.

Leon schaute in beide hinein. Niemand war da, die Betten waren einigermaßen gemacht. Am Fußende von Annas Bett lagen die zwei Teddybären wie immer. Durch Bens Fenster sah er hinüber zur stillgelegten Ziegelei. Sie sah im Mittagslicht noch abgewrackter aus, als er sie in Erinnerung hatte. Dass ihnen der Schornstein nicht irgendwann aufs Haus fiel. Er würde mit Hans-Peter darüber sprechen. Der musste doch Zukunftspläne haben, was mit dem Gelände gegenüber passieren sollte.

Vielleicht war genau das Hans-Peters Plan. Das Gelände sich selbst überlassen, keinen Beamten darauf aufmerksam machen. Womöglich kämen sonst Denkmalschützer auf die Idee, dass es sich um die letzte Ziegelei nördlich der Elbe handelte, die noch mit Torf und Kohle-Ziegel im klassischen Verfahren hergestellt hatte — und schwups stände das Ensemble unter Denkmalschutz. Stattdessen wartete Hans-Peter den Verfall ab und setzte auf eine boomende Hafencity, die früher oder später neue Flächen zur Wohnbebauung im Umland brauchte.

Leon entschloss sich zu gehen. Sein Wiedersehen mit der Familie hatte er sich anders vorgestellt. Er wusste gar nicht recht wie, aber so... bestimmt nicht. Das Haus war leer. Er selbst fühlte sich ebenfalls leer... — Auf der Treppe, auf dem Weg nach unten, da merkte er, dass etwas nicht stimmte in der Leere des Hauses.

Er blieb stehen. Drehte sich um und stieg wieder hinauf, trat auf die Bohle vor der Treppe.

Ihm war gewesen, als habe sie nicht geknarrt, wie er es kannte. Als sei sie repariert worden.

Aber sie war nicht repariert. Sie knarrte wie eh und je. Das war es also nicht, was ihn störte.

Er sah sich erneut im oberen Flur um. Da er die Kinderzimmertüren wieder geschlossen hatte, war es trotz der Mittagszeit recht dunkel. Aber hier war nichts, gar nichts Ungewöhnliches. Leon ging hinunter, schaute ins Gäste-WC und in die Abstellkammer.

Niemand versteckte sich, alles war, wie es sein sollte. Leon konnte nirgendwo eine Veränderung sehen.

Dann begriff er. Zu sehen war keine Veränderung. Sie war zu riechen. Es lag am Geruch. Der war anders als sonst.

Oder hatte sich sein Geruchssinn durch die U-Haft geändert? Das erschien Leon unwahrscheinlich. Er wusste doch, wie es bei ihm zu Hause roch. Auch wenn er ausgezogen war, vergaß er das nicht. Außerdem war er regelmäßig zu Besuch gewesen.

Er schnupperte im Wohnzimmer, im Bad, in der Abstellkammer. In Bad und Abstellkammer überdeckten Parfum- und Hygienedüfte den Geruch. Aber im Wohnzimmer und im Flur... Der Geruch ließ Leon an Essen denken. Er ging in die Küche und öffnete die Backofenklappe. Der Geruch verstärkte sich nicht. Die Küche erschien sauber, hier war heute nicht gekocht worden.

Leon war ratlos. Außerdem gewöhnte sich die Nase an den Geruch, so dass es schwerer wurde, weiter herumzuschnuppern. Leon stand auf dem Flur, er würde unverrichteter Dinge gehen müssen. Im Flur war der Geruch leicht deutlicher als in der Küche. Wenn durch den Flur jemand gegangen wäre, der nach Knoblauch roch. — Könnte Knoblauch sein. Nur ein Hauch von Knoblauch, bald würde er verflogen sein. Niemand in diesem Haus kochte mit Knoblauch.

Jemand war vor kurzem hier gewesen, der Knoblauchgerichte mochte.

Leon hockte sich und schaute sich die Fliesen an, so dass sie sich im Mittagslicht spiegelten, welches durch das Küchenfenster in den Flur fiel. Er sah Sohlenspuren auf den blank gewischten Fliesen.

Marie mochte keine Spuren auf den Flurfliesen und wischte sie weg. Erst recht bevor sie das Haus verließ. Das könnte bedeuten, dass der Knoblauchbesucher im Haus gewesen war, nachdem Marie es verlassen hatte. Oder...er war noch im Haus.

Es waren Sohlen mit grobem Profil, das glaubte Leon aus dem charakteristisch unterbrochenen Fliesenglanz ablesen zu können. Jedenfalls waren es keine schmalen, modischen Schuhe. Sie gehörten eher zu einem Mann, der mit vollem Fuß und selbstbewusst auftrat.

Leon richtete sich wieder auf. — Der Mann konnte sich noch im Haus aufhalten? Leon legte die Hand aufs Treppengeländer und lauschte nach oben.

Nichts war zu hören. Und nichts war zu gewinnen, stapfte Leon ein zweites Mal nach oben. Außer vielleicht einem Schlag auf den Kopf von einem Einbrecher, der sich in die Ecke gedrängt fühlte.

Oder es hielt sich niemand im ersten Stock auf: Alles waren Schlussfolgerungen eines Hirns, das froh war, sich wieder in Freiheit entfalten zu können. Nur eines war sicher:

Leon war hierhergekommen, um Ben und Anna und seine Frau zu treffen. Die waren nicht da. Also ginge er.

Trotzdem blieb Leon stehen. Schaute nach oben...

Endlich drehte er sich um, ging zur Haustür, öffnete sie, wartete einen Moment, ließ sie ins Schloss fallen und verharrte im Flur.

Bewegungslos und mit scharfen Ohren.

Für Minuten stand er da und merkte, wie sich in ihm etwas veränderte. Als riefe ein tiefer sitzender, selten genutzter Urverstand Muster ab, die verschüttet gewesen waren. Leons Atem wurde langsamer, der Unterkiefer löste sich, das aufgeregte Rauschen in den Ohren blieb, wurde aber ausgeblendet aus der Wahrnehmung.

Es ging nur um Geräusche im Haus, und es machte Leon nichts aus, reglos zu stehen. Er war auf der Jagd, und erstaunt nahm er wahr, wozu sein bis eben verschütteter, selten genutzter Teil des Verstandes bereit wäre, sollte jemand eine Reaktion des Jägers erzwingen.

Allein: Es gab niemanden, der eine Reaktion herausfordern würde. Außer Leon war weiterhin niemand zu hören.

Leon verließ das Haus und fragte sich, wo er die Kinder finden konnte. Er dachte an Annas beste Freundin Loreen sowie an Bens Freundin Hanna.

Zuvor aber führe er in der Firma vorbei. Am frühen Nachmittag war die beste Zeit, dort aufzukreuzen. Die unteren Chargen rüsteten sich zum Feierabend, Abteilungsleiter und Führung saßen an ihren Schreibtischen, Konferenzen und Kundentermine waren vorbei. Er stiege im 23. Stock aus dem Fahrstuhl und ließe sich bei Schach melden. Auf einen Anruf zuvor würde Leon verzichten. Er war gespannt, wie Schach reagierte. Bei Leons Festnahme hatte sich der CEO vor ihn gestellt. Aber das war 3 Wochen her. — Wie auch immer der Firmenbesuch ausgehen mochte: Der Gedanke an ein Aufeinandertreffen mit seinem Chef belebte Leon; schwungvoll öffnete er die Fahrertür — da hörte er ein Brummen wie von einem Panzer. Leon ließ sich ins Leder sinken und beobachtete einen Hummer, der mit brüllendem Motor aus der Kurve kam und dabei beide Seiten der Fahrbahn beanspruchte, indem er konsequent den Mittelstreifen zwischen die Räder nahm.

Leon hatte gleich eine Vermutung und die Vermutung stellte sich als korrekt heraus. Leon erkannte hinter dem Hummer-Lenkrad die aufgetürmte Blondmähne von Maries Freundin Sophia.

Sie bremste scharf, Leon ließ die Seitenscheibe herunter.

„Du bist es tatsächlich", rief sie aus, „Habe deinen Wagen erkannt. Du bist raus."

„Offensichtlich." Das war ein bisschen unterkühlt von ihm, und er ärgerte sich darüber, denn er mochte Sophia. Sie ließ sich aber nicht irritieren, ihre Jungmädchenstimme plapperte drauflos.

„So schön ist das, Leon!"

„Willst du zu Marie?"

Sophias Enthusiasmus dämpfte sich. „Ja, genau, wir wollten was besprechen. Warum parkst du hier?"

„Mmmh...schwierig zu erklären, so von Auto zu Auto." Außerdem störte ihn, dass er während des Gesprächs zu Sophia aufschauen musste, weil der Hummer so viel höher war als sein Coupé.

Ohne Umstände stieg Sophia aus, ließ ihren Monster-SUV auf der Fahrspur stehen und stöckelte um die Motorhaube des Coupés herum zu Leons Beifahrertür. — Nannte man das noch Stöckeln, was sie da machte? Oder war das schon ein Fruchtbarkeitstanz? Auf jeden Fall aufregend anzusehen. Die Tage in der Einzelzelle hatten Leons Sinn für weibliche Reize übersensibilisiert.

Da sie einstieg, schaute Leon auf Sophias goldfarbenen Stilettos und überlegte, ob Sophia sich in den Hummer ein spezielles Gaspedal hatte einbauen lassen, um mit dem Schuhwerk die Pedale bedienen zu können.

„Leon, in so einem Schlitten wollte ich schon immer mal sitzen." — Ihre Aufmerksamkeit wurde ganz von der Armatur in Anspruch genommen. Sophia streichelte über das Handschuhfach, die Lüftungsknöpfe, fuhr über das Sitzleder. Sie hatte Fingernägel in Hochglanzpink und klimpernde Armreifen, und sie verbreitete Frühlingsduft im Wageninneren. Als sie Leon endlich ansah, schenkte er Sophia sein Lausbubenlächeln. Er hoffte, es ließe ihn jünger erscheinen.

Sie sagte: „Marie ist gar nicht da, stimmt's?"

„Wie kommst du darauf?"

„Ihr Wagen steht nicht in der Auffahrt."

„Weißt du, wo sie ist? Ich war drin. Ist tatsächlich keiner da."

„So richtig weiß ich nicht mehr Bescheid. Ich glaube, sie ist mir böse." Sophia schaute Leon mit perfekt getuschten Ich-bin-mir-keiner-Schuld-bewusst-Mädchenaugen an. „Darum wollte ich mit ihr sprechen. Nur über *WhatsApp* finde ich das irgendwie nicht gut."

„Wieso sollte sie dir böse sein?"

„Wegen Bertie. Den habe ich dir empfohlen. Sozusagen."

„Du? Ich dachte, Marie hat mir Bertie besorgt?"

„So war es ja auch. Aber sie sieht das anders. Jetzt ist sie nicht da, geht mir aus dem Weg." Sophia schaute zwischen den Kopfstützen hindurch zum Haus. „Aber da ist doch wer!"

„Was?!" Leon schaute ebenfalls. Aber er sah nur das Haus, keinen weiteren Menschen.

Sophia sagte: „Da war jemand. Oben am Fenster. Der Vorhang hat sich bewegt."

Sie spähten beide.

„Jetzt ist er weg", sagte Sophia.

„Ein Mann?"

„Keine Ahnung. Kann auch eine Frau gewesen sein. Oder die Kinder."

„Die sind nicht da. Ich war drin. Da war niemand."

Sophia schaute Leon an. „Willst du mir Angst machen?"

„Ich wollte zu Maria und den Kindern und war drin und niemand war da."

„Du *machst* mir Angst." Sie biss sich auf die Unterlippe. „Ich klingele da nicht." Mit einem Mal griff sie Leons Hand. „Wir müssen die Polizei rufen!"

„Öhh..." Ihm wurde es leicht im Magen. Wegen der Hand. „Die Polizei..?"

„Leon, da ist ein Einbrecher bei euch!" Ihre Hand drückte aufgeregt seine Hand — und ließ ihn dann plötzlich los.

Leons Magen schwebte, und Leon hoffte, dass Sophia sein müffelndes Jackett nicht bemerkte. Er hätte es doch austauschen sollen.

„Da gibt es kaum was zu stehlen", sagte er, und in aufwallendem Groll auf Marie, die ihm also noch nicht mal den Anwalt besorgt hatte, fügte er hinzu: „Und was da ist, können sie gern mitnehmen." — Sophia bekam große Augen.

Er schob nach: „Außerdem bin ich im Moment auf die Polizei nicht gut zu sprechen."

Sie nickte leise und schaute wieder zum Haus.

„Ben könnte bei Hanna zum Mittagessen sein", meinte sie. „Meine Tochter und Hanna sind beste Freundinnen. Ich könnte dir die Nummer von Hannas Eltern geben."

„Das wäre nett", sagte Leon und dachte: Sophia hat eine Tochter. — Irgendwie passte das nicht in das Bild, das Leon sich von Sophia gemacht hatte. Dabei war es natürlich. Sophia war zum vierten Mal verheiratet. „Ich fahre erstmal ins Büro", sagte er.

„Ich komme bis Volksdorf hinter dir her, Leon. Das ist mir hier nicht geheuer."

Er hätte sie eingeladen, neben ihm sitzenzubleiben. Sophia weckte Beschützerinstinkte in ihm. Aber sie konnte den Hummer nicht hier zurücklassen. Sophia stieg um und versprach, Leon die Telefonnummer von Hannas Eltern aufs Handy zu schicken.

Leon warf noch einen Blick zum Haus. Das war alles Einbildung gewesen, da rührte sich nichts. Jetzt würde er sich auf Schach konzentrieren. Zuvor noch bei Hannas Eltern anrufen. Irgendwo mussten die Kinder stecken.

Er schaute in den Rückspiegel. Sophia wendete das Monster und war dann hinter ihm.

Jetzt gelangten sie an die Kurve und gleich dahinter kam ein billiger Geländewagen in Sicht, wie ihn passionierte Jäger verwenden. Er parkte auf dem Seitenstreifen. Leon überlegte: Hatte der vorhin auch da gestanden? — Leon ging vom Gas.

Der Fahrersitz des Geländewagens war unbesetzt. Auf dem Beifahrersitz allerdings...da saß jemand. Leon erkannte ihn und reckte den Hals.

Es war Jonas Krawczyk, auch Latex-Johnnie genannt.

„Ich bin der Leiter der Präsidialabteilung der Kulturbehörde und direkt dem Staatsrat unterstellt", sagte der Leiter der Präsidialabteilung der Kulturbehörde der Freien und Hansestadt Hamburg. Er hieß Sebastian Westinghaus, und seine Schweinebäckchen bekamen rote Flecken.

„Das stelle ich nicht in Abrede", erwiderte Staatsminister Vogg. Ihn hüllte ein knapper Anzug mit knappen Revers.

Westinghaus ereiferte sich: „Wir machen es so, wie ich es sage."

„Aber was sagen Sie denn?"

„Von uns kommt das meiste Geld und deswegen bestimme ich!" Die Schweinebäckchen glühten. Das Übergewicht quoll Westinghaus über den Hosengürtel, und Marie sah, wie es unter dem Hemd von Westinghaus schwabbelte.

Wie konnte man sich so gehen lassen, überlegte Marie, gab aber zu, dass Fettleibigkeit Vorteile bot. Westinghaus hatte sich sein Jackett über die Schulter geworfen, während Marie fror, obwohl sie einen Pullover unter die Jacke gezogen hatte.

Wer konnte auch ahnen, dass es hier unten so kalt war. Oben schien die Sonne. Um die Ecke war die Zukunft. Dort reckte sich das kühn geschwungene Dach der Elbphilharmonie unternehmungslustig dem Himmel entgegen. Die Philharmonie krönte Hamburgs neues Stadtviertel: die Hafencity.

Sie aber waren hinabgestiegen in Hamburgs Vergangenheit: einen stillgelegten Atombunker aus der Zeit des Kalten Kriegs. Zu großen Teilen waren die meist gebogenen Betonwände mit weißglasierten Fliesen gekachelt: Als sollte hier vor 60 Jahren eine überdimensionale Toilette eingerichtet werden, in dem sich 500 Personen gleichzeitig unter Neonlicht erleichtern konnten. An der Längsseite der geräumigsten Bunkerröhre hingen Plakate aus den 1960er-Jahren des vorigen Jahrhundert. Das bereits vor Jahrzehnten aufgekaufte Warenhaus *Hertie* machte Reklame für die *Winterkollektion 1965* mit revolutionären Spandexhosen. Hier war die Zeit stehengeblieben. Zwischenzeitlich sollte die Röhre vom Bunker abgetrennt und für eine neue U-Bahnlinie genutzt werden, deren Trassenführung letztlich aber anders gelegt wurde — und die kurz geöffnete Röhre wurde an den Enden wieder zubetoniert, dem Atombunker erneut zugeschlagen und vergessen.

Vogg sagte: „Die Plakate müssen runter."

Westinghaus protestierte. „Aber sie geben den Röhren das Flair."

Marie gab im Stillen Westinghaus Recht. Aber sie wollte sich nicht einmischen. Sie war froh, einen Moment in einer der Sitzschalen am Rand sitzen zu können und zuzuhören. Die orangen Sitzschalen, immer vier nebeneinander als Ensemble montiert, waren damals aufgestellt worden, als die Stadtväter kurzzeitig aus der größten Bunkerröhre eine Haltestelle für die neue U-Bahn machen wollten.

Marie hatte von ihren vier Sitzen den Staub der Jahrzehnte gewischt, ihre Mappe mit Entwürfen und Annas Pferdedecke darauf abgelegt und sich daneben gesetzt. Die Decke hatte Anna mitgeschleppt, weil sie Angst hatte, ihr könnte kalt werden. Marie hatte eingewandt, Anna solle einfach eine dickere Jacke mitnehmen. Das zu sagen, war ein Fehler gewesen; Anna hatte daraufhin erst recht die Decke haben wollen, die sie von der Klassenfahrt mitgebracht hatte, und jetzt lag die Decke von Anna unbeachtet herum und roch. Seit Anna vom Reiterhof zurück war, blieb sie für Marie ein Rätsel: schweigsam und hochfahrend; immer das Gegenteil von dem machend, was sie sollte. Marie ließ Anna gewähren; Marie war ratlos, sie wusste nicht, wie sie mit der neuen Anna umzugehen hatte.

Marie zog die Mappe heran und öffnete sie und blätterte durch die Entwürfe des Grafikers. Wie sie es seit vorgestern mehrmals getan hatte, ohne zu einer Entscheidung zu gelangen. Marie nahm die Entwürfe kaum wahr.

Vogg schlug Westinghaus vor: „Machen wir einen Kompromiss. Ich lasse Ihnen die *Hertie*-Plakate. Sie geben mir die Heizlüfter." Er kontrollierte die Haken des Bilderhängesystems, das städtische Handwerker in langer Reihe in die Fugen zwischen die Kacheln lotrechter Wände gedubelt hatten.

Westinghaus schüttelte den Kopf, die Schweinebäckchen wackelten. Der Hamburger Leiter der Präsidialbteilung gab vor, Bedenken wegen der Lüftergeräusche zu haben. Sie würden den Kunstgenuss stören. In Wirklichkeit wollte Westinghaus kein Geld für Lüfter aus dem knappen Budget der Hamburger Kulturbehörde lockermachen.

Vogg gab nicht auf. „Wenn den Besuchern beim Betrachten der Werke

Eiszapfen an den Nasen wachsen, stört das auch den Kunstgenuss."

Die zwei zankten wie die Rohrspatzen. Aber beide brauchten den Erfolg. Sie mussten sich zusammenraufen.

Der Kieler Staatsminister Vogg hatte sich an der Förde weit aus dem Fenster gelehnt, als ihm bedeutet worden war, eine repräsentative Kunstausstellung werde zu teuer und sei im Landesparlament kaum durchsetzbar. Vogg hatte daraufhin eine Kooperation mit Hamburg ins Gespräch gebracht: Die Ausstellung *Norddeutsche Maler der Postmoderne* mache in Hamburg Werbung für Kiel und Schleswig-Holstein. Die Kieler Staatskanzlei war einverstanden und beteiligte sich an den Kosten zur Hälfte. Nun erwartete sie einen Publikumserfolg.

Auch die Hamburger brauchten den Erfolg. Besonders Westinghaus. Nach der Elbphilharmonie träumten Mitglieder des Hamburger Senats vom nächsten großen Ding. Westinghaus wollte es liefern, nannte es seine „Operation Big Ding". Der Name passte zum massigen Westinghaus, fand Marie: Der Leiter der Hamburger Präsidialabteilung hoffte, sich mit einer spektakulären Ausstellung in einer spektakulären Location als Kulturstaatsrat für die nächste Legislaturperiode ins Gespräch bringen zu können.

Marie klappte die Mappe zu, behielt sie auf den Knien und schloss die Augen. Sie dachte an Leon. Wie sollte sie sich auf Grafiken konzentrieren, da sie wusste, dass Leon —

„Was meinen Sie, Marie?" ... Vogg berührte sie an der Schulter. „Schlafen Sie?"

„Nein, nein. Ich bin wach." - Was hatte Vogg gefragt?

„Fünf Lüfter bietet er an. Was meinen Sie? Reicht das? - Ist Ihnen nicht gut?"

„Doch doch. Fünf ist gut."

„Sie frieren." Er nahm ihr die Mappe von den Knien. „Hier...eine Decke. Legen Sie die über Ihre Beine." Er öffnete die Mappe.

Marie zitterte. Die Decke würde kaum helfen. Vielleicht gegen die Kälte. Aber nicht gegen ihre Angst. Es war nur eine Frage der Zeit.

Irgendwann kreuzte Leon auf. Was sollte sie tun?

„Sind das die Entwürfe?"

„Ja, ja." Sie hatte von einem Grafiker Plakate und Einladungskarten für ihre erste Ausstellung entwerfen lassen. Die Rechnung des Grafikers lag zu Hause. Von ihrem Konto konnte sie die Rechnung nicht begleichen, die 500 Euro waren aufgebraucht. Der Dispo war wegen Leons Haft weggefallen; das mache der Haspa-Zentralcomputer in solchen Fällen automatisch — angeblich. Sie hatte mit Rösch, dem Leiter der Haspa-Filiale, telefoniert, und Rösch versprach, sich zu kümmern. Das erste Ergebnis seines Kümmerns: Es stellte sich heraus, dass Marie keinerlei Vollmacht hatte, auf Leons weitere Konten oder auf das Depot zuzugreifen. Also war sie schlicht und ergreifend pleite. „Nein, nein, Sie sind nicht pleite, Verehrteste", hatte Rösch gesagt, „Sie sind zur Zeit nicht liquide." Was auf das Gleiche hinauslief. Sie hatte kein Geld mehr.

Vogg war beim letzten Entwurf. „Hübsch", sagte er. Dann zeigte er auf Kunos kleine Werke.

Sie waren auf Keilrahmen gezogen und warteten, unter dem gedübelten Bilderhängesystem an glasierte Kacheln gelehnt, um nach Maries Anweisungen gehängt zu werden.

„Wir brauchen mehr Bilder", meinte Vogg. „Kuno ist gut und schön. Aber irgendwie klein, was meinen Sie? Brauchen wir nicht was Großformatigeres?"

„Sie meinen, was Großartigeres?"

„Genau! Etwas großartiges Großformatiges. So mit Wucht." Er lebte auf. „Etwas, das die Ausstellung trägt. Natürlich, Sie haben was in der Hinterhand. Ich wusste es. Sie wollen es noch nicht Enthüllen. Sie sind ein Profi, Marie."

Gar nichts hatte sie. Höchstens Angst. Einen ganzen Klumpen davon. Sie war zu schnell zu hoch gestiegen. Hatte einige Sprossen der Leiter überschlagen. Vogg zeigte die Rechnung. Noch eine Rechnung.

Paula war in Worpswede unterwegs, fahndete nach Kunstwerken, die Marie noch kurzfristig in die Ausstellung bringen konnte. Es war erstaunlich, wie viel Schrott Paula angeboten bekam von Künstlerdarstellern, die sich in dem Malerstädtchen eingemietet hatten und glaubten, dadurch so ausdrucksstark wie Immendorff zu malen.

Durch die Stahltür am Ende der Röhre kam Geraldine. Auch das noch. Marie hatte keinen Nerv auf die forsche Freundin mit der Vorliebe für braune Echtlederstiefel, Landmode und streng gekämmte Pferdeschwanzfrisuren.

Marie schrumpfte auf ihrer Sitzschale zusammen. Am liebsten wäre sie unsichtbar geworden.

„Die ganzen Haken müssen bestückt werden", redete Vogg weiter. „Es muss ein Erfolg werden. Sonst jagen sie mich in Kiel in Schande vom Hof." Er sprach mit einem Schmunzeln. Aber seine Augen schauten Marie kalt an.

Sie verspürte wenig Lust, sich nach Leon gleich vom nächsten Mann unter Druck setzen zu lassen. Jeder Kerl erwartete, dass Maries Projekte Erfolge wurden. Sie wollte sich ausprobieren. Wenn es nicht klappte... *So what!* — Es war nur Geld, und man konnte es wieder verdienen. Aber es gab nur ein Leben, um etwas aus sich zu machen. Aus dem Leben etwas zu machen.

Oder lag sie falsch? Das Geld, welches sie ausgab, das hatte Leon verdient...

„Was ist, Marie? Sie zittern immer noch." Vogg stopfte die Deckenränder unter ihre Schenkel.

Marie sagte: „Mein Mann..."

„Er kommt heute frei, ja. Ich weiß. Das ist es, was Sie beschäftigt?"

„Er wird hierher kommen?"

„Anzunehmen. Der Bunker schützt vor Atombomben, aber nicht vor Ehemännern."

Es sollte ein Witz sein. Marie dachte: Leider ist es die Wahrheit.

Ihr stiegen Tränen in die Augen.

„Sie haben Angst. Jetzt verstehe ich." Vogg setzte sich zur zusammengeschrumpften Marie und legte einen Arm um sie. „Ich habe eine Idee", sagte er.

11. Kapitel

In der atombombensicheren Nachbarröhre malten Ben und Anna unter Anleitung von Kuno.

Anna erkundigte sich: „Kuno, hätten wir auch blaue Farbe?"

Die beiden wühlten sich durch die Kiste mit den Tuben, und Ben dachte: Zu allen ist sie zickig, aber mit Kuno kann sie plötzlich. Das fand Ben merkwürdig, und Ben hatte keine Lust weiterzumalen.

Anna schien Malen ja toll zu finden, aber Ben hätte lieber auf seinem Handy gespielt. Leider war der Akku leer, und es gab zwar verstaubte Steckdosen, aber die waren ohne Strom. Immerhin leuchteten die Neonröhren von der Decke, sonst wäre es hier zum Fürchten.

Lustlos klatschte Ben rote Abtönfarbe direkt aus der großen Farbtube auf die graue Papierbahn, welche Handwerker ausgerollt hatten, um das Steckparkett zu schützen. Das Parkett war schon für Mamas Ausstellung auf dem Bunkerboden verlegt worden.

„Aber das ist fantastisch, Ben!", rief Kuno und wieselte heran, überkreuzte die Beine und beugte den Oberkörper vor und begutachtete Bens Werk.

„Ben, du bist ein kleiner *Jackson Pollock*." Kuno machte runde Begeisterungsaugen, seine Haare standen in alle Richtungen.

Ben hatte keine Ahnung, wer Jackson Pollock sein sollte. Ben kleckste noch mal, schlenkerte aus dem Handgelenk heraus die Abtönfarbentube. Das Rot spritzte bis an die weißglasierten Kacheln.

„Toll", meinte Kuno, „so mutig."

Immer noch stand er in hüftenger Hose mit überkreuzten Beinen da.

Bens bester Freund Finn hatte gesagt: So stände der Kuno fast immer, das sieht aus, als wäre er eine *Schwuchtel*.

Am letzten Freitag hatte Finn das Ben geflüstert, und Ben wusste nicht genau, was eine Schwuchtel war, hatte es auch nicht gegoogelt, da es ihn nicht wirklich interessierte. Es musste irgendwas Schlechtes sein. Recht hatte Finn auf jeden Fall. Finns Papa liebte nämlich Kunst und kannte Kuno. Auch war er Mitglied im örtlichen Kunstverein. Er prüfte einmal im Jahr sogar die Kasse vom Verein. Herr Rösch von der Sparkasse war Kassenwart.

„Och, ich kleckse doch nur", meinte Ben zu Kuno. Ben fühlte Stolz, und da war ihm ziemlich egal, ob der Kuno angeblich irgendwas Schlechtes war. Ben riskierte einen schnellen Blick zu seiner Schwester Anna.

Die hatte aufgehört, in der Farbenkiste zu kramen. Kuno war nun bei Ben, und Anna schaute herüber. Einen Augenblick war Ben versucht, Anna gegenüber die Zunge herauszustrecken. Aber das ließ er. Er war größer geworden und vernünftiger. Außerdem hatte Anna Schlimmes mitgemacht. Sie wollte nicht so recht heraus damit. Aber irgendwas war auf der Klassenfahrt gewesen.

„Ben, das ist wirklich gut, was du da gemacht hast", sagte Kuno.

Ben traute sich nicht, weiter mit Farbe herumzuspritzen. Es könnte sein unverhofft geschaffenes Werk ruinieren.

Anna kam heran, hob kaum die Füße beim Gehen.

„Ist doch nur Geklecksе", zickte sie.

Blöde Ziege, dachte Ben.

Anna sagte: „Ich habe kein Papier mehr." Sie malte auf weißen *Ingres*-Bögen.

„Nimm auch die grauen Bahnen wie Ben", sagte Kuno. Anna stapfte zurück zu der Kiste mit den Farbtuben.

„Ist doch scheiße", maulte sie und trat gegen die Kiste. Wahrscheinlich kräftiger, als sie gewollt hatte. Die Kiste kippte um, Tuben flogen heraus. Einige von ihnen knallten gegen Wandkacheln und platzten auf: Farbe spritzte auf Kacheln und Papierbahnen und verlief ineinander.

Kuno staunte mit runden Augen. „Tolle Idee."

„Ja?" Über die Schulter hinweg sah Anna den schmalen Künstler an.

Kuno meinte: „Ihr seid so voller Energie, ihr beide."

Anna hockte sich und schmierte mit Fingern in der verspritzten Farbe. Kuno trat näher. Ben kam es vor, als werde sein Werk unwichtiger.

Blöde Ziege. Drängte sich in den Mittelpunkt. Wenn Papa hier wäre... Der liebte Anna, und er liebte Ben. Er kannte Annas Art und wusste sie einzuschätzen. Papa ließ sich nicht um den Finger wickeln.

Ben schaute zu den Ausgängen. Er schaute zu dem kleinen Durchgang neben der verstaubten Notrufsäule. Der Durchgang verband die Bunkerröhren miteinander. Nirgendwo erschien Papa.

Mama hatte gesagt, Papa würde heute aus der Haft entlassen, und sie hätten sich hier verabredet. Deswegen waren Anna und Ben mitgekommen in den Bunker. Außerdem hatte „geheimer Atombunker" spannend geklungen. Ben würde Papa von dem Mädchen mit den neun Fingern erzählen. Dafür hatte Papa keinen Kopf gehabt, als Ben es ihm bei seinem Besuch im Gefängnis erzählt hatte. Danach würde Ben seinem Papa erzählen, wie blöd Anna geworden war. Stundenlang tuschelte sie über *WhatsApp* mit ihrer besten Freundin Loreen darüber, was auf der Klassenfahrt vorgefallen war, verfiel aber in Schweigen, sobald Ben und Mama fragten.

Missmutig beobachtete Ben seine Schwester. Wie eifrig sie am Matschen war. Mit vorgebeugtem Oberkörper und hinter dem Rücken gehaltenen Händen stand Kuno neben ihr. Er sah aus wie ein Storch. Kuno spürte Bens Blick.

„Mach doch mit, Ben."

„Gleich. Ich komme gleich. Will eben zu Mama rüber."

Er dachte nicht daran, sich bei der eingebildeten Schwester einzureihen und an ihrem Gespritze mitzutun. Die war völlig neben der Spur. Rumzicken, Schweigen, auch mal Panik vor einem *Schwarzen Mann* markieren — und jetzt gab sie die eifrige Kunstschülerin. Das war nicht mehr Anna, das war ein Freak.

Papa fehlte.

Ben trabte hinüber in die andere Röhre.

Dort saß Mama, ihre Freundin Geraldine beugte sich zu Mama herab und gab Bussis. Dann begrüßte Geraldine den Kerl, der seit Tagen um Mama herumschwarwenzelte. Vogg hieß der. Geraldine zog Mama die Pferdedecke von Anna von den Knien.

Ben fragte: „Mama, wann kommt Papa?"

„Willst du erstmal Geraldine begrüßen? Gehört sich das?"

Geraldine sagte: „Ach lass doch, Marie." Sie hängte die Pferdedecke an den nächsten Bilderhaken.

Ben fand, Mama nervte einfach nur. Statt ihm eine Antwort zu geben, glaubte sie, ihn erziehen zu müssen. Ihm Ratschläge vor anderen geben zu müssen. Mama sah gestresst aus, hatte Ringe unter den Augen. Eben noch hatte er gedacht, er würde Mama gern umarmen. Aber diese Leute um Mama herum und dann ihre Meckerei...

Der dicke Mann watschelte heran, er war hier der Chef. Westinghaus hieß er, besprach sich mit Vogg, entdeckte die aufgehängte Pferdedecke und strich mit fleischiger Hand darüber. Er schnüffelte sogar an der Decke.

„Mama, wann kommt Papa, er wollte doch kommen?"

Ben hatte sich vorgenommen, Mama noch mal von dem Mädchen mit der verletzten Hand aus dem Krankenhaus zu erzählen. Aber es war nicht der richtige Moment. Eigentlich war nie der richtige Moment. Mama hatte immer zu tun. Mit dem Yoga und ihren Frauen, neuerdings mit der Ausstellung. Als er Mama von dem Mädchen erzählt hatte, dass er nachts gesehen hatte... Als er von den Schreien erzählt hatte, von den neun Fingern... Dass er das Mädchen im Krankenhaus wiedergesehen hatte: Da hatte Mama gesagt, das wäre Einbildung, er habe Fieber gehabt.

Das stimmte. Er hatte Fieber gehabt. Aber nicht die ganze Zeit. Außerdem war alles so real gewesen.

Er wollte endlich mit Papa reden. Papa würde ihm zuhören.

„Mama. Wann kommt Papa?"

Im Gefängnis hatte Papa das mit dem Mädchen nicht begriffen. Von der Krankenhausbegegnung mit dem Mädchen hatte Ben ihm noch gar nicht berichten können.

Mama nahm Bens Hand, schaute auf: „Papa..? Ach so, ja... ich weiß nicht..."

Sie wusste nicht?

Das war verwirrend. Es schien ihr wenig dringend zu sein, Papa zu sehen.

Vielleicht wollte sie gar nicht, dass er kam? Papa war schließlich zu Hause ausgezogen. Das hatte Ben sowieso nie wirklich verstanden. —

Es war alles so kompliziert.

Ihm kam eine Idee. Eine so ungeheuerliche Idee, dass er, bevor er sie zu Ende dachte, schon bei Mama in den Augen die einzig richtige Antwort zu finden hoffte:

Wenn Papa gar nicht hierher käme, und Mama sich nur nicht traute, es Ben zu sagen?

Mama, was ist deine Antwort... — Ben zögerte, suchte die Antwort in Mamas Gesicht.

Dann, ohne ein weiteres Wort, ging er zum Durchgang und zurück in die andere Röhre. Er schaute sich nicht noch einmal um.

Ben dachte an das Mädchen und an die Schreie, die er in den Nächten gehört hatte. Ohne Papa fühlte er sich beklommen und allein gelassen mit Rätseln, die ihm Angst machten.

Anna hockte und malte, als wäre nie etwas gewesen. — Anna hatte sich an Ben geschmiegt und geschluchzt: An dem Abend, als sie wie aufgelöst von der Ferienfahrt zurückgekommen war, und Mama nicht da war, weil sie wegen ihrer Ausstellung irgendwo in Holstein unterwegs war.

Jetzt aber malte Anna, als wenn nichts gewesen wäre, machte sich lieb Kind bei Kuno.

Sie hatte gehört, wie Mama abends nach Hause kam und diesen Kommissar mitbrachte. Anna war aufgestanden, hatte sich von Ben gelöst, war auf die Treppe gegangen und hatte etwas gehört... Sie verriet Ben nicht, was sie gehört hatte, die Ziege. Aber seitdem sprach sie mit Mama kaum noch ein Wort und war zickiger noch als zuvor. Nur gegenüber Kuno, da machte sie jetzt auf liebes Mädchen.

Ben stapfte zu Anna, quer durch ihr Bild auf der grauen Papierbahn.

„Du bist eine blöde Ziege. Ich würde 'ne andere Schwester wollen."

„Ben, du bist ein Blödmann! Das ist mein Bild", erwiderte sie und spritzte mit einer Tube nach ihm, „ich wünsch mir auch 'nen anderen Bruder."

„Jetzt streitet euch nicht", sagte Kuno.

„Was hast du so Geheimnisvolles von Mama gehört", meinte Ben, „sag es mir."

„Gar nichts sag ich dir. Das ist nichts für kleine Jungs."

Kuno meinte: „Ich glaube, ihr habt Gesprächsbedarf. Kunst kann warten. Ihr könnt da rüber gehen und quatschen. Oder soll ich mitquatschen?"

Anna war dafür. — Natürlich, dachte Ben und glaubte, nun zu verstehen: Sie machte einen auf *Emo*, fehlten nur noch schwarze Augenschminke und weißer Puder ins Gesicht. Wohl jedes Mädchen musste diese Phase durchmachen, bevor es vernünftig wurde. Ihm fiel Hanna ein. Ob die auch demnächst *Emo* wurde?

„Quatschen ist wichtig", sagte Kuno, „auch für die Kunst."

Mittlerweile fand Ben den Typen affig.

Kuno sagte: „Anna, du hast Talent. Aber Kunst wird es nur, wenn du absolut ehrlich bist. Zu deinem Bruder. Auch zu dir selbst. Nur dann kannst du deine wahren Empfindungen mit Farben ausdrücken. Wenn du sie dir selbst eingestehst." Er deutete auf die roten Kleckse, die Anna rund um sich gemacht hatte. „Woher kommt die Wut?"

„Ich bin nicht wütend!"

„Natürlich bist du das", sagte Ben — und fing sich eine von Anna.

Boah, die Backpfeife von der Schwester tat weh. Es war sozusagen ein Volltreffer.

„Ey", mümmelte Ben und sprang Anna an. Sie rauften.

Kuno stand dabei, hob die Hand, spreizte den kleinen Finger ab und sagte: „Kinderchen, nicht doch..."

Anna lachte plötzlich. Das irritierte Ben, er hörte auf zu raufen.

Kuno fragte: „Warum lachst du?"

„Du bist niedlich", meinte Anna.

„Niedlich?" Kuno war unsicher, ob er geschmeichelt oder beleidigt sein sollte.

„Irgendwie anders als die Jungs aus meiner Klasse."

Kuno bückte sich und rollte Annas bekleckstes Stück Papierbahn zusammen. Er sagte: „Irgendwann kommt der Punkt, an dem man ehrlich sein muss. Was du hier geschaffen hast, Anna, das ist gut. Aber ich weiß, du kannst es besser." Er zerknüllte das Papier. Anna guckte erstaunt. Kuno sagte: „Wenn du ehrlich zu dir selbst bist, dann wirst du es besser können."

„Ich...", sagte Anna, „...ich habe Mama gehört. Wie sie etwas sagte. Als ich auf der Treppe stand. Zu dem Kommissar hat sie was gesagt..."

Warum musste Anna so flüstern, dass Ben es nicht mitbekam. „Red doch lauter", forderte Ben seine Schwester auf.

Kuno sagte: „Du bist jetzt mal ruhig, Ben." Kuno führte Anna zur nächsten Vierersitzschalengruppe. Sie setzten sich nebeneinander. Anna legte den Kopf an Kunos Schulter.

So hatte Ben seine Schwester noch nie gesehen. Anlehnen tat sie sich sonst an die zwei großen Teddybären, die am Fußende ihres Bettes saßen. Ben passte das Verhalten von Anna nicht. Erst war sie zickig, dann Raufbold, jetzt anschmiegsam. — Verrückt.

Anna sagte zu Kuno: „Mama erzählte dem Kommissar, Papa habe nie Steuern gezahlt oder so etwas in der Art."

„Wem hat sie das erzählt?", fragte Kuno.

„Na, dem Polizisten, dem Kommissar oder so. Sie hat ihn Möller genannt, glaube ich. Papa musste deswegen länger im Gefängnis bleiben. Da bin ich sicher."

Ben war sprachlos. Mama sollte Papa bei Möller beschuldigt haben? Was erzählte Anna für einen Quatsch. — Ben war so empört, dass er seinen Ärger auf Mama vergaß. Er vergaß das Rätsel des schreienden Mädchens, er vergaß seine Angst, welche die Schreie ihm machten. Ihm wurden die Augen feucht.

„Das ist doch gelogen", sagte er. Niemand sollte seine Tränen sehen, schon gar nicht die Lügnerin Anna. Er drehte sich weg.

Kuno sagte: „Kleiner Ben, du —"

„Du schwule Sau, lass mich in Ruhe!" Er war nicht klein. Er lief zum Ausgang. Bloß weg von Kuno und der Lügnerin.

Leon war auf dem Weg zur Firmenzentrale, als sein Handy klingelte. Bertie war dran und sagte:

„Fahr mal besser rechts ran."

„Ich hab 'ne Freisprecheinrichtung, das geht schon." Feierabendverkehr quälte sich auf der Gegenfahrbahn aus der Stadt. Leon war auf der weniger belasteten Fahrspur in die Stadt unterwegs.

„Gut, wenn du meinst", sagte Bertie. „Rösch hat sich bei mir gemeldet."

„Rösch?"

„Der Filialleiter von der Sparkasse."

„Aha."

„Marie will an deine Konten oder ans Depot."

„Waas?!"

„Sie braucht Geld."

„Sie hat doch... Wofür?"

„Sie hat einen Grafiker beauftragt für Ausstellungsplakate. Sie steigt richtig groß ein. *Norddeutsche Postmoderne* oder so. Die Presse berichtet schon."

„*Norddeutsche Postmoderne?*" Leon fühlte aufsteigenden Groll. Yoga-Studio, Tanz-Studio, jetzt machte sie in Ausstellungen. — Er bremste scharf. Farmsener Landstraße, Ecke Meiendorfer Weg war die Ampel auf Gelb gesprungen, hier war ein Rotblitzer.

„Bist du noch da, Leon?"

„Alles gut." — Der Wagen kam an der Haltelinie zum Stehen. Ihre ganzen Projekte finanzierte Marie mit seinem Geld. Aber in der U-Haft hatte sie ihn nie besucht. War nicht zu Hause, obwohl sie wusste, dass er heute kommen würde. — Er entschied sich um. Schach konnte warten.

„Wo ist sie jetzt?"

„Marie?"

„Weißt du, wo sie ist?"

„Kein Ahnung. Ich bin Anwalt, kein Detektiv."

Leon hörte Rascheln in der Leitung, als wühle Bertie in Zeitungen. Hinter Leon hupte es.

„Schon gut!", schnauzte Leon, guckte in den Rückspiegel und fuhr los.

„Was ist da bei dir, Leon?"

„Ungeduldiger Zeitgenosse. Die Ampel war gerade erst auf Grün."

„Ich hab hier was in der Morgenpost. Westinghaus will einen alten Tiefbunker als Eventlocation reaktivieren. Zusammen mit der Galeristin Artles."

„Galeristin Artles? Meine Güte, die sollte sich lieber um die Kinder und ihren Mann kümmern."

„Um dich hat sie sich gekümmert, Leon. Zuerst hat sie nichts wegen des Mordversuchs-Vorwurfes getan. Dann hat sie dir Steuerhinterziehung anhängen wollen."

Leon atmete scharf aus. Natürlich wusste er das. Aber es war etwas anderes, es zu wissen — oder es am Telefon von seinem Anwalt ohne Verzierung in den Gehörgang gesagt zu bekommen.

„Bertie, wo ist dieser Tiefbunker?"

„Willst du da jetzt hin?"

„Was glaubst du?"

„Ist aber nicht gesagt, dass sie da ist."

„Wo ist der Bunker?"

„Am Hauptbahnhof. Der Eingang ist versteckt. Man geht in die Unterführung zum Kaufhof. Da sind doppelflügelige Stahltüren an der Seite."

Leon fragte sich, woher Bertie so genau über einen alten Bunker orientiert war. Andererseits...so erstaunlich war es auch nicht. Bertie war immer auf Achse, kannte hier in Hamburg Gott und die Welt.

„Mach keine Dummheiten, Leon."

„Du bist ja mein Anwalt."

„Deswegen sage ich dir das. Meine Spezialität sind Scheidungen, nicht Gewaltverbrechen."

„Vielleicht komme ich drauf zurück." Er beendete das Gespräch. Kurz darauf war Leon am Hauptbahnhof, stellte den Wagen in der Tiefgarage Hühnerposten ab, fand den Stahltüreneingang dort, wo Bertie ihn beschrieben hatte. Ein Zettel im DIN A3-Format klebte daran.

Zutritt verboten
Kulturbehörde Hamburg

Die Flügeltür war unverschlossen, Leon trat ein. Es war schummrig, und die Schritte hallten. Alu-Leitern lehnten an unverkleideten Wänden, ein transportabler Stromgenerator brummte gedämpft. Paletten voller gestapeltem Steckparkett waren an den Seiten abgestellt und dazwischen wurden gelbe Warnschilder sichtbar: „Rauchen verboten".

Handwerker mit türkischen Schnauzbärten, Henkelmänner in den Händen, kamen eine stillgelegte Rolltreppe heraufgestapft, qualmten Feierabendzigaretten. Die Handwerker nickten Leon zu und verließen den Bunker durch die Stahltür.

Von unten waren Stimmen zu hören. Über die Rolltreppe ging Leon den Stimmen entgegen. Es wurde neonheller. Leon fiel ein, dass er Bertie noch etwas hatte fragen wollen.

Dann sah Leon seine Frau Marie. Sie stand dort unten und wählte Gemälde aus und war umringt von Männern. Maries Freundin Geraldine war auch da. Geraldine entdeckte Leon, tippte Marie an, und Marie schaute zu Leon, der das Ende der Rolltreppe erreicht hatte.

Das Wiedersehen verlief anders, als Leon es sich in Zellennächten ausgemalt hatte. Er wollte schimpfen und zetern. So hatte er es sich vorgestellt. Jedoch:

Als ihre Blicke sich nun trafen, da lächelte Leon.

Er konnte es selbst nicht fassen. Als wenn Bindfäden seine Mundwinkel nach oben zögen. Er hätte sich ohrfeigen können für sein Lächeln.

Das glaubte er. — Und zweifelte zugleich. Kam das Lächeln doch, wenn schon nicht von Herzen, so doch aus einer tieferen Gefühlsschicht. Der Verstand rebellierte, wurde aber überfahren. In einer Übersprunghandlung warf der Verstand Leon dafür den Namen Jonas Krawczyk ins Bewusstsein: Von der merkwürdigen Begegnung mit dem Polizeispitzel hatte Leon im Telefongespräch seinem Anwalt berichten wollen.

Leon zog das Handy hervor, und Marie...ihre Wangen röteten sich, da Leon sich ihr näherte. Leon sah die bläulichen Schatten unter ihren Augen. Er sah Maries feingeschnittene Nase, die geschwungenen Brauen unter dem blonden Pony und scheuem Blick aus den strahlenden hellblauen Augen. Ihre skandinavische Herkunft erkannte man sofort. Marie war eine schöne Frau.

Ihr Mund öffnete sich — klappte wieder zu. Wie ein Fisch, der Atem holen wollte und feststellte, dass es nicht funktionierte. Flüchtige Freundlichkeit flackerte auf ihr Gesicht. Nur die Augen blickten weiter scheu.

Leon und Marie tauschten Belanglosigkeiten, keine Berührung, keinen Kuss. Den Umstehenden mochte es vorkommen, als begrüßten sich Bekannte oder ein Paar, über deren Liebe sich der Mehltau der Jahre gelegt hatte.

Wahrscheinlich war eine solche lahme Begrüßung gar nicht verkehrt, ging es Leon durch den Kopf. All das, was er Marie vorhalten wollte, das konnte er ihr sagen, wenn sie allein waren. Eine Szene vor versammeltem Publikum wäre dagegen schlechtes Marketing.

Es mochte dieser Gedanke gewesen sein und die daraus folgende, befangene Umarmung, die von Leon ausging, mit der er die Wiedersehensvorstellung komplettieren wollte, welche die Situation denn doch umschlagen ließen:

Marie machte sich von Leon los und sagte: „Du stinkst."

Leon schaute sich um, hatte das jemand außer ihm gehört? Er sagte: „Das liegt an der Pferdedecke, die da hängt."

„Das liegt an deiner Jacke."

Der dicke Westinghaus erklärte: „Was da hängt, ist Kunst, Sie Banause. Von unserem Künstler." Er klopfte dem schmalen Kuno auf die Schulter.

Der senkte den Kopf. Von ihm sei das Deckenwerk nicht, meinte er. Er müsse ehrlich sein. Westinghaus ließ sich nicht beirren:

„Große Kunst. Mit der vierten Dimension. Das hat keiner von ihnen bemerkt, was? Die vierte Dimension! Der *Geruch* des Werkes. Das ist die vierte Dimension." Westinghaus hatte 17 Semester Kunstgeschichte studiert und spürte, vor einer Entdeckung für die Kunstwelt zu stehen. Er war aufgeregt. „Von Ihnen ist das nicht, Kuno?", fragte er nach.

„Ich sollte ehrlich sein", meinte Kuno, „ich bin nur eine kleine Leuchte mit kleinen Bildern." Die standen in Wadenhöhe an die Kacheln an die Notrufsäule gelehnt.

Westinghaus sagte: „Ich rufe bei der *Morgenpost* an. Die vierte Dimension! Gibt es noch mehr Werke davon? Wie heißt der Künstler?" Er holte ein Smartphone hervor. „Mist, kein Empfang. Hier muss ein Umsetzer hin, wie im Elbtunnel. Das geht so nicht."

Der Kieler Staatsminister Vogg gab zu bedenken: „Ein Umsetzer ist teuer."

„Geld spielt keine Rolle", erklärte Westinghaus, „es geht um die Kunst."

„Dann nehme ich noch ein paar Heizlüfter", sagte Vogg.

Geraldine mischte sich ein: „Ich habe noch mehr davon."

„Heizlüfter?" Vogg war irritiert.

„Von den Deckenwerken? Wie das da, was da hängt?", erkundigte sich Westinghaus und Geraldine nickte. „Fantastisch", meinte Westinghaus. „Immer ran damit. Nicht wahr, liebe Frau Artles. Das wird ein Knaller, ihre Ausstellung."

Leon steckte sein Handy ein, das er noch immer in der Hand gehalten hatte. Bertie würde er aus dem Bunker heraus sowieso nicht erreichen. Leon bat Marie:

„Lass uns mal zur Seite gehen."

„Warum?"

„Ich würde mich gern unterhalten. Ungestört." Er zupfte an ihrer Jacke, um Marie zum Mitkommen zu bewegen und sagte: „Ich möchte hören, was mit den Kindern ist."

Vogg trat heran. „Belästigt er Sie?"

„Ich bin ihr Ehemann. Ich darf mit meiner Frau sprechen. Oder was meinen Sie?"

„Sie machen nicht den Eindruck, als ob es beim Sprechen bliebe", erklärte Vogg.

Marie sagte: „Das ist Staatsminister Vogg."

Der Titel soll wohl Eindruck bei mir machen, dachte Leon. — „Leon Artles", stellte er sich dem Dreitagebartminister vor, der aussah, als wäre er einem Modemagazin entstiegen.

„Ich weiß", sagte Vogg, „der Böse."

Jetzt keinen Fehler machen. Leon ballte die Fäuste und dachte an Berties Warnung.

Vogg beugte sich zu Marie: „Denken Sie daran, liebe Marie. Was wir besprochen haben."

„Was haben Sie denn mit meiner Frau zu besprechen?"

„Über die Ausstellung haben wir geredet." Vogg machte ein Spitzbubengesicht.

„Erzählen Sie mir doch nichts. Es geht um was anderes", glaubte Leon.

Marie sagte: „Er hat mir geraten, wie ich mich vor dir schützen kann."

„Vor mir schützen?! Ich muss mich ja wohl vor dir schützen." Leon zog sie in den Durchgang:

„Was fällt dir ein, mich zu beschuldigen, ich wollte dir etwas antun?!"

„Habe ich doch gar nicht. Das haben..."

„Ach! Und was ist mit der Steuerhinterziehung?! Die haben die auch frei erfunden?! Das glaube ich nicht."

Marie schaute hilfesuchend nach Vogg. Doch der war nicht nachgekommen. Dafür lief auf der anderen Seite des Durchgangs Anna herein.

„Papa! Du bist das!" Seine Tochter warf sich ihm an den Hals. „Ich hab' dich gehört!"

Sie wollte ihn gar nicht wieder loslassen.

„Lass' uns mal kurz ins Helle gehen.", Leon ging mit Anna in die hell beleuchtete Vorhalle. „Was sind das denn für Kleckse, Schatz..?"

Anna schaute an sich herab. „Och...wir haben gemalt." Sie kratzte an dem größten Farbflecken auf der Jeans.

„Aha", machte Leon.

„Papi, bist du mir böse deswegen?" Anna schaute ihn mit einem jener Töchteraugenaufschläge an, die Väter entwaffnen.

„Nein, natürlich nicht.", und gab ihr noch einen Kuss. „Wo ist Ben?", fragte er seine Tochter.

Anna rutschte die Wiedersehensfreude aus dem Gesicht. — Hatte er etwas Falsches gesagt?

„Guck mal, da hinten sind meine Bilder", sagte sie und zeigte auf die bemalten und bekleckstten Papierbahnen.

Leon schaute sich nach Marie um.

„Marie, wo ist Ben?", rief er. Marie war nicht nachgekommen. Leon ging zurück zum Durchgang.

Da stand Marie im Schatten des Durchgangs und tuschelte mit Vogg.

„Papa, ich muss dir von der Ferienfahrt was erzählen", redete Anna in Leons Rücken, „und von Mama."

„Jetzt nicht, Anna", meinte Leon, „Marie, ich möchte gern wissen, wo —"

„Papa!", beharrte Anna, „Bei der Ferienfahrt, da —"

„Jetzt nicht. Das machen wir später!" — Ups, war das zu heftig? Aber er wollte wissen, wo sein Sohn war. Er fragte Marie: „Wo ist Ben?"

Marie schaute ihn an, schaute Vogg an, wieder ihn und sagte: „Ich dachte, der wäre bei dir?"

„Hä?"

Vogg fragte: „Er ist nicht bei Ihnen?"

„Nein", antwortete Leon.

„Das ist merkwürdig."

Marie fragte: „Leon, wo ist Ben?"

„Ich weiß es nicht, Marie. Ich komme gerade hier herein —"

„Du hast ihn doch", sagte sie.

„Wie meinst du das?"

„Willst du ihn mir wegnehmen?"

„Was?!"

Anna mischte sich ein: „Mama, das ist doch Quatsch."

„Ist er bei Ihnen? Haben Sie Ihren Sohn?", fragte Vogg, „Marie, kann das sein?"

Die Schatten unter Maries Augen schienen deutlicher zu werden. Die feinen Nasenflügel flatterten. „Mein Junge", flüsterte sie, „Wo ist mein Junge?"

„Haben Sie ihn, Leon?", fragte Vogg, „Das wäre eine Entführung."

„Aber nein!"

Vogg fasste Leon am Kragen. „Sie Schwein", schrie der Staatsminister.

„Was sind Sie für eine Kreatur. Ihrer Frau so was anzutun."

„Seien Sie doch einfach mal ruhig..."

„Sie haben Ben oben abgefangen, geben Sie es zu."

„Aber..." Was war das für ein Unsinn?

Annas Fäuste sausten auf Voggs Rücken. „Lassen Sie meinen Papa in Ruhe!" Sie zerrte an Vogg.

„Lass, Anna", meinte Leon.

„Das stimmt doch aber nicht!" Anna zerrte weiter.

Maries Gesicht war zu einer Maske geworden. Sie sprach ruhig, als habe sie die Wahrheit gefunden: „Du willst ihn mir wegnehmen. Du hast ihn. Jetzt verstehe ich alles."

Vogg stieß Anna zurück. Sie taumelte gegen die Wand des Durchgangs. Außer Atem erklärte Vogg: „Ich rufe die Polizei", und er schritt zur Notrufsäule.

Anna rappelte sich hoch, gab kein Wort von sich, lief auf der entgegengesetzten Seite hinaus. Ihre Schritte hallten.

„Anna, wo willst du hin?", rief Leon.

Sie drehte sich um: „Ihr seid widerlich. Einfach widerlich! Alle beide." Dann lief sie weiter.

12. Kapitel

Ben raste den U-Bahn-Aufgang hinauf.

Der Magen grummelte ihm, so wütend war er auf Anna, die Mama gemein beschuldigte.

Die tiefstehende Abendsonne brachte Ben zum Blinzeln. Er schaute zurück zum Hauptbahnhof und voran in die Mönckebergstraße.

Vielleicht muss ich mich übergeben, dachte Ben.

Er kannte das Gefühl. Fünf Minuten hätte er noch, dann wäre es so weit. Er konnte versuchen, sich hinzusetzen und das Gefühl niederzukämpfen. Meist klappte das jedoch nicht.

Besser wäre es, gegenüber in den *Kaufhof* zu gehen und eine Toilette zu suchen.

Es war Feierabendzeit. Menschen strömten in die Kaufhäuser und Modegeschäfte. Im *Kaufhof* drängte Ben sich durch zur Rolltreppe.

Im ersten Stock lockten gleich vorne supercoole Sneakers im Sonderangebot. Präsentiert waren die Sportschuhe in mehreren Regalreihen, und Interesse glimmte bei Ben auf. Doch der Magen rumorte, die Toiletten wurden dringend. Ganz oben war das Restaurant, dort gab es Toiletten.

Danach riefe er Papa an und erzählte ihm alles: von Annas Lügen über Mama, von dem Mädchen mit den neun Fingern, auch von den Schreie in der Nacht, die er von seinem Kinderzimmer aus hörte.

Ben eilte in das Restaurant, es wurde dringender... Er streifte durch den Selbstbedienungsbereich. Salate, Schnitzel, die Gerüche: Alles förderte noch sein Unwohlsein. Er war mit Mama und Anna hier gewesen. Der Selbstbedienungsbereich schien zu wuchern, wurde jedes Mal größer, und die Fläche für die Tische und Plätze wurde kleiner. Wo war die Toilette, waren die nicht immer hier gewesen? Ben erinnerte sich, die Toiletten waren außerhalb des Restaurants. Er fing an zu laufen, fühlte fast, wie der Mageninhalt die Speiseröhre nach oben stieg. Er musste an den Etagenwänden entlang laufen, da würden Toiletten auftauchen.

— Er fand sie. Es war wie eine Erlösung.

Danach fühlte er seine Wut auf die Schwester nicht länger so unmittelbar, er spürte Mündigkeit, hielt Ausschau nach einer Sitzgelegenheit. Er könnte zurück ins Restaurant: zu den Stühlen an der Fensterfront. Dann fand er etwas Besseres.

Er legte sich auf ein knöchelhohes Podest unter eine Reihe von aufgehängten Abendkleidern. Er kauerte sich an die Wand und war vom Gang her kaum noch zu sehen. Aus seinem Versteck beobachtete er Pärchen, die mit der Rolltreppe heraufkamen und zum Essen gingen. Er beobachtete Mütter, die Kinder ermahnten, sich gleich im Restaurant zu benehmen. Lustig waren die Männer, die von ihren Frauen in Schlepptau genommen worden waren und gelangweilt hinter ihnen durch die Gänge schlenderten, während die Frauen Stoffe und Passformen prüften.

Ben fielen die Augen zu, aber er schlief nicht. Seine Gedanken wanderten zu Hanna und dem Mädchen mit den neun Fingern, zu Mama und zu Papa und zu Annas Lüge über Mama. Der Magen meldete sich: Er war gereizt und leer, demnächst würde der Hunger kommen.

Auch Durst verspürte Ben. — Er schlug die Augen auf. Hatte er einen heftigen Durst. Ben holte sein Handy hervor. Es erinnerte ihn an Papa. Es war Papas altes Handy. Ben wollte die Uhrzeit nachschauen, ob er wirklich nicht eingeschlafen war. Aber das Handy ließ sich nicht einschalten. Logisch, der Akku war leer. Ben setzte sich auf. Er wollte trinken.

Im Restaurant kosteten Getränke Geld, er hatte kein Geld. Vielleicht war es doch keine so gute Idee gewesen davonzulaufen.

„Junger Mann, Sie müssen da aber aufstehen", sagte eine Verkäuferin mit roter Dauerwelle, „Sie verschmutzen die Roben."

Wo kam die auf einmal her?

„Entschuldigung." Er verschwand zwischen Grabbeltischen: rechts Frotteehandtücher, links Geschenkpapierrollen. Der schwach beleuchtete Gang, der zur Toilette führte, kam wieder in den Blick, und Ben erinnerte sich, dass neben dem Tellerchen, auf welches man sein

Toilettengeld legen konnte, ein Wasserspender stand. Zwischen Tellerchen und Wasserspender hatte vorhin eine Reinigungsfrau gesessen.

Die Frau würde sich wundern, wenn Ben ein zweites Mal auftauchte.

Aber sie war nicht da.

Wahrscheinlich putzt sie in den Toilettenräumen, überlegte Ben.

Er zog einen Plastikbecher, drückte den Spender und trank. Ein Mann im Straßenanzug kam aus der Herrentoilette, legte einen Fünf-Euro-Schein auf das Tellerchen und verschwand in die helle Restaurantetage.

Ben warf den geleerten Plastikbecher in den Abfalleimer unter dem Spender, er schaute auf den Geldschein. Er lauschte auf die Toilettenfrau. Sie blieb verschwunden. Mit dem Schein könnte er eine U-Bahnkarte ziehen und zu Papa in die ABC-Straße fahren. Ben streckte die Hand aus, zögerte...

Er nahm den Schein. —

Gleich darauf aber legte er ihn mit heftiger Bewegung zurück. Der Teller polterte, der Schein flatterte daneben. Bevor der Schein ganz hinunter segelte, erwischte Ben ihn, legte ihn gerade zurück, als hinter ihm die Tür zu den Damentoiletten aufging.

„Ah, das nett sein", sagte die Toilettenfrau mit hartem Akzent. Sie war klein, hatte kupferfarbenes Haar und einen grauen Haaransatz.

Ben lief davon.

Mit der U-Bahn würde es nichts werden, es sei denn, Ben wollte Schwarzfahren. Aber das durfte man nicht. So hatte es ihm Papa beigebracht.

Ben schätzte, dass er die Strecke vom *Kaufhof* zu Papas Wohnung auch zu Fuß schaffen konnte. Er musste sich nur ranhalten.

Die Mönckebergstraße war lang, bot aber Abwechslung. Sie war belebt, die Schaufenster waren bunt und am Ende der Straße lockte der Prachtbau des Rathauses. Ben marschierte guten Mutes.

Dann aber verhedderte er sich. Hinter dem Rathaus wollte Ben sich rechts halten; er wusste, dort käme bald die ABC-Straße. Doch zwei Kanäle, welche die Alster mit der Elbe verbanden, durchschnitten die Innenstadt. Ben wanderte zwischen Häuserschluchten einer engen

Straße. Hier siedelten edle Einrichtungs- und Lampengeschäfte. Immer wieder lockten schmale, von Schaufenstern beleuchtete Passagen die Fußgänger nach rechts hinüber; die Wege endeten aber schließlich am Kanal, begrenzt von fein geschmiedeten Brüstungen. Tief unten schlappte das Wasser gegen Spundwände und roten Backstein.

Endlich fand Ben einen Überweg und kam am *Renaissance*-Hotel heraus. Die Dämmerung hatte eingesetzt. Das warme Licht der Hotellobby fiel bis auf den Bürgersteig; auch das Laub der Linden, die gegenüber, am Rand eines kleinen Parks wuchsen, fing noch etwas von dem Licht der Hotellobby auf. Hinter den Bäumen standen in kleiner Gruppe dunkle Gestalten. Sie trugen Kapuzenpullover, ließen ihre breittrainierten Schultern lässig hängen. Die Hände waren in den Hosentaschen vergraben. Bewegte sich einer von ihnen, so zeigte er einen geschmeidigen, ja tänzelnden Gang, der an junge Tiger denken ließ.

Der kürzeste Weg führte durch den Park. So vermutete Ben und verharrte für Sekunden vor dem Hoteleingang, bevor er sich entschied, besser einen Umweg über die *Große Bleichen* zu gehen.

Sein Zögern war bemerkt worden. Aus der Gruppe löste sich eine Gestalt, tänzelte über Kopfsteinpflaster heran, wobei die Gestalt ihre Schultern abwechselnd von der einen auf die andere Seite wiegte. Die Hautfarbe des jungen Mannes unter der Kapuze war schwarz, das Weiß seiner Augäpfel leuchtete.

„Hey, du reichen Papa?" Der Mann nahm die Hände aus den Taschen. Sie waren schwarz und überraschend groß.

Ben trippelte los, betont langsam, mit kleinen Schritten. Um zu zeigen, dass er keine Angst hatte. Wie er es auf dem Schulhof machte. Nur die Schulterblätter zog er unwillkürlich hoch, der Nacken verkrampfte sich.

„Reichen Papa, was", hörte er den Verfolger hinter sich.

Immer noch war der Mann also hinter ihm, Ben trabte an. — Jetzt würde er ihn abgehängt haben.

Als Ben sich umschaute, war der Verfolger jedoch dichter als zuvor. Weiß und beutesicher leuchteten die Augen. Die anderen Männer aus der Gruppe, die bisher vom Park aus zugesehen hatten, duckten sich unter den Zweigen hervor und schlossen mit weiten Schritten auf.

Ben hatte Angst. Er lief, so schnell er konnte, erreichte eine Querstraße mit Autoverkehr, aber niemand war auf dem Bürgersteig. Rechts herum hetzte Ben an einem Bushalteschild vorbei. Neben ihm schwoll ein Grollen an; ein Bus hielt, die Tür öffnete sich, und Ben sprang hinein.

„Fahrkarte", sagte der kurzärmelige Mann am Steuer.

„Die verfolgen mich", stieß Ben hervor, dann hustete er, so trocken war der Hals.

Der Fahrer schaute über Bens Schulter hinweg auf den Bürgersteig. Was er sah, wusste Ben nicht. Aber hinter Ben schloss sich die Tür und zugleich fuhr der Bus kräftig an. Der Fahrer bedeutete Ben mit einem Kopfnicken, er könne durchgehen, ohne zu bezahlen.

Der Bus war voller Feierabendgesichter. Keines nahm Notiz von Ben. Der Junge ließ sich auf den letzten freien Platz fallen. Sein Herzt klopfte heftig.

Er schaute durch die große Scheibe nach draußen in die Dunkelheit. Menschen, Laternenlichter, Autos wischten vorbei.

Was hatte der Schwarze von ihm gewollt? — Wo fuhr der Bus hin?

Ben versuchte, Straßenzüge und Häuser wiederzuerkennen. Aber die Scheibe spiegelte, und er war zu selten in der Stadt gewesen. Neben ihn saß ein junger Mann mit Baseballmütze, konzentriert wischte er auf seinem Handy. Ben rang mit sich, ihn zu fragen, wohin der Bus fuhr.

Es machte *bling*, und vorn leuchtete eine Anzeige auf:

Dammtor

Den Namen kannte Ben. Dort hatte Papa gesessen. Das war die falsche Richtung, der Bus fuhr aus der Stadt heraus. Ben drückte den Halteknopf.

Eine Viertelstunde später saß er im Bus der entgegengesetzten Linie und hielt die Nase an die Scheibe, schaute hinaus, wollte die richtige

Haltestelle zum Aussteigen erwischen. Dann wären es nur noch zwei Minuten Fußweg bis zu Papa. Ben hatte sich auf dem Umgebungsplan im Haltestellenhäuschen orientiert.

Zwei Männer stiegen zu. Sie erregten sofort Bens Aufmerksamkeit. Auf den Köpfen hatten die Männer Schirmmützen, der Schnitt ihrer Jacken erinnerte an Uniformen, obwohl keine Schulterabzeichen aufgenäht waren.

„Fahrkartenkontrolle", sagten sie, als der Bus anfuhr.

Ben machte sich klein. Eine Lösung war das nicht.

Schon hatten die zwei Kontrolleure den ersten Kandidaten. Er saß vier Reihen vor Ben in einer Reihe, in welcher die Sitze entgegen der Fahrtrichtung montiert waren. Der Mann hatte die lederne Haut eines Bewohners südasiatischer Bergwelten, wo die Winter hart und die Sommer sonnentrocken waren. Er trug einen gut erhaltenen Sommermantel, der Ben aber zu groß vorkam.

Während Ben ein schlechtes Gewissen hatte und nach einem Ausweg suchte, um der Kontrolle zu entwischen, zeigten vorn die Gesichtszüge des Ertappten weder Nervosität noch Schuldbewusstsein. In den Augen des Mannes war geradezu Triumph. Er sprach kein Deutsch. Aber ein Wort hörte Ben mehrmals aus dem engagiert vorgebrachten Kauderwelsch heraus.

„Asyl. Asyl."

Die Kontrolleure schauten sich an, als wollten sie sagen: Was machen wir nun?

Behaglich rutschte der Schwarzfahrer tiefer in den Sitz, streckte die Beine aus und beanspruchte für seine Füße, die in schneeweißen Turnschuhen steckten, den Fußraum der älteren, graublonden Dame, die ihm gegenüber saß.

Entschuldigend zuckten die Kontrolleure die Schultern, nickten der Dame zu, als wollten sie sagen: Wir sind nicht fremdenfeindlich, und der Mann weiß wahrscheinlich nicht, wie man sich hier zu benehmen hat, und dass man in Hamburg im Bus eine Fahrkarte benötigt, weiß er wohl auch nicht. Eilig schritten sie zur nächsten Reihe und kontrollierten beflissener als zuvor mit gesenkten Köpfen und fahrkartenfokussiertem Blick. — Das war Bens Chance. Die Kontrolleure waren beschäftigt, der Bus verlangsamte das Tempo, das Haltestellenschild kam näher.

Ben glitt vom Sitz, geschmeidig schlich er zum Hinterausgang. — Dort stand eine Frau mit Schirmmütze und Uniformjacke: Die dritte Kontrolleurin hatte Ben nicht bedacht. Eine steile Falte wuchs zwischen den Augen der Frau. An ihren Mundwinkeln waren Fältchen zu ahnen. Die Frau war noch jung, aber sie sah aus, als litte sie unter Magenbeschwerden.

„Zeigst du mir deinen Fahrschein, bitte", forderte sie Ben auf.

Ben war zu erschrocken, um klar zu denken.

„Asyl, Asyl", plapperte er.

„So siehst du nicht aus."

„Wie muss man aussehen?" — Ging das nach Aussehen? Ben wusste da nicht Bescheid. Der Mann vorn hatte kaum Deutsch gekonnt. Vielleicht war das der Schlüssel.

„Ick nix verstand", schob Ben nach.

Die Kontrolleurin guckte Ben an, als würden ihre Magenbeschwerden aufbrechen. „Willst du mich verarschen, Kleiner?", sagte sie.

Kleiner. Wie ihn der Begriff nervte. Heute Nachmittag hatte ihn bereits Kuno so genannt. Die schwule Sau. Ben war nicht mehr klein. Er hatte eine Freundin.

Sein aufschießender Zorn verlieh ihm Mut. Der Bus rollte an der Haltestelle aus.

Ben sagte: „Mama sitzt da vorn." Er zeigte. Die Türen gingen auf. „Sie hat eine 9-Uhr-Karte."

Mit der 9-Uhr-Karte durften mehrere zugleich als Kleingruppe fahren, das wusste Ben. Die Kontrolleurin guckte nach vorn, wo Bens Mutter sitzen sollte. Ben wischte an der Frau vorbei und sprang aus dem Bus in die Freiheit.

Er lief los. In die Dunkelheit, weg von dem Bus, weg von den Kontrolleuren. Als Ben sich zum ersten Mal umschaute, sah er, dass niemand hinter ihm war.

Ben kam zu Atem. Hunger und vor allem Durst hatte er. Wichtiger aber war das erleichternde Gefühl, nicht länger verfolgt zu sein. Die Spannung zwischen den Schultern löste sich. Die Dunkelheit der Straße, die abweisenden Marmorfassaden der abendverlassenden Bürogebäude, schreckten ihn nicht. Im Gegenteil, sie boten Schutz. Dicht an der Wand entlang, die Fingerkuppen über den noch sommerabendwarmen Marmor fahrend, trottete Ben auf den in nächsten hellen Punkt zu: eine Straßenlaterne an einer Kreuzung. Dort würde er sich orientieren.

Ben schätzte, dass es auf Mitternacht zuging, als er endlich am Eingang von Papas Boardinghouse in der ABC-Straße stand. Die breite Glastür des Haupteingangs ließ sich nicht aufziehen. Am Tresen im beleuchteten Vorraum saß kein Portier. Zweimal war Ben von seinem Papa hierher mitgenommen worden, aber das war tagsüber gewesen, da war der Haupteingang unverschlossen.

Ben suchte die Klingel, staunte gerade über die dreireihige Anzahl an Klingelknöpfen auf der Messingtafel, als sich im Vorraum die Fahrstuhltür öffnete und der Portier heraustrat. Gewohnheitsmäßig galt dem Haupteingang der erste Blick des Portiers. Da er Ben sah, stellte der weißhaarige Portier den Werkzeugkasten neben dem Fahrstuhl ab und tapste mit Altherrenschritten herbei.

„Der junge Herr Artles, wenn ich nicht irre“, sagte er und ließ den Schlüssel, mit dem er geöffnet hatte, in einer Innentasche seines *Crossover*-Jankerls verschwinden. Dann fuhr er sich ordnend durchs Haar, obwohl das nicht nötig war. Alles lag perfekt.

Überrascht vom Erinnerungsvermögen des Portiers sagte Ben: „Ich... ich wollte zu meinem Papa.“

„Er wird sich freuen.“ Die Augen des Mannes schauten wach und menschenfreundlich. „Aber es ist schön spät, mein Junge. Alles in Ordnung bei dir?“

Ben versicherte, dass alles in Ordnung sei und erfragte die Uhrzeit. Tatsächlich ging es langsam auf Mitternacht zu; aber Papa würde es nicht stören, wenn Ben bei ihm klingelte. Papa war heute aus dem Gefängnis gekommen und würde sich freuen, seinen Sohn zu sehen. Da war Ben sicher.

Im vierten Stockwerk stieg Ben aus. Der Teppich im Etagenflur verschluckte das Geräusch seiner Schritte. In dem Flur mit den vielen Wohnungstüren der Mietparteien war es nachtstill. Nun zögerte Ben doch, den Klingelknopf neben Papas Tür zu drücken und Papa zu erschrecken. Papa läge bestimmt im Bett.

Doch das war nicht der einzige Grund dafür, dass Ben vor der Wohnungstür seines Vaters innehielt. Viel wollte er seinem Papa erzählen, und Papa wüsste Antworten.

Doch sollte er Papa auch von Mama erzählen? Was Anna über Mama gesagt hatte? Was Anna über Mama *gelogen* hatte? Ben liebte seine Schwester. Er liebte Mama. Keinem wollte er schaden.

Das waren schwierige Gedanken. Deswegen stand Ben vor Papas Tür und verharrte.

Wenn er Papa erzählte, wie Anna über Mama gelogen hatte, dann würde Papa böse auf Anna sein. Ben wollte nicht, dass Papa böse auf Anna würde. Wenn er es nun Papa einfach nicht erzählte... — Aber was war, wenn es stimmte, was Anna gesagt hatte...

Ben fingerte nach dem Schlüssel unter der Matte. Papa hatte ihm bei Bens erstem Besuch mit schelmischem Blick zugeflüstert, dass dort ein Ersatzschlüssel versteckt wäre.

Ben fand ihn.

Leise öffnete Ben die Tür. Er war aufgeregt. Gleich würde er Papa wiedersehen. Warum war er bloß so unschlüssig, ob er davon erzählen sollte, was Anna im Bunker zu Kuno über Mama gesagt hatte. Wenn er es Papa erzählte, dann konnte es sein... Erst recht, wenn es stimmt... Dann konnte es sein, dass Papa nicht nur auf Anna böse wurde; es könnte passieren, dass er nicht länger Mama lieb hatte. Weil Papa glaubte, Mama hätte ihn noch mal ins Gefängnis gebracht.

Ben wollte aber, dass Papa und Mama sich lieb hatten. Also kam er zu dem Entschluss: Besser wäre es, wenn er die Lüge seiner Schwester für sich behielte.

Die Erkenntnis drückte Ben auf die Brust.

„Papa..?", sagte er zaghaft, schloss die Wohnungstür hinter sich und ging an der geschlossenen Toilettentür vorbei Schritt für Schritt tiefer in den Flurschlauch von Papas Appartement. Die Luft war warm und verbraucht. Am Ende des Flurs schimmerte Licht aus dem Wohnzimmer.

„Hallo Papa", sagte Ben, da er ins Wohnzimmer trat.

Neben Papas abgewetztem Ledersessel war die Stehlampe eingeschaltet. Papa bestückte sie immer mit alten Glühbirnen aus seinem Vorrat, da er das gemütliche Licht davon mochte.

Die Stehlampe beleuchtete einen leeren Sessel.

Dann wäre Papa im Schlafzimmer, würde sich gerade den Schlafanzug anziehen.

„Papa?"

Das Schlafzimmer war dunkel und leer, die Luft kühler. Auf dem Nachttisch zeigte der Anrufbeantworter durch Blinken eingegangene Sprachnachrichten an. — Ben hörte die Toilettentür im Flur. Ach so, da war Papa, Zähneputzen.

Ben ging zurück in den Flur und da stand ein fremder Mann vor ihm mit heruntergelassener Hose.

„Hey", sagte der Mann, „Jüngelchen. Hab' dich gehört."

Ben stand wie angewurzelt. „Wo ist mein Papa?"

„Frag ich mich auch." Der Fremde grinste und schloss seine Hose. Sie war eng und knarrte dabei. Sie war aus Latex.

Der Toilettenspülkasten rauschte, der Fremde und Ben schauten sich an, und Ben dachte: So fremd ist der gar nicht, den habe ich schon mal gesehen. Die frühen Tränensäcke, die schmalen Lippen und dieser Blick, der immer in Bewegung war, nichts verpassen wollte.

Ben erinnerte sich. Es war auf der Reeperbahn gewesen, als er mit Sophia unterwegs gewesen war.

„Du bist Johnnie", sagte Ben. So war der Latexhosenmann von dem Araber in dem Reeperbahnladen genannt worden.

Der schmale Mund des Mannes dehnte sich zu einem breiten Grinsen. „Und du bist clever, Jüngelchen. Wie dein Vater." Er verschwand in dem Toilettenraum. „Aber nenn' mich Jonas. Johnnie find' ich blöd."

Jonas war Ben nicht geheuer. Ben kalkulierte, ob er bis zur Wohnungstür kommen würde, bevor Jonas wieder aus dem Bad auftauchte — da war Jonas schon wieder zurück und warf Ben etwas zu.

Ben schnappte es auf.

„Hast auch die gleichen Vorlieben wie dein Vater", sagte Jonas.

Ben schaute, was er aufgeschnappt hatte. Er hielt eine Packung Kondome in den Händen. *Erdbeergeschmack* war auf der Packung vermerkt.

Jonas sagte: „Aus'm *Alibert* von deinem Vater. Schenkt er dir. Bin ich sicher."

Jonas klappte den Toilettendeckel herunter, schloss den verspiegelten Schrank über dem Waschbecken, aus dem er die Kondome geholt hatte.

Der Weg zur Wohnungstür war frei. Ben sprintete los.

Als hätte Jonas damit gerechnet: Vor Ben tauchte wie aus dem Nichts ein Hindernis auf, das gestreckte Bein von Jonas in der engen, glänzenden Hose. Mit dem Hüftknochen prallte Ben dagegen, und Jonas hielt das Bein unnachgiebig. Ben stürzte.

Jonas war über ihm. „Schön hiergeblieben, Jüngelchen. Du bist mein Präsent. Ich möchte doch einem guten Freund wie deinem Vater nicht mit leeren Händen gegenübertreten."

Marie kam zu Leon.

Leon und Marie standen beieinander und sahen mit entsetzten Gesichtern, wie ihre Tochter Anna die Rolltreppe hinauflief: Mit solcher Energie, dass sie immer zwei Stufen auf einmal nahm.

„Anna", rief Marie und ihre Stimme wurden von den Bunkerwänden zurückgeworfen, „Anna, bleib doch hier!"

Mit rauer Stimme sagte Leon und sah seine Frau dabei nicht an: „Ich laufe ihr hinterher."

„Das sie nur keine Dummheiten macht", sagte Marie. Leon würde es nicht mehr gehört haben, er war schon losgelaufen.

Marie hielt hier nichts mehr. Um die Ausstellung mochten sich für die nächste Stunde Vogg und Westinghaus kümmern. Dann war sowieso Feierabend für heute. Marie musste zu ihren Kindern.

Staatsminister Vogg hielt sie am Arm fest. Marie hatte nicht mitbekommen, wie er zu ihr getreten war.

„Besser nicht", sagte Vogg.

„Was?"

„Ich habe die Polizei verständigt."

„Aber —"

„Die macht das schon."

„Ich will zu meinen Kindern. Ich muss meinem Mann helfen, sie zu finden."

„Wir brauchen Sie hier, Marie. Es ist Ihre Ausstellung, Ihre Chance aus dem Stand heraus groß rauszukommen."

Das interessierte Marie im Augenblick nicht. Das hatte Zeit bis morgen. Seit Tagen und Wochen schon sprach Anna nicht mehr offen mit ihrer Mutter. Jetzt lief sie Leon und ihr sogar davon...

„Ich muss zu meiner Tochter." — Ben war auch fort. Was für ein verdammtes Durcheinander. „Lass mich endlich los." Sie blitzte Vogg an, was erlaubte sich der Mann, sie weiter am Arm zu halten.

„Marie, jetzt hör' mal zu."

„Frau Artles, immer noch, bitte."

Vogg merkte auf. Ließ ihren Arm frei. Zwischen ihnen änderte sich gerade etwas. Vogg sagte: „Ich habe der Polizei vor drei Minuten gemeldet, dein Mann hätte deinen Sohn entführt. Du kannst jetzt nicht hinter deinem Mann herzockeln und mit ihm zusammen deine Kinder suchen. Wenn du nicht alles kaputtmachen willst, kannst du das nicht."

„Ich habe eher das Gefühl, du machst gerade alles kaputt", zischte Marie und rauschte davon.

Vogg, Westinghaus und Geraldine sahen ihr hinterher. Diesmal genoss Marie ihren Abgang nicht wie noch in der Sparkassenfiliale mit deren Beflissenheitsweltmeister Rösch neben dem Ficus in Blähtonkügelchen.

Marie eilte aus dem Bunker, aber wusste nicht wohin, und so stand sie ziellos vor dem Hauptbahnhof, wo geschäftige Menschen mit Zielen an ihr vorbeiströmten.

Diesmal war Unordnung in ihrem Kopf. Derartige Unordnung, dass Marie nicht wusste, wohin sie sich wenden sollte. Leon war nirgends zu sehen, die Kinder waren weg. Es wäre sinnlos, die Stadt zu durchkämmen, um die Kinder im Alleingang zu finden. Die Polizei war effizienter, da hatte Vogg Recht.

Maries *iPhone* piepste. Es hatte wieder Empfang und Nachrichten liefen ein. Paula meldete sich aus Worpswede. Sie war erschöpft und gefrustet, hatte den Tag über peinliche Werke von Hobbykünstlern gesichtet sowie dekorative Belanglosigkeiten von millionenschweren Gebrauchsgrafikern, die sich nach einem Leben in Hamburger Agenturen im Ruhestand daran erinnerten, dass sie eigentlich Künstler hatten werden wollen.

Sophia fragte über *WhatsApp* zum wiederholten Male, ob zwischen Marie und ihr noch alles stimme, ob sie sich treffen würden, aussprechen könnten.

Sophia hatte ein schlechtes Gewissen wegen Bertie. Konnte Sophia ruhig weiter haben, fand Marie. Sie ärgerte sich über ihre Freundin. Hätte Sophia nicht Bertie angeschleppt, säße Leon womöglich immer noch in U-Haft und der ganze Kuddelmuddel mit den Kindern wäre nicht passiert. — Obwohl, so einfach war es vielleicht nicht. Wenn Marie ehrlich war, dann hatte eine Unachtsamkeit von ihr dazu geführt, dass Leon in Mordverdacht geraten war. Marie hatte das als Chance begriffen, endlich aus Leons Schatten zu treten und ihr eigenes Leben zu finden.

Nun, vor dem Bahnhof, da war Marie nicht mehr sicher, ob das so richtig gewesen war. Vorher, bevor Leon ins Gefängnis gekommen war, da hatte sie schließlich auch gelebt. Eigentlich gut gelebt. Nur mit Anna und Ben hatte es nicht perfekt geklappt, und sie war neidisch auf Leon gewesen, der ausgezogen war und dennoch einen besseren Draht zu den Kindern behalten hatte.

Während sie Leon mit ihrem Verhalten - ja auch, wenn Möller sie hierzu verleitet haben mag - in U-Haft hielt, glaubte sie, ihre Beziehung zu Anna und Ben ins Lot bringen zu können. Leon war schachmatt gesetzt, der würde vorerst nicht dazwischenfunken. Irgendwie hatte das aber nicht geklappt. Jetzt waren beide Kinder fort und Leon auch, und die Ausstellung, die ihr zuvor so wichtig gewesen war, sie war auf einmal Nebensache.

Sophia konnte sie für all das nicht die Schuld in die Schuhe schieben, das beleidigte Maries Verstand.

Marie überflog die nächsten *WhatsApp*-Nachrichten von Sophia.

Einbrecher bei dir zu Hause?

War gerade da. Wollte mir dir sprechen

Einbrecher? — Was war das für ein Unsinn. Oder doch, natürlich wäre das möglich. Marie wollte mehr wissen und überlegte, Sophia anzurufen. Sie wischte weiter nach unten; Sophia hatte mehr geschrieben. Sophias nächste Nachricht war eine Stunde jünger:

Leon getroffen. Sucht dich und Kinder. Ben evtl. bei Hanna?

Bei Hanna? Das wäre eine Möglichkeit, ein Ansatzpunkt. Hanna war Bens Flamme, wenn man von so etwas in Bens Alter schon sprechen konnte.

Marie war unsicher, ob Hanna eine reelle Möglichkeit war oder ein Hirngespinst. Auf jeden Fall konnte Marie nun etwas tun. Alles war besser, als vorm Bahnhof zu stehen und den Menschen zuzuschauen, wie sie in die Wandelhalle liefen oder hinüber strebten zu *Saturn* und dem *Kaufhof*.

Im Freistil, die Ampeln ignorierend, überquerte Marie den vierspurigen Steintordamm, tauchte in der Tiefgarage Hühnerposten nach ihrem Touareg und bugsierte das schwere Gefährt die enge Ausfahrt bei der ehemaligen Hauptpost hinaus auf die schmale Straße. Zugleich hatte sie in das Navi die Adresse von Hannas Eltern eingegeben. *Multitasking* tat Marie gerade gut. Die Einbrecher zu Hause sollten warten, Ben war wichtiger.

Die schmale Straße führte zur Münzstraße. In die Einmündung preschte ein Passat.

„Du dämlicher Hund. Führerschein in der Lotterie gewonnen?" Marie gestikulierte.

Der Passat blieb stehen, versperrte die Einmündung zur Münzstraße.

Wenden war in der schmalen Straße unmöglich, aber Marie könnte rückwärts setzen. Das Navi fände eine neue Strecke. Marie quälte den Rückwärtsgang rein, bisher war niemand hinter ihr.

Dem Passat vorn entstieg eine Frau mit straff geflochtenem Pferdeschwanz. Sie ließ die Beifahrertür offen und kam auf Marie zu.

Es war Kommissarin Jessica Nitsch. Sie machte Zeichen.

Marie ließ die Scheibe herunter.

Jessica Nitsch sagte: „Können Sie irgendwo parken?"

„Was ist los?"

„Wir möchten mit Ihnen sprechen."

„Aber..?"

„Bitte, Frau Artles. Es ist dringend."

Marie wollte zu Ben. Wie wurde sie die Kommissarin los?

„Ich kann hier nicht parken", sagte Marie. Tatsächlich waren die Straßenrandstellplätze mit Karossen belegt und andere mögliche Stellplätze mit Betonpollern unbenutzbar gemacht worden. Nur ein einziger Platz war frei, aber Marie hütete sich, dort einzuparken. Es war ein sogenannter *Deppenparkplatz*. Überall in der Stadt waren in den letzten Jahren nach und nach an mehrstöckigen Neubaufassaden, auf welche die Stadtverwaltung Zugriff hatte, unauffällige kleine Schilder in lichter Höhe montiert worden, so dass Autofahrer durch die Frontscheibe nur schwer auf sie aufmerksam wurden. In Lupenschrift war auf den Schildern notiert: *Feuerwehrzufahrt*.

Rigoros wurde davor abgeschleppt. Eine Goldader für Abschleppunternehmen und die Bußgeldstelle. Einheimische fielen bald nicht mehr darauf herein. Aber Touristen fütterten das Stadtsäckel weiterhin zuverlässig.

„Es geht um Ihren Sohn, Frau Artles."

Was, um Ben drehte es sich?

„Ich würde das ungern auf der Straße mit Ihnen besprechen, Frau Artles."

„Was ist mit Ben?"

„Stellen Sie Ihren Wagen ab." Jessica Nitsch zeigte auf den *Deppenparkplatz*. Sie versicherte: „Das ist in Ordnung."

Unter das Scheibenwischerblatt des abgestellten Touaregs klemmte sie ein Kärtchen.

Auf dem Weg zum Passat schwieg die junge Kommissarin eisern, trotz Nachfragen von Marie. Nachdem Marie hinten und die Kommissarin auf dem Beifahrersitz Platz genommen hatten, drehte sich Oberkommissar Möller, der am Steuer saß, zu Marie um:

„Wir haben den Verdacht, dass Ihr Sohn entführt worden ist, Frau Artles."

„Oh." — Das ging zügig. Woher wussten sie..? —

Beide, Oberkommissar und Kommissarin, schauten Marie an. In ihren Blicken war Besorgnis und Mitgefühl. Aber da war mehr...

Sie taxieren mich, dachte Marie und sagte: „Ähemm."

Unsicher war sie. Was erwarteten die Polizisten, wie sollte sie reagieren? Sie wollte Ben wiederhaben. Anna wiederhaben. Ihr Leben wiederhaben. Aber welches Leben überhaupt. Sie wusste es selbst nicht mehr.

„Woher —" Sie brach gleich ab. Sie wollte gefragt haben, woher Möller und Nitsch von Bens Entführung wussten oder „von dem Verdacht seiner Entführung", wie sie formulierten. Aber wäre das die richtige Frage für eine Frau, die Angst um ihren Sohn hatte? Allein dass sie sich die Frage stellte, zeigte ihr schon, dass sie in ihrem Leben vom Weg abgekommen war, sich verirrt hatte. Das einzige Ziel, welches sie sicher kannte:

Sie wollte Ben in die Arme schließen.

Der Gedanke klettete sich fest, und mit dem brennenden, ehrlichen Wunsch kamen die Tränen, signierten die Wahrheit ihrer Besorgnis und verwischten die Irritation, die ihre merkwürdige erste Reaktion bei den zwei Kommissaren ausgelöst haben mochte.

Möller senkte den Blick; wie man es aus Unsicherheit oder Respekt tat, wenn das Unglück des anderen einen unmittelbar ansprang. — Der Ausdruck in Jessica Nitschs Gesicht wurde weicher. „Es wird alles gut", versprach sie.

Möller meinte: „Wir werden unser Möglichstes tun."

„Was...was ist passiert?", fragte Marie.

Auf der Rolltreppe wünschte Leon sich, 20 Jahre jünger zu sein.

Wie eine junge Amazone war Anna die längsgeriffelten Stahlstufen der stillgelegten Rolltreppe hinaufgerast.

Leon war mehr das altgediente Schlachtross, das hinterher stapfte; besonders das letzte Drittel der Rolltreppe fiel ihm schwer. Ein Trost war, dass Marie das obere Drittel unten vom Bunker aus nicht einsehen konnte. Obwohl: Was scherte ihn Marie. Er wollte sich von ihr scheiden lassen.

Heftig atmend erreichte Leon die unterirdische Passage: Rechts war der Eingang zum Kaufhof, links führte die Passage zum Bahnhof. Zwischen den Passanten war Anna nicht auszumachen.

Links herum oder rechts herum? Raten war nicht Leons bevorzugte Methode. Bei der Arbeit ging er planvoll vor. Präsentierte Schmocke und Schach *Excel*-Tabellen, arbeitete Listen ab. Planung war im Marketing die Grundlage für Kreativität. Leon holte das Handy hervor. — Auch in der Passage war noch kein Empfang.

Also nahm Leon die kurze Rolltreppe, die hinauf zur Mönckebergstraße führte. Dann aber zögerte er.

Statt zu raten wollte er Anna anrufen, um zu fragen, wohin sie sich geflüchtet hatte. Allerdings: Es war unrealistisch zu erwarten, dass seine Tochter ihm nun sagen würde, „Tut mir leid, Papa, dass ich gerade weggelaufen bin, ich komme zurück."

Eher machte er mit einem Anruf noch mehr kaputt. In Annas Alter war man schwierig. Leon erinnerte sich an seine Jugend. Man nahm die Sachen schwer, alles hatte Bedeutung, die Eltern verstanden sowieso nichts.

Leon streifte durch Hamburgs größte Einkaufsstraße, durchsuchte auch die Parallelstraße und verbrauchte Zeit, indem er allen möglichen Gedanken nachging und letztlich zu dem Ergebnis kam, dass er so keine Ergebnisse produzierte. Weder fand er durch herumlaufen Anna, noch wurden er oder die Welt schlauer durch sein Nachdenken.

Es blieb das Handy.

Leon tippte die Anna-Taste und wartete und schaute auf die *Daniel-Wischer*-Fassade. Er roch Fischfritierfett und dachte an die Fassbrause, die bei *Daniel Wischer* mindestens so lange zum Backfisch ausgeschenkt wurde, wie die Rolltreppen des vergessenen Bunkers stillstanden.

„Was willst du?" — Anna! Ungnädig.

Leon stammelte sein Anliegen. Sie möge zurückkommen, Verständnis haben.

Aber eine Pubertierende hat kein Verständnis und schon gar nicht für die Eltern.

„Ich bin bei den Pferden", sagte Anna und legte auf.

Anna und die Pferde, das war ein großes Thema, seitdem das Mädchen so lange gebettelt hatte, bis auch Leon, Marie hatte sich schneller breitschlagen lassen, eingewilligt hatte, dass Anna einen Reitkurs belegen durfte. Leon dachte, das Thema wäre nach spätestens einem halben Jahr ausgestanden, besonders da die Reitschülerinnen auch die Ställe säubern und die Tiere striegeln mussten.

Aber während es beim Aufräumen des Kinderzimmers eher schwierig und beim Einräumen der Spülmaschine nahezu katastrophal zuging und jedesmal lautstark geführte Auseinandersetzungen gab, war die

Beseitigung tierischer Exkremente offensichtlich Annas Ding.

Eine Stunde später hatte Leon sich aus der Stadt gekämpft. Das Coupé rumpelte über einen Feldweg zu Annas Reitanlage *PonysParadise*, die von der geschiedenen Ehefrau des Sparkassenfilialleiters Rösch auf einem Resthof eröffnet und in den Folgejahren mit Hilfe eines freihändig vergebenen Hypothekenkredits der Sparkasse um spektakuläre Stallungen samt ökologisch vorbildlichen Solardächern und Pferdedungbiogasanlage erweitert worden war. Nur:

PonysParadise lag dunkel da.

Kein Mensch war zu sehen, nirgendwo leuchtete auch nur die sparsamste Energiesparleuchte. — Leon stieg aus. Lediglich das entspannte Sommerbrisensäuseln der Bäume des Mischwaldes vernahm er, welche die Anlage und weißbebänderten Wiesen umstanden. In der Luft lag der mildsäuerliche Geruch naher Pferdestallungen.

Leon klopfte an Holztüren, rüttelte an der verschlossenen Glastür zur Cafeteria, die bekannt war für ihren Buchweizenkuchen mit Apfelspalten in karamellisiertem Agavensirup. Schließlich betätigte Leon sogar den gusseisernen Klopfer an der Haustür des reetgedeckten Haupthauses.

Niemand öffnete, nirgendwo war Anna. Der Hof erschien Leon menschenleer.

„Scheiße."

Viel Zeit investiert — kein Ergebnis. Beziehungsweise ein schlechtes Ergebnis.

Er ging zum Auto; in das Rauschen des Waldes mischte sich ein dumpfes Grollen. In Leons Gedanken tauchte sofort Sophia auf, und Leon überlegte noch, warum das so war, als ihm klar wurde: Das Grollen war echt, und er kannte es.

Er hielt sich rechts, weg vom Reetdachhaus, hinein in den dunkelsten Bereich des Pferdehofes. Das Grummeln wurde lauter, und Leon ordnete es als das typische Motorengeräusch ein, welches Sophias Hummer produzierte. Aber Sophia in dieser gottverlassenen Gegend?

Die Frau hatte Besseres zu tun.

Leon entdeckte einen Stall, durch wenige Holzfugen drang Licht. Er ging herum. Die Tore standen offen, der Hummer setzte zentimeterweise rückwärts in den Stall, und Sophia ließ den Motor orgeln, als wolle sie die Eigernordwand hinaufkraxeln.

Eine Frau, kalkweiß angestrahlt von den Rücklichtern, riss die Arme hoch: „Genug!"

Sophia trat auf die Bremse, die Bremsleuchten bestrahlten die hinter dem Hummer stehende Frau mit den hochgerissenen Armen nun Rot.

Weiß und Rot, dachte Leon, das sind die Farben dieser Frau. Sie hatte einen hennaroten Pagenschnitt mit einem langem Pony, der Stirnfalten kaschierte, sowie darunter ein ungewöhnlich weißes Gesicht, welches derart glänzte, als wäre bereits die sündteure nährende Nachtcreme aufgetragen.

Sophia brachte den Motor zum Schweigen, rutschte vom Hummerthron ins Freie.

Leon trat in den Parklichtkegel und sagte „Hallo, ihr zwei."

Sophia machte einen erschrockenen Kiekser, erkannte Leon aber gleich darauf. Von der Pagenschnittfrau hörte Leon nichts. Nach einer Sekunde dann ein metallisches Klicken.

„Oh", machte Leon und hob die Hände.

Die Frau kam mit vorgehaltener Flinte um das Heck des Hummers.

„Schön laangsaam, Bursche." Sie sprach gedehnt und ruhig. Hoffentlich war ihr Finger am Abzug ebenso ruhig, dachte Leon.

„Das ist nur der gute Leon", erläuterte Sophia und hakte sich bei Leon ein, um ihm das Leben zu retten. Sie stellte Leon der Flintenfreundin vor: „Und das ist Jasmin Rösch, Besitzerin vom Reiterhof." Ungefragt klärte Sophia Leon auch gleich noch über Jasmins aktuellen Ehestand auf.

Jasmin Rösch ließ die Flinte daraufhin sinken und streckte Leon die Hand hin. Die war zehn Jahre runzeliger als ihr Nachtcremeglanzgesicht. „Nennen Sie mich Jasmin —"

„Wir duzen uns, oder?", meinte Sophia zu Jasmin und lehnte sich gegen Leon. Der spürte Sophias Wärme. — Sophia war anders als Marie; Sophia war weich und schmiegsam und ohne Misstrauen.

„Nenn mich Jasmin", verbesserte sich Jasmin.

„Leon. Angenehm." Jasmins Handinnenflächen waren trocken und raspelig. Die mistet ihre Ställe selbst aus, dachte sich Leon, und danach knirscht sie sich ein Körnermüsli.

Jasmin sagte: „Eigentlich müsste ich jetzt bei meiner Fraktion in der Ratssitzung sein. Wir stimmen gegen die geplante Umgehungsstraße. Aber da kam der Hilferuf von meiner Freundin Sophia..."

„Was für ein Hilferuf?", erkundigte sich Leon.

Sophia löste sich von Leon. „Hier", sagte sie und watete trittsicher durch den Stallsand, „Geraldine hat mich angerufen. Wegen Satteldecken, ob ich bei Jasmin nachfragen könnte." Sophia hatte Stiefeletten an den Füßen mit breiten, hohen Absätzen sowie lustig wippenden Fransen an den Echtlederschäften. Dazu hatte Sophia eine Stretchjeans angezogen und eine körpernah geschneiderte Jacke, bei welcher derart am Stoff gespart worden war, dass das Jackenrückteil bereits oberhalb der Nierengegend endete. Das Outfit von Maries platinblonder Freundin Sophia changierte also zwischen Cowgirl und Stripperin, und Leon mochte es.

„Geraldine braucht die Satteldecken dringend", erklärte Sophia. Von einem Stapel schlammfarbener Decken griff sich Sophia die oberste. Leon erinnerte sich: Geraldine war Maries Freundin mit dem strengen Blick und dem straff zurückgekämmten Pferdeschwanz.

„Und was machen Sie hier? Äh, was machst du hier?", erkundigte sich Ratsfrau Jasmin und strich das faltenverdeckende Stirnhaar zurecht.

„Ich...ich suche meine Tochter." Offensichtlich war Anna nicht hier. — Vielleicht hatte Leon dafür etwas anderes gefunden. Er schaute auf Sophias Jeans-Po und überlegte, ob Sophia ihm die Hinterbacken extra entgegenstreckte oder zwangsläufig, da sie die Decken aufnahm und in den Kofferraum wuchtete. Auf jeden Fall regte ihn der Anblick an. Nicht zum Helfen, mehr zum Betrachten.

Jasmin fragte: „Hier?"

„Was hier?", fragte Leon zurück, hatte den Faden verloren.

„Ihre Tochter. Deine Tochter."

„Sie ist hier Reitschülerin. Anna —"

„Ach Anna! Eine selbstbewusste junge Dame. *Deine* Tochter ist das", erkannte Jasmin, „Die will was lernen. Sehr umsichtig, sehr einsichtig."

„Ach", sagte Leon. „Ja, so ist sie. Ein tolles Mädchen."

„Ihr könntet mir auch helfen und dabei quatschen", brachte sich Sophia in Erinnerung, und sie beeilten sich, bei den Decken mit zuzugreifen.

„Wenn du deine Tochter suchst, ruf sie doch an", meinte Sophia und war außer Atem.

„Hab ich schon. Sie meinte, sie wäre hier."

„Dann ruf sie noch mal an. Hier ist sie ja nicht."

„Ich fürchte, sie geht nicht dran, wenn sie sieht, dass ich es wieder bin. Sie war schon ungnädig, als ich mich das erste Mal bei ihr gemeldet habe." Leon zögerte, dann sagte er: „Sie ist mir... Sie ist uns davongelaufen."

„Ach, das machen wir alle in dem Alter", erklärte Jasmin, und Sophia sagte:

„Sie wartet darauf, dass du sie anrufst, glaub mir. Töchter lieben ihre Väter. Je garstiger sie sich geben, je mehr lieben sie."

Jasmin hielt ihm ihr Handy hin. „Wenn du damit anrufst, geht sie sofort dran. Sie denkt ich wär's, es wäre irgendwas mit ihrer Stute."

„Frauen denken praktisch", meinte Sophia; sie hatte aufgehört, hin und her zu packen, und ihre Lippen blieben Millimeter geöffnet und hatten das Rot der Verführung aufgelegt. Leon hatte geglaubt, hier Anna zu finden; stattdessen fand er, was er nicht suchte oder gar wollte. — Oder suchte und wollte er doch?

Da ging was durcheinander bei ihm. Seit er im Gefängnis gewesen war. Vielleicht schon zuvor, er hatte es sich nur nicht eingestehen wollen.

Beide Frauen schauten ihn an; er nahm das dargebotene Handy, aber wahrnehmen tat er nur das Blond, welches das lockende Rot mit Unschuld umfloss und umso verführerischer machte.

Ließ er sich gerade ablenken von dem, was wichtig für ihn war? Oder schaute er gerade die Offenbarung, die sein künftiges Glück bedeuten konnte? Die Offenbarung hatte eine Vorliebe für Ställe, da musste man aufpassen.

„Du solltest sie jetzt anrufen", sagten die Lippen.

Er wählte. Falsch zunächst, da er die Nummer nicht im Kopf hatte. Er schob es auf die dauernde Benutzung der Kurzwahltaste seines Startbildschirms. Schließlich klappte es, auf der anderen Seite nahm jemand an.

„Anna..?", sagte er, „Anna, bist du es..?"

Schweigen. Es rauschte in der Leitung.

13. Kapitel

Oberkommissar Möller sagte: „Die Notrufzentrale bekam einen Anruf. Ein Junge sei von seinem Vater entführt worden. Der Name des Jungen wurde mit Ben Artles benannt." Möller sah in den Rückspiegel und beobachtete Maries Reaktion.

Möller kurbelte den Passat durch das Autogewusel am Hauptbahnhof. „Beim Namen Artles klingelte beim Kollegen was. Er rief mich gleich an, und so sind wir losgefahren." Möller setzte den Passat auf den Bahnhofsvorplatz, dessen Befahren strikt verboten war. Für die Polizei natürlich nicht. „Ich wusste gleich, dass wir mit Ihrem Mann noch nicht fertig sind", sagte Möller, „kommen Sie, aussteigen. Bitte."

Sie durcheilten die Wandelhalle. Möller auf der einen, Jessica Nitsch auf der anderen Seite, Marie in der Mitte. Bei Marie wirbelten die Gedanken.

Rechts und links waren Boutiquen, Restaurants, ein großer Buchladen und am Ende der zweistöckigen Wandelhalle lag das Reisezentrum der Bundesbahn. Reisende kamen an oder gingen zu den Bahnsteigabgängen; die Gleise liefen unter der Wandelhalle hindurch.

„Hier herein, bitte." Möller ließ den Damen den Vortritt ins kühlweiß beleuchtete Reisezentrum. Vor den Schaltern warteten Schlangen von Menschen. Marie fragte sich, was Möller und Nitsch hier wollten, was das mit Bens Entführung zu tun hatte.

So einfach hatte sich Voggs Vorschlag angehört. Wir sagen, Leon hätte Ben entführt. Auch wenn es sich später als Missverständnis herausstellte, bliebe etwas hängen an Leon. „Sollte dein Mann dir mit Scheidung drohen, so bekommt er die Kinder nie", hatte Vogg ihr zugeflüstert. Es klang bestechend. Jeder Scheidungsrichter, jede Richterin (erst recht!) wäre auf Seiten der armen Ehefrau, die um ihre Kinder kämpft.

Doch jetzt, im kalten Licht des Reisezentrums, da schien Voggs Vorschlag, schnell im Bunker hingeworfen und von Marie begierig aufgegriffen, da Leon gleich käme und alles kaputtmachen würde...da schien Voggs Vorschlag gar nicht mehr so unkompliziert. Im Gegenteil:

Verrückt und kompliziert war er. Wie sollte sie da bloß herauskommen, und Vogg, in dessen Gegenwart alles so klar und logisch erschienen war: die Ausstellung, das Leonproblem, das ganze zukünftige schöne Leben — dieser Vogg war weit und breit nicht zu sehen, um ihr zu helfen. Wie Leon, der auch immer abtauchte. In seine Firma, auf die Reeperbahn, in irgendwelche Projekte.

„Wir gehen jetzt hier hinein, bitte", sagte Möller, „Frau Artles? Frau Artles..? Bitte, kommen Sie."

Sie stand zwischen bundesbahnroten Fahrkartenautomaten. Ihr Blick war in sich gekehrt, und sie nahm die mannshohen Fahrkartenmetallkolosse erst jetzt wahr.

Jessica Nitsch war hinter Marie; zwischen den Automaten hatte Möller eine unauffällige Metalltür geöffnet. Sie gingen hindurch, Möller schloss hinter ihnen die Tür: Und sie befanden sich in einem mittelgroßen Raum, der mit den weißgetünchten Glasfasertapeten an eine Hausarztpraxis erinnerte. Nur die Möblierung war schäbiger: Auf verschlissenen Behördentischen standen Telefone und ausgeschaltete Computerschirme.

„Unser neues Terrorzentrum. Wenn im Bahnhof eine Bombe hochgeht", sagte Möller. „Natürlich alles sehr geheim, weil im Bahnhof ja nie eine Bombe explodieren wird, und der Polizeipräsident niemanden beunruhigen will. Hier können wir auf jeden Fall in Ruhe quatschen." — Was Möller weiter sagte, entging Maries Aufmerksamkeit.

Sie hatte Vogg entdeckt.

Nur ihn sah sie. Zumindest zunächst. Er trug Dreitagebart; dazu einen engen Anzug, der die perfekte Figur des Mitdreißigers zur Geltung brachte. Vogg zeigte den selbstsicheren Blick des Erfolgsmenschen. Vogg war ihre Rettung. Marie ahnte wohl, dass ihre Hoffnungen auf Vogg irrationale Züge angenommen hatten; dennoch klammerte sie sich daran. Ihre Züge strafften sich, ihre Wahrnehmung wurde klarer:

Geraldine und Westinghaus waren auch anwesend.

„Sie haben gewartet", sagte Möller, „ich bedanke mich dafür." Er stellte Jessica Nitsch und sich den Wartenden vor.

Sebastian Westinghaus nickte kurz, was sein Doppelkinn zum Wackeln brachte, dann erhob er sich, machte einen Schnaufer und sagte: „Schön. Ich bin Sebastian Westinghaus und Leiter der Präsidialabteilung der Kulturbehörde und direkt dem Staatsrat unterstellt. Ich wäre dankbar, wenn wir uns hier kurz fassen könnten. Wir haben Dringendes zu tun." Er sah zu Geraldine, um zu zeigen, mit wem er dringende Dinge zu erledigen hätte. Möller fragte nach und erfuhr, dass Westinghaus mit Geraldine weitere entscheidende Exponate für eine Ausstellung zeitgenössischer norddeutscher Kunst beschaffen wollte.

„Frau Artles ist ebenso und sogar noch intensiver mit der Ausstellung befasst", erklärte Westinghaus. „Ich darf erwarten, dass auch sie uns bald wieder zur Verfügung stehen wird?"

„Das kommt darauf an, was Frau Artles wichtiger ist", erwiderte Möller, „ihr entführter Sohn oder ihre Ausstellung."

„Oh." Westinghaus wackelte das Kinn. Möller wandte sich an Staatsminister Vogg:

„Sie haben die Entführung gemeldet?"

„Und gegenüber den anderen hier im Raum Stillschweigen bewahrt. Wie Sie es am Telefon erbeten haben."

Möller nickte anerkennend. „Sehr gut." Jessica Nitsch sagte:

„Wie ist die Entführung vonstattengegangen?"

„Wollen Sie meine Meldung anzweifeln?"

„Wir brauchen die genaue Situation, um Ermittlungsansätze zu finden", erklärte Möller.

„Sie verlieren Zeit", meinte Vogg. „Aber bitte... Ben, also der Junge von Frau Artles, lief davon. Er lief aus dem Bunker heraus —"

„Das haben Sie gesehen?", unterbrach Jesscia Nitsch den Staatsminister.

„Jep."

„Sie auch, Herr Westinghaus?"

„Ich interessiere mich nicht für Kinder. Mein Interesse gilt der Kunst."

„Haben Sie es gesehen?", beharrte Möller, und die Blicke des Oberkommissars und des übergewichtigen Leiters der Präsidialabteilung trafen sich. Freunde würden die beiden nicht werden.

Westinghaus lenkte ein: „Ich habe es nicht gesehen. Ich war in der anderen Bunkerröhre."

„Gut", meinte Möller. „Der Junge ist weggelaufen. Herr Vogg, was verleitet Sie zu der Annahme, er könnte entführt worden sein?"

Vogg antwortete nichts, sondern sah Marie an. Marie spürte, wie ihr das Blut in den Kopf stieg. Jetzt haben sie dich, dachte sie. Bei ihr kam Panik auf. Die Mundwinkel zitterten.

„Ben ist weg." Mit brüchiger Stimme sagte sie es. Es war die reine Wahrheit, und aus Marie sprachen die Befürchtungen einer sich sorgenden Mutter. „Ich will meinen Sohn wieder haben."

Vogg sagte: „Es liegt auf der Hand. Es war eine konzertierte Aktion. Der Vater wartete oben. Rief seinen Sohn über Handy. Der lief seiner Mutter davon. Was kein Wunder ist, da er den Vater seit Wochen nicht gesehen hatte. Seitdem ist der Junge nicht mehr zu kontaktieren, da der Vater jeden Kontakt verhindert und den Jungen an einem unbekannten Ort festhält."

Marie erschrak. Denn so konnte es tatsächlich gewesen sein. Sie dachte, die Anschuldigung gegen Leon wäre konstruiert. Aber sie konnte der Wahrheit entsprechen. Es war sogar wahrscheinlich, redete sie sich ein: Leon hatte Ben entführt.

Westinghaus kam um den Behördentisch herum. „Das sind Schlussfolgerungen, Herr Staatsminister, aber keine Fakten, die sie schildern."

„Immerhin interessante Schlussfolgerungen", meinte Möller.

Westinghaus watschelte in die Mitte des Raums. Marie beobachtete, wie er dabei die Füße jeweils nach innen setzte: Für den behandelnden Orthopäden wäre das ein immerwährendes Abrechnungsfest. Wenn Westinghaus privatversichert war. Er würde privatversichert sein, überlegte Marie und wunderte sich, woran sie alles denken konnte. Aber es war gut, über Nebensächlichkeiten nachzusinnen. Es lenkte ab von ihrer Angst um Ben.

„Ich sag Ihnen mal was, Herr Oberkommissar", hob Westinghaus an, „einige Zeit darauf, also nachdem er seinen Sohn entführt hat, taucht Leon Artles bei uns im Bunker auf." Westinghaus schaute Möller triumphierend an. „Macht das ein Entführer? Lässt sein Opfer allein und zeigt sich bei der Geschädigten?"

Oha, dachte Marie. Der ist clever. — Bitte, guckt mich nicht an. Ich weiß keine Antwort darauf. Hoffentlich werde ich nicht rot im Gesicht.

Ohne Erbarmen legte Westinghaus nach: „Könnte es nicht vielmehr sein, lieber Oberkommissar Möller. Dass Sie dringend einen Grund suchen, um Leon Artles erneut hinter Gitter zu bringen. Sie greifen nach jedem Strohhalm, der das ermöglicht."

„Was soll denn das?", fuhr Möller auf und nahm die Schultern zurück.

„Ein guter Leiter einer Präsidialbehörde ist darüber informiert, was in der Verwaltung passiert", erklärte Westinghaus. „Und sie, lieber Möller, sind bekannt wie ein bunter Hund. Ihr Dossier liegt in jeder Vorzimmerschublade. Sie haben über die Jahre so viele Minuspunkte gesammelt und sich so viele Ermittlungseskapaden geleistet, dass Sie Ihren Traum begraben können, noch Polizeipräsident zu werden. Sie sollten aufpassen, nicht vorzeitig in den Ruhestand versetzt zu werden."

Marie staunte. Vor ihren Augen verfiel Möller. Eben noch hatte der massige Oberkommissar den Raum beherrscht. Jetzt schnurrte er zusammen auf Kleinbeamtenformat. Und seine fesche Kommissarin sah aus wie ein verschrecktes Schulmädchen. Keinen Mucks machte sie, mit keiner Idee kam sie ihrem Chef zur Hilfe.

Nur Vogg schaute selbstsicher wie zu Beginn der Unterhaltung. Vogg sagte: „Bleiben wir doch bei den Fakten und lassen alles Persönliche außen vor."

Dankbar schaute Möller zu Vogg.

Der fuhr fort: „Herr Westinhaus hat richtig beobachtet. Leon Artles erschien nach der Entführung seines Sohns bei uns im Bunker. Der Junge wartete womöglich oben im Auto von Herrn Artles. Da ahnte er noch gar nicht, dass er seiner Mutter vorenthalten wurde. Nun startete Leon Artles nämlich die zweite Stufe seiner Entführung."

„Die zweite Stufe?", fragte Möller.

Vogg sagte: „Er hat seiner Ehefrau Marie Artles auch noch die Tochter entführt."

„Was? Anna Artles?"

„Genau."

„Eine Räuberpistole", warf Sebastian Westinghaus ein. Möller schaute zu Westinghaus und legte den Zeigefinger vor die Lippen: „Einfach mal ruhig sein. Bitte, erzählen Sie weiter, Herr Vogg."

„Anna Artles ist nämlich auch aus dem Bunker verschwunden. Und zwar zusammen mit Leon Artles. Ich habe es mit eigenen Augen gesehen."

„Stimmt das, Frau Artles?"

„Naja. Nun ja. Ja." In ihrem Kopf wirbelte es.

Vogg sagte: „Leon Artles und Anna Artles sind hintereinander aus dem Bunker gelaufen."

„Herr Westinghaus?" Möller schaute zu Westinghaus. „Können Sie das bestätigen?"

Westinghaus schnaufte. „Aber das ist doch —"

„Nur die Fakten bitte, Herr Leiter der Präsidialabteilung", unterbrach Möller, der seine Fassung zurückgewonnen hatte.

„Ja, stimmt", brummte Westinghaus. „Aber —"

„Nein", schnitt ihm Möller das Wort ab, „nur Fakten. Mehr interessiert nicht." Er wandte sich an Jessica Nitsch. „Wir leiten die Fahndung ein. Sofort."

„Anna, du sagtest, du wärst hier", sprach er liebevoll ins Handy, darauf achtend, gegenüber der Tochter keinen nölenden Ton anzuschlagen: Er befürchtete, sie würde gleich auflegen.

„Wo wäre ich?"

„Im *PonysParadise*."

„Da bist du, Papa?"

„Natürlich. Wieso? Wo bist du?"

Lachte Anna am anderen Ende der Leitung? Glaubte sie, das wäre alles ein Scherz: ihn quer durch die Stadt nach draußen zu schicken und Suchspielchen zu veranstalten? Leon schluckte seinen Ärger hinunter. Ruhig bleiben, vermassele es jetzt nicht. Das Ziel war klar: Anna zurückholen. Und Ben durfte er auch nicht vergessen. Meine Güte, es ging auf Mitternacht zu, wo mochte der Junge stecken? — Aber Marie hätte sich längst gemeldet, wenn Ben nicht wieder bei ihr aufgetaucht wäre.

Hätte Marie das?

Es war kompliziert mit Marie. Und dann noch dieser Vogg. Wer war das überhaupt, wo kam der plötzlich her und beschuldigte ihn auch noch, seinen eigenen Sohn entführt zu haben — Anna hatte gerade etwas gesagt..? „Entschuldige, Anna. Ich habe nicht zugehört."

„Wann hört ihr überhaupt zu?!"

„Bitte...Anna."

„Ihr könnt' mich alle mal."

„Anna!" — Oh, nein, bitte nicht auflegen, Anna.

Er hörte seine Tochter seufzen. Als wolle sie sagen: Papa, ich probiere es noch mal mit dir, auch wenn du es eigentlich nicht verdient hast. Dann vernahm er ihre Stimme:

„Was habe ich gesagt, Papa? Ich habe gesagt, ich bin bei den Pferden."

Er traute sich kaum, „Genau, Liebes." zu sagen, nuschelte das Wort ins Handy.

„Die Pferde im Cafe vom *Museum für Kunst und Gewerbe*, Papa. Das tolle Pferdebild."

Sie meinte das Gemälde von August Macke, Leon erinnerte sich. Anna hatte davon erzählt, dass es in dem Café hing, und sie dort mit Freundinnen vom Reiterhof gesessen hatte. Es wäre so etwas wie ein Lieblingsort der Clique geworden, und Mama hätte sie davon nicht erzählt, weil Mama ihr wahrscheinlich verboten hätte, weiterhin allein in die Stadt zu fahren. Leon hatte bei alldem zu oft nur mit halbem Ohr zugehört, war zu intensiv mit Schach und Marketingdeals beschäftigt gewesen, vielleicht auch mit seinem Buchprojekt '*15 minutes of fame*'.

„Da bist du jetzt?", fragte er, „Aber es ist viel zu spät, Anna. Bald ist Mitternacht."

„Mensch Papa." Sie sprach, als müsse sie sich einem begriffsstutzigen alten Mann verständlich machen. „Heute ist die *Lange Nacht der Museen*."

„Aha."

„Da haben alle Museen in Hamburg bis um 2.00 Uhr in der Früh geöffnet. Auch das Museumscafé."

„Da bist du jetzt?" Das Museum lag neben dem Hauptbahnhof. Und er war durch die gesamte Stadt hinausgefahren.

„Noch bin ich hier", sagte Anna. „Wir ziehen gleich um."

„Ihr?"

„Wir gehen unter die Brücken. Ist noch so schön warm."

„Was für Brücken?"

„Unter die Alsterbrücken, mit Freunden, die ich kennengelernt habe."

„Was für Freunde?"

„Kumpels eher."

Leon schluckte. Natürlich durfte Anna Freunde und Kumpels haben. Aber sie blieb seine Tochter. Er wollte darüber Bescheid wissen. Kumpels, die sie um Mitternacht am Hauptbahnhof kennengelernt hatte — er war damit nicht einverstanden. Andererseits...Anna war sehr vernünftig und er musste anfangen zu akzeptieren, dass sie eigene Vorstellungen vom Leben hatte und ihre Erfahrungen machte?

„Papa..? Holst du mich nachher ab?"

Aber ja, liebend gern. — „Ich fahre sofort los, Anna. Und ich freue mich." Der Hals war ihm trocken.

„Hab Dich lieb, Papa. Und danke."

Eine knappe Stunde später stapfte Leon im Dunkeln vor der Kennedybrücke herum. Der Jungfernstieg auf der gegenüberliegenden Binnenalsterseite war elektrisch erleuchtet, davor zeichnete sich die Alsterfontäne ab, welche ihren Wasserstrahl verschwenderisch in den Nachthimmel schoss. Für Romantiker war es die perfekte Sommerabendkulisse. Realisten rochen Brackwasser und Schwanenkot. Rund um die Brücke war die Grasnarbe durch das Flusswasser aufgeweicht, der Morast mischte sich mit den Hinterlassenschaften der Schwäne.

Unter der Kennedy- und der Lombardsbrücke, die dicht nebeneinander parallel liefen, erkannte Leon dunkle Menschensilhouetten. Leon kam näher. Es waren Stadtstreicher. Der brackige Kotgeruch erhielt eine zusätzliche alkoholische Note.

„Anna. Bist du hier?"

Ein Stadtstreicher hob den Arm. „Das Mädchen, da runter“, wies er den Weg, nickte freundlich und immer weiter, auch als Leon über ihn hinweg gestiegen war.

Leon sah Anna. Sie stand dicht am Brückenpfeiler der Lombardsbrücke und schaute auf die Fontäne.

„Hallo, Anna.“

„Papa. Hallo, Papa.“ Ihr Gesicht blieb im Dunkeln.

„Schön hier“, tastete er sich vor. Ob er sie in den Arm nehmen durfte. Er wollte es, zögerte aber. „Wo sind deine Kumpels?“

„Nach Hause.“

Er stellte sich neben seine Tochter und schaute wie sie auf die nächtliche Binnenalster. Die Fontäne spritzte das Wasser in den Himmel, die Tropfen fielen zurück, vereinigten sich und wurden irgendwann wieder hinaufgespritzt.

Es war ein Kreislauf.

Aber es brauchte eine Kraft von außen, die ihn antrieb, sonst käme er zum Erliegen. Leon dachte an Maxi, den er in der U-Haft kennengelernt hatte. Er dachte daran, wie Maxi mit unvorstellbarer Ausdauer Liegestütze vollführte, und die Tätowierungen auf seiner Haut glänzten, als wären sie mit Speckschwarte abgerieben worden. Maxi hatte diese Kraft. Nur hatte Maxi noch nicht herausbekommen, wie er sie richtig einsetzen sollte. Aber hatte Leon es für sich selbst denn herausgefunden?

Anna schwieg, nahm Leons Hand und schaute zur Fontäne, und Leon fühlte, dass es falsch wäre, die Tochter in ihren Gedanken zu unterbrechen. Wovon träumte sie, was wünschte sie sich?

Sie war aus seinem Fleisch und Blut, und doch kam es ihm vor, als wäre sie weit entfernt. Wie einfach konnte er dagegen Männer wie Maxi verstehen. Glaubte es zumindest. Maxi saß im Gefängnis und träumte von einer Muckibude und trainierte seine Muskeln: Als wolle er sein Leben in größtmöglichen Gegensatz zu dem seines Vaters bringen, der Staatsanwalt gewesen war. Immerhin hatte Maxi Träume, die er verwirklichen wollte, so schräg man sie finden mochte.

Aber was waren Leons Träume?

Marie war wohl mal sein Traum gewesen. Dann die Arbeit. Später vielleicht das Bücherschreiben. Seine Träume hatten sich verändert. Vielleicht lag da der Fehler. — Oder aber ganz woanders. Wovon träumte Marie? Das hatte er nie wirklich erforscht. Ihm schien immer klar zu sein, wovon sie beide träumten. Das waren die Kinder. Anna und Ben aufwachsen zu sehen und ihnen zu helfen, das war ihr gemeinsamer Traum und ihre Aufgabe. Aber wie Leon daneben ein eigenes Leben hatte mit eigenen Zielen...so würde das auch bei Marie sein.

Anna lehnte sich an seine Schulter. „Papa, Papa, ich möchte dir was erzählen."

Er räusperte sich.

Annas sprach leise, übertönte kaum das Binnenalsterwasser, das an die rundgeschliffenen Steine plätscherte, welche den Brückenpfeiler schützten. „Ich habe Mama zugehört. Sie hat es nicht gemerkt. Ich stand auf der Treppe."

„Aha."

„Sie sagte...dieser Kommissar war bei ihr."

„Wann war das? Was für ein Kommissar?"

„Keine Ahnung."

„Möller?"

„Genau. Sie sagte ihm, also Möller sagte sie...du hättest Steuern ver... äh...vor...oder...hinterzogen oder so was."

„Hab' schon gehört?", grunzte er.

Dann: „Was für ein Unsinn!" — Er sprach instinktiv. Es war ihm, als hätte er gerade einen Schlag auf den Schädel erhalten. Sein Kopf wurde leer, das Plätschern des Wassers schien so laut, als wäre der Regler eines Musikverstärkers bis zum Anschlag aufgedreht worden.

Anna war für Leon zwischen dem Tosen des Wassers kaum noch zu verstehen.

Mehr brachte er nicht hervor. Leon hatte Atemnot, unter den Schläfen pulsierte es. Er hockte sich hin. — Das tintenschwarze Wasser war kühl. Leon tauchte die Hände hinein und benetzte die Schläfen.

„Wann hast du das gehört?", sprach er kurzatmig, „Wann hat Mama das gesagt, Schatz?"

„Ist schon etwas her."

Etwas her? — Er hockte da, schaute über die kabbelige Wasserfläche, war gerade noch wie vor den Kopf geschlagen über Maries...Verrat. Ja, das war es. Verrat an ihrem gemeinsamen Leben.

Doch da begriff er...langsam, aber umso deutlicher:

Dass es Wichtigeres gab, als seine Lebensträume oder Maries Verhalten.

Sie verstrickten sich ineinander und glaubten, sie müssten sich Schaden zufügen, um eigene Ideen verwirklichen zu können und dabei vergaßen sie, dass es Größeres gab: Es lief gerade in dem Moment ab, da sie mit sich selbst beschäftigt waren und sich wichtig nahmen.

Ist schon etwas her. So hatte es Anna eben gesagt.

Was nichts anderes bedeutete als: Seine Tochter schleppte ihr Geheimnis seit Tagen und Wochen mit sich herum. Da sie nicht wusste, wem sie es erzählen konnte, oder sich nicht traute, es überhaupt jemandem zu erzählen. Leon war im Gefängnis, Marie organisierte Yogakurse oder Ausstellungen oder Gott weiß was. Ben war zu klein — meine Güte, Ben. Ob er mittlerweile bei Marie war? Sie mussten mehr miteinander reden, egal wie sie persönlich zueinander standen. Für ihre Kinder hatten sie gemeinsam Verantwortung zu übernehmen.

Anna sagte: „Ich stand bei uns auf der Flurtreppe und wollte Mama begrüßen. Ich war einen Tag früher zurück vom Klassenausflug gekommen."

„Früher zurück?" Ihm schmerzten die Knie, und er hatte Mühe, wieder hoch zu kommen. Das war neu.

Anna stand im Dunkeln. „Da war ein Mann. Er kam in so einem Lada, einem billigen Geländewagen. Wir waren auf dem Reiterhof, die ganze Klasse mit der Lehrerin.

„An der Nordsee? Euer Ausflug?"

„Ja." Ihre Stimme klang, als kämpfe sie mit den Tränen. „Zuerst dachten wir, er erkundige sich nach einem Reitplatz für seine Tochter. Aber meine Freundin hörte, dass er nach mir fragte."

„Nach dir? Woher sollte er deinen Namen haben?"

„Jedenfalls glaubte meine Freundin, es gehört zu haben. Ich dachte, es käme von *Facebook*, weil wir da die Fotos veröffentlicht haben. Irgend so ein Spinner eben. Jedenfalls habe ich ab da nichts mehr bei *Facebook* und *WhatsApp* geschrieben und bin auf dem Zimmer geblieben und habe das Handy ausgemacht. Ich wäre krank, habe ich gesagt und durfte einen Tag früher zurück."

„Die lassen dich doch nicht einen Tag eher von einer Klassenfahrt weg."

„Frau Löhden, also die Lehrerin, hat extra angerufen."

„Wo?"

„Bei dir oder bei Mama." — Er wollte nicht auf dem Detail verharren. Es könnte sein, dass Anna seine Telefonnummer als Kontakt angegeben hatte, und der Anruf auf seiner Mailbox aufgelaufen war, während er in U-Haft saß. Es konnte auch sein, dass Marie den Anruf verschwitzt hatte. Ihn beschäftigte etwas anderes, etwas Beängstigendes:

Als er heute Mittag hinausgefahren war, um Marie zu Hause zur Rede zu stellen und ihr zu sagen, dass er sich scheiden lassen wollte, da war ein billiger Geländewagen auf der Straße geparkt gewesen.

Jonas Krawczyk hatte in ihm gesessen. Der Mann, der ihm Informationen für sein Reeperbahnbuch geben wollte. Der Mann, der Polizeispitzel war und Mitschuld hatte, dass Leon ins Gefängnis kam.

Leon war an dem Geländewagen mit Jonas auf dem Beifahrersitz vorbeigefahren, da er zu Schach wollte. Sophia im Hummer war hinter ihm gewesen, und Sophia hatte geglaubt, Minuten zuvor - wie Leon - jemanden bei Marie im Haus gesehen zu haben: oben im ersten Stock, wo die Kinderzimmer waren.

Plötzlich hatte Leon Angst um Ben.

Wenn sie Anna suchten - warum und wer auch immer - dann suchten sie wahrscheinlich auch Ben.

Leon holte das Handy heraus. Er würde Jonas Krawczyk anrufen. Auf ihn lief alles zu.

Leon spürte Annas Kopf an seiner Brust. Anna lehnte sich an. „Papa.

Was machen wir jetzt?"

„Ich muss telefonieren."

„Er könnte nun kommen", sagte Jonas.

Ben hatte keine Lust, mit Jonas zu reden. Schlafen konnte Ben auch nicht. Obwohl es schon so spät war.

Ben war zu aufgeregt. Er blätterte durch ein dünnes Fernsehprogrammheft, das Zeitungen kostenlos beigelegt wird. Das hatte unterm Wohnzimmertisch aus hellem Birkenholz gelegen und listete Fernsehsendungen auf, die vor einem Monat gelaufen waren. Das machte nichts, Ben las sowieso nicht in dem Heft.

„Was wollen Sie von meinem Papa?"

Das hatte er schon einmal gefragt und keine Antwort bekommen. Jonas war kein Konversationswunder und kannte sich mit Jungen am Anfang der Pubertät nicht aus. Jedenfalls waren von Jonas nach dem launigen Kondomwurf nicht mehr viele Sätze gekommen.

Auch jetzt reagierte Jonas nicht auf Bens Frage, Jonas stierte weiter auf die Plattensammlung von Bens Vater. Das waren Aufnahmen von amerikanischen Sängern. Papa hatte Ben mal gefragt, ob er eine Platte aus seiner Sammlung auflegen solle. Als Ben hörte, dass die Sänger alle schon tot waren, hatte er keine Lust auf die Platten gehabt. Ben fragte sich, wie man sich für so altes Zeug interessieren konnte. Erwachsene waren komisch.

„Das wird mir zu blöd. Warum kommt der nicht?", murrte Jonas und guckte Ben böse an. Ben fühlte sich unbehaglich. Jonas hatte vorhin Ben zu Fall gebracht und sich auf ihn gesetzt, damit Ben nicht floh. Was hatte Jonas vor? Wenn Ben aufspränge, um zur Wohnungstür zu sprinten, würde Jonas es schaffen, ihn einzufangen? Immerhin saß Jonas weiter entfernt von der Tür als Ben.

Aber Ben traute sich nicht. — „Was willst du von mir?", fragte Ben.

Jonas sagte: „Die Warterei wird mir zu blöd. Wenn er nicht bald kommt, rufe ich ihn an."

„Ich will nach Hause", nölte Ben, „in mein Bett."

„Keine gute Idee, Jüngelchen. Achmed sucht dich schon zu Hause."

„Wer is‘n Achmed?“, fragte Ben.

In dem Moment klingelte das Handy von Jonas. Der nahm ab und sagte, nachdem er knapp zugehört hatte: „Hör ma‘, wo steckst du?”

Mit wem er wohl redete? Vielleicht war es Papa.

Jonas sagte ins Handy: „Ich hab‘ was für dich“, er legte das Handy neben die TV-Fernbedienung auf den Tisch und schaltete auf laut: „Ben, sach ma‘ was.”

„Ben?” — Aus dem Handy war Papa zu hören! „Ben?! Bist du da? Wo bist du?”

Jonas kam aus dem Sessel. Latex und Leder knarrten. „Wir sind bei dir, Leon. Uns geht’s gut.“, sagte Jonas. „Wir warten auf dich, Leon. Seit Stunden.” Unternehmungslustig umrundete Jonas den Wohnzimmertisch.

„Papa, Papa, ich bin hier! Bei dir bin ich!”

„Ben? Ich komme, mein Junge. Bleib da. Ich beeile mich, Ben.”

Jonas sagte: „Würd‘ ich dir raten, Leon. Wir haben nämlich was zu besprechen, wir beiden.”

„Das glaube ich, Jonas. Du hast mich ins Gefängnis gebracht.”

„Moment!”

”Du warst es. Ich weiß es von meinem Anwalt.”

„Ich rette deinem Jungen gerade das Leben, Leon.”

„Lass Ben da raus, er hat nichts damit zu tun.”

„Papa, er hält mich hier fest!”

„Was?!” Papa schien durchs Telefon zu springen. „Du lässt meinen Jungen in Ruhe, Jonas. Hörst du?!”

„Leon, schieb keine Panik. Bei mir ist dein Jüngelchen so sicher wie in Abrahams Schoß.”

Ben guckte fragend. Abrahams Schoß? Hatte er nie von gehört.

„Ich schlag dir einen Deal vor, Leon.”

„Und ich schlag dir gleich den Kopf ein.”

„Ich rette deinen Jungen und du lässt mich in Ruhe. Das mit Möller ist echt schlecht gelaufen. Ich wollte dich nicht in die Pfanne hauen, Leon. Aber Möller hat mich unter Druck gesetzt. Ich musste was liefern. Er wollte nicht mehr zahlen, wenn ich nicht was Brauchbares liefere.”

Bei Ben sprang die Jungenfantasie an. Ob Jonas ein Spitzel war, der von der Polizei bezahlt wurde?

„Und da hast du gedacht, dann liefere ich denen Leon. Der hat mich ja mit einem Mord beauftragt."

„Sozusagen...ja."

Ben bekam große Ohren.

„Spinnst du eigentlich, Jonas? Ich reiß dir den Kopf ab."

„Die hätten mich sonst rausgeschmissen. Weil ich mit Achmed nicht weiterkam."

Wer war nun Achmed? Ben begriff nicht, Papa wohl auch nicht, denn auf Achmed ging Papa nicht ein, sondern stieß Drohungen gegen Jonas aus.

All das verstand Ben nicht recht. Aber es war irgendwie spannend. Was er aber bemerkte: Der Klang von Papas Stimme veränderte sich und der Klang der Umgebung. Als käme Papa vom Freien in einen geschlossenen Raum. Vielleicht war Papa schon im Haus. Vorsichtig richtete Ben sich auf, so dass Jonas es nicht merkte. Aber der merkte gerade sowieso nicht viel. Jonas war konzentriert am Telefonieren:

„Der ist aus Afghanistan oder aus Ägypten. Keine Ahnung. Ist mir auch egal. Hinter dem sind sie her. Der soll einen Mädchenhändlerring haben. Aber sie können ihm nichts nachweisen, weil er vorsichtig ist."

„Und da kommst du ins Spiel", sagte Papa, und Ben hatte das Gefühl, Papa meinte das nicht ganz ernst.

„Genau." Jonas war voller Eifer. „Ich bin da eingeschleust."

„In die Mädchenhändlerbande."

„Genau."

„Und jetzt?"

„Jetzt beschütze ich deinen Sohn."

„Er lässt mich nicht weg, Papa!"

„Weil der Achmed", Jonas' Stimme wurde leiser, warum auch immer, „der Achmed, der ist nämlich gar kein Schleuser. Der macht was anderes, hab ich rausgekriegt. Der hält Mädchen fest."

„Wie du jetzt meinen Jungen festhältst."

„Mach ich doch gar nicht."

„Macht er wohl!", mischte sich Ben ein.

Jonas sagte zu Leon: „Der Achmed ist deinem Ben auf die Schliche gekommen."

Was war das für ein Gefasel, dachte Ben, und Papa dachte das bestimmt auch.

„Auf die Schliche", sagte Papa.

„Er dachte zuerst, es wäre Anna", meinte Jonas.

„Woher kennst du Anna?!", fragte Papa. Aber von Anna hatte Papa bestimmt erzählt, wenn er mit Jonas öfter zusammen war.

Jonas sagte: „Achmed hat ein Buch gefunden, da war Annas Name drauf."

„Du erzählst mir einen vom Pferd, Jonas. Aber ganz gewaltig. Wir hören jetzt auf. Ich bin gleich da. Dann unterhalten wir uns weiter. Aber dann ernsthaft, sehr ernsthaft, das kannst du mir glauben."

„Glaub ich dir, Leon. Echt. Deswegen bin ich ja hier. Extra hergekommen, um mit dir zu reden und Missverständnisse auszuräumen. Aber denk dran, ich hab' deinen Jungen gerettet. Vor Achmed, der ist heftig. Schneidet Mädchen wenn es sein muss sogar die Finger ab und so. Echt jetzt. Voll krank, der Typ. Aber bei mir ist dein Junge sicher. Leon..? Wir werden uns doch einigen?"

Er sah Ben an.

„Scheiße", sagte er. „Hat der aufgelegt. Da rette ich ihm seinen Sohn — und der legt einfach auf."

Ben hatte Fragen an Jonas. Zuerst sortierte er sie.

Was für ein Buch?

Ein Buch mit Annas Namen. — Ben konnte sich keinen Reim darauf machen. Mindestens genauso rätselhaft und beängstigender noch war eine zweite Sache: Achmed schneidet Mädchen die Finger ab. — Das hatte Jonas gesagt.

Ben dachte an die Schreie, die er in den Nächten gehört hatte. Er dachte an das Mädchen, welches er am Fenster gesehen hatte.

Es konnten Träume gewesen sein. Je länger es zurücklag, je mehr hielt er es für möglich, dass es Träume waren. — Und jetzt sprach Jonas von Mädchen mit abgeschnittenen Fingern...

Wie das Mädchen mit der verbundenen Hand im Krankenhaus, das Ben gesehen hatte. — Doch hatte er es wirklich gesehen? Oder war es eine Fantasie unter Narkose gewesen. Außerdem bedeutete eine verbundene Hand nicht, dass Finger abgeschnitten waren.

Ben wollte Jonas zu dem Mädchen ausfragen, da klingelte es.

Papa!

Ben lief in den Flur, Jonas hatte noch nicht mal sein Handy eingesteckt. Da war Ben bereits an der Tür und riss sie auf. Endlich Papa sehen.

Von hinten rief Jonas: „Nein, Ben!"

„Papa!", sagte Ben und schaute hoch in Augen, die ihm fremd waren. Die nicht zu Papa gehörten, die eine andere, dunkle Welt sahen. Der Vollbart des arabisch aussehenden Mannes bewegte sich:

„Johnnie, hier bist du, Alter. Ich höre dich. Das ist eine Überraschung, wirklich. Ihr seid sogar zu zweit."

Ben hechtete in die Lücke, die sich zwischen dem Araber und dem Türrahmen auftat, um auf den Etagenflur zu entkommen. Der Arm des Arabers sauste herunter und schnappte Ben. Als habe er einen Schraubstock zur Verfügung, so schnürte der Ben die Taille. Die Kondompackung und das akkuleere Handy fielen Ben aus der Hose.

Ohne Ben aus dem Schraubstock zu entlassen, nahm der Araber die Kondompackung von der Fußmatte und zertrat das Handy.

„Erdbeergeschmack", las er auf der Kondompackung, und sein Blick umwölkte sich. Im Wohnzimmer schmiss er Ben auf die Couch und befahl Jonas, der aufgesprungen war, zurück in den abgewetzten Ledersessel.

„Achmed, lass mich erklären —"

Mit einer Handbewegung brachte Achmed Jonas zum Verstummen. Achmed schaute die Kondome an, schaute Ben an, der in die äußerste Couchecke gerückt war und die gestochene Spinne in Achmeds Nacken entdeckte bzw. wiederentdeckte. Irgendwo hatte er diese doch schon mal gesehen, grübelte Ben.

„Ihr Ungläubigen seid sowas von verkommen", sagte Achmed und warf die Geschmackskondome auf die Programmillustrierte. Er holte ein Messer hervor und rammte es durch die Kondompackung und die Illustrierte hindurch in das Holz des Wohnzimmertischs. Zitternd blieb das Messer stecken.

Die spitz zulaufende Klinge war auf beiden Seiten geschliffen. So ein Messer hatte Ben nie zuvor gesehen.

Die Augen des Jungen saugten jedes Detail der Szene in Leons Appartementwohnzimmer auf.

Waren da Reste von Blut an der Klinge? Oder waren es Reste von Ketchup?

Ben kauerte in der Couchecke und zog die Knie bis unters Kinn. Er hatte Angst.

Die Thüringer Rostbratwurst war gut gebräunt und vor allem heiß. Oberkommissar Möller biss hinein. Zwei Fontänen flüssigen Fettes spritzten aus der reißenden Wurstpelle.

„Iihh!", machte Kommissarin Jessica Nitsch und sprang beiseite. Zu spät; ein Spritzer hatte sie getroffen.

„Was'n los? Schmeckt doch", meinte Möller und kaute. Sein beiges Discounterblouson zierte der zweite Treffer: ein frischer, langgezogener Fettstrich im Brustbereich.

„Stört es Sie nicht?", fragte Jessica Nitsch.

„Was? Schön heiß. Sie müss'n auch abbeißen."

Sie tippte auf ihre modische Jacke. „Die Flecken, meine ich. Sie haben mich getroffen." Mit einem Papiertaschentuch wischte sie sich Wurstfett von der Gürtelschnalle und rubbelte auf der Jeans am Oberschenkel.

„Tschuldigung." Er schluckte herunter, tunkte die Restwurst in den Senfklecks auf dem rechteckigen Pappteller. „Haben Sie es auch gemerkt, Jessica?"

Sie nahm ihre Wurstportion vom Tresen. „Was soll ich gemerkt haben? Ihre Spritzerei?"

Möller schaute hinüber zum Passat. Der Dienstwagen stand bräsig in der abendlich verlassenen Fußgängerzone der Mönckebergstraße, und auf dem Rücksitz saß Marie mit unentspanntem Gesichtsausdruck.

Nun guckte auch Kommissarin Jessica Nitsch zu Marie, als wäre da die Antwort auf Möllers Frage zu finden.

Möller sagte: „Er hat uns auf eine falsche Fährte locken wollen."

„Wer?"

„Maries Macker. Der Vogg."

„Das ist doch nicht ihr Macker."

„Natürlich ist er das."

„Ihnen geht die Fantasie durch, Möller."

„Er ist Staatsminister in Kiel."

„Das wusste er."

„Was er aber nicht wusste, in seiner Arroganz nicht bedacht hat: Da unten im Bunker haben Handys keinen Empfang." Zufrieden vertilgte Möller den Rest seiner Thüringer. Mit glänzenden Fingern zeigte er auf Marie. „Vielleicht hat sie doch Appetit bekommen. Wir fragen sie noch mal."

„Was meinen Sie mit dem Handy?", fragte die Nitsch.

„Staatsminister Vogg erzählte uns, Ben sei von seinem Vater Leon Artles entführt worden. Wie hat Leon Artles das gemacht? Er hat Ben im Bunker angerufen und nach oben gelockt, um ihn dann festzuhalten." Möller leckte sich die Finger ab. „So kann es aber nicht gewesen sein. Da im Bunker kein Empfang für Handys ist."

„Oh", machte Jessica Nitsch, „Er hat also gelogen, der gute Staatsminister."

„Aber nein, dazu ist er viel zu intelligent. Wörtlich hat er gesagt: ‚Es liegt auf der Hand' und dann hat er uns seine Sichtweise entwickelt, um uns auf die falsche Fährte zu locken. Wir sollten Leon für den Entführer seines eigenen Sohnes und seiner Tochter halten."

„Sie sind ein schlauer Hund. Und Sie haben ein gutes Gedächtnis."

„Trotz meines Alters."

„Wieso trotz Ihres Alters?"

„Ich dachte, das wollten Sie sagen, junge Frau."

Jessica Nitsch machte eine Grimasse. Möllers altbackener Charme kam bei ihr nicht an. Sie sagte: „Die Frage ist, warum will er Leon Artles schaden?"

„Ist offensichtlich."

„So? Für Sie vielleicht."

„Er will bei Marie Punkte machen. Auf die billige Art. Er erzählt uns korrekt die Fakten, legt uns aber nahe, die falschen Schlussfolgerungen zu ziehen. Um Leon für Marie auszuschalten. Ihm kann niemand an den Karren fahren. Er hat nicht gelogen. Nur wir sind die Blöden, da wir eine Fahndung nach Leon und dem Jungen und sogar dem Mädchen auslösen."

„Haben wir doch noch gar nicht."

Möller zeigte ein feines Grinsen und zog Jessica Nitsch einige Schritte vom Imbiss weg. Die Fritteusenlady im Weißkittel hinter dem Tresen hatte nämlich begonnen, die Ohren zu spitzen und die Rostbratwürste auf dem Grill in der Nähe der Kommissare zum siebten Mal zu wenden.

„Das braucht sie nicht zu wissen." Möller meinte Marie. Die beiden Beamten guckten zu Marie. „Ich frag sie jetzt." Möller ging zum Auto. „Auch ‘ne Wurst, Frau Artles?" Er beugte sich herunter und herein.

Marie wich aus. Möller roch nach altem Fett. „Ne...eigentlich nicht." Beim Gedanken an Wurst rebellierte ihr Magen. Dennoch verspürte sie Hunger. Seit Stunden hatte sie keinen Happen gegessen.

„Ein Brötchen vielleicht...", meinte sie.

„Nehmen Sie ‘ne Portion Pommes", regte Möller an.

„Brötchen würde reichen."

„Kriegen wir hin", erklärte Möller, ging voran, verhandelte mit der spitzohrigen Imbissfrau um ein Brötchen für lau.

Marie kaute konzentriert, forschte dem Geschmack nach, den der fade Milchbrötchenbissen in der Mundhöhle zu entfalten versuchte.

„Müssten wir uns nicht beeilen und zum Revier, um die Fahndung auszulösen?", fragte sie und schluckte endlich.

Möller wandte sich ihr mit jovialer Geste zu. Marie fiel der neue Fettspritzer auf seinem Blouson auf. „Alles längst passiert", sagte Möller, „die Fahndung nach ihrem Mann und dem Jungen läuft bereits. Wir haben Funk." Er zog die Mundwinkel auseinander und zeigte Zähne.

Damit ist Leon geliefert, dachte Marie. Genau wie Vogg es ihr auseinandergesetzt hatte. Selbst wenn Leon beteuerte, die Kinder nicht entführt zu haben und es tatsächlich nicht gemacht hatte — etwas bliebe an ihm hängen. Sollte Leon die Scheidung wollen, könnte er die Kinder vergessen. Die blieben bei ihr. Das würde Leon wehtun, so richtig wehtun, vielleicht sogar aus der Bahn werfen. Er würde seinen Job nicht mehr vernünftig machen, zu trinken anfangen.

Marie hatte sich vorgestellt, sie würde sich nun erleichtert fühlen. Vielleicht einen kleinen Triumph verspüren. Aber es blieb bei dem unruhigen Magen. Es war ein Druck, ein Unwohlsein. Irgendetwas stimmte nicht. Eine Mutter fühlte das. Sie war unruhig wegen Ben. Gern hätte sie mit Vogg darüber gesprochen. Doch der war nicht da.

Die Nitsch rief nach Möller: „Wollen Sie noch den Rest von meiner Wurst? Ist mir zu fettig."

„Gern." Er ging hinüber zu seiner Kollegin, und Marie konnte nicht mehr hören, was die beiden sprachen.

„Müssen wir nicht doch irgendwas unternehmen?", fragte Jessica Nitsch ihren Vorgesetzten. „Der Junge ist weg, seine Schwester ist weg und Leon Artles ist auch nicht da. Das sind die Fakten."

Möller nahm die übrig gebliebene halbe Wurst und vertilgte sie mit einem Happen. „Standardprozedur", sagte er mit vollem Mund. „Vogg hat uns einen Gefallen getan. Wir ziehen die falschen Schlussfolgerungen, wie er es sich gewünscht hat, sind ihm dankbar und schweigen. Leon Artles ist fertig. Er weiß es nur noch nicht. Die Staatsanwaltschaft vergisst nicht, dass er ihr von der Schippe gesprungen ist. Die werden sich alle Finger danach ablecken, ihm ein weiteres Verfahren anzuhängen. Wegen Kindesentführung. Das wird wie Scheiße an ihm kleben."

„Und wenn sich herausstellt, er hat die Kinder wirklich nicht entführt?"

„Was macht es? Wir haben unseren Job getan. Alles andere bleibt an der Artles hängen. Dafür sorge ich. Sie hat die falschen Angaben gemacht. Schon wieder. Ist somit eine Wiederholungstäterin. Definitiv kein Kavaliersdelikt. Uns kann das dann egal sein." Auf einmal störte ihn der Spritzer auf seiner Jacke. „So ein Mist." Möller rubbelte und machte den schmalen Spritzer zum breiten Flecken.

„Sie werden doch noch Polizeipräsident", sagte Jessica Nitsch.

„Ich arbeite daran." Er nahm sein Diensthandy. „Jetzt rufe ich Leon an. Ich liebe es, Typen eins reinzuwürgen, die glauben, sie könnten einfach so aus der U-Haft rausmarschieren, weil sie einen teuren Anwalt haben."

„Wenn er nicht dran geht, veranlasse ich eine Handy-Ortung", sagte Jessica Nitsch. So hatte sie es auf der Polizeischule in Hiltrup gelernt. Das war die Standardprozedur.

„Nicht nötig. Früher oder später schnappen wir ihn uns. Wir kennen seine Wohnung und seine Arbeitsstätte. Wir trinken erstmal Kaffee. Der Junge ist nicht entführt. Wahrscheinlich besucht er mit seinem Vater gerade Hagenbecks Tierpark. Es ist die *Lange Nacht der Museen*. Hagenbeck macht mit. Das Tropen-Aquarium ist fantastisch in der Nacht. Schön gruselig. Da stehen Jungs drauf. Ich hab' es jedenfalls früher gemocht." Er rief zu Marie hinüber: „Auch noch einen Kaffee? Ich gebe einen aus."

Jessica Nitsch sagte: „Wir könnten die Mädchenhändler-Sache weiter treiben. Ist ja unser eigentlicher Auftrag. Jonas Krawczyk noch mal in die Mangel nehmen."

„Latex-Johnnie? Lass mich mit dem in Ruhe, der hat uns gelinkt, den will ich nicht mehr sehen." Möller orderte drei Kaffee bei der Imbissfrau.

Marie kam heran und fragte: „Herr Möller, was passiert nun?"

Möller steckte das Handy weg und sagte: „Sie spülen den Rest vom Brötchen runter und dann fahren wir aufs Revier und nehmen Ihre Anzeige auf. Sie beschuldigen Ihren Mann, Ihre zwei Kinder entführt zu haben. Express geht das an die Staatsanwaltschaft." Möller schlürfte Kaffee. „Die freuen sich schon."

14. Kapitel

Achmed drehte sich zu Ben: „Gefällt dir meine Waffe?"

Trotzig zog Ben die Augenbrauen zusammen. Er spürte die Gefahr, die von dem Messer ausging und stellte sich vor: Es könnte die Klinge sein, mit der Achmed dem Mädchen einen Finger abgeschnitten hat.

„Kannst sie ruhig in die Hand nehmen." Achmed zog das Messer aus der Tischplatte und hielt es Ben hin.

„Nein, ich will nicht", sagte Ben.

„Du magst es nicht?"

„Ich finde Messer blöd."

„Siehst du, das ist euer Fehler. An Mädchen denkt ihr ständig, benutzt schmutzige Sachen wie Kondome. Aber Waffen findet ihr blöd. Dabei sollte jeder eine Waffe haben. Um sich zu verteidigen. Und wenn es Pfefferspray ist. Und dies, Ben, ist kein Messer." Achmed pikste mit der Klingenspitze seine Zeigefingerkuppe. „Es ist ein Dolch. Ein Mann sollte den Unterschied kennen. Es kann den Unterschied zwischen Überleben und Tod bedeuten."

„Ich will den Unterschied aber nicht kennen!", sagte Ben mit der sinnlosen Entschlossenheit eines Jungen, der sich in die Ecke gedrängt fühlte. — Bens Protest brachte Achmeds Augen zum Leuchten:

„Ich steh auf Kinder, die eine eigene Meinung haben."

Die Klinge kam dichter an Bens Nase. Die Augen des Jungen wurden groß.

Achmed sagte: „Noch mehr mag ich, wenn diese Kinder Angst bekommen. Sie schreien schön laut."

Jonas mischte sich ein. Jonas saß wieder in Leons abgewetztem Fernsehsessel und daddelte auf dem Handy. „Lass gut sein, Achmed." Mit dem Daddeln hatte Jonas gerade aufgehört.

Achmed ließ den Dolch sinken. Zu Ben sagte er: „Weißt du, Ben, wie du vermeiden kannst, dass ich dich zum Schreien bringe?"

Langsam schüttelte Ben den Kopf. Er fühlte sich elend.

„Respekt", sagte Achmed, „Respekt ist das Zauberwort. Hast du Respekt vor mir, erweise auch ich dir Respekt." Er steckte den Dolch zurück in die Tischplatte und zog ein kleines Buch aus der Jackentasche.

Ben erkannte es. Und erschrak.

Es war das Notizbüchlein, das Anna gehörte. Also hatte Jonas nicht gelogen, als er es Papa gegenüber am Telefon erwähnte. Es war das Notizbüchlein, welches Papa vor Jahren Anna geschenkt hatte: Vorn war Annas Vor- und Nachname mit goldenen Buchstaben eingeprägt.

Achmed blätterte die erste Seite auf. Sein Zeigefinger, der eben noch die Spitze der Dolchklinge ertastet hatte, fuhr über die goldene Letternreihe.

Ben erinnerte sich, wie er das Büchlein in der Ziegelei neben der Salbenverpackung liegen gelassen hatte.

„Das gehört deiner Schwester", erklärte Achmed.

Ben schob den Unterkiefer vor. Er würde gar nichts sagen.

Achmed sagte: „Sie hat es vergessen."

Nichts sagen, schwor sich Ben. Aber Achmed zog gerade falsche Schlüsse.

Schlüsse, die Anna schaden konnten. — Reden und erklären? Oder Schweigen? Ben war hin und hergerissen. Er biss die Zähne zusammen.

Der Zeigefinger von Achmed streichelte das Wort *Anna*. Dann nahm Achmed den Dolch, „Ob das Gold echt ist?", kratzte mit der Klingenspitze die beiden kleinen goldenen *n* aus der Mitte von Anna fort. Zwischen *A* und *a* blieb grauer Staub.

„Oh", sagte Achmed und säuberte die bestäubte Klingenspitze mit Daumen und Zeigefinger, „jetzt habe ich Anna kaputt gemacht." Er sah Ben an.

Ben biss weiter die Zähne zusammen. Ihm ging es nicht länger darum zu schweigen. Er befürchtete, wenn er aufhörte zu beißen, würden die Zähne vor Angst hörbar aufeinanderklappern. Wenn nur Papa hier wäre. Papa wüsste, was zu tun ist. Papa könnte ihn retten.

Achmed sagte: „Aber sie war gar nicht echt, Ben. Tröste dich. Deine Anna war nichts wert. Nur Staub, kein Gold. Manchmal ist das so. Man täuscht sich im Wert eines Menschen." Er kam dicht. „Du bist doch wertvoll für mich, oder?"

„Ja. Jaaa!"

„Schön." Achmed lehnte sich zurück und schaute freundlich. „Respekt, Ben. Denk daran. Du bist respektvoll, ich bin respektvoll. Wo ist deine Schwester?"

„Ich...ich weiß es nicht."

„Nehmen wir an, ich glaube dir. Weil du Respekt vor mir hast und mich deswegen nicht anlügst."

„Es stimmt. Bestimmt stimmt es!"

„Okay", sagte Achmed, „wir nehmen für einen Moment an, es wäre so." Er steckte den Dolch zurück in den Tisch. „Vielleicht weißt du auch Bescheid und kannst mir helfen, Ben. Dann wäre ich zufrieden und brauche deine Schwester nicht. Weißt du Bescheid?"

„Bestimmt. Bestimmt!"

„Hast du eine Ahnung, warum ich das Buch in meiner Ziegelei finde?"

„Das ist doch die Ziegelei von Hans-Peter", wandte Ben leise ein.

„Ah, du bist gut informiert. Warum liegt das Buch dort? Bist du darüber auch gut informiert, Ben? Oder bist du wertlos für mich, und ich muss mich an Anna halten?"

„Weil ich es da vergessen habe!"

„Wo genau hast du es vergessen?" Achmed tickte den Dolch an, so dass die Klinge sich bog und hin und her wippte. „Oder weißt du es nicht und willst mich anlügen? Hast keinen Respekt?"

„Neben dem Kühlschrank! Dem alten Kühlschrank! Da habe ich es vergessen."

„Schön. Das stimmt. Was noch?"

Ben sah Achmed an. Was hieß „Was noch?". — Achmed sagte:

„Warst du oben, im ersten Stock?"

„Nein! Nein, bestimmt nicht."

Da schoss Achmed vor, dichter noch als vorhin, so dass Ben seinen Knoblauchatem roch: „Bist du sicher, Bengel?"

„Ja."

„Ich filetier dich, wenn du lügst."

Bestimmt war Filetieren etwas Schlimmes.

„Ja, ja", stammelte Ben.

„Also warst du oben?"

„Nein, nein."

„Was denn nun?!" Achmed zog den Dolch heraus und hielt ihn Ben an die Kinderkehle. Noch hatte die Pubertät den Kehlkopf nicht vergrößert.

Jonas sagte: „Jetzt reicht es. Du machst den Jungen ja verrückt. Lass uns einfach hinfahren und putzen."

„Das hatte ich vor. Die Ziegelei ist unsicher geworden." Er warf das Notizbüchlein auf den Tisch. „Verdammter Bengel. Schleicht in der Ziegelei rum. Wer weiß, mit wem er alles gequatscht hat."

Die beiden Männer erhoben sich, und Ben atmete auf.

Jonas bemerkte: „Muss mein Handy aufladen."

„Weniger drauf rumspielen wär' auch 'ne Lösung", meinte Achmed, steckte Dolch und Notizbuch ein.

Jetzt erst, da die Anspannung nachließ, merkte Ben, wie es bei ihm unter den Backenzähnen dumpf pochte. So sehr hatte er die Zähne zusammengedrückt. Aber nun war der Alptraum vorbei. Er könnte hier auf Papa warten.

„Kleiner, aufstehen", sagte Achmed.

„Aber, ich dachte —"

„Lass das Denken, komm mit. Glaubst du, ich lasse dich hier, damit dein Papa dich in die Arme schließen kann?" Achmed kratzte sich über dem Nackentattoo. „Zehntausend könnte er wert sein. Oder was meinst du, Johnnie?"

„Ich meine, dass das eine Scheißidee ist."

„Danke, Alter. Dann machen wir es. Los, Ben, komm."

Es war spät geworden. Marie fühlte sich wie gerädert. Möller hatte ihr zugesetzt. Die Nitsch hatte die Verständnisvolle gespielt, war letztlich aber auf der Seite von Möller gewesen. Eigentlich war nur die Anzeige gegen Leon wegen Kindesentführung aufgenommen worden. Aber

Marie fühlte sich wie benutzt. Sie wusste nur nicht wofür.

Angeblich lief die Fahndung. Aber Möller kam ihr zu entspannt dabei vor. Kein Telefon klingelte auf dem Revier, kein Beamter kam herein und fragte hektisch. Aber vielleicht war das nur ihre Kleinmädchenvorstellung, wie eine Fahndung abzulaufen hatte — die Realität war anders, weniger spektakulär.

Marie wankte die Stufen hinunter, hielt sich am Geländer fest. Das lange Sitzen und Fragenbeantworten und Zuschauen beim Ausfüllen von elektronischen Formularen hatte ihren Verstand aufgekratzt, aber ihren Kreislauf eingeschläfert. Sie dachte an Ben. Sie machte sich Sorgen. Wo mochte Ben sein, wieso meldete er sich nicht? Auf *WhatsApp* reagierte er nicht. Vielleicht war der Akku von seinem Handy leer. Um Anna machte sie sich weniger Sorgen. Anna war älter und selbstständiger. Das hoffte Marie zumindest.

Marie trat auf den Bürgersteig, und die Nachtluft tat ihr gut.

Runterkommen, dachte sie. Du musst runterkommen. — Möller hatte ihr versichert, den Jungen gesund zurückzubringen. Er hatte es geradezu garantiert. Seine Logik war bestechend: Leon mochte Ben zwar festhalten, aber er hatte kein Interesse, Ben etwas anzutun.

Marie hatte es abgelehnt, sich von Möller nach Hause fahren zu lassen oder zu ihrem Touareg. Sie wollte weg von den Polizeibeamten, endlich in Ruhe gelassen werden.

„Nein", sagte sie, „auch kein Taxi. Wenn ich ein Taxi will, kann ich das selbst." Nur weg wollte sie, raus aus dem Revier. Sie hatte nicht gedacht, dass es derart unerquicklich werden würde, ein neues, eigenes Leben ohne Leon auf die Beine zu stellen. Vielleicht war das alles ein Fehler gewesen, ein Missverständnis sozusagen. Aber wie käme sie da wieder heraus?

Es war der Schmetterlingseffekt. Ihr kleiner Flügelschlag, den sie vor Wochen an ihrer eigenen Haustür leichtfertig losbrach kam wie ein Tornado auf sie zurück. Nun wankte auch sie.

„Marie..."

Es rief jemand. Sie schaute über die Straße.

„Marie, hier!"

Es war Vogg. Marie hätte vor Freude hüpfen können. Ihre aufkeimenden Zweifel waren wie weggeblasen, Marie lief über die Straße.

Vogg stand im Schatten eines Kastenwagens und breitete die Arme aus. Marie erreichte Vogg und schmiegte sich an die Brust des Mannes, ohne weiter darüber nachzudenken. Es war das erste Mal, seit sie Leon das Ja-Wort gegeben hatte, dass sie sich einem anderen Mann geradezu bedingungslos an den Hals warf.

„Es wird alles gut", sagte Vogg, als könne er ihre Gedanken lesen und wüsste, was sie jetzt brauchte; er hielt sie. Nach einigen Sekunden sagte er: „Kommen Sie hier entlang. Die brauchen uns nicht zu sehen."

Marie wusste, was er meinte. Die Fenster des Reviers waren dunkel. Sie konnte sich vorstellen, dass Möller hinter einer der Scheiben stand und hinausspähte. Möller hatte Instinkt und Erfahrung, und er sagte nicht, was er dachte. Das hatte Marie mittlerweile gemerkt. Der Mann gab vor, in ihrem Interesse zu handeln. Aber er verfolgte ein eigenes Spiel. Und dessen Regeln kannte sie nicht.

Marie berichtete Vogg knapp von ihren Erlebnissen auf dem Revier.

„Möller hat Recht", sagte Vogg, „um Ben brauchen Sie sich keine Sorgen machen. Leon passt auf ihn auf."

„Sie meinen, Ben ist wirklich bei Leon?"

„Denken Sie logisch, Marie. Wo sollte er sonst sein um diese Zeit. Wäre er draußen, hätte er längst bei Ihnen angerufen."

„Oder bei Leon." Sie sagte es schmallippig.

„Genau. Und das Letzte, was Leon machen würde? — Sie darüber informieren."

Sie dachte nach. „Das ist logisch", sagte sie.

„Genau." Er schaute sie aufmunternd an.

Marie fühlte sich erleichtert. Sie wollte sich erleichtert fühlen nach all den Auseinandersetzungen, die sie heimgesucht hatten. Marie fand, sie hatte es sich verdient, auch mal erleichtert zu sein und die Sorgen abzuwerfen.

In einer parallelen Wohnstraße duckte sich zwischen staksigen

Anwohnerkleinwagen Voggs Privatauto wie ein sprungbereiter Panther. Vogg öffnete die Beifahrertür des Gefährts, das Marie vorkam wie eine Kreuzung aus Sänfte und Sportwagen. Das Interieur duftete nach Leder und Geld.

Der Staatsminister fädelte sich hinters Steuer. „Vielleicht können wir den missratenen Abend noch retten, liebe Marie."

Er bemühte sich um sie. Wie sehr hatte sie das bei Leon vermisst; besonders in den letzten Jahren. Vogg gab ihr das Gefühl, im Mittelpunkt zu stehen. Leon hatte nur noch über seine Projekte geredet. — Wieso dachte sie eigentlich schon wieder an Leon? Sie wollte nicht mehr an Leon denken.

Vogg beugte sich zu ihr herüber: „Ich fahre Sie jetzt nach Hause. Während der Fahrt reden wir wenig, und ich stelle leise Musik ein, damit Sie sich entspannen können." Ein Hauch von herbem Rasierwasser umwehte sie. Vogg sagte: „Oder wir testen kurz in der Bar vom *Renaissance*, wie gut der aktuelle Champagnerjahrgang ist." Vogg legte den Gang ein und ließ den Achtzylinder aufsäuseln.

„Das *Renaissance* ist Ihr Hotel?"

„Wenn ich in Hamburg bin immer."

„Das klingt verlockend."

„Die Fahrt nach Hause oder der Champagnertest?"

„Beides. Aber ich fürchte, für Champagner bin ich zu müde. Ich wäre Ihnen eine schlechte Gesellschafterin."

„Das glaube ich nicht. Sie sind perfekt. Immer." Komplimente konnte er machen.

Sie sagte: „Es war ein ereignisreicher Tag für mich, aber ich glaube —"

„Ich kann Sie nicht überzeugen?"

„Ich glaube nicht, leider."

„Meine Bitte für den gemeinsamen Champagnertest hat einen ernsthaften, wirklich bedenkenswerten Hintergrund." Kleine, freundliche Falten kräuselten sich um Voggs Augen.

Es amüsiert ihn, mit mir zu argumentieren, entdeckte Marie und ging auf Voggs leichten Ton ein.

„Einen ernsthaften Hintergrund?", fragte sie, lächelte zurück und garnierte ihre Frage mit einem Blick, den sie herunterkühlte auf die Temperatur eines *Moet & Chandon*, der in einem eisgefüllten Kühler stand.

Voggs Fältchen kräuselten sich mehr. Er mochte Frauen, die widerstanden. Sie reizten ihn.

„Genau, einen ernsthaften Hintergrund", sagte er, „Wir haben zu entscheiden, ob der Champagner der Richtige sein wird für Ihre erste große Vernissage, Marie. Da darf man nichts dem Zufall überlassen."

„Das ist der einzige Grund für Ihren Vorschlag?"

„Der einzige Grund, Marie", sagte Vogg und seine Augen sagten etwas anderes, und sie entdeckte, dass sie das Andere auch wollte. Sie sah Spiele in Satinbettwäsche, eine rauschende Ausstellungseröffnung mit Herren im Smoking und Damen in Roben. Und am nächsten Tag die Presse: Jubelmeldungen über eine epochale Vernissage. Marie Artles war der neue Star unter den Galeristinnen und auf dem Sprung nach New York.

Sie fuhren den Neuen Jungfernstieg entlang, und Marie schaute hinüber zur Fontäne, dann zur Lombardsbrücke, wo Stadtstreicher an den Brückenpfeilern lehnten oder am Wasser standen. Sie waren nur dunkle Schatten, kaum zu erkennnen.

Vogg war herrlich. Seine Gegenwart ließ Marie Zweifel und Ängste vergessen.

Lebe für den Moment, sagte Marie sich. — Und womöglich war da noch mehr. Marie fühlte den Anfang von etwas Neuem. Etwas Neuem, das trotz allem, was passiert war, noch möglich erschien. Das möglich war, gerade weil alles so gekommen war.

Marie saß in dem schmeichelnden Leder, und die Gedanken schweiften.

Neben ihr, durch die Scheibe getrennt, flitzte die Binnenalster vorbei. Der Panther sprang und nahm Marie mit und säuselte dabei nur. Das Leben konnte schön sein. Bequem und zugleich prickelnd und voller Hoffnungen und sicher. Draußen war der Dschungel, neben ihr saß der Dompteur.

Ben überschaute mit schnellem Blick die Tiefgarage.

Papa, von dem Ben hoffte, dass er zur Rettung käme, war immer noch nicht da. Der Platz von Papas Coupé war leer.

„Weiter", sagte Achmed, „da entlang. Nicht einschlafen."

Ben ließ sich von Achmed schieben. Jonas Krawczyk war die Nachhut.

Sie gingen auf einen Lada-Geländewagen zu, der außerhalb der Parkmarkierungen in der Garage abgestellt war, obwohl genügend freie Plätze vorhanden waren.

„Ihr steigt hinten ein", gab Achmed Anweisung, drückte die Schlossfernbedienung. „Du passt auf den Jungen auf, Johnnie."

Gerade öffneten Achmed und Jonas die Wagentüren, wobei Achmed Ben festhielt, damit der Junge keine Fluchtmöglichkeit hatte, als sie angesprochen wurden:

„So geht das aber nicht!"

Ben kam die Stimme bekannt vor, er schaute sich um:

Es war der Portier.

In der einen Hand trug der alte Mann seinen Werkzeugkoffer, mit der anderen Hand zeigte er auf ein Schild, welches an die Wand schräg oberhalb der Motorhaube des abgestellten Ladas gedübelt war.

„Was steht da geschrieben?", fragte der Portier und sein gekämmtes weißes Haar geriet in Unordnung, so heftig wackelte er mit dem Kopf.

Parken verboten

stand auf dem Schild.

„Leck mich, Alter. Das kannst du", sagte Achmed. „Aber sofort."

„Mein junger Freund, so geht das nicht!"

Achmed zeigte seinen Dolch vor. „Mit dem geht alles, Alter. Oder was meinst du?"

„Oh...ich...ich dachte...ich meine..." Der Portier nahm all seinen Mut zusammen. „Ich meine, da an der Tür. Vor der Ihr Wagen parkt. Da steht Ölheizung dran. Ich muss da rein. Die Heizung funktioniert nicht richtig."

„Alter, ist das mein Problem?"

„Ich meine, ich warte schon die ganze Zeit." Jetzt erst entdeckte der alte Herr den Jungen. „Ben..? Sind das deine Freunde?"

Ohne Ben loszulassen, machte Achmed einen Schritt auf den Portier zu, und da schaltete sich Jonas ein:

„Wir sind sofort weg. Kein Grund zur Aufregung. Wir wollen doch schnell zur Ziegelei, Achmed."

Achmed ließ den Dolch sinken und drehte sich zu Jonas um. „Spinnst du? Jetzt muss ich ihn umlegen."

„Nein, das darfst du nicht!", meldete sich Ben, der Mitleid mit dem alten Mann hatte, der immer nett zu ihm gewesen war. Achmed und Jonas ließen Ben unbeachtet.

Jonas sagte: „Wieso muss du ihn umlegen?"

„Du verrätst ihm, wo wir hin wollen", sagte Achmed.

„Quatsch."

„So, meinst du."

„Der alte Mann weiß doch gar nicht, welche Ziegelei wir meinen, Achmed. Davon gibt es viele."

„Scheiße. Du bist dumm wie Scheiße." Achmed trat gegen die hintere Wagentür. Die Tür schlug zu und hatte eine frische Beule von dem Tritt im Blech. „Mach sie wieder auf! Einsteigen! Wir fahren los."

Ben atmete hörbar aus.

„Los, schnell, Ben", meinte Jonas und bugsierte Ben auf den Rücksitz und stieg hinterher. Achmed verharrte an der Fahrertür.

Jonas sagte: „Steig ein, Achmed. Damit wir loskommen."

„Okay." Der Araber machte zwei schnelle Schritte zum Portier und stach mit dem Dolch zu.

Im Auto unterdrückte Ben einen Schreckensschrei.

Der Portier sackte zusammen, wurde von Achmed gehalten und auf dem grauglänzenden Tiefgaragenboden abgelegt.

„Wenn du ein Wort verrätst", zischte Achmed den Portier an, „dann komm ich zurück und stech dich tot."

Der Portier lag da, mit überraschtem Gesichtsausdruck, sein Mund öffnete und schloss sich immer wieder, wie es ein Fisch macht, den man ans Ufer geworfen hat.

Achmed sprang in den Lada und startete.

Entsetzt sahen sich Ben und Jonas an.

Das Rolltor öffnete sich. Ben schaute aus dem Rückfenster. Der Körper des Portiers bewegte sich mühsam. Der Lada raste die Ausfahrt hinauf, quietschte in die ABC-Straße.

Ben schaute nach vorn. Das Entsetzten breitete sich in ihm aus und machte ihn starr. Vor Bens Augen war das Spinnentattoo von Achmed. Die Lücke zwischen der Lehne des Fahrersitzes und der Kopfstütze ließen es sichtbar werden. Achmed hatte sich nicht unter Kontrolle. Das begriff Ben. Das machte Achmed zu einer unkalkulierbaren Gefahr für jeden, der in Achmeds Gewalt war.

Die Erkenntnis ließ den Jungen kühl werden. Eine erstaunliche Reaktion ist das, fand Ben. Jetzt konnte er die Situation analysieren.

Achmed hatte einen Fehler gemacht.

Der Portier würde den Notruf wählen und erzählen. Die Polizei käme schnell und brächte alles in Ordnung. So dachte es sich Ben und irrte.

„Er geht nicht ans Handy", sagte Anna.

„Ist jetzt egal. Wir sind sofort da." Leon preschte in die ABC-Straße und brachte das Coupé direkt vorm Glaseingang des Boardinghauses zum Stehen. Für die Rolltor-hoch-Rolltor-runter-Tiefgarage blieb keine Zeit.

„Anna, Schatz...beeil dich, bitte."

Leon war schon in der Halle. Komisch, sonst war der alte Herr immer am Tresen. Vielleicht war er im Heizungskeller. Der Brenner machte in letzter Zeit Probleme, und der Portier versuchte sich daran. Bevor er sich mit dem Portiersjob die Rente im Boardinghaus aufbesserte, war er Installateur gewesen.

Leon und Anna fuhren nach oben.

Ben...wenn er ihn endlich in die Arme schließen könnte. Und für Jonas Krawczyk einen Faustschlag... Der Mann gab vor, ihm Infos über

Glücksspiel, Prostitution und Menschenhandel
für sein Buch zu geben und tat sogar so, als könne er erklären, wie es mit Auftragsmord auf der Reeperbahn zuging — und dann beschuldigte er ihn bei der Polizei.

Oder war es Marie, die ihn in den Knast gebracht hatte?

Es war kompliziert. Leon hatte jetzt keinen Kopf dafür. Marie jedenfalls hatte die Gelegenheit genutzt: Genau in dem Moment, da er ihre Hilfe brauchte; da hatte sie ihn in den Abgrund gestoßen. Mit ihrer falschen Anschuldigung. Dann hatte sie noch nachgelegt...und Bertie erzählte, sie wolle nun auch noch die Konten bei der Sparkasse abräumen.

Aber seltsam...die ganzen Vorwürfe gegen Marie kamen ihm jetzt, auf dem Etagenflur, blass vor. Als müsse er sie seinem Gehirn abpressen, und doch blieben sie farblos. Denn Leon fühlte Verständnis, vielleicht auch Mitschuld. Er hatte sich zu wenig um Marie gekümmert, den Kopf voll gehabt mit eigenen Projekten und der Karriere. Der große Schach, *New Century Marketing*, der Aufstieg zum CEO der Firma — wie fern war das alles. Letztlich unwichtig.

„Ben...Ben!"

Leon hatte aufgeschlossen, lief ins Wohnzimmer.

Niemand war dort. Weder Ben, noch Jonas. Leon durcheilte Schlafzimmer, Küche, Bad. Dann warf er sich in den Ledersessel.

„Papa...so schlimm wird es nicht sein", sagte Anna, die nachgekommen war; sie setzte sich mit geradem Rücken, wie ihn Reiterinnen lernten, auf die Couch, kam gleich wieder hoch, „Ich mach dir erstmal einen Tee, Papichen."

Papichen, das hatte Leon schon lange nicht mehr gehört - so hatte Anna ihren Papa immer als Kind gerufen. Es war offensichtlich, dass seine Tochter ihn aufheitern wollte.

„Danke, Anna."

Leon stierte auf die Plattensammlung, ohne wirklich wahrzunehmen, dass es seine Sammlung war.

Er wählte die Nummer von Jonas Krawczyk. Jonas war unmittelbar am Apparat, sprach leise. Es hörte sich an, als würden sie fahren.

„Was los?", fragte Leon, „Wo ist mein Junge?"

„Wir holen Döner. Er hatte Hunger. Sind gleich wieder da."

„Scheiße. Beeilt euch."

In der Küche klapperte Anna sich durch die Schränke. Sie war nur einmal hier gewesen.

Sonst hatte Leon sich mit seinen Kindern in der Stadt getroffen, weil er gedacht hatte, er müsse Anna und Ben etwas Besonderes bieten. Etwas Tolleres als seinen Ein-Mann-Haushalt in einem Appartementblock für gutsituierte Langweiler in mittleren Jahren. Kino zum Beispiel oder Eis oder Hagenbecks Tierpark. — Jetzt rauschte der Wasserkocher, und Leon mochte das Allerweltsgeräusch.

Er lehnte den Kopf zurück, und es passierte etwas Schönes: Die Anspannung ließ nach.

Mit zwei dampfenden Bechern kam Anna herein.

„Mit wem hast du telefoniert?", fragte sie, und Leon berichtete, sagte dann: „Hier, nimm die Bierdeckel", und wusste, dass er spießig rüberkam. Aber so war er. Es war Zeit, es zu akzeptieren. Da halfen keine CEO-Weihen, keine Geschäftsessen in London oder Hinterzimmertreffen auf der Reeperbahn. Er war angejahrt und eingefahren. Er liebte seinen Sessel, seine Jazzplatten, und er hasste Hitzeflecken auf der hölzernen Platte seines Wohnzimmertisches. Und Anna rollte noch nicht mal mit den Augen, als sie die Bierdeckel entgegennahm. Sie wurde erwachsen.

Anna warf die Deckel auf den Tisch, stellte die Tassen darauf, und an eine Untertasse fürs Ablegen der nassen Teebeutel hatte sie auch gedacht.

„Papa, das sind aber hässliche Macken in deinem Tisch." Sie fuhr mit der Handfläche darüber.

Leon beugte sich vor. Die Macken sahen aus wie Stiche in die Platte. Merkwürdig. Und neu.

Und es freute ihn. — Nicht die Macken, die waren ärgerlich. Aber dass Anna sie auffielen und störten: Dass nahm er wichtiger.

„Warum grinst du?", fragte Anna.

Er schlürfte den heißen Schwarzen Tee. Da in der Firma unausgesprochene Kaffee- und Ristrettopflicht für die harten Kerle des erweiterten Vorstands herrschte, hatte Leon jegliche Kaffeebohne aus seinem Privatreich verbannt. Er hatte nicht vor, mit einem Herzinfarkt aus dem Leben zu scheiden, bevor er das halbe Jahrhundert vollgemacht hatte.

„Sag was, Papa. Warum grinst du?"

„Weil du erwachsen wirst", sagte Leon.

„Oh, ich hoffe nicht."

„Du willst nicht erwachsen werden?"

„Nicht so schnell jedenfalls. Und ich fühle mich überhaupt nicht so."

Schon allein, dass sie so redete..., dass man so mit ihr sprechen konnte und durfte zeigte, dass die Pubertät in ihrer Endphase war. Leon freute sich, es live erleben zu dürfen. Wie viel sinnvoller war es, das Aufwachsen der Tochter aus nächster Nähe mitzuerleben, als im Büro über Marketingkampagnen für Wirsingkohlcracker oder Koffeinweingummi zu zermartern. Oder sich in U-Haft mit Menschen wie Raphael herumschlagen zu müssen.

Leon sagte: „Es ist schön mit dir."

Anna ließ den Teebeutel über dem Becher abtropfen, legte ihn auf dem kleinen Teller ab und trank einen Schluck. Dann sagte sie:

„Schon merkwürdig."

„Was ist merkwürdig?"

„Vor ein paar Stunden fand ich euch widerlich und wollte nur noch weg." Sie umfasste den Becher, als müsse sie sich die Hände wärmen; dabei war noch die Wärme des Sommertages im gesamten Bau. „Und nun sitze ich hier und trinke Tee mit meinem Papa...und finde es...eigentlich ganz entspannend." Ihr Mund zeigte ein verrutschtes Lächeln. „Dabei wollte ich nie so werden wie ihr. Das habe ich mir echt geschworen."

„Aha." Er schlürfte. „Bist du es denn?"

„Weiß nicht. Ein bisschen wie du vielleicht? Trinke Tee, sitze rum, denke..."

Leon sagte: „Ich wollte nie wie mein Vater werden. Den fand ich daneben. Schon seine Art, wie er nach Hause kam am Abend...ich hätte schreien können vor Unbehagen."

„Und..? Bist du es?"

„Was?"

„Wie dein Vater geworden?"

„Tja, vielleicht. Vielleicht ein bisschen. Je älter, je mehr." Und er dachte warm an seinen Vater zurück. Er war vor drei Jahren gestorben, Leon würde sich seiner immer in Zuneigung erinnern. Wie die Jahre und die Erfahrung das Urteil ändern konnten über die, die einem am Nächsten gestanden hatten — und deswegen in jugendlichem Ungestüm am härtesten verurteilt wurden.

„Aber wie Mama will ich nie werden", sagte Anna. „Das wäre schrecklich, wenn ich wie Mama werden würde."

„Wieso, was wäre so schrecklich daran?"

„Ach", machte Anna, und Leon sah, dass sie Gründe suchte. Anna griff sich den Becher, nahm einen langen Schluck. „Mama ist so... schrecklich eben. Sie behauptet, du hättest Ben entführt, obwohl sie weiß, dass es nicht stimmt. Immer macht sie was, immer stört sie was. Der Flur muss ständig sauber sein, und dauernd ist sie unterwegs. Als wäre sie auf der Flucht."

„Oder auf der Suche. Sie sucht etwas."

„Wenn sie uns dabei wenigstens finden würde", sagte Anna mit jener mitleidlosen, brutalen Analytik, welche Mädchen entwickeln können, die sich gerade fit machen für's Abitur, „...das wäre nicht schlecht, oder?"

„So schrecklich finde ich sie nun nicht."

„Du hast sie ja auch geheiratet."

„Genau. Und wir waren schwer verliebt damals. Das kannst du mir glauben." Und seitdem war irgendwas schiefgelaufen. Er wusste längst, was schiefgelaufen war, und jetzt, in seinem Lieblingssessel, da wusste er, was zu tun war. Alles konnte gut werden. Zuerst warten sie hier auf Ben und dann würde er das Verhältnis zu Marie kitten. Er war milde gestimmt.

Mehr als das.

Marie hatte Fehler gemacht. Sie hatte falsch gespielt, ihn bei der Polizei schlecht dastehen lassen und nichts zur Aufklärung seiner Unschuld getan. Aber war er ohne Fehler gewesen? War er nicht mindestens so selbstsüchtig gewesen wie seine Frau? Über Monate und Jahre war er selbstsüchtig gewesen, und Maries Verhalten war bloße Reaktion darauf. Überreaktion gewiss, was aber kein Wunder war nach so vielen Jahren, in denen sie zurückgesteckt hatte.

Er mochte Marie. Immer noch. Er beschloss, es ihr mitzuteilen. Irgendwie. Alles würde gut werden.

Alles wird gut, dachte Marie. Leon kam ihr dabei nicht in den Sinn. Endlich mal nicht mehr an Leon denken. Stattdessen betrachtete sie Vogg.

Ihren Staatsminister.

Er war ein Großer, ein wirklich Großer.

Wohlig kuschelte Marie sich in die Satinbettwäsche. Das Renaissance hatte in seinen Suiten wirklich Satin aufgezogen, und schaute hinüber zum Schrank. Dessen Front war verspiegelt, und dadurch konnte Marie einen Blick um die Ecke ins Badezimmer werfen, dessen Tür Vogg halb offengelassen hatte.

Ohne Anzug sah der Mann dort vorm Waschbecken noch besser aus.

Kein Gramm Fett zu viel, kein Jahr zu viel. Und im Bett war er genau so rücksichtsvoll, wie es sich gehörte, und so ruchlos, wie man es sich erhoffte. Sie überlegte, ein heimliches Erinnerungsfoto von ihm zu machen, verwarf den Gedanken und ließ ihr *iPhone* unbenutzt auf dem Nachttisch liegen. Dort hörte sie es am besten falls Möller sich meldete.

„Wollen wir an die Bar, den Champagner probieren?", meinte ihr Staatsminister. Er kam aus dem Bad, hatte ein Hotelfrotteehandtuch um die Lenden geschlungen.

Den Champagner hatte sie komplett vergessen, sich ausgemalt, wie es hier gleich weitergehen würde. — Aber die Idee gefiel ihr: noch mal hinunter zu gehen; sozusagen die Vorfreude auf die Fortsetzung durch Verzögerung zu steigern. Und Vogg Zeit zum Verschnaufen zu lassen.

Denn sie war fordernd gewesen. Da sie hungrig war. Hungrig nach all den Jahren.

„Steckst du die Magnetkarte ein, Marie? Damit wir sie nicht vergessen und nachher reinkommen. Ich zieh mich schnell an." Er verschwand wieder im Bad und brauchte länger fürs Ankleiden als sie.

Er ist eitel, dachte sie.

Die Bar lag - anders als Marie es sich vorgestellt hatte - im Dachgeschoss des Hotels, sie fuhren also im Lift nach oben, und weil der Abend sich längst zur Nacht fortentwickelt hatte, herrschte wenig Betrieb. Die großzügige Fensterfront ließ die Sterne hereinblinken, so dass sie den Nachtschwärmern, die dafür empfänglich waren, ein wenig Romantik spenden konnten. Ansonsten war die Bar eingerichtet, wie Bars von Hotels eingerichtet waren, deren Direktoren Stolz auf den zuerkannten fünften Komfortstern empfanden und sich daher nicht trauten, Innenarchitekten zu beschäftigen, die gerade erst ihre Ausbildung vollendet hatten und begierig waren, neue Ideen zu verwirklichen.

Der Barkeeper war keine Spur spritziger als die Einrichtung. Da Vogg und Marie die Bar betraten, hob er nicht mal den Blick. Dafür wandte sich ihnen ein schmalschultriger Herr zu, der einsam an der Bar ausharrte.

Es war Kuno, der Künstler.

„Ah, da seid ihr ja", sagte Kuno, als habe er auf Marie und Vogg gewartet und sein Gummigesicht markierte Freude. Kuno rutschte vom Hocker, wurde dadurch kleiner, überkreuzte die Beine. „Kuno fragt euch, wollt ihr noch ein Sektchen?"

„Eigentlich wollten wir Champagner", sagte Vogg.

„Auch gut! Cheffe, Champagner, aber den Guten!"

Es war Kuno, wie er leibte und lebte. Und doch nicht ganz. Marie fand, dass seine überdrehte Freundlichkeit, die sonst durch echte Herzenswärme gedämpft wurde und dadurch geradezu charmant wirkte, nun einen Dreh ins Aggressive bekam.

Kuno zupfte Vogg am Ärmel, nötigte die beiden Neuankömmlinge fast, neben ihm auf den Hockern Platz zu nehmen.

„Champagner! Champagner! Wo bleibt er!", scheuchte Kuno den antriebsarmen Barkeeper.

„Kuno", hob Vogg an, „Marie und ich, wir wollten eigentlich —"

„Da ist er ja!" Schwungvoll goss Kuno in die Kelche, es schwappte über. „Ihr werdet doch mit mir anstoßen oder das auch nicht?!"

Vogg saß, Marie saß; nur Kuno stand und rückte Vogg näher mit erhobenem Kinn und Kelch, und Kunos heißer Blick brannte Löcher in Voggs Halspartie. Höher schaute Kuno nicht, seine flackernden Augen vermieden den direkten Blickkontakt.

„Ich such' mal die Toilette", sagte Marie und entfernte sich. Sie hatte keine Lust, in einer Fünf-Sterne-Bar einem Streit zweier Männern beizuwohnen. Danach sah es ihr nämlich aus.

Sie war kaum halb durch den schummrig beleuchteten Raum, da rief vom Rand eine Frauenstimme:

„Huhu, Marie! Hier sind wir!"

Es war Geraldines Stimme, das realisierte Marie nach einer Schreckensbruchteilsekunde, und Marie erkannte auch die Umrisse eines Pärchens, dass an der Wandseite saß, welche der Glasfront gegenüber lag. Die zierliche Person war Geraldine. Aber wer war der Fettklops daneben, an den Geraldine ihren Kopf gelehnt hatte?

Geraldine löste ihren Kopf von der massigen Schulter. „Komm näher, Marie! Versteck dich nicht! Wir haben euch längst gesehen!"

Da Marie herantrat, erkannte sie Sebastian Westinghaus neben Geraldine. Der Leiter der Präsidialabteilung der Kulturbehörde hatte sich in eine grobfaserige Decke gehüllt.

Vor dem Turtelpärchen, denn das taten sie offensichtlich, standen beschirmte Cocktails. Ein strenger Geruch stieg Marie in die Nase, der nicht von den Alkoholika kam.

Marie begrüßte die beiden zurückhaltend. Natürlich war ihr peinlich, in der Nacht an der Bar mit Vogg gesehen zu werden. Man könnte falsche richtige Schlüsse ziehen. Oder richtige falsche. Egal. — Geraldine dagegen war gar nichts peinlich. Sie legte ihren Kopf wieder an die Schulter von Westinghaus und sagte:

„Matratzentest. Nicht wahr, Basti?" Dann kicherte sie. Das konnte nicht nur von einem Cocktail kommen.

Seiner brünetten Gespielin beipflichtend nickte Westinghaus mit innerlicher Feistigkeit, und zustimmend wabbelte sein Doppelkinn. Dann faselte Westinghaus alkoholisch über Kunst.

Die beiden Frauen ließen ihn reden und steckten selbst die Köpfe zusammen.

Geraldine erkundigte sich: „Ist es so, wie ich denke? Du und Vogg?"

„Du wirst mich doch nicht verraten?"

„I wo! Ich bin froh, dass du endlich auf den Geschmack gekommen bist. Wollt ihr einen Sonderpreis für das Zimmer? Ist ein Fingerschnipp von mir. Kein Problem!"

„Nein. Danke, ist Voggs Zimmer. Zahlt die Staatskanzlei. Er steigt hier immer ab, wenn er in Hamburg ist."

„Ah, alte Schule, ganz Kavalier. Basti, da solltest du dir ein Beispiel dran nehmen."

Das Doppelkinn signalisierte durch verstärktes Wabbeln unwissende Zustimmung.

Wiederum Marie zugewandt sagte Geraldine: „Er ist ein Knauser. Nicht nur bei der Ausstattung deiner Ausstellung, sondern auch privat. Dafür hat er andere Qualitäten."

Marie drängte es nicht, Details zu erfahren.

Aber auf jeden Fall bedeuteten Geraldines Ausführungen, dass sie mit Westinghaus in eines der *Renaissance*-Betten gestiegen war. Der Mann passte so überhaupt nicht in Geraldines Beuteschema, und Marie fragte sich, was ihn unwiderstehlich machte.

Geraldine kam dichter. „Marie, deine Ausstellung wird ein Kracher. Basti ist ganz sicher. Und ich bin es auch." Geraldine nahm einen Zipfel der Decke zwischen die Finger, welche Westinghaus sich umgehängt hatte.

„Hier, fass mal an", forderte Geraldine ihre Freundin auf.

Kratziger Stoff, fand Marie.

„Musst du zwischen den Fingern reiben, Marie." Geraldine zupfte mehr von der Decke heran, damit Marie was zum Reiben hatte. Bei Westinghaus rutschte die Decke, und Marie erkannte, dass er unter der Decke nackt war.

„Oh", entfuhr es Marie, und sie ließ den Stoffzipfel fahren.

„Riechst du es schon?", fragte Geraldine.

„Was? Nein!"

„Du musst die Finger an die Nase halten, Marie."

Sie tat, wie Geraldine es wünschte.

„Uuahh", machte sie. Die Finger stanken nach Pferd. Das war der strenge Geruch, den sie eben bereits bemerkt hatte.

„Unwiderstehlich, nicht wahr?", meinte Geraldine. „Es macht ihn sexy."

„Ihn?" Marie guckte auf Westinghaus.

„Jeden Mann", tuschelte Geraldine. „Na ja, fast jeden."

„Meint er das auch?", fragte Marie.

„Basti hat es entdeckt. Besser gesagt geahnt. Gleich als er die Pferdedecke im Bunker in die Hand bekam."

„Das ist die Decke aus dem Bunker? Annas Pferdedecke? Oh mein Gott!!!"

„Das wird ein Knaller, Marie. Es funktioniert! Wir sind das beste Beispiel, und ich habe Sophia schon gebeten, mehr Decken heranzuschaffen. Deine Zustimmung voraussetzend. Oder war das voreilig?"

„Nein, nein."

So ganz begriff Marie nicht, was Westinghaus und Geraldine vorschwebte. Eine Ausstellung von Pferdedecken? — Aber sie war nicht in der Position, Bedenken zu äußern: Praktisch war sie gerade beim Ehebruch ertappt worden. Wenn von ihrer Eskapade nur das Geringste nach außen drang, stände sie bei einem Sorgerechtsstreit um die Kinder auf verlorenem Posten. Leon hatte Bertie — und damit Richter und Prozess so gut wie in der Tasche, wenn Marie eine derartige Ehebruchsvorlage lieferte.

Westinghaus unterbrach seinen Kunstvortrag, er fragte Geraldine:

„Hat deine Freundin die Decken?" Die Aussprache von Westinghaus wurde undeutlicher. Er musste viele Cocktails getrunken haben.

„Weiß nicht", meinte Geraldine.

„W-willst du mal nachfragen?"

„Mitten in der Nacht? Basti, dreh' nicht durch." Zumindest bei *WhatsApp* wollte sie schauen, ob Sophia etwas geschrieben hätte. Geraldine entriegelte ihr *Galaxy*

„Marie..!", rief sie aus und las.

„Was ist?", fragte Marie.

„Sophia schreibt...sie hat versucht, dich zu erreichen."

Stimmt, ihr *iPhone* lag in der Suite auf dem Nachttisch. Sie hatte es vergessen. Das war blöd. Auch falls Möller anriefe, wenn es Neues zur Fahndung gab.

Geraldine hatte zu Ende gelesen, schaute von ihrem Handy auf: verwirrt, entgeistert.

„Was ist?", meinte Marie, Angst beschlich sie, „Sag, was ist?"

„Ich weiß nicht", zögerte Geraldine, „irgendwas mit Ben."

„Ben? Nein —"

„Irgendwo auf der Reeperbahn..."

„Nein!", schrie Marie und lief davon. Sie musste zur Reeperbahn. Erst ihr *iPhone* holen. Sophia anrufen. Zu Ben.

Kuno und Vogg waren nicht am Tresen. Der Barkeeper rief Marie hinterher: „Meine Dame, Sie mögen bitte testen! Die zwei Herren bitten darum, sie sind gleich wieder da!"

Eine Reihe gefüllter Champagnergläsern war aufgebaut. Dafür hatte Marie keine Zeit.

Wie lang dieser Lift brauchte!

Sie hätte dem Barkeeper sagen sollen, er möge ihr ein Taxi rufen. Sie konnte jetzt nicht noch Vogg suchen. Sie musste das *iPhone* vom Nachttisch holen und zur Reeperbahn. Was war mit Ben?! Ihr Kopf wollte zerspringen vor Sorge um den Jungen.

Marie brachte Voggs Türschlossmagnetkarte hervor, zog sie durch den Kartenleser unter der Klinke. — Als sie gekommen waren, standen vorm Hotel zwei Taxen, so glaubte Marie sich zu erinnern. Was war sie voller prickelnden Glücksgefühlen gewesen, als sie, eingehakt bei Vogg, durch den Hoteleingang gegangen war. — Und jetzt: Panik.

Sie öffnete die Tür, raste vorbei an Bad und Spiegelschrank — und prallte zurück:

In der Satinbettwäsche... — Vogg und Kuno taten es.

Marie unterdrückte einen Ausruf der Überraschung, dennoch bemerkten die beiden Männer sie sofort und fuhren auseinander, als seien sie mit einem Mal zwei gegensätzlich gepolte Magneten.

Marie wollte nichts hören, keine Erklärung, nur raus aus dem Sündenpfuhl. — Sie lief hinaus und knallte die Tür hinter sich zu. Was hatte sie sich eingebildet? Vogg und sie: die große Liebe oder das große Abenteuer. Oder bloß ein großer Irrtum.

Oder eine einzige Scheiße.

Sie stampfte mit dem Fuß auf. Wütend auf Vogg und mehr noch auf sich. Und das *iPhone* hatte sie auch drin gelassen.

„Mist! Kacke!"

Noch mal Karte durchziehen. Noch mal rein. Wie konnte man sich so erniedrigen. Aber sie musste zu Ben. Sie musste wissen, wo genau sie hinzufahren hatte. — Wie kam Vogg eigentlich in die Suite? Wenn sie seine Karte hatte?

Das bedeutete, Kuno besaß auch eine.

Es war unglaublich. Wahrscheinlich ein Versöhnungs- Tête-à-Tête zwischen den beiden. Da Vogg fremdgegangen war.

Einfach nur widerlich.

Sie raste hinein.

Griff das *iPhone*. Vogg sagte irgendwas. In ihren Ohren rauschte es, und sie hatte keine Lust auf geistreiche Antworten. Alles war kaputt.

„Vergiss es!", hörte sie sich keifen, knallte die Tür hinter sich.

Noch ein fetter Abgang. Sie konnte eine Fette-Abgang-Sammlung aufmachen.

15. Kapitel

Ben schaute zwischen den Kopfstützen hindurch nach vorn. Über den vorbeiziehenden Dächern von mehrstöckigen Mietshäuser spannte sich der Nachthimmel. Je weiter sie aus der Innenstadt fuhren, je seltener wurden die Straßenlaternen, und die Sterne leuchteten deutlicher.

Achmed fuhr schnell und sicher. Vor den Radarfallen ging er vom Gas, danach beschleunigte er zügig. Es war Ben klar, was Achmed wollte:

In die Ziegelei und dort *aufräumen*. So nannte er das.

Was auch immer sich im ersten Stock des Verwaltungsgebäudes der stillgelegten Ziegelei befand oder ereignet hatte. Ben dachte an das Mädchen mit den neun Fingern und die nächtlichen Schreie, die er gehört hatte. — Es sollte verschwinden, bevor es jemand anderes entdeckte.

Neben Ben auf dem Rücksitz saß Jonas Krawczyk. Jonas hatte eben leise telefoniert und sein Handy auf den latexbehosten Oberschenkeln abgelegt und schaute seit Minuten reglos zum Dachhimmel. Ben hätte gern gewusst, ob Jonas an den armen Portier dachte. Ben jedenfalls tat es.

Es wollte ihm nicht in den Kopf, wie Achmed den alten Mann mit dem Dolch hatte verletzen können. Achmed kam aus einer anderen Welt, da war ein Menschenleben nicht so viel wert. So versuchte Ben, sich den Dolchstich zu erklären.

Ben hätte Achmed gefragt, warum er sich so verhielte. Aber Ben wusste, dass eine Frage selbstmörderisch sein konnte. Denn wie würde Achmed reagieren? Man hatte mit allem zu rechnen. So schwieg Ben und schaute hinaus. Und vielleicht schaute Jonas deswegen in den Dachhimmel.

Das Volksdorfer Ortsschild flitzte vorbei. Sie brauchten nur noch durch den Ort, dann kam der Wald. Fünfzehn Minuten höchstens, dachte Ben. Er kannte die Strecke.

Das Elternhaus lag verlassen da. Ben mochte leise gehofft haben, Mamas Touareg in der Einfahrt zu sehen oder Papas Coupé. Aber nichts davon, und das Küchenfenster unten und die Kinderzimmerfenster oben, die von der Straße aus zu sehen waren, zeigten sich dunkel. — Gleichzeitig aber flackerte es undeutlich über dem Dach des Hauses und dann auch an der Seite. Ebenso wurde der Schornstein der Ziegelei angeflackert. Bläulich?

Auch Jonas bemerkte es, schaute hinaus, statt noch länger hinauf zum Dachhimmel: „Was ist das?"

Achmed fasste das Lenkrad mit beiden Händen und beugte sich vor, und das Spinnentattoo bekam Wülste.

„Alter!", sagte Achmed und trat hart auf die Bremse.

Drei Streifenwagen standen dort: einer auf der Straße, zwei vor dem Hauptgebäude der stillgelegten Ziegelei. Die Blaulichter waren eingeschaltet, Polizisten stapften durch die Wiese.

„Der Alte hat gequatscht", meinte Achmed. „Ich hätte ihn doch abstechen sollen." Er drehte sich zu Jonas. „Deine Schuld —"

„Aber —"

„Halt die Backen, Johnnie. Das klären wir noch. Aber später."

Jonas saß unbehaglich auf der Rückbank und knetete sein Handy, und die Fingerknöchel traten weiß hervor.

Die Polizei war wirklich fix, fand Ben. Zu fix war sie. Er hatte gedacht, sie käme, um ihn zu befreien. Aber nun war sie schon da, und damit war Achmed gewarnt. Er könnte die Gelegenheit dennoch nützen, überlegte Ben. — Aus den Augenwinkeln, so dass Jonas es nicht mitbekam, spähte Ben zur Klinke, die in die Türverkleidung eingelassen war, und er kalkulierte, ob er es bis zur Polizei schaffen würde. Es war weit und noch dunkel. Achmed und Jonas könnten ihn einfangen, bevor die Polizisten etwas merkten. Und doch...

Ben sah Oberkommissar Möller aus dem Hauptgebäude der Ziegelei treten und Kommissarin Nitsch zu sich heranwinken. Die Kommissarin stapfte durch die Wiese, wie Ben es mit seinen *Sneakers* getan hatte bei seinem letzten, missglückten Ausflug in die Ziegelei. Vered, der Kommissar mit Halbglatze, die ihm das Aussehen eines Prälaten gab, schaute herüber zum Lada.

Das wäre der richtige Moment, dachte Ben und sein Arm kam zögernd nach vorn zur Klinke. Da sagte Achmed:

„Wir sollten uns vom Acker machen, bevor sie uns bemerken", und er drehte das Lenkrad, und der Lada vollführte eine Kehre. „Wir schwirren ab. Haben sie den Schuppen eben. Die Mädchen sind längst weg. Bis auf die eine. Aber deren Eltern wollten sowieso nicht zahlen."

Ein anschwellendes Hupen ließ Achmed hinterm Steuer zusammenzucken. Von links kam ein gelbes Etwas. Eine Rakete, ein Auto. Ein Porsche, erkannte Ben und presste die Augen zu, erwartete den Aufprall, hörte das Gummi der Reifenwalzen auf dem Asphalt quietschen — und keinen Aufprall.

Da Ben die Augen öffnete, stand der Porsche quer, dessen Beifahrer ließ die Seitenscheibe heruntersurren; Achmed kurbelte an seiner Scheibe.

„Führerschein in der Lotterie gewonnen?!" Der Porschebeifahrer war außer sich, fuchtelte mit einer Spiegelreflex.

Achmed keilte zurück. „Wenn du ein Foto von mir machst, schieb ich dir deine Kamera wo rein, bis du lachst."

„Komm, beruhigt euch", meldete sich der Porschefahrer, trug eine Pilotenbrille und goldblonde Korkenzieherlocken und schmale Lippen. „Hier soll ein großes Ding laufen", sagte er.

„Wer will das wissen?", fragte Achmed.

Der Porschepilot sagte: „Wir kommen von der *Morgenpost*." Er zeigte auf die Streifenwagen. „Ein echt großes Ding."

Achmed erwiderte: „Dein Ding ist bestimmt nicht so groß", und zupfte an seinen schwarzen Drahthaaren.

Die Lippen des Porschefahrers spitzten sich. „Leck mich doch", sagten sie.

„Nach dir." Achmed kurbelte halb hoch und gab gleichzeitig Gas. Der Lada umkurvte den Porsche und röhrte stadteinwärts davon.

„Pressefuzzis", spuckte Achmed in den Rückspiegel und schaute dabei Ben an, „sind die Pest. Kannst du dir merken."

Achmed ist irre, dachte Ben. Irre gefährlich. Und mit dem Aussteigen hatte es nicht geklappt. Auf jeden Fall hatte der Portier überlebt, sonst hätte er nicht die Polizei alarmieren können. Das war gut.

„Warum willst du mich filetieren?", fragte Ben in den Rückspiegel.

„Hä?", machte Achmed.

„Hast du gesagt."

„Ich werd' dir kein Haar krümmen, Bengel. Wenn du Respekt zeigst. Kapiert?" Er grinste. „Und dein Vater sollte auch Respekt zeigen. Oder er kriegt einen Finger von dir. Dann kapiert er."

Ben erschrak, dachte an das Mädchen am Fenster, das er im Krankenhaus wiedergesehen hatte.

„Johnnie, du machst das mit dem Anruf bei dem Vater", meinte Achmed. „Du kennst ihn."

„Aber —"

„Keine Widerworte."

„Mein Handy ist aber leer."

Achmed langte ins Handschuhfach und warf ein Autoladekabel nach hinten. Jonas wusste, was zu tun war. „Okay", nuschelte er und stöpselte und legte das angeschlossene Handy zwischen sich und Ben.

„Sobald wir da sind, rufst du an", entschied Achmed.

Sie rasten den staubigen Weg entlang. Der Fahrtwind brauste und blies Ben durch das halboffene Fenster ins Gesicht. Ben schützte seine Augen mit der Hand. Die Bindehautentzündung hatte er noch in Erinnerung.

Wenig später kam das frühere Polizeihochhaus in den Blick. Ben schloss daraus, dass es wieder in den Stadtkern ging.

Ich bin Achmeds Geisel, dachte Ben. Achmed will Geld von Papa. Und ich will Finn und Hanna wiedersehen. Und zu Papa will ich und von Achmed nicht filetiert werden.

Mama fiel Ben auch noch ein. Sie wollte er natürlich auch wiedersehen.

„Ruhig, Ben." Unbeholfen fuhr Jonas dem Jungen über den Kopf.

Ben bog sich zur Seite.

„Ich bin doch ruhig!" Oder hatte er mit den Zähnen geklappert? — Kalt war ihm jedenfalls. Obwohl es eine Sommernacht war. Das kam von dem Fahrtwind. Nur von dem Fahrtwind.

„Alles wird gut", behauptete Jonas.

Der hatte gut reden. Für ihn wollte Achmed kein Geld haben. Beide Männer waren Verbrecher. Aber Ben wusste nicht, was er gegen sie unternehmen sollte. Er war in ihrer Gewalt.

Jonas entriegelte mit einem Zickzackwisch sein Handy, stellte den Bildschirm in den Einstellungen auf *always on*, legte das Handy umgedreht zurück aufs Polster. Es lud weiter auf.

Die Alster kam in Sicht, sie fuhren über die Lombardsbrücke. Ben ahnte nun, wohin es ging: zur Reeperbahn. Von seinem Ausflug mit Sophia kannte Ben die Straßenzüge, die auftauchten. Neonreklamen überstrahlten die Sterne, auf den Bürgersteigen allerdings war wenig los. Die Nachtschwärmer waren schlafen gegangen oder saßen in Kneipen. Auch die Frauen in den pinkfarbenen Stretchhosen hatten die Hauswände geräumt.

Unsanft brachte Achmed den Geländewagen vor dem Laden zum Stehen, in welchen Sophia vor einiger Zeit Ben mitgenommen hatte. Hier hatte Ben zwischen den ganzen komischen bunten Sachen Jonas Krawczyk und Achmed zum ersten Mal gesehen. Jetzt allerdings war vor den Eingang des Ladens ein Ziehharmonikagitter gezogen, die Schaufensterbeleuchtung war ausgeschaltet.

„Du passt auf den Jungen auf", sagte Achmed zu Jonas, „Ich schau mich um." Achmed stieg aus und zwängte seine Pranke durchs Gitter an den Klingelknopf. „Ey, Mona, mach auf." Er trat zurück, guckte nach oben, wiederholte seine Aufforderung. Niemand öffnete oder schaltete Licht ein.

„Jonas, komm her", rief Achmed in Richtung des Wagens. „Du machst auf."

Jonas erklärte Ben: „Ich hab einen Schlüssel. Wir holen dich gleich." Dabei klopfte Jonas auf sein Handy, das am Ladekabel hing und sah

Ben in die Augen. Dann stieg er aus. Ließ das Handy liegen.

„Muss gucken, ob ich ihn dabei habe." Umständlich kramte Jonas vor dem Eingangsgitter.

„Mach schon." Achmed drückte die Zentralverriegelung. Die Schlösser des Geländewagens schnappten zu. Ben saß starr auf dem Rücksitz und schaute geradeaus.

Seine rechte Hand war beschäftigt. Sie drehte das Handy von Jonas um, und Ben kam es vor, als erleuchte der Bildschirm, der noch entriegelt war, schlagartig den Innenraum. Aber die zwei Männer merkten nichts, waren mit dem Gitter beschäftigt.

Vielleicht wollte Jonas auch nichts merken.

Wie war Papas Nummer...Ben hatte keine Ahnung, er tippte immer Kurzwahl. — Aber Annas Nummer wusste er, wählte sie.

Bitte, Anna, geh ran. Auch wenn es mitten in der Nacht ist...

„Hallo?"

Es war Annas Stimme.

Ben hauchte: „Ich bin es. Ben. Du musst mich rausholen." —

„Hallo?", fragte Anna.

Hörte sie ihn nicht?

Weil er das Handy nicht hochnehmen konnte, ohne dass es auffiele.

Ben wiederholte die zwei Sätze. Lauter diesmal.

Draußen drehte sich Achmed um. „Was quatscht du da, Bengel?!"

Leon saß in seinem abgewetzten Ledersessel. Der Tee war ausgetrunken. Die Sorgen um Ben zurückgekehrt, und Leon hatte seiner fast erwachsenen Tochter erzählt, dass Jonas Krawczyk wahrscheinlich, so sagte es Bertie, ein Polizeispitzel war und nun mit Ben an der Hand durch die Stadt zog.

Das alles hatte Leon seiner Tochter erzählt, um sich mit ihr darüber zu unterhalten. Nur die Geschichte mit dem fingierten Auftragsmord behielt er lieber für sich. Er wollte Annas Einschätzung hören, wollte wissen, was sie meinte, ob Ben sich in Gefahr befand. Genauer gesagt:

Er wollte hören, dass Ben sich nicht in Gefahr befand. Denn je länger sie hier in dem Appartement saßen, je unruhiger wurde er.

Leon stand auf. „Ich kann nicht mehr sitzen."

„Überleg doch mal, Papa. Er hat ein Handy. Er ruft an, wenn er was will."

„Aber wenn er damit nicht telefonieren darf? Jonas hat es ihm weggenommen."

„Pah! Denk logisch. Es ist mitten in der Nacht. Ich würde auch schlafen."

„Tust du aber nicht."

„Weil ich älter bin. Da ist man vernünftiger und weiß, dass die Eltern sich Sorgen machen. Wär ich so jung wie Ben, mach ich mir keinen Kopf, sondern hau mich hin."

Mmmh, dachte Leon. Anna wird ein bisschen altklug. Aber es war was dran. Seine Jugendzeit war so lange vorbei. Aber er erinnerte sich. Damals begriff er nicht, worüber seine Eltern sich alles Sorgen machen konnten, fand es lächerlich, nicht nachvollziehbar — und schon war der Streit da, und Leon führte ihn mit aller Inbrunst, zu der ein Jugendlicher fähig ist.

Logisch gedacht, war das Letzte, was ein Polizeispitzel machen würde: die Hand zu beißen, die ihn nährte; also der Polizei Anlass zu geben, sich von ihm zu trennen. Also Ben etwas anzutun. Im Gegenteil: Sollte Ben - warum auch immer - in Gefahr geraten, würde Jonas ihn beschützen.

Leon zog eine Miles Davis-Platte heraus.

„Papa, nicht dein Ernst."

„Wieso? Fantastische Trompete."

„Lass stecken. Bitte. Hast du mir schon mal vorgespielt."

Wusste er gar nicht. Vielleicht im Auto. Er stellte die Plattenhülle zurück. Jedenfalls war er wieder ruhiger und setzte sich. Musik war gar nicht nötig. Alles konnte gut werden. Auch mit Marie. Er stellte sich vor, wie es wäre, seine Frau wieder in die Arme zu schließen. Er würde ihr sagen, dass er Fehler gemacht hatte. — Sie hatte auch Fehler gemacht. Die größeren Fehler kamen von ihr. Aber davon spräche er nicht. Wichtig waren die Kinder, die gemeinsame Zukunft...und um ihre Liebe würden sie kämpfen. Er jedenfalls war bereit dazu. Das glaubte er jetzt. Da er wieder im Sessel saß.

Es brummte bei Anna.

„Vielleicht ist es ja Ben", sagte sie.

Leon kam auf die Vorderkante des Sessels.

Sie fummelte das Handy aus der engen Hose. „Hallo? Ben?"

„Was ist los, was ist mit Ben?", fragte Leon.

Unwillig schüttelte Anna ihrem Vater gegenüber den Kopf, hielt sich das freie Ohr zu.

„Hallo?", wiederholte sie, lauschte angespannt...

„Rausholen? Wo rausholen?"

„Was ist los mit Ben?!" Leon konnte sich nicht zurückhalten.

„Sei doch mal ruhig, Papa! — Jetzt hat er aufgelegt."

„Aufgelegt...!?"

Anna sah aufs Handy. „Irgendwie komisch. Es klang, als wäre es ihm weggerissen worden oder so."

Leon war aufgesprungen. „Mein Gott, jetzt red' doch. Was hat er gesagt?"

„Papa, ich sag es doch gerade!"

Leon atmete durch, zwang sich zur Ruhe. Zumindest äußerlich; es brachte nichts, Anna anzuschreien.

Anna referierte: „Er hat gesagt, ich solle ihn rausholen —"

„Rausholen?"

„Retten oder so!"

„Mein Gott." Leon rannte zur Garderobe. Er musste sich bewegen. „Du hast zweimal *hallo* gesagt?"

„Er war schlecht zu verstehen. Beim ersten Mal zu weit weg vom Handy."

„Wo muss ich hin?" Leon zog die Jacke über. „Das hat er doch gesagt?"

„Reeperbahn. Irgendwo auf der Reeperbahn."

„Die Reeperbahn ist lang. Wo genau?"

„Sophia wüsste Bescheid. Sie stehen vor dem Laden, wo er mit Sophia war."

Sie? Was hieß sie? — Natürlich Ben und Jonas. — Leon war schon an der Wohnungstür. Sein nächster Gedanke: Welcher Laden war gemeint, vor dem sie standen? Er müsste Sophias fragen, hatte aber ihre Nummer nicht. Sie war Maries Freundin.

Leon wollte nach Anna rufen, ob sie Sophias Nummer wüsste. Als er sich umdrehte, war Anna hinter ihm:

„Ich komme mit."

„Sehr gut, Schatz. Rufst du Sophia an?"

Er war auf dem Etagenflur. Unter seinen Schuhen knirschte es. Irgendwelche Plastikteile und Glassplitter lagen herum. Der Putzdienst war früher eifriger gewesen. Müsste man dem Portier sagen — Leon dachte und vergaß es. Vor der Fahrstuhltür bog er rechts ab ins Treppenhaus.

„Papa! Der Aufzug ist schneller."

„Aber hier kannst du telefonieren. Im Lift nicht."

Er nahm jeweils zwei Stufen auf einmal. Anna schaffte es kaum hinterher, sie war mit dem Handy zugange.

„Sophia..? Hi, hier ist Anna. Die Tochter von Marie. Entschuldigung, dass ich so spät anrufe...was? Okay, so früh. Hör mal..."

Mehr vernahm Leon nicht, er durchquerte bereits die Halle. Anna würde das hinkriegen. Der Portier war immer noch nicht auf seinem Posten. Leon stürmte nach draußen, wendete den Wagen; Anna kam nach und stieg ein.

Er fragte: „Weißt du, wohin?"

„Alles klar. Fahr los."

Eine Ahnung von Morgen dämmerte über den Dächern der Reeperbahn. Leon sah den Lada-Geländewagen schon von weitem. Nur saß diesmal kein Jonas Krawczyk auf dem Beifahrersitz wie gestern Mittag auf der Straße hinter Volksdorf.

Ben war auch nicht zu sehen.

„Rausholen hat er gesagt?", fragte Leon seine Tochter, die neben ihm saß. Er parkte das Coupé auf der gegenüberliegenden Seite zwischen Pollern und Pennern.

„Ja", meinte Anna, „mehr hat er nicht gesagt."

„Rausholen aus einem Wagen oder einem Haus?"

„Keine Ahnung."

„Sie stehen vor einem Laden...hast du gesagt. Also wollte er aus dem Wagen rausgeholt werden."

„Jedenfalls ist das der Laden, den Sophia meinte", sagte Anna. Sie hatte mit Sophia telefoniert. Der Geländewagen parkte vor einer dunklen Ladenkaschemme.

Leon stieg aus. „Ich gehe rüber. Du bleibst besser hier."

Natürlich gehorchte Anna nicht, und Leon war schon dabei, sich auf einen Disput einzulassen, wie er zwischen Vätern und Töchtern passieren kann; aber er kam nicht dazu:

Einer der aufgeschreckten Stadtstreicher grunzte ihn an. Kam am Glascontainer hoch, stützte sich dabei auf einen Spazierstock, trug einen alten Mantel mit Fischgrätenmuster, stank nach Fusel.

„Weg mit Dir.", sagte Leon und dachte: Oh, Anna hört zu, ich bin kein gutes Beispiel. — Aber der Penner fummelte auch schon am Scheibenwischer; der Kerl würde was abbrechen.

„Ich pass auf", grunzte der Stadtstreicher, schwang den Spazierstock, und Leon war nicht klar, ob der Typ seine Dienste anpreisen wollte, den Wagen zu bewachen oder bloß darauf achten wollte, den Scheibenwischer unbeschädigt zu lassen.

Egal, der Typ bekäme keinen Cent, Leon ließe sich nicht erpressen und schon gar nicht beeindrucken von einem erhobenen Spazierstock.

Leon riss einen neongelben Zettel unterm Wischerblatt hervor, den der Stadtstreicher dort hingeklemmt hatte.

„Is' mein Auftrag", sagte der Stadtstreicher und bückte sich nach einer bauchigen Weinflasche. Die stand neben einem anderen Obdachlosen, der in einem Schlafsack zwischen Poller und Altglascontainer schlief und sich nicht stören ließ. Der Spazierstockstadtstreicher leerte den Flaschenrest. Mehr gelbe Zettel schauten aus der Manteltasche.

Leon blickte hinüber zum Laden. Verlassen lag er da. Im unbeleuchteten Schaufenster waren Puppen zu erahnen, denen schwarze Lackklamotten übergezogen waren. In den drei Fenstern im ersten Stock hingen Gardinen, die aussahen, als wären sie zu Christi Geburt das letzte Mal bewegt worden.

„Wir könnten ums Haus rumgehen", schlug Anna vor, „vielleicht ist hinten noch ein Eingang."

Sie kannte die Reeperbahn nicht. Zwischen den Häusern gab es keine Gänge oder Gärten. Um auf die Rückseite zu kommen, müssten sie einen Kilometer zurücklegen.

„Mmh", machte Leon, hatte eine andere Idee. Er strich den gelben Handzettel glatt, tat als läse er. So signalisierte er dem Stadtstreicher seine Achtung. Dann fragte Leon den Stadtstreicher:

„Haben Sie vielleicht etwas gesehen?" Freundlich und verbindlich. „Ich meine, da drüben, der Lada. Wissen Sie, wo die Leute hin sind?"

Der Stadtstreicher blinzelte hinüber, baumelte mit der bauchigen Flasche. „Nö", sagte er.

Leon guckte noch mal auf den Zettel. Irgendwas hatte sein Interesse geweckt.

Maxis Muskelbude
Gutschein für einen Gratismonat

stand da, und Leon legte die Stirn in Falten. Entzifferte unter der fetten Titelzeile die kleine Schrift im schwachen Frühmorgenlicht.

Pumpen, Proteine, Plaudern
Der neue Sports-Treff
Beliebt bei Staatsanwälten, Kiez-Promis und Szenegängern
Neueröffnung demnächst. Hier schon anmelden und
Gratismonat sichern

Konnte das sein?

Leon hielt den Zettel dichter. Klein stand unter der Adresse der künftigen Muckibude: Inhaber *Maxi Schach.*

Maxi ist aus der U-Haft. Kein Zweifel. Und nun erfüllt er sich gerade seinen Traum und hat eine Muckibude für Staatsanwälte eröffnet: am richtigen Standort, zwischen Dammtor und Reeperbahn. Toll, dachte Leon. Da hat einer sein Ding durchgezogen. Ohne viel zu quatschen.

Schach mit Nachnamen? — In U-Haft hatte er von niemandem den Nachnamen erfahren. Keiner legte dort Wert darauf, seine ganze Identität offenzulegen. Ob Maxi mit dem großen Schach verwandt war? Das war unwahrscheinlich. Zu unterschiedlich sahen Maxi und der große Schach aus. Nur in ihrer Entschlossenheit, etwas durchzuziehen, was sie als richtig erkannt hatten, da glichen sie sich, und Leon dachte an sein Buch '*15 minutes of fame*', an dem er Jahre gesessen hatte, und das er nie zum Abschluss gebracht hatte. Das würde auch nichts mehr werden. Aber war das überhaupt sein Ding? Nein, das war es nicht, das wusste er. Jetzt.

Wichtig waren nur die Kinder.

Für sie hatte er nun das Ding mit dem Laden durchzuziehen. Leon ging hinüber, überkletterte das Geländer, welches die Fahrbahnseiten voneinander trennte.

„Papa, warte!"

Das tat er. Auch aus Selbsterhaltungstrieb. Denn ein Wummern setzte ein, seine Füße spürten Erschütterungen, und ein überschwerer Geländewagen röhrte heran, Leon machte sich schmal am Geländer. Es war der Hummer von Sophia; Leon sah sie hinterm Steuer. Sophia brachte den Wagen auf der Überholspur zum Stehen.

„Leon! Was mit Ben?!"

Wartete keine Antwort ab, kraxelte hochhackig heraus. Ihre Augen waren groß vor Sorge und damit noch süßer. Sie nickte Anna zu, herzte Leon flüchtig, wobei ihn der blumige Duft etwas irritierte, und sie winkte dem Stadtstreicher, welcher vor dem Glascontainer zu hopsen anfing und Clownsgrimassen schnitt, um Sophias Aufmerksamkeit zu erregen.

Leon erklärte Sophia kurz die Situation, und Sophia sagte: „Anna hatte nach dem Laden gefragt, wo ich immer einkaufe, ich bin gleich gekommen." Vor Aufregung hatte Sophias Stimme eine kurzatmige Heiserkeit, welche bei Leon eine Art Beschützerinstinkt weckte.

Anna sagte: „Das Beste ist, wir rufen die Polizei."

„Kann man machen", sagte Sophia, ließ alle stehen und stöckelte - ohne nach rechts zu gucken - über die Straße, schnurstracks auf den Laden zu, in dem Leon seinen festgehaltenen Sohn vermutete.

Leon und Anna hasteten hinterher.

„Wir klingeln einfach. Ist schneller als die Polizei", meinte Sophia und drückte den schmierigen Knopf. *Leather Extreme GmbH* war auf dem Klingelknopfschild vermerkt.

Nichts rührte sich nach dem Klingelkreischen.

Als der Stadtstreicher Sophia fragte: „Soll ich wieder auf dein Auto aufpassen?", zuckten alle zusammen. Niemand hatte den Mann nachkommen hören. Keiner beachtete ihn aber weiter, da er nun neben ihnen stand: mit Weinflasche und Spazierstock und neugierig ausgefahrenem Schildkrötenhals.

Erneut drückte Sophia die Klingel, legte das Ohr an die gesprungene, mit Gewebeklebeband reparierte Scheibe — da öffnete sich die Ladentür.

Breitbeinig stand Achmed im Türrahmen und sagte: „Siehst spitze aus. Echte Tussi-Granate. Riechst nur anders."

Leon, der Beschützer, mischte sich ein, „Sprich nicht so mit einer Dame."

„Und du siehst scheiße aus und riechst auch so", erwiderte Achmed.

Das verschlug Leon die Sprache, er wollte doch nur nach Ben fragen. „Ich...ich wollte nach —"

„Papa, Papa!"

Der Junge sprintete vor, und Achmed geriet in Schwierigkeiten, erwischte Ben noch am Gürtel.

Sophia schrie, hatte nur noch ein Stimmchen: „Lass ihn los, du bist gemein!"

Achmed griente, warf Ben nach hinten. „Hast Temperament, Tussi. Gefällt mir."

„Ich hab die Polizei gerufen!", behauptete Sophia heiser — mit einem Prankenhieb hatte Achmed ihr *iPhone*, knallte es gegen den Putz, und die Strasssteine platzten vom Gerät.

„Oh", machte Sophia. Sie war erschüttert.

„Polizei glaub ich nich'", sagte Achmed, schleuderte die *iPhone*-Ruine in Richtung Hummer.

„Das ist doch Kacke", hörte Leon die Stimme von Jonas Krawczyk aus dem Dunkel des Ladens nölen, und in dem Moment versuchte Ben ein zweites Mal, an Achmed vorbeizusprinten — und geriet in Achmeds Schwitzkasten.

„Ben...Junge!", krächzte Leon, und Achmed stand breitbeinig im Türrahmen und zog die Armzwinge fester am Hals des Jungen. Dem fixierten Ben traten die Augen vor.

Machtlos schlackerte der befuselte Stadtstreicher seinen Spazierstock und grunzte Protest.

Da riss ihm Leon, der Marketing-CEO und 15-Stunden-hintereinander-weg-Büroarbeiter, den Spazierstock aus den Händen.

Er schlug zu. Und zwar von unten nach oben. Zwischen Achmeds Beine. Gelernt war gelernt. Von Raphael, auf die harte Tour.

Manchmal ist zuschlagen nötig. Andere Argumente helfen nicht.

Das hatte Maxi gesagt. Leon klangen die Worte ihm Ohr, während er prügelte, als stände Maxi hinter ihm. Wie recht Maxi hatte.

„Ben, komm her!", rief Leon und drosch und wusste, die U-Haft hatte ihn gelehrt, was Ben aus den Fängen des Arabers rettete.

Zuckend lag Achmed am Boden. Ben rappelte sich auf, röchelte — Leon griff ihn sich und zog ihn weg von der Ladentür, schloss den Jungen in seine Arme. „Ben, Ben..." Vielleicht flossen Tränen. Bestimmt sogar. Anna kam dazu. Fast vereint war die Familie und achtete nicht auf Achmed, der hochkam; in seinen Augenhöhlen lagen nun hassglühende Kohlen.

Spät sah Leon die Gefahr. Zu spät. Eigentlich.

Denn da traf Achmeds Drahthaarschädel die Weinflasche, die dem Stadtstreicher gehörte, die aber jetzt Sophia in der Faust hatte. Und ein zweites Mal schlug Sophia, heftiger noch als zuvor, mit der bauchigen Flasche von hinten auf Achmeds Kopf. Achmed brach zusammen, das Flaschenglas zersprang. Achmed blieb liegen. Regungslos diesmal.

Sophia stand wie *Superwoman* über dem geschlagenen Mann und atmete schwer.

„Danke", flüsterte sie schließlich durch trockene Stimmbänder. Mit zitternder Hand und glasigem Blick hielt sie dem Stadtstreicher den Flaschenhals hin, den sie noch in der Faust hielt. Der alte Mann staunte mit offenem Mund.

„Sophia, du blutest!", entdeckte Leon.

Bei dem Angriff hatte Sophia sich den Unterarm aufgerissen.

Anna lief über die Straße, holte Verbandszeug.

Jonas fesselte die Hände des bewusstlosen Achmed und versicherte in einem fort, dass er immer auf Leons Seite gestanden hätte und Ben beschützt habe. Leon interessierte das nicht:

Er war auf die Knie gegangen, hielt Ben und wollte seinen Jungen nie mehr loslassen, und er schaute nach Anna, die so groß geworden war und nun Sophia einen Verband anlegte. Ob Anna so etwas in der Schule gelernt hatte? Er wusste zu wenig und würde sich mehr um die Kinder kümmern. „Geht es dir gut, Ben?", fragte Sophia. Erschöpft nickte Ben ihr zu.

Und dann kam Marie.

Zu spät kam sie.

In einem Taxi fuhr sie vor. Stieg aus und war aufgelöst. „Ben, Ben, was ist mit dir..?!" Überstieg unbeholfen das Mittelgeländer der Fahrbahn.

Sie stürzte zu dem Jungen, kniete vor ihm, und bereitwillig entließ Leon den Jungen aus der Umarmung. Ben schlang seine Arme um den Hals seiner Mutter.

Sophia sagte: „Ich habe Marie Bescheid gesagt, nachdem Anna mich anrief...ich meine, ich habe Geraldine angerufen —"

„Geraldine?", fragte Leon, fand es kompliziert — und unwichtig.

Sophia erklärte: „Weil ich Marie nicht erreicht —"

„Ich hab's dann aber gehört", unterbrach Marie ihre Freundin Sophia.

Leon erhob sich, merkte erst jetzt, dass er niedergesunken war mit Ben. Sah den Spazierstock auf den Gehwegplatten liegen. Spürte jene Muskeln im Arm, die er sonst nie benutzte.

Er sah den Stadtstreicher, der am Schaufenster verharrte, den Mund immer noch offen. Leon würde dem Stadtstreicher den Stock wiederbringen. Und ihn zum Essen einladen. Zu sich nach Hause. Er würde ihm Miles Davis vorspielen und guten Wein servieren.

Er sah Anna, die nun Marie umarmte. Achmed lag weiterhin bewegungslos. Einen Krankenwagen würde Leon alarmieren und auch die Polizei. — Jonas Krawczyk tat es wahrscheinlich schon. Er stand am Lada und telefonierte.

„Du riechst wie Westinghaus", sagte Marie zu Sophia, die Marie umarmt hatte. Marie löste sich von Sophia.

„Wegen der Decken im Kofferraum", meinte Sophia und trat zurück, „für deine Ausstellung."

„So ein Quatsch", sagte Marie, „ich stelle *Norddeutsche Künstler der Postmoderne* aus und keine Pferdedecken."

Sie dachte an ihre Ausstellung. Ihr Yoga. Ihr Tanz-Studio. Was auch immer.

Sie hatte alle umarmt. Ihn nicht.

„Leon..." Sagte sie jetzt, suchte seinen Blick.

Es war zu spät.

Er hatte sie auch nicht umarmt. Er hatte nicht den Drang verspürt.

Sie hatten etwas verloren. Ob sie es wusste?

Nun kam sie heran. „Ich habe etwas falsch gemacht", sagte Marie, und ihre Betonung war so unentschieden, dass Leon nicht klar war, ob seine Frau fragte oder feststellte.

Er sagte: „Du bist zu spät."

„Ja. Das stimmt." Sie begriff. Er hörte es, und er sah es, und er dachte, am besten wäre, wenn Marie über das Geländer stiege und sich ins Taxi setzte. Es würde schmerzen, aber es wäre gut. Stattdessen sagte er:

„Es wird bestimmt eine erfolgreiche Ausstellung von dir." Er sah, wie ihre Augen in verhaltener Begeisterung aufleuchteten, und da wusste er, dass er richtig tat. Marie brauchte seinen Zuspruch, wie abseitig er auch ihre Projekte finden mochte. So wie er ihren Zuspruch gebraucht hatte. Bei seiner Karriere, bei seinem Buch hatte er ihn bekommen. Während der Haftzeit nicht mehr. — Da war es vorbei gewesen. Er war aber nicht länger böse, es war Vergangenheit.

„Ich werde dich weiter unterstützen", sagte er. Aber nicht mehr lieben. So wie du mich nicht mehr liebst. „Ausstellungen und so. Projekte waren immer dein Ding. Das habe ich zu lange nicht begriffen."

„Danke, Leon. Die Kinder..."

„Die Kinder sind großartig." Anna und Ben standen bei ihm. Sophia sammelte Reste ihres Handys von der Straße. Ab und zu hupte jemand, der eilig die Reeperbahn entlangfuhr, um noch vor dem morgendlichen Berufsverkehr in die Stadt zu rutschen.

Marie sagte: „Ich habe Fehler gemacht."

„Wir finden eine Lösung." Er dachte, vor den Kindern wäre es nicht gut, weiter ins Detail zu gehen, womöglich einen Streit zu haben. Um etwas zu tun, hob er *iPhone*-Splitter auf und gab sie Sophia.

„Danke, Leon." Heiser, großäugig, blond. So schlecht roch sie gar nicht. Es war speziell. Blumig. Anregend sogar.

Marie beobachtete sie beide, und Leon stopfte seine Hände in die Taschen, damit sie nichts Falsches an der Hochhackigen taten.

Da war etwas in der rechten Tasche. Leon fühlte es. Es war die Visitenkarte von Bertie. Bertie, ebenfalls ein großartiger Scheidungsanwalt, hatte sie ihm in der U-Haft überreicht.

Abspann

Überall in Hamburg und Deutschland sind diese Plakate aufgehängt.

Der Kulturkritiker der *Morgenpost* notiert: „Die magischste Ausstellung des Jahres. Eine Entdeckung. Eine Offenbarung. Shootingstar **Geraldine** Gröhl auf dem Sprung in die New Yorker Galeristenszene."

Die Leiterin des Feuilletons vom *Hamburger Abendblatt* schreibt: „Eine Ausstellung wie ein Aphrodisiakum. Anschauen. Anfassen. Man muss sie entDECKEN. Man geht erfrischt heraus. Voller geheimnisvoller Anzichungskraft. Kunst, die das Leben verändert."

Für das Sicherheitskonzept der Ausstellung zeichnet sich **Cordt Möller** verantwortlich. Der designierte neue Polizeipräsident ist bekannt geworden durch einen der größten Fahndungserfolge der jüngeren Hamburger Kriminalgeschichte. Möller ermittelte als leitender Oberkommissar erfolgreich gegen einen erpresserischen Mädchenhändlerring. Dessen Anführer und Hauptverdächtige Achmed T. agierte mit außerordentlicher Brutalität. Umso größer ist Möllers Verdienst, die Festnahme des Tatverdächtigen durch umsichtige Vorbereitung unblutig durchgeführt zu haben.

Die 12-jährige **Kiki L.** konnte von der Hamburger Polizei aus den Fängen des ausgehobenen Mädchenhändlerrings befreit und ihren Eltern zurückgegeben werden. Kiki L. wurde von ihren Entführern an der linken Hand verletzt, als sie versuchten für das Kind Lösegeld zu erpressen. Die Ermittlungen dauern an.

Sebastian Westinghaus ist der neue Stern am Hamburger Politik-Himmel. Man darf sogar hoffen, dass Westinghaus sich bereit erklärt, in der nächsten Legislaturperiode das Amt des Kultursenators zu übernehmen. Es sei denn, er gibt doch noch dem Drängen von allen Seiten der städtischen Zivilgesellschaft nach und kandidiert als Bürgermeister. Seine Wahl gälte als sicher.

Nachdem es im internen Dienstverhältnis zu erheblichen Differenzen gekommen ist, scheidet Kriminalkommissarin **Jesscia Nitsch** aus dem Polizeidienst aus und eröffnet eine Sicherheitsfirma. Ihr erster Kunde ist Maximilian Schach. Kurz darauf betrauen Hamburger Staatsanwälte und Richter die Sicherheitsfachfrau mit privaten Schutzaufgaben, die sie äußerst diskret behandelt sehen wollen. Zurzeit nimmt Jessica Nitsch keine weiteren Kundenaufträge entgegen. Die Kapazitäten ihres Sicherheitsdienstes sind ausgelastet.

Jonas Krawczyk wurde weitergereicht als Spitzel an das Landesamt für Verfassungsschutz (LfV). Er bespitzelt nun die bunte Politikszene in Hamburg, gibt es zumindest vor.

Leon Artles kehrt in die Vorstandsetage seiner Firma zurück. CEO Dr. Dr. h.c. Schach bittet Leon, die internationale Marketingkampagne für Schachs Neffen Maximilian durchzuführen. *Maxis Muskelbude* soll Filialen in London und New York eröffnen. Leon Artles schlägt Madonna als Markenbotschafterin für *Maxis Muskelbude* vor.

Überraschend für die Vorstandsetage beendet **Gertrude Wentzien-Schmockenberg** (genannt Schmocke) bereits zum Monatsschluss ihre Assistenz bei Dr. Dr. h.c. Schach. Künftig will die Schmocke sich um die touristischen Erfordernisse ihres Elternhauses kümmern. Das Landschloss *Zum Schmockenberg* soll zu einem Tagungshotel mit angeschlossenem Golfressort ausgebaut werden.

Die Assistenzstelle bei Schach wird künftig von **Sophia Bogdanovich** bekleidet. Sophia Bogdanovich ist bereits auf besonderen Wunsch von Schach im Haus: Sophia soll die Abläufe kennenlernen – und bringt sich schon erfreulich aktiv ein. So hält sie Madonna als Markenbotschafterin von *Maxis Muskelbude* für ungeeignet: Madonna sei zu alt und habe mit den Fitnessclubs Hard Candy in Berlin wenig reüssiert. Sophia schlägt als Markenbotschafter Pharrell Williams vor, den sie mag. Schach zweifelt noch. Er kennt Pharrell Williams nicht. Aber er mag Sophia.

Nachdem der eifrige **Manuel Heilenegger** den schon sicher geglaubten London-Deal nicht zum Abschluss bringen konnte, durfte dieser gleich in London bleiben. Seitdem meidet er Deutschland und bemüht sich um einen Assistentenjob bei dem britischen Brexit-Minister David Davis.

Aufgrund der Anzeige von **Marie Artles** leitet Staatsanwalt Palmer ein Ermittlungsverfahren wegen Kindesentführung gegen Leon Artles ein und bringt es vor Gericht. Weder Leon noch seine Frau sind während der Verhandlung anwesend. Sie lassen sich von Anwälten vertreten. Der Richter spricht Leon Artles frei. Das Urteil wird Leon schriftlich zugestellt. Der derzeitige Aufenthaltsort von Marie Artles ist unklar. Ihr Haus neben der Ziegelei steht leer.

Noch nie zuvor ist bei Haspa-Filialleiter **Konstantin Rösch** ein solches Fehlverhalten aufgetreten: Er muss sich derzeit beim Haspa-Vorstand am Großen Burstah erklären. Rösch hat einen ungewöhnlich hohen Kredit für den Betrieb eines neuen Yogastudios vergeben, ohne auf entsprechende Sicherheiten zu drängen. Bei der Rückzahlung treten Schwierigkeiten auf.

Jessica Rösch hat die stillgelegte Ziegelei von Hans-Peter Sonneborn gemietet. Dort ist nun die Logistikzentrale ihres neuen Internetversandhandels von gebrauchten Pferdedecken untergebracht. Die Umsatzzahlen steigen steil an; Jessica Rösch verhandelt mit Hans-Peter Sonneborn um die zusätzliche Anmietung des alten Verwaltungsgebäudes.

Anwalt Adalbert von Gerte, besser bekannt als der schöne Bertie, war bei Redaktionsschluss leider nicht erreichbar. Er befand sich nach Aussagen seiner Assistentin Sonja von Gerte für den nächsten ihm zugetragenen Fall vor Gericht. Wir bleiben dran...